KB115983

한국
현대문학의
공간과
장소
미쓰비시
사택에서
뉴욕의
맨해튼까지

지은이

이경재(李京在, Lee, Kyungjae)_ 숭실대 교수. 그동안 지은 책으로 『단독성의 박물관』, 『한설야와 이데올로기의 서사학』, 『한국 현대소설의 환상과 욕망』, 『끝에서 바라본 문학의 미래』, 『한국 프로문학 연구』, 『현장에서 바라본 문학의 의미』, 『여시아독』, 『다문화 시대의 한국소설 읽기』, 『문학과 애도』, 『재현의 현재』, 『한국 현대문학의 개인과 공동체』, 『촛불과 등대 사이에서 쓰다』 등이 있음.

한국 현대문학의 공간과 장소

미쓰비시 사택에서 뉴욕의 맨해튼까지

초판 1쇄 발행 2017년 7월 20일

초판 2쇄 발행 2018년 10월 15일

지은이 이경재 **펴낸이** 박성모 **펴낸곳** 소명출판 **출판등록** 제13-522호

주소 06643 서울시 서초구 서초중앙로6길 15, 1층

전화 02-585-7840 **팩스** 02-585-7848 **전자우편** somyungbooks@daum.net **홈페이지** www.somyong.co.kr

값 26,000원

ISBN 979-11-5905-201-9 93810

후원: 서울특별시 서울문화재단

한국 현대문학의 공간과 장소

이경재 지음

미쓰비시 사택에서 뉴욕의 맨해튼까지

SPACE AND PLACE OF KOREAN MODERN LITERATURE

FROM MITSUBISHI HOUSE TO MANHATTAN IN NEW YORK CITY

소명출판

어린 시절 내가 태어나 자란 동네를 사람들은 흔히 삼릉이라고 불렀다. 엄연히 부평 2동이라는 행정구역명이 있었지만 사람들은 누구나 공식 문서 어디에도 나오지 않는 삼릉이라는 명칭을 더 즐겨 사용하였다. 그 명칭은 늘 나에게 묘한 느낌을 자아내고는 하였고, 조금 머리가 큰 후에는 혹시 그 동네에 내가 모르는 고대 부족국가의 왕릉이라도 있는 것은 아닐까 하는 억측을 해보기도 했다. 부끄럽지만 나의 모자란 머리로는 삼릉이라는 말에서 왕릉 정도밖에 떠올릴 수가 없었던 것이다. 내가 그 명칭의 의미를 정확히 알게 된 것은 대학도 졸업한 한참 후였다. 우연히 만난 고향 친구에게 삼릉이라는 말의 유래를 물어보자, 그 친구는 이런 헛똑똑이가 있냐는 듯한 표정을 지으며 삼릉이 일본의 거대 기업인 미쓰비시[三菱]의 한자 발음에서 왔다는 사실을 가르쳐 주었던 것이다. 삼릉(三菱)은 일본의 대표적인 기업인 미쓰비시를 일컫는 말로, 부평구 부평 2동에 미쓰비시 공장 노동자들이 집단으로 거주하던 사택이 들어서면서 붙은 명칭이라는 설명이었다. 본래는 히로나카상공[弘中商工]이란 이름의 일본계 기계제작회사가 철도변에 위치하면서 근처에 사택이 형성되었고, 이 회사가 미쓰비시에 매각된 후 삼릉이란 명칭이 굳어졌다는 것이다. 명색이 한국근대문학을 전공한다는 사람이 바로 자기가 태어나 자란 곳이, 일제 시기의 생생한 역사가 숨 쉬고 있는 공간이라는 것을 한참 후에야 알게 된 부끄러운 순간이었다. 그러고 보면 어린 시절에 어른들은 그 동네의 집들을 구사택이니 신사택이니 하며 구별하기도 하였다.

사실 이런 체험은 나만의 것은 아닐 것이다. 우리가 모르고 있을 뿐, 우리가 사는 터에는 우리 삶의 발자취가 고스란히 새겨져 있을 수밖에 없기 때문이다. 누군가는 '당신이 먹는 것을 알려달라. 그러면 당신이 누구인지 말해주겠다'고 했다는데, 나는 '네가 머물렀거나 머무르는 곳을 알려달라. 그러면 네가 누구인지 말해주겠다'는 말도 가능하다고 생각한다. 특정한 공간이나 장소에는 혼이라고 말할 수 있을 정도로 특수한 의미나 정서가 아로새겨져 있게 마련이고, 특정한 공간은 사람들의 행동을 추동하고 심지어는 운명까지 결정짓는 거대한 힘을 지니고 있기 때문이다.

푸코는 1967년 '다른 공간에서'라는 제목의 강연에서 공간의 시대를 선포하였다. 이것은 시간을 중심으로 논의된 기존 인문학적 전통이 더 이상 현대인의 삶에 대한 적실한 설명력을 잃어가는 현실에 대한 예언적 발언이라 할 수 있다. 굳이 철학적 논의를 끌어오지 않더라도 탈경계적 현상을 기본으로 하는 현대사회에서 공간의 문제는 그 무엇보다 중요하다. 기본적으로 공간이란 시간을 담는 그릇으로서, 삶의 정체성을 형성하는 가장 기본적인 토대이기 때문이다. 근대의 소설은 그 어떤 예술 장르보다도 구체적인 공간에 바탕해 성립하며, 소설의 구체적 배경에는 고유한 의미와 사상 등이 새겨지게 마련이다. 따라서 소설에 나오는 공간과 장소를 살펴보는 것만으로도 특정 시기 소설의 기본적인 특징을 파악할 수 있다. 나아가 소설의 공간과 장소에 대한 논의는 지리적 문제일 뿐만 아니라 작가의 기본적인 사상에까지도 연결되는 문제이다.

문학에 등장하는 특정한 공간이나 장소는 그 자체만으로 고유한 의미를 지니는 경우가 적지 않다. 때로 그것은 작품의 전체적인 의미를 새롭게 규정하는 신비한 작용을 하기도 한다. 인천이나 서울, 혹은 만주나 북경 등의 역사나 문화를 알고 작품을 읽는 것은 그렇지 않을 때와 너무나 큰 차이를 가져온다. 지금까지 문학 연구가 주로 '무엇이 일어났는가'에 초점을 맞추었다면, 앞으로의 문학 연구는 '어디서 일어났는가'에도 초점을 맞추어야 할 때라고 생각한다. 여기에 수록된 글들은 공간이나 장소에 대한 이해가 문학에 대한 이해를 보다 심화시킨다는 사실을 증명하는 구체적인 사례가 되기를 희망한다. 문학과 공간(장소)을 함께 사유함에 있어 주의하고자 한 것은, 문학이 도구나 수단이 아닌 온전한 대상이나 주체가 되도록 노력한 것이다. 문학 작품을 통해 특정 공간이나 장소의 사회적 관계나 역사적 의미를 파악하는 것도 소중한 일이지만, 가능하면 공간이나 장소에 대한 이해를 통하여 문학의 주제와 구조를 더욱 풍부하게 이해하는 데 주력하고자 하였다.

1917년에 발표된 이광수의 『무정』부터 2015년에 발표된 해이수의 『눈의 경전』에 이르기까지 가능하면, 연구대상이 되는 작품들의 시대적 폭을 넓게 잡아 보았다. 이러한 넓은 시간적 격차는 오히려 각 시대의 특유한 공간의식이나 장소감을 보다 뚜렷하게 보여준다. 제1부에서는 식민지 시기 한민족의 주요한 활동공간이었던 만주를 형상화한 소설들에 대하여 살펴보았다. 최서해, 한설야, 이기영, 이효석이 주요한 대상으로서, 문학사에서 차지하는 그들의 위상에 걸맞게 자기만의 고유한 만주를 작품 속에 형상화해내고 있다. 이들이 형상화한 만주는 식민주의와 관련된 여러 가지 문제의식이 밀도 있게 사유되는 한국문학사의 드문 공간이며, 그렇기에 21세기의 우리에게도 여전히 현재적인 관심을 지속적으로 제기하는 문제적인 공간이기도 하다. 제2부에서는 한설야와 김사량 소설에 등장하는 북경에 대하여 살펴보았다. 이를 통해 상해나 도쿄와 같은 여타의 도시와는 구분되는 북경의 고유한 지역적 의미를 확인할 수 있을 것이다. 이러한 고유성은 한설야와 김사량이 일제 시기 견지했던 정치적 사유의 고도와 맞닿아 있는 것이기도 하다.

제3부에서는 서울이 한국문학에 드러난 모습을 살펴보았다. 다른 글들이 논문 형식을 지닌 것과 달리 3부는 에세이에 가까운 소논문의 형식을 취하고 있다. 이것은 서울이라는 도시가 한국사에서 지니는 위상에 걸맞게, 우리 문학사에서 차지하는 위상 역시 거대한 것과 관련된다. 문학 속의 서울을 조감할 종합적인 시선을 확보하지 못했기에, 일단은 각 시기(10년 단위)의 대표작을 중심으로 기본적인 얼개 정도를 엮어보는 시론적 작업을 해보았다. 제4부는 인천을 배경으로 한 소설을 살펴본 글들이다. 인천은 서울의 위성도시로만 생각하기 쉽지만, 한국적 근대의 모습이 가장 선명하게 새겨져 있는 도시이다. 따라서 인천을 살펴보는 일은 한국근대문학 연구에 적지 않은 시사점을 준다고 생각한다.

제5부에서는 최근에 창작된 소설들에 나타난 공간과 장소의 근본적인 변화를 살펴보았다. 현재 우리 소설은 공간과 장소의 문제와 관련하여 그야말로 백화제방(百花齊放)의 시대라고 해도 과언이 아니다. 온갖

유토피아, 디스토피아, 헤테로토피아적 상상력이 난무하고, 지극히 협소한 개인적 장소에서부터 지구적 메갈로폴리스까지가 공존하고 있다. 이것은 그만큼 지금의 한국문학이 다양한 모색의 시기를 걷고 있다는 증거이기도 하다. 그것은 때로 무장소성으로 나타나기도 하고, 때로 현실과 환상의 경계적 공간으로 나타나기도 하고, 때로 이국적인 취향의 상상적 공간으로 등장하기도 한다. 제6부는 아시아의 여러 도시에 대한 단상을 스케치한 에세이에 가까운 글들이다. 나름 여기저기를 둘러본다고 둘러보았지만, 450페이지의 분량으로 한국문학사의 주요 공간과 장소를 담아낸다는 것은 수박 겉핥기라는 비판을 받기에 딱 좋은 모양새다. 이 모자람과 부끄러움은 이후의 더욱 성실한 작업으로 채워 나갈 것임을 약속드린다.

한 권의 책이란 어찌 보면 주변 사람들이 베풀어 준 은혜를 모아놓은 작은 저수지에 불과한 것인지도 모른다. 특히나 이 책을 내는 과정에는 여러 분들의 도움이 적지 않았다. 그 어떤 때보다 역사학이나 지리학과 같은 인접 학문의 도움을 많이 받았다. 국가나 민족을 절대시하는 거대 담론에서 벗어나 미시적인 삶의 일상성에 주목하는 연구들이 적지 않게 이루어진 결과, 구체적인 도시나 공간에 대한 학문적 탐구의 성과가 적지 않았던 것이다. 이러한 성과들이야말로 이 책을 가능케 한 주요한 바탕이 되었음을 고백하고 싶다. 또한 서울에 관한 글들을 지속적으로 쓸 수 있게 지면을 제공해 준 『문화일보』의 장재선 문화부장님을 비롯한 여러분들도 결코 잊을 수 없다. 이 글들을 쓰기 위해서만은 아니지만 장춘으로, 하얼빈으로, 북경으로, 뉴욕으로, 삿포로로, 까마우로 참 많이도 돌아다녔다. 감도 잡을 수 없는 수많은 난제들로 골머리를 썩이다가도, 현장에만 가면 해결의 작은 실마리라도 얻게 되는 경우가 적지 않았다. 그 수많은 여행을 때로는 만들어 주시고, 때로는 동행해 준 여러 선생님들께 진심으로 감사드린다. 마지막으로 이 땅 위에서는 그 어디를 가도 더 이상 뵐 수 없지만, 미쓰비시 줄사택을 가든 뉴욕 맨해튼을 가든 언제나 내 맘속에서는 함께 하시는 부모님께 이 책을 바치고 싶다.

차례

머리말 3

제1부 만주와 한국 현대문학

제1장 최서해와 만주 장소와 여성 표상 13
제2장 한설야와 만주 민족과 계급의 이중주 37
제3장 이기영과 만주 지방으로서의 만주 70
제4장 이효석과 만주 헤테로토피아로서의 하얼빈 92

제2부 북경과 한국 현대문학

제1장 1920년대 초반 북경의 사상 지형 한설야의 「열풍」을 중심으로 129
제2장 일제 말기 북경—인간, 사상, 그리고 문화 김사량의 「향수」를 중심으로 165

제3부 서울과 한국 현대문학

제1장 1910년대 경성의 빛과 어둠 이광수의 『무정』 205
제2장 1920년대 경성의 거리 현진건 「운수 좋은 날」 214
제3장 1930년대 경성의 높이 이상의 『날개』 222
제4장 식민도시 경성, 이중도시 경성 유진오의 「김강사와 T교수」 231
제5장 1940년대 해방된 서울의 아픔 계용묵 「별을 헨다」 241
제6장 1950년대 서울의 방황과 모색 이범선의 「오발탄」 250
제7장 1960년대와 공동묘지 이문구의 「장한몽」 258
제8장 1970년대와 아파트 시대의 개막 최인호의 「타인의 방」 266

제4부 인천과 한국 현대문학

제1장 한국근대소설에 나타난 인천 해안가 빈민촌을 중심으로 — 277

제2장 2000년대 소설에 나타난 인천 김미월과 김금희를 중심으로 — 299

제3장 인천의 대표적인 장소들 — 321

제4장 근대 최초最初 혹은 최고最古의 거리 — 329

제5부 공간체험의 변화—무장소성의 등장

제1장 공간과 장소를 사유하는 두 가지 태도 김사과와 이기호를 중심으로 — 339

제2장 풍부한 공간성, 빈약한 장소성 해이수의 경우 — 365

제6부 아시아의 도시

제1장 삿포로 — 385

제2장 이스탄불 — 389

제3장 블라디보스토크 — 397

제4장 까마우 — 414

제1부

만주와 한국 현대문학

최서해와 만주
장소와 여성 표상

한설야와 만주
민족과 계급의 이중주

이기영과 만주
지방으로서의 만주

이효석과 만주
헤테로토피아로서의 하얼빈

제1장
최서해와 만주

장소와 여성 표상

1. 서론

최서해는 1918년 간도로 이주하여 유랑 생활을 시작하였고, 1923년 봄에 간도에서 귀국하였다. 간도에서의 행적은 정확히 알려져 있지 않다. 그는 60여 편의 소설을 발표하였는데, 간도 방랑 체험을 다룬 작품으로는 「토혈」(『동아일보』, 1924.1.23~2.4), 「고국」(『조선문단』, 1924.2), 「향수」(『동아일보』, 1925.4.6~13), 「탈출기」(『조선문단』, 1925.3), 「미치광이」(『동아일보』, 1925.4.11~13),[1] 「기아와 살육」(『조선문단』, 1925.6), 「해돋이」(『신민』, 1926.3), 「만두」(『시대일보』, 1926.7.12), 「이역원혼」(『동광』, 1926.11), 「돌아가는 날」(『신사회』, 1926.12), 「홍염」(『조선문단』, 1927.1),

1 「미치광이」는 작품집 『혈흔』(글벗집, 1926.2)에 처음 수록된 것으로 알려졌으나, 1925년 『동아일보』 신춘문예 3등 당선작임이 새롭게 밝혀졌다. 이 작품은 「放浪의 狂人」이란 제목과 崔風이란 작자명으로 3회에 걸쳐 연재되었다.(천춘화, 「한국 근대소설에 나타난 만주 공간 연구」, 서울대 박사논문, 2014, 63면)

「폭풍우시대」(『동아일보』, 1928.4.4~12) 등을 들 수 있다.[2] 작품의 숫자가 많은 것은 물론이고, 위에 나열한 작품들이 대부분 최서해의 대표작이라는 점에서도 만주 배경 최서해 소설의 고찰은 매우 중요한 의미를 지닌다.

최서해는 1920년대 카프KAPF측 문인들에 의해 고평되다가, 카프를 탈퇴하고 작품 경향도 계급주의에서 멀어지자 비난과 공격을 받는 위치로 변한다.[3] 임화는 "서해는 상섭·동인 등의 자연주의문학에서 한 걸음 전진한 사실주의로서, 개인적 관찰로부터 사회적인 데로 확대한 최초의 작가이며 신경향파가 가진 최대의 작가"[4]라고 주장하였다. 이러한 임화의 평가는 이후 하나의 전범이 되어, 최서해는 신경향파의 대표작가로 불리워진다.

최서해에 대한 연구로는 작품의 경향성을 문제삼거나, 문체나 서술구조에 초점을 맞추거나, 가족문제에 관심을 갖거나 드물지만 정신분석학을 방법론으로 활용하거나 실존의식을 들여다본 논의들이 있다.[5] 최근에는 다양한 시각에서 최서해 소설의 특징이 논의되고 있다. 이경돈은 최서해의 소설은 "체험의 비중이 큰 소설이 아니라 경험 기록에 의해 소설다운 소설이 산출되는 과정을 보여주는 것"[6]이라고 주장한다.

---

2 「토혈」, 「고국」, 「향수」, 「탈출기」, 「미치광이」, 「기아와 살육」, 「해돋이」, 「만두」, 「이역원혼」, 「돌아가는 날」, 「폭풍우시대」의 본문은 『최서해전집』 上(곽근 편, 문학과지성사, 1987)에서 인용하고, 「홍염」과 수필 「呻吟聲－病廂記에서」는 『최서해전집』 下(곽근 편, 문학과지성사, 1987)에서 인용할 것이다. 인용시 본문 중에 면수만 기록하고자 한다.

3 최서해는 김기진의 권유로 1925년 KAPF에 가담하여 별다른 활동을 하지 않다 1929년 탈퇴하였다.

4 임화, 「조선신문학사론 서설」, 『조선중앙일보』, 1935.11.12.

5 곽근, 「연구사의 검토와 비판」, 『최서해의 삶과 문학 연구』, 푸른사상, 2014, 59~88면.

6 이경돈, 「최서해와 기록의 소설화」, 『반교어문연구』 15집, 2003, 120면.

연애에 초점을 맞추어 "최서해는 연애를 희생함으로써 더욱 위대한 인류애를 실현할 수 있다는 자기합리화가 이들 주인공에게 초래한 심각한 비애와 공허감을 형상화함으로써, 역설적으로 연애야말로 이들 주인공의 삶을 지탱하고 이끌어온 은폐된 추진력임을 드러낸다"[7]는 주장도 등장하였다. 표언복은 최서해의 문학이 단순한 빈궁제재의 신경향파 문학이 아니고 항일 혁명의식의 문학이기 때문에, 최서해를 "신경향파 작가로서보다는 항일독립운동소설가로 이해하고 평가"[8]해야 한다고 강조한다.

본고에서 관심을 갖는 만주와의 관련성에 초점을 맞춘 선구적인 연구로는 홍이섭의 논의를 들 수 있다. 그는 최서해가 검열 때문에 국내를 배경으로 해서는 드러낼 수 없는 일제에 대한 저항의식을 간도를 배경으로 해서 드러냈으며, 최서해 문학 속의 간도 이주 농민들의 삶은 민족적 문제와 결부되어 있다고 주장한다.[9] 이은숙은 최서해의 단편 소설에 나타난 북간도에 대한 이미지가 "친숙한 장소이자 소외의 장소", "풍요의 장소이자 빈곤의 장소", "희망의 장소이자 절망의 장소"라는 의미를 지닌다고 보았다.[10] 차성연은 1920년대 한국 소설의 무대로 등장하는 만주는 "가뭄과 빈곤으로 인해 이주한 농민들이 중국인 지주에게 핍박받는 공간"[11]이며, 최서해의 소설은 이를 대표한다고 주장한다.

---

7 손유경, 「최서해 소설에 나타난 '연애'의 의미」, 『우리어문연구』 32집, 2008, 431면.

8 표언복, 「최서해 문학의 반식민주의 혁명의식」, 『현대문학이론연구』 49집, 2012.6, 408면. 표언복은 다른 글에서도 "최서해 문학은 계급의식을 토대로 한 '신경향파 문학'이라고 보기보다는 1920년대의 '대표적인 항일 독립운동소설'로 평가되어야 마땅"(「1920년대 만주 독립운동의 서사적 인식」, 『어문학』 115집, 2012.3, 408면)하다는 주장을 펼치고 있다.

9 홍이섭, 「1920년대 식민지적 현실」, 『문학과지성』, 1972년 봄, 111면.

10 이은숙, 「북간도 경관에 대한 조선이민의 이미지」, 『한국학 연구』 28집, 1996, 37~64면.

최근에는 천춘화가 최서해 소설에 등장하는 만주는 "국권회복을 위한 실험지로 혹은 무실역행을 통한 자치사회의 도달을 목표로 하는 유토피아적 공간으로, 또는 무장독립운동의 공간으로 인식"[12]된다는 결론을 내리기도 하였다.

이 글에서는 최서해의 만주배경소설을 새롭게 조명하기 위해 지리학 분야의 장소에 대한 연구성과를 적극적으로 활용하고자 한다. 시간과 대비되는 개념으로 공간space과 장소place는 구분되어야 한다. 이푸 투안은 공간이 아직 인간의 경험과 의미가 투영되지 않은 세계로서, 장소보다 추상적이라고 주장한다. 또한 공간은 움직임이며, 개방이며, 자유이며, 위협인 데 반해, 장소는 정지이며, 개인들이 부여하는 가치들의 안식처이며, 안전과 애정을 느낄 수 있는 고요한 중심이라고 말한다. 인간은 직접적으로, 그리고 간접적으로 다양한 경험을 하며, 이러한 경험을 통하여 미지의 공간은 친밀한 장소로 바뀐다. 이때 낯선 추상적 공간abstract space은 의미로 가득 찬 구체적 장소concrete place가 되는 것이다. 어떤 공간이 친밀한 장소로서 우리에게 다가올 때 우리는 비로소 그 지역에 대한 느낌(또는 의식), 즉 장소감을 가지게 된다.[13]

에드워드 렐프에 따르면, 장소란 인간의 실존에 내재하는 것으로서, 가장 본원적인 정체성을 제공한다. 장소는 "개인이나 집단에게 있어 안정과 정체성의 원천"[14]인 것이다. 인간은 장소에 뿌리를 내리고 그곳을

11 차성연, 「한국 근대소설에 나타난 만주의 의미」, 『만주연구』 9집, 2009, 118면.
12 천춘화, 앞의 글, 164면. 그레마스의 행위자 모델 이론과 기호 사각형 이론을 통하여 최서해의 간도배경 소설을 분석한 논의도 있다.(김승종, 「최서해 소설의 기호학적 연구-간도 배경 소설들을 중심으로」, 『현대문학의 연구』 36집, 2008.10, 8면)
13 Yi-fu Twan, 구동회·심승희 역, 『공간과 장소』, 대윤, 2007, 7~8면.
14 Edward Relph, 김덕현·김현주·심승희 역, 『장소와 장소상실』, 논형, 2005, 34면.

중심으로 세계를 바라보고 세계와 관계를 맺음으로써 살아가는 존재라고 할 수 있다. 최서해 소설에 등장하는 만주는 렐프가 말한 '장소상실 혹은 무장소성placelessness'과 관련지어 논의할 여지가 충분하다.[15] 장소상실은 "장소가 진정성을 상실했거나, 심각하게 훼손된 상태"[16]를 의미한다.

최서해의 만주배경소설은 이런 의미에서 '장소'를 갖지 못한 사람들, 즉 자신들이 있을 곳이나 있어야 한다고 생각되는 자리를 모르는 사람들, 또는 그들이 머무를 수 있는 곳, 소유할 수 있는 자리를 발견할 수 없는 사람들을 형상화하고 있다. 장소는 무언가가 속해 있거나, 있어야 한다고 생각되는 자리를 가리키기도 하고, 누군가가 점유할 수 있는 위치를 가리키기도 하기 때문이다.[17] 이 글은 공간과 장소 개념 그리고 장소상실이라는 문제를 중심으로 최서해의 문학에 나타난 만주의 의미를 살펴보고자 한다. 무엇보다도 공간과 장소의 형상화에 젠더적 이분법이 겹쳐지는 양상을 통해서, 최서해 소설의 고유한 만주 인식이 서사화되는 방식과 그 효과를 고찰해 볼 것이다.[18]

---

15 한국어 번역본인 『장소와 장소상실』에서는 'placelessness'를 '장소상실'과 '무장소성'이라는 두 가지 용어로 번역하고 있다. 노용무는 자신의 논문(「백석 시와 토포필리아」, 『국어국문학』 56집, 2014, 229~260면)에서 '장소상실'과 '무장소성'이라는 말을 구분하여 사용하고 있다. 전자는 "장소의 내부에서 진정한 장소감을 경험했다가 이를 자의든 타의든 상실한 주체의 경우"에 해당하는 것으로, 후자는 "장소를 획득하지 않았거나 아직 익숙하지 않은 장소를 대하는 주체의 태도와 의식을 일컫는 용어"로 사용하는 것이다. 최서해의 작품에 등장하는 인물들은 고향을 잃어버린 사람들이기 때문에, 이러한 측면을 부각시키기 위해서는 장소상실이라는 용어가 더욱 적합하다고 판단된다.

16 Edward Relph, 앞의 책, 300면. 렐프는 철저히 획일화되고 그나마 지속성마저 결여된 채 개인으로서, 그리고 공동체의 일원으로서 나의 장소에 속해 있다는 느낌을 주지 못하는 현대 도시공간의 특징을 무장소성이라는 개념에 담았다.

17 김현경, 『사람, 장소, 환대』, 문학과지성사, 2015, 281면.

18 최서해 소설에 나타난 '부자/빈자'의 이항대립적 구조는 '중국인/조선인', '사악함/착

2. 장소상실의 서사

최서해의 만주배경소설에서 조선인의 만주행은 안정과 정체성의 원천인 장소를 찾아 떠나는 행위로 볼 수 있으며, 이러한 만주행은 시대적 보편성을 지닌 것이기도 하다. 한국인의 간도 이주는 19세기 중후반부터 1910년 이전까지의 1단계, 1910년 한일합방으로부터 1920년대 중반까지의 2단계, 1920년대 중반부터 만주사변까지의 3단계로 나누어 볼 수 있다. 최서해의 간도체험은 2단계에 해당하며 만주배경소설도 2단계를 시간적 배경으로 한다. 이 시기 일본의 침략으로 인해 빈곤에 시달리던 조선인들에게 만주가 거주할 만한 곳이라는 소문이 퍼지자 간도를 복지福地라고 생각하고 몰려온 한국 농민들이 해마다 격증하였다.[19] 1910년 초 10만 9천여 명에 불과하던 북간도의 한인 수는 1920년에는 28만 9천여 명, 1930년에는 38만 8천여 명으로 급증한다. 여기에는 일제의 조선강점과 식민통치에 불만을 품은 정치 망명가도 적지 않았지만, 상당수는 토지약탈에 의해 농경지를 빼앗긴 농민들이었다.[20] 전체 만주 이주 한인의 수는 1920년에 46만 명, 1931년에 63만 명, 1945년에는 180만여 명에 이르렀다.[21]

이러한 시대적 상황은 여러 작품에 반복해서 나타난다. 「탈출기」에

함', '지배/종속', '일본/조선', '제국주의/식민지' 등으로 확장 가능하다고 이야기되었다.(박훈하, 「탈식민적 서사로서 최서해 읽기」, 『최서해 문학의 재조명』, 새미, 2002, 118~120면)

19 李珉, 『일제 강점기 간도소설에 대한 재인식』, 하우, 2015, 26면.

20 김춘선, 『북간도 한인사회의 형성과 민족운동』, 고려대 민족문화연구원, 2016, 607면.

21 『중국 조선민족발자취 총서-4 · 결전』, 1~11면. 지쿤, 앞의 책, 29면에서 재인용.

서 박이 "절박한 생활에 시들은 몸에 새 힘을 얻을까 하여 새 희망을 품고 새 세계를 동경"(17)하여 간도로 향할 때, 간도는 다음의 인용처럼 생존의 문제는 물론이고 존재의 참된 의미도 확보해줄 수 있는 장소로서 인식된다.

> 간도는 천부금탕이다. 기름진 땅이 흔하여 어디를 가든지 농사를 지을 수 있고 농사를 지으면 쌀도 흔할 것이다. 삼림이 많으니 나무 걱정도 될 것이 없다.
>
> 농사를 지어서 배불리 먹고 뜨뜻이 지내자. 그리고 깨끗한 초가나 지어놓고 글도 읽고 무지한 농민들을 가르쳐서 이상촌을 건설하리라. 이렇게 하면 간도의 황무지를 개척할 수 있다.
>
> 이것이 간도 갈 때의 내 머릿속에 그리었던 이상이었다. 이때에 나는 얼마나 기뻤으랴! 두만강을 건너고 오랑캐령을 넘어서 망망한 평야와 산천을 바라볼 때 청춘의 내 가슴은 이상의 불길에 탔다.(「탈출기」, 17)

「해돋이」에서 3・1운동에 참여하여 1년여 감옥생활을 하고, 출옥 후에도 형사의 감시에 시달리던 만수는 자유의 장소로 간도를 선택한다.[22] 이때의 간도는 최서해의 만주배경소설로는 매우 드물게도 장소의 의미와 더불어 공간의 의미도 지니고 있다. 장소가 안전을 의미한다

22 그 고통이 심할수록 그는 자유로운 천지를 동경하였다. 뜨거운 정열을 자유로 펼 수 있을 천지를 동경하는 마음은 감옥에서 나온 후로 더 깊었다. 그는 그때 강개한 선비들과 의기로운 사람들이 동지를 규합하고 단체를 조직하여 천하를 가르보고 시기를 기다리는 무대라고 명성이 뜨르렁하던 상해, 서백리아와 북만주를 동경하였다. 남으로 양자강 연안과 북으로 서백리아 눈보라 속에서 많은 쾌한들과 손을 엇걸어가지고 천하의 풍운을 지정하려 하였다.(200)

면 공간은 자유를 의미한다. 인간은 공간과 장소를 동시에 필요로 하는 존재로서, 인간의 삶은 보금자리와 모험, 애착과 자유 사이의 변증법적인 운동 사이에 놓여 있다. 건강한 존재는 구속과 자유, 장소의 제한과 공간의 노출을 기꺼이 받아들인다.[23] 세계가 우리의 욕망에 부응할 때 세계는 광활하고 친근한 느낌을 주지만, 세계가 우리의 욕망을 좌절시킬 때 세계는 답답한 느낌을 준다.[24] 만수는 이 답답함의 대안으로 간도행을 선택한 것이다. 그러나 간도에서 만수는 ×××단에 가입하여 활발하게 활동하지만 자유(공간)도 안정(장소)도 얻지 못한다. 이후 그는 체포되어 서대문 감옥에 수감된다.

조선인들이 힘들게 찾아간 간도는 어떠한 장소감도 줄 수 없다. 장소는 생물학적 필요(식량, 물, 휴식, 번식)가 충족되는 가치의 중심지이다.[25] 그러나 간도에서는 생물학적 필요도 충족되지 않으며, 안정감이나 자유를 얻을 수도 없었던 것이다. 「고국」에서 운심은 3·1운동이 일어나던 해에 서간도로 갔지만, 그곳에서 장소를 발견하지 못한다. "생전에 보지 못하던 험한 산과 울창한 산림과 듣지도 못하던 홍우적(마적) 홍우적 하는 소리에 간담이 서늘"(99)함을 느낄 뿐이다. 대개가 생활 곤란으로 온 조선인들로 이루어진 그 마을에서 운심은 "불만"(100)과 "수심"(100)을 더하게 된다. 결국 남북 만주의 처처에 벌떼같이 늘어서 있던 독립단에 가입하지만 그곳에서도 염증을 느끼고, 독립단이 해산되자 귀국한다. 「홍염」에서도 문서방 부부는 소작인 생활 십 년에 겨죽만 먹다가 그것

23 Yi-fu Twan, 앞의 책, 90~94면.
24 위의 책, 113면.
25 위의 책, 17면.

도 자유롭지 못하여 남부여대로 딸 하나를 앞세우고 서간도로 찾아들지만, 그들 앞에는 더욱 끔찍한 곤경이 기다리고 있을 뿐이다.

의미가 부여될 수 없는 백지와 같은 개방공간은 구획되고 인간화됨으로써 장소가 될 수 있다. "공간이 우리에게 완전하게 익숙해졌다고 느낄 때, 공간은 장소"[26]가 되는 것이다. 그러나 간도는 연약하며 예측할 수 없는 변화에 시달리는 조선인 이주민들에게 영속감과 안정감을 주지 못한다. 간도에서 장소를 발견하지 못한 조선인의 모습은 다음의 기록들에서 확인할 수 있듯이, 실제 간도 조선인들의 삶과 매우 닮아 있는 것으로 판단된다.

> 이제는 寧古塔에서 額穆敦化, 吉林 一等滿洲를 東西로 往來하면서 보앗다 各處各地의 同胞들은 活動寫眞模樣으로 얼는얼는하면서 내 눈압헤에 낫타낫다가는 스러지고 한다. 그러나 한아도 즐겁운 우숨으로 對할 수가 업고 官吏에게 土民에게 盜賊에게 驅逐밧고 辱먹고매맛고 掠奪을 當하엿다만 한숨을 쉬고 눈물을 흘니는 속 압픈 情境일너라. 나는 얼마나 이 情狀을 보지안으려고 발버둥 첫슬가 그러나 腦裏 구석구석에서 솟아저나오는 그 記憶의 조각들은 制御할 方法이 업섯다. 벌덕 일어나서 十五錢짜라 茱를 한그릇식 혀놋코 毒한 胡酒를 一二杯 마셧다.[27]

이러한 장소 획득의 실패를 가져온 근본적인 이유는 가난이며, 이것은 중국인 지주와 힘을 가진 중국 관헌 등에 의해 가속화된다. 「돌아가

26 위의 책, 124면.
27 김홍일, 「北滿奧地旅行記」, 『동아일보』, 1925.10.6.

는 날」은 북간도에 사는 조선인들이 마적에게 괴롭힘을 당하다가 스스로 토벌대를 조직하여 시베리아까지 쫓아가 싸우는 내용의 소설이다. 마적과의 싸움으로 인해, 여덟 명의 조선인은 목숨을 잃기까지 한다. 주목할 것은 평범한 조선인 농민들이 직접 총을 잡는 이유가 중국 관청에 있다는 점이다. "중국 관청에 호소해야 그놈들이 그놈"(314)이라는 말에서 알 수 있듯이, 중국 관청은 마적과 연계되어 있거나 조선인의 피해에는 별다른 관심을 기울이지 않는다.[28]

최서해 소설에 반영된 간도의 상황, 즉 중국인과 조선인이 반목하는 모습은 역사적 실상에 부합된다. 심상용은 조선이주민에 대한 중국의 태도와 관련하여, 크게 쇄국시대, 묵허시대, 이민 환영시대, 탄압시대의 네 시기를 설정하고 있다. 이민 환영시대는 1890년경부터 1910년까지이며, 탄압시대는 한일합방으로부터 만주국 수립 때까지이다.[29] 최서해의 소설은 대부분 탄압시대에 해당하며, 이 시기에 한인은 중국 관헌을 비롯한 중국인들로부터 압박을 받았고 우호적인 분위기는 사라졌다. 중국 당국의 한인에 대한 정책이 강경노선으로 전환한 것을 보여주는 대표적인 사건이 바로 1925년 조선총독부 경무국장 미쓰야와 만주 봉천성 경무국장 우진 간에 체결된 미쓰야 협정이다.[30] 이 협정의 구

28 따라서 최서해의 소설에 중국인이 제대로 형상화되어 있지 않다는 주장은 재고해볼 필요가 있다. 윤대석은 최서해의 「홍염」을 집중적으로 분석하면서 최서해 소설은 "만주에서 중국인이라는 타자를 삭제"함으로써 "'억압과 저항'이라는 민족사의 이분법적 틀을 만주라는 공간으로 확장"(윤대석, 「'만주'와 한국 문학자」, 『식민지 국민문학론』, 역락, 2006, 203면)했을 뿐이라고 주장한다. 그 속에는 일제라는 억압자와 피억압자인 조선 민중만 있을 뿐 현지인인 중국인은 존재하지 않는다는 것이다.

29 심상용, 『간도, 비극의 땅 잊혀진 영토』, 아우누리, 2013, 138면.

30 미쓰야협정의 공식명칭은 '불령선인 취체방법에 관한 조선총독부와 봉천성의 협정'이다. 이 협정의 주요 내용은 다음과 같다. 1. 한국인의 무기 휴대와 한국 내 침입을 엄금하

체적인 항목들은 중국이 공식적으로 조선인을 탄압하기 시작했다는 것을 보여주는 증거라고 할 수 있다.

여기서 놓치지 말아야 할 것은, 중국인의 태도가 '조선인 환영'에서 '조선인 탄압'으로 변모된 가장 근본적인 이유는 일제의 중국 침략에 대한 중국인의 우려라는 점이다.[31] 최서해도 이러한 문제를 인식한 것으로 판단된다. 그것은 「고국」, 「탈출기」, 「해돋이」의 주인공들이 현실의 극단적 불우를 해결하는 방법으로 독립단에 가담하는 모습을 통해 확인할 수 있다. 이것은 최서해가 명시적으로 드러내지는 않았지만, 중국인과 조선인들의 갈등 이면에 일제의 영향력이 있다는 것을 깨달은 결과라고 할 수 있다.[32]

며, 위반자는 검거하여 일본 경찰에 인도한다. 2. 재만한인단체를 해산시키고 무장을 해제하며 무기와 탄약을 몰수한다. 3. 일제가 지명하는 독립운동 지도자를 체포하여 일본 경찰에 인도한다. 4. 한국인 취체의 실황을 상호 통보한다. 미쓰야협약이 체결된 뒤 동북 군벌 정부는 한국인의 독립운동을 탄압하게 되었고, 일본과의 충돌이 한층 격화됨에 따라 모든 이주 한국인에 대한 추방과 착취를 강화하였다. 그 결과로 무고한 한국인은 일본과 중국 관료, 친일파 등으로부터 다중적인 압박을 받았고, 경제 정치 등 각 방면의 상황이 극히 악화되어 기본적인 생존권리마저 위협받게 되었다.(지쿤, 앞의 책, 44면)

31 일제의 침략과 관련하여 중국인이 조선인을 탄압한 이유로는 다음의 다섯 가지를 들 수 있다. "첫째 한국인을 일제의 앞잡이라 생각한 것이고, 둘째는 만주에 대한 일본의 야심으로 볼 때 장차 한인 이주민을 이용하게 되리라는 우려 때문이고, 셋째 일본의 치외법권을 제일 싫어한 점이고, 넷째 한국이주민은 외교상 중국의 입장을 곤혹스럽게 한다는 점이고, 다섯째 만주 외 이주 한인은 마적으로부터의 피해를 보장하지 못하여 이를 구실로 일본 군대의 파병을 초래한다는 점이다."(심상용, 앞의 책, 137면)

32 최서해의 만주배경소설이 창작되던 당시 만주에서 살아가던 조선인의 복잡한 상황은 「해돋이」에서 "그네들 가운데는 자기의 딸과 중국 사람의 전지와를 바꾸는 이가 있다. 그네들은 일본과 중국과의 이중 법률(二重法律)의 지배를 받는다. 아무런 힘없는 그네들은 두 나라 틈에서 참혹한 유린을 받고 있다. 그래도 어디 가서 호소할 곳이 없다"(206)라고 간명하게 정리되어 있다.

3. 훼손된 여성으로 표상된 만주

2장에서 살펴본 것처럼, 진정한 장소를 찾아 만주로 이주한 조선인들은 그곳에서 장소상실을 경험할 뿐이다. 이러한 장소상실의 경험은 어머니와 아내 혹은 딸과 같은 여성인물의 처참한 몰락과 고통을 통해 반복적으로 표상된다. 『최서해 전집』에 수록된 56편의 단편소설 중에서 32편이 주인공, 어머니, 아내, 자녀의 범주 안에서 인물구성을 하고 있는데, 그중 아내가 등장하는 작품이 28편, 자녀가 등장하는 작품이 17편, 어머니가 등장하는 작품이 16편이다.[33] 이처럼 아버지가 부재하고 어머니와 처자만이 있는 가족을 배경으로 하고 있는 작품이 많기 때문에 최서해 소설은 여성편향이 심하다는 평가를 받을 정도이다.[34]

이러한 여성편향은 인류가 오래전부터 가지고 있는 젠더적 표상의 관습과 연결되어 있다. 우리는 장소를 젠더적으로 여성 그중에서도 어

33 김성옥, 「최서해 소설에 나타난 여성상의 변모양상과 그 의미」, 『한국 현대문학연구』 29집, 223면. 천기 작품에 나타난 순종적인 아내들은 임신 중이거나 병 중으로 성(여성), 계급(하층민), 민족(조선인), 육체(병자)에 있어 중층적 '타자'이자 '약자'로 설정되고, 헌신형의 어머니 또한 젊어서는 혼자 아들을 장년으로 키워낸 '여장부'와 같은 존재였으나 이제는 늙어서 아들의 보호를 필요로 하기에 아내 못지않은 '타자'와 '약자'로 등장한다.(위의 글, 246면)

34 김현과 김윤식은 최서해 문학의 특성으로 작중 인물들이 극한 행동을 보이고, 붉은색의 이미지로 가득 차 있는 것과 아울러 여성 편향을 중요한 특성으로 제시하고 있다. 아버지의 등장이 전혀 없다는 것이다. 그녀들에 대한 연민은 최서해의 소설이 도식화하는 것을 막고 있는 중요한 요소로써 한국인의 정한을 깊이 이해하고 있다는 한 증거라고 주장하기도 한다. 그러나 그의 여성 편향은 그의 소설의 주인공들을 지나치게 인정 일변도로 몰고 가서 주인공들의 인간적 대립을 불가능하게 만드는 약점을 지닌다고 비판한다.(김현 · 김윤식, 『한국소설사』, 민음사, 1996, 260면)

머니와 관련시켜 이해해 왔기 때문이다. 이푸 투안은 "어머니는 아이의 제일의 장소"[35]라는 명제를 제시한다. 가치, 자양분, 지탱물의 중심으로서 장소를 정의한다면, 어머니는 아이의 최초이자 가장 근원적인 장소일 수밖에 없다는 것이다. 고향Heimat은 무엇보다도 어머니 대지인 것이다.[36]

이와 관련해 도린 매시는 인간주의 지리학자들과 마르크스주의 지리학자들이 모두 장소와 공간을 이분화했다고 비판한다.[37] 매시에게 있어서 장소는 구체적이면서도 동시에 추상적인 또는 보편적 원리에 의해 작동한다. 따라서 공간은 보편과 추상의 영역으로, 장소는 그 반대 특징인 특수와 구체의 영역으로 이분화하는 것은 성립하지 않는다. 장소라는 구체성은 공간이라는 보편성과 뫼비우스의 띠처럼 꼬여 있으며, 공간처럼 장소도 그 경계가 없는 가변적인 영역이라고 볼 수 있다. 장소 역시 경계가 뚫려 있고 복수의(아니면 무한한) 정체성을 가지며 장소 안팎의 사회적 관계들의 조합으로 구성되는 것이다.[38] 한마디로 공

35 Yi-fu Twan, 앞의 책, 54면.

36 Leonard W. Doob, *Patriotism and Nationalism – Their Psychological Foundations*, New Haven : Yale University Press, 1952, p.196.

37 인간주의 지리학자들은 장소를 추상적(앞에서 말한 편평한) 공간과 차별되게 경계 지어지고 내향적이고 정체성의 기반이 되는 특수한 곳으로 인식했으며, 마르크스주의자들은 보편적 공간과 차별되게 특수하고 우연적이며 공간보다 영향력이 작은 곳으로 장소를 인식했다는 것이다. 전자는 장소를 의도적으로 잘못 낭만화함으로써 장소를 수동적인 영역에 가두어 두었고, 후자는 보편(추상)과 특수(구체)를 규모의 대소(글로벌 대 로컬)와 동일시하는 오류를 범함으로써 작은 것은 추상적이거나 보편성을 가질 수 없다는 잘못된 이분법에 사로잡혔고, 그 결과 장소의 정치적 파급력을 폄하했다.(Doreen Massey, 정현주 역, 『공간, 장소, 젠더』, 서울대 출판문화원, 2015, 8~9면)

38 위의 책, 12면. 장소를 공간과 마찬가지로 이렇게 관계적으로 인식한다면, 장소가 고정불변의 경계에 의해 닫힌 수동적인 장이 될 이유가 없다. 장소는 열려 있고, 유동적이고 가변적이며, 연결되어 있으며, 그 경계는 무수히 뚫려 있고 새로 그려진다. 즉 장소를 구성하는 것 자체가 바로 정치적 행위인 것이다.(위의 책, 17면)

간과 장소는 서로 반대항이 아니라 상호 구성적이다. 매시는 공간과 장소라는 기존의 이분법이 "남성중심적 관점을 반영"[39]한다고 비판한다. 장소 밖으로 "나가서 발견하고 세상을 변화시키는 자들은 주로 남성"이고, 여성(대표적으로 어머니)은 "변함없는 장소의 화신 역할을 담당"[40]한다는 것이다. 이러한 이분법은 공간에 대한 장소의 젠더화로 볼 수 있다. 장소를 그간 수동적이고 내향적인 것으로 인식하면서, 도달할 수 없는 이상향이나 일종의 향수로 미화하고 그러한 정체성을 상실하는 것을 경계한 주류의 접근은 장소를 여성성과 동일시하는 남성중심적 장소관에 그 뿌리를 두고 있었던 것이다.[41]

최서해의 만주배경소설은 전통적인 남성중심적 장소관에 바탕해 장소상실을 표상하는 대상으로 여성을 등장시킨다. 장소상실의 경험은 어머니나 아내 혹은 딸과 같은 여성인물의 처참한 몰락과 고통을 통해 반복적으로 표상되는 것이다. 최서해의 만주배경소설인 「토혈」, 「탈출기」, 「기아와 살육」, 「홍염」에서는 모두 주인공이 남자이다. 그리고 그들이 겪는 핵심적인 사건은 아내나 어머니의 고통이다. 「토혈」에서는 아내가 병에 시달리고, 어머니는 중국인 집의 개에 물려 사경을 헤맨다. 「탈출기」에서는 아내가 임신하지만 먹을 것이 없어 길바닥의 귤껍질을 주워먹으며 산후병에 시달린다. 「기아와 살육」에서는 아내가 산후풍으로 신음하고 딸 학실이는 누덕치마 하나 못 얻어 입고 지낸다. 거기에 좁쌀을 얻으러 갔던 어머니는 중국인의 개에게 물리는 고통을

39 위의 책, 11면.
40 위의 책, 301면.
41 위의 책, 18면.

당한다. 「이역원혼」에서 주인공은 중국인 지주의 색욕으로 인해 괴롭힘을 당하다가 결국에는 뱃속의 아이와 함께 중국인 지주의 도끼에 맞아 죽는다. 주인공이 여자이지만, 수난의 핵심 대상이라는 점은 여타의 소설과 동일하다. 「홍염」에서는 문서방이 딸을 중국 지주에게 빼앗기고 아내는 병고를 겪다가 그토록 보고 싶어 하던 딸 한번 보지 못하고 죽는다.[42]

이처럼 장소감을 전혀 느낄 수 없는 만주에서 여성은 하나의 대상으로만 등장한다. 그러나 만주에서 조선으로 귀국하는 소설에서는 여성이 초점화자로 등장한다. 이때 조선은 만주와의 대비를 통하여 장소로서 상상되며 여성은 대상이 아닌 당당한 주체로서 자리매김되는 것이다. 이러한 특징은 최서해 문학의 전기와 중기를 가르는 기점으로 여겨지는 「해돋이」에서 발견할 수 있다.[43] 「해돋이」는 살인 방화와 같은 극단적 행동으로 끝나는 이전 소설들과 달리 나름의 계급적 전망을 제시하는 경향소설로서의 진전된 면모를 보여준다. 그러한 계급적 전망은 마지막 대목에 드러나는데, 이러한 전망의 대사는 여성 김소사가 아닌 만수의 친구인 남성 경석이를 통해 발화된다.

42 최서해의 만주배경소설인 「토혈」, 「탈출기」, 「기아와 살육」, 「이역원혼」, 「홍염」에서 남자 주인공은 아내나 어머니가 겪는 처절한 고통으로 인해 결국 발광이나 살인 혹은 방화나 가출 등에 이른다. 흥미로운 것은 「박돌의 죽음」에서는 어머니가 주인공이고, 아들인 박돌의 고통에 괴로워하다 결국 발광하여 폭력을 휘두른다는 점이다. 앞에 나열한 만주배경소설들과 젠더의 역할이 역전된 것을 확인할 수 있다. 이와 관련해 「박돌의 죽음」이 조선을 배경으로 한 소설이라는 것은 적지 않은 의미를 지닌 것으로 판단된다.

43 「해돋이」는 초기의 개인적 차원에서의 하층민의 자발적 반항 행위에서 한 걸음 나아가 집단적 차원에서의 프로 인텔리겐치아의 투쟁 실천을 보여줌으로써 "진일보한 본격소설의 면모"(임규찬, 「최서해의 「해돋이」와 신경향파 소설 평가문제」, 『문학사와 비평적 쟁점』, 태학사, 2001, 171면)를 보여준 작품으로 고평되었다.

"아! 뛰어나가자! 저 소리를 어찌 앉아서 들으랴? 이 꼴을 어찌 보랴? 아! 가련한 생명아! 나도 너희와 같은 자리에 섰다. 만수도, 어머니도, 몽주도…… 상진도 아니 전조선이 그렇구나. 아! 이 역경을 부수지 않으면 우리 목에…… 않으면 우리는 영영 이 속을 못 뛰어나리라, 뛰어나서자!" (…중략…)

"흥 세상은 만수를 조롱한다. 만수 어머니를 업수히 본다. 만수 어머니시여! 웃는 세상더러 기껏 웃어라 하옵소서. 어머니를 웃는 그네들게 어머니보다 나은 것이 무엇이 있습니까? 아! 불쌍도 하지, 피묻은 구렁으로 들어가는 그네들은 나오려는 삶을 웃는구나!

오오 만수야! 내 아우야! 너는 선도자다."(223)

이것은 간도와는 달리 장소성을 담지한 것으로 상상된 조선(고향)의 주체로서 여성이 등장할 수 있지만, 역시나 이념과 같은 공적인 영역에서는 여성을 철저히 배제하고자 하는 최서해의 여성주의적 한계를 여실히 보여주는 것이라고 할 수 있다.

이외에도 만주에서 경험하는 장소상실은 추운 날씨와 집의 몰락을 통해서도 드러난다. 최서해의 만주배경소설은 추운 날씨를 배경으로 하는 경우가 대부분이다. 겨울이 되면 인간은 취약함을 떠올리고 집을 안식처로 느낀다.[44] 이와 반대로 여름은 모든 세계를 에덴동산으로 바꾸고, 따라서 인간은 어느 곳이든 안전하게 느낀다.[45] 이러한 점을 고려할 때, "눈벌판을 거쳐서 봄바람을 찾아"(377)간 만주가 본래의 기대와는 달리 추운 날씨로 일관되게 묘사되는 것은, 만주가 조선인들에게 전

44 Gaston Bachelard, *The poetics of space*, boston : beacon press, 1969, pp.40~41.
45 Yi-fu Twan, 앞의 책, 221면.

혀 장소로서 기능하지 못함을 증명하는 것이라고 할 수 있다. 「토혈」에서는 "워질령을 스쳐오는 바람이 몹시 차"(111)고, 일기는 "뼈가 저리도록"(111) 차다. 「탈출기」에서도 박군이 "오랑캐령을 올라서니 서북으로 쏘려 오는 봄 세찬 바람이 어떻게 빰을 갈기는"(17)지 박군의 어머니는 가장 먼저 "에그 춥구나! 여기는 아직도 겨울"(17)이라며 이불을 뒤집어쓴다. 이후에도 "세월은 우리를 위하여 여름을 항시 주지는 않"(20)는 것과 대조되게 추운 날씨가 계속해서 강조된다. 「기아와 살육」에서도 "서북으로 쏠려오는 차디찬 바람은 그의 가슴을 창살"(29) 같이 쏘는 것으로 묘사된다. 「만두」는 배고픔에 지친 조선인 '내'가 중국인 음식점에서 만두 하나를 훔쳐 먹는 콩트인데, 작품 전체의 20% 정도가 추운 날씨에 대한 묘사로 이루어져 있을 정도이다.[46] 「홍염」에서는 "겨울"(11), "차디찬 좁은 하늘"(11), "눈보라"(11), "북극의 얼음세계나 거쳐오는 듯한 차디찬 바람"(11), "세찬 바람과 뿌연 눈보라"(12), "몹시 춥고 두려운 날"(12), "찬바람"(17), "바람"(14)과 같은 단어가 반복되면서 추위가 강조되고 있다. 이와 달리 「고국」에서 운심이가 간도에서 조선으로 돌아올 때는 "푸른 빛을 띤 물버들이 드문드

46 그 대목을 옮겨보면 다음과 같다. "어둠침침한 하늘에서 뿌리는 눈발은 세찬 바람에 이리 쏠리고 저리 쏠려서 하늘이 땅인지 땅이 하늘인지 뿌옇게 되어 지척을 분간할 수 없었다. 홑고의 적삼을 걸친 내 몸은 오싹오싹 죄어들었다. 손끝과 발끝은 벌써 남의 살이 되어 버린 지 오래였다. 등에 붙은 배를 찬바람이 우우 들이치는 때면 창자가 빳빳이 얼어 버리고 가슴에 방망이를 받은 듯하였다. 나는 여러 번 돌쳐서고 엎드리고 하여 나한테 뿌리는 눈을 피하여 가면서 뻐근뻐근한 다리를 놀리었다. 이렇게 악을 쓰고 한참 걸으면 숨이 차고 등에 찬땀이 추근추근하며 발목에 맥이 풀려서 그냥 눈 위에 주저앉았다. 주저앉아서는 앞뒤로 쏘아드는 바람을 막으려고 나로도 알 수 없이 두 무릎을 껴안고 머리를 가슴에 박았다. 얼어드는 살 속을 돌고 있는 피는 그저 뜨거운지 그러안은 무릎에 전하는 심장의 약동은 너무나 신기하게 느껴졌다. 나는 또 일어나서 걸었다. 무엇보다도 ××가 어찌 서린지 뚝 떨어지는 듯하였다."(269)

문"(98)하며, "진달래 봉오리 방긋방긋"(98)하는 것으로 묘사된다.

또한 만주는 가족을 잃고 결국에는 집이 몰락된 곳이기도 하다. 집은 "개인으로서 그리고 한 공동체의 구성원으로서의 우리 정체성의 토대"[47]이자 "인간 실존의 근원적 중심"[48]으로서 모든 인간에게 중요한 의미를 지닌다. 집이란 오래된 가옥이며 오래된 이웃이고 고향이며 조국으로서, 집보다 나은 장소는 없다고 말할 수 있을 정도이다.[49] 오토 프리드리히 볼노도 집은 "인간이 사는 세계의 구체적인 중심"[50]이라고 주장하기도 하였다. "삶에 대한 궁극의 신뢰라는 이 배경"이 없으면, "집을 짓고 거주할 수도 없"[51]는 것이다. 최서해의 만주배경소설에 드러난 집의 몰락은 조선인들이 만주에서 경험하는 장소상실을 압축해서 보여주는 모습이라고 할 수 있다.

4. 장소상실이 가져온 상상된 장소로서의 고국(고향)

처음 조선인들에게 만주는 조선에서는 경험할 수 없는 안정감과 의미를 제공해 줄 수 있는 장소로서 상상되었다. 그러나 실제 만주에서의

47 Edward Relph, 앞의 책, 97면.
48 위의 책, 96면.
49 Yi-fu Twan, 앞의 책, 15면.
50 Otto Friedrich Bollnow, 이기숙 역, 『인간과 공간』, 에코리브르, 2011, 162면.
51 위의 책, 180면.

삶은 그곳이 장소와는 무관한 곳임을 선명하게 보여준다. 그것은 장소를 표상하는 여성인물들의 처절한 몰락, 추운 날씨와 집의 몰락 등을 통해 생생하게 드러난다. 흥미로운 것은 간도가 장소로서의 기능이 소멸되는 과정을 통해, 조선은 새로운 장소로 재구성된다는 점이다. 이것은 조선인들이 애당초 조선을 장소로 경험할 수 없었기에 간도행을 선택했다는 점을 생각한다면, 아이러니한 결과라고 할 수 있다.

사실 장소와 공동체는 동일했던 적이 거의 없다. 그렇기에 "장소가 하나의 근본적인 정체성을 가지고 있다는 생각"[52]은 반동적 인식으로서 문제가 될 수 있다. 사람들의 정체성이 복수인 것처럼, 장소 역시도 분열되어 있기 때문이다. 도린 매시는 "과거의존적이고 이음새 없이 매끈한 내적 동일성을 지녔으며 언뜻 보기에 안락함을 주는 닫힌 공동체로서 장소를 인식"[53]하는 것에 반대한다. 장소의 의미를 고정하여 경계지어진 닫힌 공간으로 해석할 때, 그것은 타자들과의 대립으로 귀결될 수도 있기 때문이다. 특정 장소에 기반한 민족주의 운동이나 분리주의 운동을 그러한 사례로 들 수 있다.

「향수」에서 김우영은 조선에 머물 당시, 추운 겨울날 눈을 치우지 않았다고 순사들에게 뺨을 얻어맞으며 설치雪恥를 각오할 정도로 모욕적인 삶을 살았다. 더군다나 그가 떠나 있는 사이 어머니와 아내와 자식까지 모두 죽는다. 그러나 "죽어서 만약 영혼이 있다 하면 나는 고향으로 가련다"(25)는 김우영의 진한 향수로 인해 조선은 매우 의미 있는 장소로 새롭게 태어난다. 「해돋이」는 간도에서 조선으로의 귀환기라고

52 Doreen Massey, 앞의 책, 273면.
53 위의 책, 304면.

할 수 있는 작품으로서, 김소사가 서사의 대부분에서 초점화자로 등장한다. 이때의 "고향은 그저 사랑스러웠다. 산천을 보는 것도 얼마간 위로가 된다"(197)고 이야기될 만큼 이상화되고 낭만화된 장소이다. 이후에도 "김 소사의 눈에는 이 모든 사람이 유복하게 보였다. 크나 작으나 점방이라고 벌여 놓고 얼굴에 기름이 번즈르하여 앉은 것이 자기에게 비기면 얼마나 행복스러울까?"(218)라고 표현될 정도로 고향이 이상화된다. 「홍염」에서도 문서방은 너무나 곤란한 간도 생활로 인해 "도리어 내지(조선)— 쪼들려도 나서 자란 자기 고향에서 쪼들리던 옛날이— 삼 년 전의 그 옛날이 그리웠다"(16)고 회상한다.

「이역원혼」에서는 "너무도 기한을 못 이겨서 그 남편 형선이와 같이 재작년 봄에 이 간도로 왔"(280)지만, 힘겨운 간도 생활로 인해 고국을 그리워하며 "굶으나 먹으나 낯익은 고향에서 살고 싶"(281)어한다. 이 작품에서는 고국에 대한 그리움을 백두산으로 달래는 장면이 등장한다. "백두산 앞에는 자기를 낳아서 길러 준 조선이 있거니 생각"(281)하는 것이다. 이때 백두산은 고향을 상징하는 하나의 이정표로 기능한다.[54] 「폭풍우시대」에서도 팔구십 년 동안을 만주에서 살아오면서 조선이 어디 붙었는지도 모르는 조선인들은, "멀리 백두산을 바라보고 조선을 그리워하는"(373) 것으로 설명된다. 백두산은 "기념비, 성지, 신성한 전투지 또는 묘지와 같이 '잘 보이고 대중적으로 중요성을 가진다'

54 각각의 문화는 친밀함에 관한 고유한 상징들을 가지고 있으며, 그것들은 그 문화권에 속한 사람들에게 널리 알려져 있다. 대부분 어느 곳에서나 인간 집단은 그들 자신의 고향을 세계의 중심으로 간주하는 경향이 있다. 중심은 지표면의 특정 지점이 아니다. 즉 그것은 고유한 사건 및 장소와 관련하여 우리가 절실하게 느끼는 가치라기보다는 신화적 사상에 나타나는 개념이다.(Yi-fu Twan, 앞의 책, 237~240면)

는 특성"[55]을 가지고 있기에 장소를 가리키는 이정표로서의 역할을 수행할 수 있는 것이다. 「이역원혼」과 「폭풍우시대」에서 백두산은 조선인이 스스로를 특정한 장소와 동일시하고, 그 장소가 조상은 물론이고 자신들의 고향이라고 느끼게(상상하게) 해주는 이정표라고 할 수 있다.

「이역원혼」과 같은 해에 쓰여진 수필 「신음성呻吟聲—병상일기病床日記에서」(『동아일보』, 1926.7.10~17)에서도 백두산은 고국의 상징으로 제시된다. 병상에 있는 작가를 찾아온 조선 사람들은 "자기의 나라는 조선이요 자기는 조선사람이며 백두산은 자기 나라의 가장 높은 산인 것을 기억"[56]한다. 그들은 갖은 풍상을 다 겪어 가면서 "아주 중국 사람이나 다름없이 되고도 늘 백두산을 바라보고 고국을 생각"(221)하는 것이다. 조선인들이 생각하는 가장 숭고한 장소라고 할 수 있는 백두산은 다음처럼 신성하고도 장엄하게 묘사된다.

> 雲捲天晴 맑은 하늘 아래 엷푸른 초가을 안개와 서리 물드는 녹엽이 서로 어우러져서 濃淡이 자재한 天際에 白頭가 屹然聳立한 것은 巨靈이 白雲間에 뜬 듯 천고의 신비와 전 세계의 운명을 장악한 듯이 숭엄하게 뵈인다. 더욱 闥門潭으로 넘쳐 흐르는 물길이 한창 빛나는 석양에 번쩍번쩍하는 것은 우리 동방의 빛을 길이길이 보이는 듯하다. 그것을 볼 때 내 머리는 저절로 白頭를 향하여 숙여졌다. 동시에 나는 알 수 없는 눈물에 兩眼이 흘려지고 알 수 없는 힘에 주먹이 쥐어졌다.

55 위의 책, 255면.
56 최서해, 『최서해 전집』 下, 문학과지성사, 1987, 221면. 앞으로의 인용시 본문 중에 면수만 기록하고자 한다.

저기서 저 위대한 백두산하에서 우리 2천 만의 시조 단군께서 나셨나? 그것이 한 신화에 지나지 못하고 그것이 한 미신이라 하더라도 조선이 있고 조선의 아들과 딸이 있을 동안은 千秋에 전하여 스러지지 않을 것이며 믿을 것이다. 그것이 벌써 4천여 년 전 옛이야기지만 이제에 이르러서도 백두산을 보는 때에 단군을 그리지 않는 이 누구며 단군을 그리는 때에 백두산을 생각지 않는 이 누군가?(223~224)

'백두산=조선민족'이라는 확고한 인식이 나타나 있음을 확인할 수 있다. 이를 통해 최서해는 "이 지구가 부서져서 인류가 전멸되기 전에는 우리 사람의 피가 흐를 것이다"(221)라는 강력한 민족주의적 의식을 드러내며, 스스로 "내게는 부모가 있다. 친구가 있다. 고국이 있다. 나는 죽더라도 이 일을 다 해놓고 부모님 슬하, 친구 곁에서 죽어서 고국 땅에 묻히리라"(223)는 다짐까지 하게 된다. 어느새 고국은 영원불멸하며, 반드시 돌아가야 하는 장소로서 새롭게 상상되고 있는 것이다.

5. 결론

최서해는 만주배경소설인 「토혈」, 「고국」, 「향수」, 「탈출기」, 「미치광이」, 「기아와 살육」, 「해돋이」, 「만두」, 「이역원혼」, 「돌아가는 날」, 「홍염」, 「폭풍우시대」 등을 창작하였다. 이들 작품은 대부분 최서해의 대표작에 해당하는 것들이다. 최서해의 만주배경소설은 '장소'를 갖지 못한 사람들, 즉 자신들이 속한 곳이나 있어야 한다고 생각되는 곳이 어디인지 알 수 없는 사람들, 또는 그들이 머물러도 좋은 자리, 점유할 수 있는 위치를 이 세계 안에서 발견할 수 없는 사람들을 형상화하고 있다. 최서해의 만주배경소설에서 만주행은 안정과 정체성의 근원인 장소를 찾아 떠나는 행위이다. 그러나 힘들게 찾아간 만주에서 조선인들은 어떠한 장소감도 발견하지 못한다. 연약하며 예측할 수 없는 변화에 시달리는 조선인 이주민들에게 만주는 영속감과 안정감을 주지 못하는 것이다. 이러한 장소 획득의 실패를 가져온 근본적인 이유는 가난이며, 이것은 중국인 지주와 힘을 가진 중국 관헌 등에 의해 가속화된다. 나아가 최서해는 중국인과 조선인의 갈등 이면에 일제의 중국 대륙에 대한 침략 야욕이 도사리고 있다는 것도 분명하게 파악하고 있다.

이러한 장소상실의 경험은 어머니와 아내 혹은 딸과 같은 여성인물의 처참한 몰락과 고통을 통해 반복적으로 표상된다. 이것은 인류가 오래전부터 가지고 있는 젠더적 표상의 관습과 연결된 것으로 이해할 수 있다. 우리는 장소를 젠더적으로 여성과 관련시켜 이해해 왔기 때문이다. 본래 공간과 장소는 서로 반대항이 아니라 상호 구성적임에도 불구하고, 그동안 인류는 장소를 여성의 영역으로 바라보는 남성중심적 관점을 지니고 있었던 것이다. 최서해의 만주배경소설인 「토혈」, 「탈출기」, 「기아와 살육」, 「홍염」의 주인공은 모두 남자이며, 그들이 겪는 핵심적인 사건은 아내나 어머니의 지난한 고통이다. 이처럼 장소감을 전혀 느낄 수 없는 만주에서 여성은 장소상실을 표상하는 하나의 대상으로만 등장할 뿐이다. 이외에도 만주에서 경험하는 장소상실은 추운 날씨와 집의 몰락을 통해서도 드러난다. 흥미로운 것은 간도가 장소로서의 기능이 소멸되는 과정을 통해, 조선은 새로운 장소로 새롭게 재구성된다는 점이다. 이것은 조선인들이 애당초 조선을 장소로 경험할 수 없기에 간도행을 선택했다는 점을 생각한다면, 아이러니한 결과라고 할 수 있다.

(2017)

제2장

한설야와 만주

민족과 계급의 이중주

1. 서론

한설야는 카프 문인 중에서 중국 체험이 가장 다양하며, 그 체험의 깊이도 만만치 않은 작가이다. 세계관이 형성되던 청년기에 북경 유학을 한 바 있으며,[1] 1926년에는 무순撫順에서 간접적으로 탄광노동을 체험하였다. 작품 속에 만주가 등장하는 「그릇된 동경憧憬」(『동아일보』, 1927.2.1~10), 「합숙소合宿所의 밤」(『조선지광』, 1928.1), 「인조폭포人造瀑布」(『조선지광』, 1928.2), 「한길」(『문예공론』, 1929.6), 「대륙大陸」(『국민신보』, 1939.6.4~9.24)은 한설야가 만주의 무순 체험이 있은 후에 쓰여진 작품들이다. 탄광 지대로 유명한 무순에서 한설야는 직접적인 육체노동을 한 것은 아니지만 만주에서 살아가는 여러 민족의 삶을 생생하게

1 이경재, 「단재를 중심으로 본 한설야의 「열풍」」, 『현대문학의 연구』 38집, 2009, 107~134면.

체험하였다.[2] 이후 1930년대에는 『조선일보』 기자로서 만주를 취재하기도 하였고, 1940년에는 북경에 머물며 여러 편의 기행산문을 발표한 바도 있다.[3] 본고에서는 만주를 다룬 소설과 여러 편의 산문을 집중적으로 논의하고자 한다.

그동안 한설야 소설에 나타난 만주의 모습에 대해서는 몇 편의 논문들에서 집중적인 탐구가 이루어졌다. 한 가지 안타까운 점은 통시적인 시각에서 한설야 문학 전반에 나타난 만주의 모습을 탐구한 논문은 전무하다는 사실이다. 대개의 논문이 카프 시기나 일제 말기 등의 특정 시기만을 단편적으로 다루고 있다.[4] 한설야의 만주 배경 소설을 폭넓게 다루고 있는 천춘화의 박사논문도 1920년대 창작된 만주 배경 소설들만을 대상으로 삼고 있다.[5] 특히 해방 이후 한설야의 소설에서 만주가 형상화된 방식에 대한 논의는 지금까지 거의 이루어지지 않고 있는 실정이다. 본고에서는 이러한 연구사적 맥락에서 한설야 소설 전체를 대상으로 하여, 그의 소설에 나타난 만주 형상화의 전반적인 양상에 대하

2 안함광은 "놈들의 신분 조사 관문에 걸리어 노동 생활로는 들어가지 못하였으나 작가는 이 시기에 노동자들과 접촉하면서 새로운 생활 체험들을 쌓았으며 막스 레닌주의 서적 및 고전 문학 작품들을 널립 섭렵하였다"(안함광, 「한설야의 작가적 행정과 창조적 개성」, 『조선문학』, 1960.12, 111면)고 언급하였다.

3 그 목록을 정리하면 다음과 같다. 한설야는 「國境情調」(『조선일보』, 1926.6.12~23), 「北國紀行」(『조선일보』, 1933.11.26~12.30), 「北支紀行」(『동아일보』, 1940.6.18~7.5), 「燕京藝壇訪問記」(『매일신보』, 1940.7.17~23), 「燕京의 여름」(『조광』, 1940.8), 「大陸文學など」(『경성일보』, 1940.8.2~4), 한설야 외 「關北, 滿洲 郷土文化座談會」(『삼천리』, 1940.9), 「北京通信－萬壽山紀行」(『문장』, 1940.9), 「天壇 北京通信」(『인문평론』, 1940.10) 등을 남겼다.

4 구체적인 선행 연구는 각 장의 해당 부분에서 언급하고자 한다.

5 천춘화는 「그릇된 瞳憬」에서 만주는 "하나의 탈출구, 새로운 출발지점"(천춘화, 「한국 근대소설에 나타난 만주 공간 연구」, 서울대 박사논문, 2014, 42면)이라고 보며, 「合宿所의 밤」과 「人造瀑布」에서 만주는 "수난의 공간만이 아닌 거대한 자본의 힘과 자본주의 근대의 생산양식을 접할 수 있는 최첨단의 공간"(위의 글, 53면)이라고 주장한다.

여 살펴보고자 한다. 한설야는 스스로 중국 체험이 풍부하며, 자신이 중국을 가장 잘 형상화할 수 있다는 자신감을 여러 문헌을 통하여 밝힌 바 있다.[6] 실제로 한설야만큼 오랜 기간 만주를 지속적으로 자신의 작품 배경으로 삼은 작가도 드물다.

한설야 문학에 나타난 만주를 살펴보기 위해서 이 글에서는 로컬리티를 세 가지 관점에서 파악하고자 한다. 우선 장소place가 아닌 공간space의 관점에서 만주를 파악할 것이다. 에드워드 렐프는 인간이 살아가면서 경험하게 되는 직접적이고도 구체적인 다양한 장소와 장소경험들을 일정한 범주로 묶어 유형화 또는 개념화한 것을 공간으로 보았다.[7] 이푸 투안 역시 공간은 아직 인간의 경험과 의미가 투영되지 않은 세계로서, 장소보다 추상적이라고 주장한다.[8] 에드워드 렐프나 이푸 투안 모두 장소는 직접적이고도 구체적인 것으로, 공간은 유형화 또는 개념화된 것으로 파악하는 특징을 보여준다. 다음으로 로컬리티는 특정 로컬이 나타내는 장소성, 역사성, 권력성 등을 포함한 다양한 현상과 관계성의 총체로서, 지리적 환경, 역사적 경험, 사람들의 정서적 기질, 언어, 사회적 관계, 제도 등이 복합적이고 중층적으로 작용하여 구성된다.[9] 로컬리티는 외적으로 존재하는 실체가 아니라 사회적 구성물이라고 할 수 있다.[10] 마지막으로 로컬리티를 지역

6 한설야는 일제 말의 한 산문(한설야, 「大陸－作者の言葉」, 『국민신보』, 1939.5.28)에서 자신이 만주만 대여섯 번 다녀왔다고 밝힌바 있다. 해방 후에도 김일성 전기를 집필하기 위해 만주 지역의 항일무장투쟁 전적지를 다녀왔다.

7 에드워드 렐프는 장소와 공간을 "일종의 사실과 개념과 같은 관계, 즉 개념(공간)은 사실(장소)을 토대로 존재하게 되며, 사실(장소)은 개념(공간)을 통해 자신의 맥락적 의미를 확보하게 되는 관계"(Edward Relph, 앞의 책, 305면)로 보았다.

8 Yi-Fu Tuan, 앞의 책, 39~62면.

9 부산대 한국민족문화연구소 편, 『로컬리티, 인문학의 새로운 지평』, 혜안, 2009.

과 지방의 두 가지 의미로 구분해서 파악하고자 한다. 로컬local은 본래 지방으로도 지역으로도 번역될 수 있다. 지역이 중앙과의 관계 속에서 수평적이며 가치중립적 의미를 지닌다면, 지방은 중앙과의 관계 속에서 수직적이며 위계적 의미를 지닌다.[11] 자연스럽게 지방을 강조하면 지방주의localism로 빠지게 되며, 이때의 지방주의는 식민주의적(무)의식과도 긴밀한 관련을 맺을 수 있다.[12] 본고에서는 이러한 관점을 바탕으로 한설야 소설 전체에 나타나는 만주 표상 방식에 대하여 살펴보고자 한다.

2. 민족의 성소(聖所) 만주

「그릇된 동경」은 한설야 소설에서 처음으로 만주가 등장하는 소설이다. 이 작품에서 만주는 조선인만의 공간으로서 내셔널리즘으로 충만한 상상적 공간이라고 할 수 있다. 정치범으로 수감된 오빠에게 보내는 편지 형식으로 되어 있는 이 글의 시작 부분에서 '나'는 자신이 "너르고 너른 만주쌀 북쪽 씃"[13]에 있다고 밝힌다. 이 만주땅의 "남에도 북

10 D. Harvey, 최병두 역, 『희망의 공간』, 한울, 1993, 64면.
11 이상봉, 「인문학의 새로운 지평으로서 '로컬리티 인문학' 연구의 전망」, 『로컬리티 인문학』 창간호, 부산대 한국민족문화연구소, 2009.4.
12 하정일, 「지역·내부 디아스포라·사회주의적 상상력—김유정 문학에 관한 세 개의 단상」, 『민족문학사연구』 47호, 2011, 84~86면.
13 한설야, 「그릇된 憧憬」, 『동아일보』, 1927.2.1.

에도 조선의 사람은 수업시 만히 널려"[14] 있다. 이에 반해 단 한 명의 일본인이나 중국인의 존재도 언급되지 않는다. 이 작품에 드러난 만주의 의미를 제대로 이해하기 위해서는 조선에서 보낸 '나'의 삶을 먼저 살펴보아야 한다.

'나'는 조선에 있을 당시 민족과는 거리가 먼 삶을 살았다. 스스로 "죄악"[15]이라고 불렀던 조선에서의 생활은 한마디로 일본인이 되기 위해 몸부림친 시간들이다. '나'는 조선에서 교원으로 근무할 때, 일본인 고등관 Y의 학식, 인물, 명예, 지위를 동경하여 그를 연모한다. Y의 마음을 얻기 위해 옷과 화장을 일본식으로 하고, 심지어는 글씨까지도 일본식으로 쓰려고 노력한다. 이러한 노력의 보람으로 '나'는 Y로부터 "나이지징솟구리데스네(꼭일본사람갓터요)"[16]라는 말을 듣고, 결국 결혼에까지 이른다. 그러나 일본인 Y와 '나'의 결혼생활은 자신의 개성과 인격을 파묻은 암흑시대였다고 말할 수 있다. 본래 조선인에 대한 우월감을 가진 Y의 무시와 학대는 '나'에게서 '나의 가족'을 거쳐 나중에는 '조선 민족' 전체로 점차 확대되는 것이다.

한마디로 '나'는 "련애에는 국경이 업다"[17]는 마음으로 Y를 좋아하게 되었지만, 결국 그와의 관계 속에서 "련애가 제 아모리 굿세다 하여도 일본 사람의 국경을 넘어낼 것 갓지 안터이다"[18]라는 깨달음에 이른다. 연애를 통해 극복할 수 없는 '국경'의 존재를 실감하게 된 것이다. '내'

14 한설야, 「그릇된 瞳憬」, 『동아일보』, 1927.2.1.
15 한설야, 「그릇된 瞳憬」, 『동아일보』, 1927.2.2.
16 한설야, 「그릇된 瞳憬」, 『동아일보』, 1927.2.4.
17 한설야, 「그릇된 瞳憬」, 『동아일보』, 1927.2.4.
18 한설야, 「그릇된 瞳憬」, 『동아일보』, 1927.2.7.

가 Y를 떠나 향하게 된 만주는 이 모든 민족적 모멸과 상처를 회복할 수 있는 곳이다. '나'에게 만주는 일본에 자신의 존엄성 전부를 맡겨놓았던 상태에서 벗어나 조선 민족으로 새롭게 갱생하는 공간이라고 할 수 있다. 이것은 이 작품의 시작 부분에 인상적으로 나타나 있다.

> 그 가운데는 쫏겨온 사람도 잇스리다. 밀려난 사람도 잇스리다. 피와 갓흔 불평을 품고 온 사람도 눈물어린 욕심과 힘을 끌안고온 사람도 물론 만으리다. 나는 그네가 그립나이다. 그네를 사랑하나이다 아니 사랑한다니보다 나는 그네들 무리 가운데 몸소 들어선 새사람임을 절절히 늣기나이다. 나는 그네들 가운데의 한사람이외다. 그 사람들을 통하야 나를 생각하고 그네들을 통하야 나의 불행과 행복과 또는 나의 힘과 할일을 꿈도 꾸고 맹서도 하나이다. 나는 뜻하지 아니하고 그네들을 향하야 손을 내밀고 맘을 부르짓나이다. 복이라면 이것이 나의 크나큰 복일 것 갓나이다. 나는 외롭지 안나이다. 내 겻헤 그 큰 무리가 잇고 내 스스로 그네 가운데 나의 새 의식과 희망과 맘을 쌔리고 심오거던 무엇이 그리 외로우릿가. 맘이 노이나이다. 너그러운 맘이 나를 힘차게 하고 일맛이 나게 하나이다.[19]

위의 인용문에서 '나'는 만주의 조선인들과 자신을 완전히 일체화하고 있으며 자신의 존재 근거 전부를 민족이라는 매개를 통해서만 획득하고 있다. 「그릇된 동경」에서 만주의 역사성이나 현실성은 거의 소거되어 있으며, 그렇기에 얼마든지 시베리아나 동토대(凍土帶)로 치환될 수 있는 성격의 공간이다. 만주는 '내'가 처한 심리적 민족적 고통과 위

19 한설야, 「그릇된 憧憬」, 『동아일보』, 1927.2.1.

기를 단번에 해결시켜줄 수 있는 상상적인 공간이기에, 다음 인용문에서처럼 조선 사람들에 의해 채워져야 할 '텅 비고 아득하게 넓은 들판'인 "광야曠野"로까지 표상된다.

> 나는 요사이 도리혀 만주벌이 그리워서 끗도 가도 모르는 이 바닥에 서서 새 '삶'을 깃버하나이다. 과연 만주벌이 그립소이다. 이 벌에 막련하야 펼처진— 보도 듯도 못한 서백리아도 그리워지나이다. 어름판이 하늘에 닷코 눈뜰이 북극에 빼친 동토대(凍土帶) 저편까지 그리워지나이다. 녯날도 녯날한 녯날부터 오늘날까지도 사람의 종자를 그리기에 해가 지거나 밤이 오거나 맘 노코 잠들지 못하는 오로라의 밋 백야(白夜)의 누리도 그리워지나이다. 사람을 그리기에 그 너른 들 힌밤(白夜)의 말 업는 넓은 맘이 얼마나 오래 지첫겟나잇가. 만주의 지처버리(濕地)도 서백리아의 눈뜰도 밤이나 낫이나 저무도록 사람을 고대하고 잇나이다. 사람이 차자오기를 간절이 바라고 잇나이다. 더 만은 사람의 무리 더 큰 사람의 힘을 바라고 바라기에 그지업는 것 갓나이다. 더 만은 사람 더 큰 힘을 기다리는 이 벌판— 나는 쌔에 사모치도록 이곳에 애착을 늣기나이다. 끗끗내 사람의 무리는 이 넓은 광야(曠野)의 밤에 안기고야 말앗나이다.[20]

「그룻된 동경」에서 형상화된 만주는 실제의 만주와는 아무런 상관이 없으며, 이곳은 오직 식민지 조선의 비루한 현실을 감춰주는 대타항으로서의 역할을 수행할 뿐이다. 만주는 삶의 구체적인 고유성이 드러난 지역이 아니라, 조선과의 관계 속에서 하나의 주변적 지위만을 지니

20 한설야, 「그릇된 憧憬」, 『동아일보』, 1927.2.1.

는 지방으로서 표상되고 있는 것이다. 그렇기에 이곳은 그 모든 민족적 울분과 고통을 해소시켜주는 상상적 공간으로서의 역할에 충실할 뿐이다. 「그릇된 동경」에 그려진 만주는 1년 전에 쓰여진 「평범」(『동아일보』, 1926.2.16~27)에 나오는 블라디보스토크와 별반 다르지 않은 공간, 즉 고유한 개성을 지니지 못한 공간이라고 볼 수 있다.

3. 계급모순과 민족모순이 중첩된 삶의 공간

「홍수洪水」, 「합숙소의 밤」,[21] 「인조폭포」, 「한길」에서 만주는 계급모순과 민족모순이 공존하는 곳으로 형상화된다. 「합숙소의 밤」[22]에서 탄광의 노동자들은 정당한 노동의 대가를 받지 못하며, 그러한 문제점은 "외상밥을 먹고 쌩손을 첫든 촌늙은이"[23]를 통해 집중적으로 서사화

---

21 한설야에게는 같은 제목의 일본어 소설이 있다. 일본어 소설 「合宿所の夜」은 『만주일일신문』(1927.1.26~27)에 발표된 콩트이다. 노천 채굴장이 있는 탄광이라는 배경으로 미루어 보아 이 소설의 공간도 무순임을 알 수 있다. 탄광의 노동자 합숙소에서 탄광노동자 良太가 부부가 함께 생활하는 옆방을 훔쳐보는 내용을 담고 있다. 전반적인 내용은 「合宿所의 밤」보다는 그 이전에 발표된 「주림」과 흡사하다. 「주림」에서도 경일은 옆방에 사는 C라는 직공의 아내를 훔쳐본다. 이러한 노동자의 옆방 훔쳐보기 장면은 『황혼』과 「大陸」에도 등장한다. 이러한 훔쳐보기는 욕정의 주림과 물질적 주림을 연결시켜 표현한 것이라고 볼 수 있다.

22 유수정은 실증적인 연구를 통하여 「合宿所의 밤」이 만주의 실제 역사적 사실을 배경으로 하고 있으며, 민족과 국가의 경계선을 넘어서는 반자본주의・반제국주의의 연대를 제시한다고 주장하였다.(유수정, 「두 개의 「合宿所의 밤」과 '만주'」, 『만주연구』 9호, 2009, 141~182면)

23 한설야, 「合宿所의 밤」, 『朝鮮之光』, 1928.1, 27면.

된다. 풍옥상이 처들어온다는 이야기로 인해 탄광노동자는 폭증하고, 약하고 늙은 사람은 어디 가나 찬밥 신세일 수밖에 없다. 늙은이는 일이 없어 외상밥만 먹는 날이 많으며, 일해서 돈을 벌어도 밥값을 제한 후에는 담배값과 신발값이 모자랄 정도이다. 노인은 수시로 감독에게 불려 나가 뺨을 맞고는 한다. 이 늙은이의 모습은 '나'의 "나도 우리도 이대로 곱삭곱삭 늙어가면 별 수 업시 저 꼴을 당한다"[24]라는 말처럼, 만주에 있는 조선인 모두에게 해당하는 것이기도 하다. 「인조폭포」에서는 매음굴에서 몸을 팔지만, 갈수록 빚만 늘어가는 은순의 삶을 통해서 계급 모순의 실체가 적나라하게 드러난다.

「합숙소의 밤」에서는 만주가 계급적 대립만으로 가득 차 있는 것으로 그려지지 않는다. 만주는 여러 민족이 공존하는 공간이지만, 그곳에서는 민족간의 위계가 뚜렷하다. 시작 부분부터 "겨울 돈버리로 농촌에서 게바라드는지나 '쿠리'는 그래도 웬만하면 찌어진 양피쪼각이나마 걸고 달닌다. 불상한 목으로는 만주에서도 우리가 제일 첫재일 것이다"[25]라는 진술이 등장하는 것이다. 민족간 위계의 가장 상층부에는 日本人이 자리한다. 늙은 노인의 뺨을 사정없이 때리는 감독은 "교-쓰게(기착)"[26]라는 말을 입에 달고 사는 군인 출신의 일본인이다. 다음의 인용문에는 이 탄광에서 일본인이 받는 특별대우가 얼마나 대단한 것인지가 잘 나타나 있다.

---

24 위의 글, 31면.
25 위의 글, 26면.
26 위의 글, 28면.

'실직한 내지인은 속히 탄광 인사상담부로 올사. 날삭 일 원 이상의 일터를 소개함'

긔세가 위험해지자 한모퉁이에는 이런 긔적이 써러젓다. '날삭 일 원'— 이것은 아아무리 생각해도 우리에게는 긔적이 안닐 수 업섯다. ××××× 에 '봄짠지'가치 전 사람들은 군침을 흘니며 이 소문을 열스무 번 곱집어 외이지만 싸불려나간 뒤의 신세에는 그도 역시 소용업는 쓴소문이엿다. 그것은 압헤다 '국민'이라는 패를 단 사람에게만 가는— 공연히 남의 비위만 상케하는 왜사탕일 쑨이엿다.[27]

「홍수」에서는 간도 지역의 조선 농민이 둑으로 인해 중국인들과 갈등을 빚게 된다. 홍수로 인해 둑이 터질 지경에 이르러서도, 아래 둑의 임자인 중국인은 둑을 허물지 않는다. 이로 인해 조선농민은 생존의 위협을 받게 되는데, 이러한 위협은 "간도도 이제는 청인들 서슬에 모다 숨이 한 줌만 해간답데…… 우리사 덧에 든 쥐지"[28]라는 말이 극적으로 실현된 것이라고 할 수 있다. 다음의 인용문이 보여주듯이, 「홍수」에서 간도는 중국인들이 조선인들 위에 군림하는 공간으로 형상화된다.

"저 알에 되놈의 동을 툭테만 노면 물이 대번에 쑥 빠져서 광포(廣浦)로 나감멍이."

"그 동은 직히지 안흘 줄 암?"

"그놈들은 수삼 년을 잘해 먹어서 배가 불럿기에 익근해야 래일 아츰에 나

27 위의 글, 30면.
28 한설야, 「洪水」, 『동아일보』, 1928.1.2.

기동할멍이. 동이 튼튼하겟다 배가 압하이 밤에 우리가티 뒤범벅을 치겟슴"

"앙인게 앙이라 아리동이사 그놈의 동 때문에 해마다 터젓지"

제일 젊고 팽팽한 황서방이 박서방의 말에 구미가 동하는드시 얼는 동의를 하엿다. "제놈들이 강 건너서 지고온 땅인가!" 우리들은 성명이 이슴메 졸(卒, 장구ㅅ말)이 차(車)안테 잡아멕히는 셈인데…… 글세 처음 나왓슬 때는 조선사람들 머리에 대ㅅ통을 털엇단밧게 엇저럼"

"그런 아시긴 넉임메해삼청어를 찍어 넘구드시 "쪼개"질을 한 건 엇저구"[29]

나아가 이러한 조선인과 중국인의 갈등은 "가튼 사람으로 다만 가젓다는 그것에 의하여 업는 사람을 야속한 운명에 빠지게 하는 얄미운 야바우는 알지도 못했다"[30]는 서술자의 말을 통해서 계급 갈등의 성격까지 지닌 것으로 서술된다.

「인조폭포」에서 조선인은 중국에 풍운이 일어날 때마다 보호를 받는 다른 나라 사람들과는 다른 미약한 민족으로 언급된다. 오년 전에 조선을 떠날 때 '나'는 본래 간도로 가려고 했지만, 그곳은 경신참변(간도참변)[31]으로 "무서운 빈터"[32]가 되었던 것이다. 수돌이를 비롯한 '우

29 한설야, 「洪水」, 『동아일보』, 1928.1.2.

30 한설야, 「洪水」, 『동아일보』, 1928.1.2.

31 봉오동과 청산리 전투에서 대패한 일본군은 이에 대한 보복으로 북간도에서 경신참변으로 불리는 한인 대학살을 자행했다. 일본군은 한인촌락을 습격하여 한인을 살해하고, 부녀자를 강간하였으며, 가옥·학교·교회 등에 방화하였다. 1920년 10월과 11월 2개월 동안 북간도의 8개 현에서 3,600여 명이 피살되었으며, 3,200여 채의 가옥과 41채의 학교, 16채의 교회가 불에 탄 것으로 알려져 있다.(박찬승, 『한국 근현대사를 읽는다』, 경인문화사, 2010, 244면)

32 한설야, 「人造瀑布」, 『朝鮮之光』, 1928.2, 115면.

리'는 요동벌에서 힘들게 노력하여 간신히 마을을 만들어 내고, 이후로 "흰옷 입은 사람은 뒤으로 뒤으로 물밀듯 몰여들"[33]어서 백만에 가까운 사람이 만주에 살게 된다. 「인조폭포」에서 조선인에게 만주는 그렇게 편안한 곳으로만 이야기되지 않는데, 그것은 다음의 인용문처럼 민족적 갈등에서 비롯된 것이다. 「인조폭포」와 「한길」에서는 만주에서 조선인이 중국인보다 낮은 민족적 위계 속에 놓여 있음이 실감나게 그려진다.

그들 지나인은 그래도……게 비하면 커다란 권세가 잇다. 이러니 저러니 해도……을 쓰고 사는 사람이다. 변변치 안아도 제 '……'을 제가 하는 사람들이다. 크게 보아서 '……' '……'이 업는—뎡치적 배경이 업는 우리에게 비하면 그들은 커다란 힘이 잇섯다. 그들은 ……에서 '세ㅅ방' '행낭방' 사리를 하는 우리를 모라내랴고 하게 되엇다.[34]

조션서도 붓처먹든 밧돼기를 지주에게 쌔우고, 만주와서도 역시 그러한 쏠을 당하지 안을 수 업섯다. 더욱 하다든 국인도 아모 뒤업는 조선사람을 짜서 제배를 불니는 데에는 제법 쏠쏠하엿다. 배경이 업고 방패가 업는 조션의 사람을 구박하는 안전(安全)도 그들은 발서 잘 알고 잇섯다. 어미역증에 개배ㅅ쌩이차기로 '히오리' 구박 밧고는 밋지지 말랴는 장사ㅅ되쏀으로 툭하면 '짜오리'에게 그 봉창(갑)을 하는 것이엿다.[35]

33 위의 글, 116면.
34 위의 글, 117면.
35 한설야, 「한길」, 『文藝公論』, 1929.6, 17면.

한설야는 이러한 조선인과 중국인의 갈등이 단순한 감정상의 문제가 아니라 일제의 침략에서 비롯된 사회 역사적 문제임을 분명히 인식하고 있다. 「인조폭포」에서는 중국인들의 삶을 노리는 상조권과 관련한 "무서운 소문이 흐르고 흐르는 사이에 미개한 그들의 사이에서 아조 속화俗化를 해가지고 '조선사람을 내쫏차야 한다. 저들에게 쌍을 빌니지 마라' 하는 무조건 신조"[36]가 생긴 것으로 설명된다. H강 철교공사장에서 조선인 노동자들은 "'되놈안테 쌍은 쌔엿지만…… 욕할 것도 아니야. ×××들이 조화질을 하니까 그러치……"[37]라는 인식을 보여준다. 이것들은 모두 조선인과 중국인의 갈등의 근저에는 일제가 있음을 드러내는 것이라고 할 수 있다.

한설야는 「홍수」, 「합숙소의 밤」, 「인조폭포」, 「한길」에서 계급적·민족적으로 소외된 조선인이 겪는 불평등과 절망을 드러내는 것으로만 시종하는 것은 아니다. 그러한 문제를 극복할 수 있는 방법으로 노동자들의 단결된 힘에 바탕한 변혁의 가능성을 제시하고 있다. 「홍수」에서는 결국 박서방, 황서방, 리서방, 최서방, 김서방 등이 모여서 논의를 하고, 중국인의 둑을 직접 허무는 행동을 한다. 또한 「합숙소의 밤」, 「인조폭포」, 「한길」에는 조선인 노동자 집단이 존재하며 지도자적 인물들도 존재한다. 「합숙소의 밤」에서는 "금년에는 발서 이 만주에서 잘 살아갈 첫길을 찾는 쟁의가 여들 군데서 일어"[38]났으며, 노동자들은 일을 저지르고선 농촌에서 유유히 버티고 있는 것으로 설명된다. '나'는

36 한설야, 「人造瀑布」, 『朝鮮之光』, 1928.2, 117면.
37 위의 글, 120면.
38 한설야, 「合宿所의 밤」, 『朝鮮之光』, 1928.1, 29면.

계급적으로 각성된 존재로서 "그(촌늙은이–인용자)는 일은바 '하눌'이 오늘날 누구의 손에 잇는지 몰은다. 알앗스면 내 손을 굿게 잡고야 말아슬 것이다"[39]라고 하여, 자신이 신봉하는 이념에 대한 절대적인 신뢰를 보내고 있다. 「인조폭포」에서 조선 노동자의 두목인 홍은 사십 명가량의 노동자들을 통솔한다. 노동자의 조직에서 일탈해 사랑하던 연인 은순과 도피를 했다가 다시 돌아오는 모습을 연출하던 수돌이는, 나중 노동운동의 지도자인 홍장궤와 손을 잡고 당당히 함께 할 것을 맹세하기에 이른다. 「한길」의 주인공 C도 자신의 아내가 쌀을 얻어오다 아이와 함께 얼어 죽은 것을 발견하고는, "어데든지 리치는 매일반이다. …… 잇고 업는 사람의 ××는"[40]이라며 선명한 계급의식을 드러낸다. 이것은 카프의 1차 방향전환 이후 보다 확고해진 계급의식에 바탕한 창작경향을 반영한 결과라고 할 수 있다.[41]

39 위의 글, 34면.

40 한설야, 「한길」, 『문예공론』, 1929.6, 17면.

41 1927년 시작된 카프의 제1차 方向轉換은 1920년대 후반 사회운동에서 제기된 자연발생적인 경제투쟁으로부터 의식적인 정치투쟁으로의 방향전환과 그 맥락을 함께 한다. 제1차 방향전환은 박영희와 김기진 사이에서 벌어진 '내용형식논쟁'이 직접적인 계기가 되었으며, 이를 통해 투쟁기의 계급문학은 형식적 완결성보다 이념성을 중요시하게 되었다.(권영민, 『한국계급문학운동연구』, 서울대 출판문화원, 2014, 113~136면)

4. '섬'과 구별되는 '대륙'으로서의 만주

「대륙」은 만주국이 성립될 당시(1932년 무렵)의 만주를 배경으로 하고 있는 소설이다. 일제 말 만주는 조선 문학의 소재 가운데 커다란 위치를 차지하였다. 소재의 빈곤에 허덕이는 조선 문학의 타개책이라는 문단의 내부적 욕망과 국책이라는 외부적 욕망이 만나는 곳에 만주라는 공간이 놓여 있었기 때문이다. 그동안 한설야의 「대륙」은 식민주의에 대한 비판과 저항으로 독해하는 관점,[42] 재발명된 농본주의라는 관점,[43] 전향 사회주의자의 새로운 전망이라는 관점,[44] 생산문학론의 관점,[45] 식민주의와 국가 권력의 작동방식을 고찰한 관점[46] 등으로 다양하게 논의가 이루어졌다.

「대륙」에서 만주는 다름 아닌 '대륙'이다. 이 대륙은 섬나라인 일본과의 대타적인 관계 속에서만 그 의미가 발생한다. 이 작품에서 대륙을 수식하는 말로 '광명', '등불', '등대' 등의 비유가 주로 쓰이는 것도 대

42 김재용, 「새로 발견된 한설야의 소설 「大陸」과 만주 인식」, 『역사비평』 63호, 2003, 249~264면; 고명철, 「동아시아 반식민주의 저항으로서 일제 말의 만주서사」, 『한국문학논총』 49호, 2008, 83~109면; 서영인, 「만주서사와 (탈)식민의 타자들」, 『어문학』 108집, 2010, 329~355면.

43 와타나베 나오키, 「식민지 조선의 프롤레타리아 농민문학과 '만주'」, 『한국문학연구』 33집, 2007, 7~51면.

44 장성규, 「일제 말기 카프 작가들의 만주 형상화 연구」, 『한국 현대문학연구』 21, 2007, 175~196면.

45 이경재, 「한설야 소설에 나타난 생산력중심주의」, 『민족문학사연구』 37호, 2008, 233~262면.

46 손유경, 「만주개척서사에 나타난 애도의 정치학」, 『현대소설연구』 42집, 2009, 191~227면; 정은경, 「만주서사와 匪賊」, 『현대소설연구』 55집, 2014, 53~84면.

륙이 그 자체로는 의미를 갖지 않는 것에서 비롯된다고 할 수 있다. 섬과 대비되는 '대륙'의 의미는 "만주에 뼈를 묻을 생각"[47]인 하야시보다는 오야마 히로시를 통해 선명하게 드러난다.

처음 만주에 왔을 당시 유키코는 "잘난 체하는 거만함"과 "남들을 경멸하는 분위기"(82)를 내뿜는다. 유키코는 마려와 교제하는 오야마에게 경멸하는 말투로 "히로시, 당신을 위해서예요. 저런 만주 여자와……"(84)라고 이야기하거나 "그런 짱꼴라 여자에게 빠지다니 꼴불견이에요"(90)라고 말한다. 그러나 나중에는 마려에게 사과하고, 진심으로 오야마와 조마려의 미래가 행복하기를 빌어준다. 만주에 온 지 반 년도 안 되는 사이에 남을 질투하고 제멋대로인 성격을 고치게 된 것이다.

처음 조마려를 보았을 때 아무렇지도 않게 농담을 건넬 정도로 별다른 의식이 없던 오야마도 조마려와의 진정한 사랑을 통해 "인간의 마음과 마음이 같이 녹아내리는 사랑의 관계에서조차도 민족이라는 관념이 강하고 심각하게 작용한다는 것"(88)을 체험한다. 이러한 체험은 곧 "일본인은 민족적 우월감 아래 당연한 인간적 사고를 쉽게 잊어버린다"(88)는 깨달음으로 이어진다. 오야마가 조마려에게 "우리들의 결합을 사랑 이상의 것으로 만들지 않으면 안 돼요"(88)라고 말하는 말처럼, 그들의 관계는 단순한 사랑이 아니라 대륙의 진정한 의미를 깨달아가는 과정이다. 오야마는 마려와의 관계를 반대하는 아버지에게 "모두가 경멸하기 때문에 저는 마려 편을 들겠다는 겁니다"(95)라며 "대륙에서

47 한설야, 김재용・김미란・노혜경 역, 『식민주의와 비협력의 저항』, 역락, 2003, 23면. 「大陸」의 인용은 본문 중에 면수만 표시하기로 한다.

일본인에게 가장 필요한 것이 바로 이런 정신"(95)이라고 생각한다. 오야마와 마려의 사랑은 섬나라 근성을 극복하고 이상적인 대륙의 정신을 구현하는 것으로 의미부여된다. 다음의 인용문에는 「대륙」에서 섬나라와의 대비를 통해 말하고자 하는 대륙의 의미가 잘 나타나 있다.

> "유키코 뿐만이 아니라 원래 대륙이 우리에게 고마운 것은 위치가 유리한 곳에 있다는 점만이 아니다. 오히려 그것보다 나는 일본인의 성격개조를 할 수 있는 새로운 무대나 도장으로서 대륙을 예찬하고 싶다. 확실히 시대는 새로운 성격을 요구하고 있다. 여기에 오면 다른 어디에 있을 때보다 우리들은 일본이라고 하는 것을 확실하게 보게 된다. 확실히 대개조가 필요하다. 호흡이 너무 작고 선이 너무 얇아."
>
> "맞아. 우물 안에 있으면 어디까지나 바깥세상을 모르는 법이지. 우리들 대학 시절에는 자네 동급생들까지 우리들을 만주 고로하고 불러 이단자, 아니 심한 녀석은 이국인 취급을 했어. 맹자의 설을 빌려 말하면 남만 격설이지. 우리 만주에서 온 사람들을 말이야."
>
> "자네, 오늘날에도 섬나라 쇼비니스트들(극단적인 애국주의자들)은 그렇다네."
>
> "그러나 앞으로의 시대를 짊어질 신일본의 성격은 반드시 대륙을 바탕으로 형성해야 해."(160)

위의 인용문에서 대륙은 '일본이라고 하는 것을 확실하게 보게 되는 장소'이며, '일본인의 성격개조를 할 수 있는 새로운 무대나 도장'으로서 예찬의 대상이 되는 것이다. 나아가 새로운 일본의 성격을 형성시킬

바탕 역시도 이 '대륙'에서 가능해진다.[48]

「대륙」에서는 대륙의 정신으로 일본인과 중국인의 협화가 이야기되지만, 대륙의 정신은 조선인에게까지는 미치지 못한다. 이것은 만주국 내에서 조선인의 지위가 일본인 다음이라는 일제의 선전과 달리, 실제로는 일본인과 만주인이 중심적인 지위를 차지하고, 조선인은 주변인에 지나지 않았던 역사적 리얼리티를 반영하는 것이다.[49] 「대륙」에서는 관동군과 돈으로도 해결하지 못한 오야마 부자의 납치사건을 조집오와 조마려의 도움으로 해결하는 일이 벌어지기도 한다. 이처럼 중국인은 만주국에서도 일본인 못지않은 영향력을 가진 존재였던 것이다. 이에 비해 조선인은 양쪽 모두로부터 멸시와 수난을 받는 허울뿐인 이등국민二等國民에 가까웠다.

하야시가 개척하려고 하는 간도의 토산자 벽지에는 일본인은 한 사람도 없고, 대부분의 주민이 조선인과 중국인이다.[50] 토산자는 공간적으로 조선인 부락과 중국인 부락으로 선명하게 나뉘어져 있다. 이러한 공간적 구분은 사회정치적인 위계를 동반하는 것이기도 하다. 만주에

---

48 한설야의 「大陸」에서는 위에서 말한 大陸과는 다른 의미의 大陸도 등장한다. 그것은 이 작품에서 가장 심각하고 부정적인 인물로 등장하는 고토 사장을 통해 드러난다. 이토 히로부미를 존경하는 고토 사장은 "지금까지의 섬나라 근성에서 벗어나 대륙적인 영기를 키워야 해"(51)라고 말하는데, 그가 말하는 '大陸적 영기'는 일본이 "세계의 맹주"(51)라는 植民主義적 의식에서 비롯되는 것이다. 말할 것도 없이 작가는 고토의 大陸과는 다른 오야마가 깨달은 大陸을 만주의 진정한 의미로 말하고 싶은 것이다.

49 한석정, 『만주국 건국의 재해석』, 동아대 출판부, 2007, 179~190면.

50 이것은 만주국의 실제 상황을 반영하는 것으로 볼 수 있다. 이 당시 在滿 일본인들의 약 90퍼센트가 도회에 집중되어 있었는데, 이 비율은 20세기 초 알제리 거주 유럽인들의 도시 거주율인 70퍼센트와 비교해도 매우 높은 편이라고 한다. 이에 비해 朝鮮人들의 도회 지역 거주율은 매우 낮았으며 주로 間島 등의 농촌 지역에 집중되어 있었다. 또한 朝鮮人 부락은 부랑하던 匪賊들이나 자경단의 표적이 되었다.(한석정, 『만주 모던』, 문학과지성사, 2016, 109~110면)

서 중국인은 조선인에 비해 좀 더 우월한 지위를 지니고 있다. 마적馬賊의 습격 장면에서 분명하게 드러나듯이, 중국인과 만주에 편재한 마적은 같은 편이고 이러한 상황에서 조선인은 일본군의 도움 없이는 생존조차 힘든 것으로 형상화된다.

또한 이 작품에서는 하야시의 눈을 통해 조선인이 처한 끔찍한 삶의 곤경과 조선인을 끊임없이 타자화하는 일본인들의 식민주의적 (무)의식이 드러나고 있다. 하야시 가즈오를 작가의 사상을 대변하는 관점인물로 파악할 경우 이 작품은 마적 사냥 장면이나 조선인 묘사 장면 등을 근거로 심각한 인종적 타자의식을 드러낸 작품으로 파악할 수도 있다.[51] 이와 반대로 하야시 가즈오를 내포작가에 의해서 부정되는 인물로 파악할 경우 이 작품은 비협력의 작품으로 읽을 수 있다.

이 글에서는 하야시를 1930년대 한설야가 만주국에서 생각할 수 있었던, 양심적이고자 노력하는 일본인의 가장 개연성 있는 모습으로 파악하고자 한다. 이럴 때만이 하야시가 의식적인 차원에서 보여주는 조선인에 대한 애정과 그도 모르게 보여주는 인종적 타자의식의 충돌을 제대로 이해할 수 있기 때문이다. 그것은 만주국이 겉으로는 오족협화五族協和를 내세웠지만 실제로는 만주를 철저히 식민화한 것과 대응되는 것이기도 하다. 하야시는 일본인이 여타의 민족 위에 폭력적으로 군림하던 만주국의 지배논리를 미메시스한 존재인 것이다. 하야시의 이러한 특성은 작중의 마지막까지 지속된다.

두 번째로 마적들이 토산자에 몰려왔을 때도, 조선인은 여전히 하야시의 눈에 다음처럼 우습게 보일 뿐이다.

---

51 김성경, 「인종적 타자의식의 그늘」, 『민족문학사연구』 24집, 2004, 126~158면.

> 하야시가 소리를 지르며 걸어도 모두들 허망한 눈을 한 채 조금 더 안전한 곳을 찾아 왔다갔다했다. 부엌에 내려가 아궁이를 들여다보거나 혹은 그 아궁이 안에 들어가는 흉내를 내기도 했다. 어떤 사람은 정원 뒤쪽으로 들어갔다. 노인들은 단지 눈과 입을 딱 벌린 채 휴,하고 한숨을 내쉬었다. 그 딱 벌린 입에서는 도저히 참을 수 없는 입 냄새가 나서 실내가 푹푹 찌는 찜통과도 같았다. 무지한 자들의 공포라고 하는 것은 실로 측정할 수 없는 것이었다. 그다지 아깝지도 않을 것 같은 목숨이 어째서 저렇게 두려울까 생각하면 하야시는 오히려 웃고 싶어졌다.(142)

그러나 곧 하야시는 "그것이 곧 독선적인 생각"(142)이며, "자신은 역시 어떤 경우라도 그들의 호위병이어야만 한다"(142)고 결심한다. 그러나 그의 인종적 타자의식은 쉽게 사라지지 않는다. 작품의 마지막에도 하야시는 조선인을 "조선의 화전민이라고 하는 반원시인"(165)이라고 하여 별다른 변화를 보여주지 않는 것이다.

5. 적색항일투쟁(赤色抗日鬪爭)의 공간

한설야가 해방 이후 가장 먼저 쓴 작품은 김일성의 만주항일투쟁을 형상화한 「혈로」이다.[52] 해방 이전 마지막으로 만주를 형상화한 「대륙」은 앞에서 살펴본 것처럼, 꼼꼼하게 만주의 다양한 세력을 그려내고 있는 작품이다. 그러나 「대륙」에는 이상할 정도로 좌익 계열의 항일 투쟁은 철저하게 소거되어 있다. 「대륙」에는 만주에 존재했던 비적匪賊의 모습이 그 어떤 작품보다도 다양하고 풍부하게 그려져 있다. 1930년대 비적은 단순하게 도적떼라고만 볼 수 없는 중층적이고 정치적인 집단이었다. 일제는 만주국이라는 국가체제 바깥의 무력, 즉 항일유격대, 공비共匪, 토비土匪, 마적馬賊 등을 비적이라 총칭하였던 것이다. 비적으로는 크게 보아 민족주의 계열의 항일유격대(일제에 의해서 정치비, 반만구국비, 반만항일비라고 불림), 대도회, 홍창회, 자위단, 마적 등이 전화된 토비, 공비라고 불렸던 공산 유격대 등을 들 수 있다.[53] 「대륙」에서 중요한 비중을 차지하는 비적에는 적색항일유격대가 포함되지 않는다. 「대륙」의 비적 세력은 "왕덕림 군의 전 적총사령 공헌명이 6만의 부하를 집결시켜놓고 마적과 대도회에 합류하여 권토중래를 꿈꾸고 있지"(25)라는 말에서 알 수 있듯이, 민족주의 계열의 항일유격대와 토비 등을 가리킨다. 이 비적 집단에는 넓게 보아 장학량張學良에게 돈을 받고 스파이 행동을 하는 류오락 일당도 포함되어 있다.

그러나 이처럼 적색항일투쟁을 생략하는 것은 역사적 사실에 부합하지 않는다. 1930년 5・30사건 이후 탄압을 피해 살아남았던 사회주의자들은 만주사변 이후 근거지로 숨어들어 지속적인 항일 빨치산활동을 벌였다.[54] 이들은 일본토벌대로부터 비적으로 몰리기도 하면서 합

52 『한설야 선집』(조선작가동맹출판사, 1960)을 텍스트로 삼았다. 작품의 맨 마지막에는 1946년 1월이라고 창작시기가 표시되어 있다.

53 정은경, 앞의 글, 56~57면.

54 김재용, 「한설야의 「大陸」과 만주 인식」, 한석정・노기식 편, 『만주, 동아시아 융합의 공간』, 소명출판, 2008, 251면. 김찬정 역시 滿洲國 성립 이후 만주의 朝鮮人 사회를 상징하는 사회현상으로 朝鮮人 개척농민 현상과 더불어 "반만항일투쟁의 격화"(김찬정, 박선

법 비합법 투쟁을 했던 것이다. 흥미로운 점은 한설야만큼 1930년대 만주에서 벌어진 적색항일투쟁에 대해 잘 알고 있는 작가는 드물었다는 사실이다. 한설야는 당시 신문기자로서 현장을 취재하여 보도하기까지 하였다.

한설야의 「북국기행北國紀行」(『조선일보』, 1933.11.26~12.3)에 등장하는 만주는 그야말로 적색항일투쟁으로 가득한 지역이다. 이 산문은 기자인 한설야가 "간도팔도구間島八道溝에 폭동이 일어났다. 오늘밤으로 출발하라"[55]는 급전을 받는 것으로 시작된다. 간도팔도구 폭동을 취재하기 위해 만주로 향하는 10월 25일은 조선 공판 사상에 처음이라는 간공대공판일이기도 하다. 이 순간 한설야는 1930년 4월 25일을 회상한다. 그 당시 용정시에서는 대규모 간공폭동사건間共暴動事件이 일어났던 것이다. 한설야는 사람들로부터 시위대가 동척東拓 영사관, 조은지점鮮銀支店 심상尋常소학교 등에 폭탄을 던졌다는 말과 전등공사를 선착으로 파쇄하였다는 말을 듣는다. 이 사건은 비단 용정뿐 아니라 그 일대 중요 각지의 45도시에서 일어난 것으로 설명된다. 조선인이 만인滿人과 합작하여 일으킨 이 사건에는 몇 천 명이 가담했으며, 주도세력은 다름 아닌 공산당이다. 이 산문에서 적색봉기는 1930년 봄과 1933년 가을뿐만 아니라, 1930년 가을에도 간도에서 추수폭동의 형식으로 발생했음이 언급되고 있다. 「북국기행」이라는 산문에만 최소 세 가지의 적색항일봉기가 등장하는 것이다.[56]

영 역, 「만주로 건너간 조선민족」, 『만주란 무엇이었는가』, 소명출판, 2013, 503면)를 들고 있다. 신주백 역시 "만주지역의 항일운동은 1931년 일제의 만주침략을 계기로 일상화된 무장투쟁을 중심으로 전개되었다"(신주백, 『1920~30년대 중국지역 민족운동사』, 선인, 2005, 127면)고 지적한 바 있다.

55 한설야, 「北國紀行」, 『조선일보』, 1933.11.26.

이처럼 적색항일투쟁에 대해 누구보다 잘 알고 있던 한설야였지만, 일제 말기의 엄혹한 상황에서 적색항일투쟁을 다룬 소설을, 그것도 일본인을 주 독자로 하는 매체에 연재한다는 것은 불가능한 일이었을 것이다.

한설야는 해방과 동시에 만주의 적색항일투쟁을 형상화하는 데 누구보다 앞장선다. 한설야가 김일성의 만주항일투쟁을 형상화(「혈로」, 1946)하는 것은 북한의 공적인 움직임(1949)보다 앞서 있다. 따라서 「대륙」에서 철저하게 배제되었던 적색항일투쟁을 해방 직후 형상화한 것은, 한설야에게는 프로이트가 말한 '억압된 것의 회귀the Return of the repressed'에 해당하는 것으로 보인다.

북한에서는 첫 번째 공식 역사책인 『조선민족해방투쟁사』(1949)에서부터 국내외의 여러 사회주의 운동과 더불어 만주지역의 항일무장투쟁을 언급한다. 특히 김일성이 이끈 항일무장투쟁을 조선민족해방투쟁의 주류로 평가하였다.[57] 북한학계에서는 1956년에 발생한 8월 종파사건이 김일성 계열의 승리로 끝나는 시기를 전후하여, 1920년대 국내 공산주의운동에 대한 문제점을 지적하면서 김일성을 중심으로 한 세력의 항일무장투쟁을 북한의 진정한 혁명전통으로 확립하였다.[58] 이러한

56 실제로 1930년대 들어서 滿洲에서 민족주의 세력은 점차 퇴조하고 공산주의 세력이 동만주를 중심으로 급성장한다. 1930년대 코민테른의 일국일당주의 원칙으로 朝鮮人 공산주의자들은 중국공산당에 들어가 활동한다. 이들은 여러 가지 무장투쟁 활동을 하였으며, 대표적인 것으로 간도 5·30봉기를 들 수 있다. 간도 5·30봉기는 1930년 5월 29일부터 31일까지 간도 일대에서 발생한 대규모 폭동으로, 주로 용정촌, 두도구, 이도구, 남양평 등 연변지역에서 집중적으로 전개되었다. 5·30봉기는 주로 선전물 살포, 일본 영사관 습격, 朝鮮人 민회와 조선총독부 보조학교, 소수의 지주가에 대한 방화 및 동양척식회사 출장소에 대한 폭탄 투척, 발전소 파괴, 전선 절단 및 철교와 교량 파괴 등으로 이루어졌다.(박찬승, 『한국 근현대사를 읽는다』, 경인문화사, 2010, 256~257면)

57 신주백, 「분단과 만주의 기억」, 한석정·노기식 편, 『만주, 동아시아 융합의 공간』, 소명출판, 2008, 322면.

과정을 거쳐 북한은 "1950년대 하반기에 이르면, 김일성과 그가 지휘하는 유격대의 항일투쟁 공간으로서만 만주에 관한 기억을 압축시키고 단순화"[59] 했던 것이다.

「혈로」는 1936년 초 조국광복회를 조직한 김일성이 함경도 진공계획을 수립하는 현재시와 밤낮 엿새 동안 일본군과 싸운 일 등을 회상하는 과거시로 이루어져 있다.[60] 이 작품에서 만주는 김일성 유격대와 '왜군'이나 '원쑤'로 지칭되는 일본군이 맞부딪치는 공간일 뿐이다. 이외에 싸움의 배경이 되는 밀림, 목재 채벌장, 강물 등이 존재할 뿐, 「대륙」을 풍성하게 채워주던 중국인, 마적, 일본인 등은 완전히 사라져 버린다.

김일성이 만주의 한 부락에 방문했을 때, 이 부락에는 "혁명군의 맘"(7)을 가진 조선인만이 존재한다. 「혈로」에서 일본군과 조선인이 아닌 사람으로는 '장군'이 강가 팔도구 시절에 살던 소학교 시절의 친구로 등장하는 중국인 소년뿐이다. 어린 '장군'은 강 얼음을 타고 왜놈잡기 놀음을 하다가 그때 "왜놈"(12) 역할을 하던 중국인 친구를 심하게 얼음판에 메다때린 일이 있다. 유일하게 존재하는 중국인마저도 실제로는 '왜놈'으로 존재하는 것이다. 이 작품에 등장하는 압록강은 "왜놈의 선혈"(12)과 "조선 사람의 눈물"(13)로 가득하다.

『력사』(조선작가동맹출판사, 1954)는 해방 이후 한설야가 창작한 첫 번째 장편소설이다.[61] 이 작품에는 장편에 걸맞게 만주의 다양한 정치세력이

58 황민호, 『일제하 만주지역 한인사회의 동향과 민족운동』, 신서원, 2005, 234면.
59 신주백, 앞의 글, 322면.
60 작품에 묘사된 전투의 모습은 김일성 부대가 실제로 치렀던 1936년 무송현성 전투와 유사하다.(와다 하루키, 이종석 역, 『김일성과 만주항일전쟁』, 창작과비평사, 1992, 148~149면)
61 『력사』는 김일성이 '인민혁명군' 제6사 사장에 취임한 1935년 봄부터 여름까지를 스토

등장한다. 남만주와 동만주에는 "왜군 30만"(2)이 들끓고 있으며, 항일 유격대도 처음 조직되던 4년 전에 비해서 매우 활발하게 활동하는 것으로 형상화되어 있다. 이외에도 조선인 농민, 중국인 농민, 마적, 위만군, 장개석 유격대 등이 존재한다. 심지어는 일본 재향군인이 집단적으로 이주한 "집단 부락"(191)에 대한 언급도 나올 정도이다. 그러나 이러한 다양한 집단들의 관계양상은 「대륙」에서와는 매우 다른 모습을 보여준다.

「대륙」에서는 마적의 토산자 습격 장면에서 분명하게 알 수 있듯이, '중국인 대 비중국인'의 구도가 나타났다. 중국인에는 마적과 만주국 공안대와 육군대가 포함되며, 비중국인에는 조선인과 일본 보병대와 경찰대가 포함되어 있었다.[62] 그러나 『력사』에서는 '왜군 대 반왜군'의 구도가 성립된다. '왜군'의 범주에는 일본군을 포함하여 그들과 결탁한 '위만군'과 마적이 포함되며, '반왜군'의 범주에는 유격대, 조선인 농민, 중국인 농민 등이 포함되는 것이다.[63] 이 작품에서는 마적, 위만군, 일본군이 모두 한패로서 돈벌이를 위해 서로 무기 등을 "장사"(185)하는 사이로 그려져 있다. 유격대를 제외한 만주 내의 모든 무장 세력이 결국 부정적인 한 편이라는 사실은 다음의 인용문에서처럼 반복해서 강조된다.

리 시간으로 하고 있다. 1장부터 2장 초반까지는 '장군'의 개인사에 대한 간략한 언급이 나오고, 2장부터 15장까지는 아동혁명단에서 이루어진 '장군'의 담화가 중심내용을 이룬다. 16장부터 30장까지는 시난차와 황니허즈에서 위만군과 일본군을 크게 무찌르는 내용으로 되어 있다.

62 이경재, 『한국 프로문학 연구』, 지식과교양, 2012, 147~149면.

63 「대륙」에서와는 달리 '조선 인민'과 '중국 인민'은 굳게 단결하고 있는 것으로 그려진다. "왜놈들은 조선 인민과 중국 인민을 리간하려 하오. 우리는 이 정책을 반대하여 싸우고 있소. 그리고 두 나라 인민의 친선과 단결을 더욱 굳게 하고 있소. 그 가장 력사적인 사건은 1930년과 1931년에 있은 차량 투쟁과 추수 폭동이오. 이 투쟁에서 조선 농민과 중국 농민은 더욱 단결되였소. 또 더욱 강화되였소"(84)와 같은 부분을 대표적인 사례로 들 수 있다.

사실 이때, 이 지방에는 마적들이 많았다. 또 위만군이란 것은 속은 마적들이나 다름없었다. 그리고 장개석 계통의 유격대란 것도 사실 마적 웃짐 쩌먹을 놈들이였다. 이놈들은 유격대라는 미명을 가지고 순전히 백성 처먹기였다.

그런데 왜군도 위만군도 그들을 치려 하지 않았다. 그래서 마적들이 도시 근처에까지 출몰하게 되었다.(180)

사장 동무도 아시다싶이 저의 지방에는 별별 잡동산이가 다 있습니다. 얼치기 반만군이니, 마적이니…… 게다가 장개석패까지 한몫 끼는데 이들은 왜놈과 맞서려는 것이 아니고 저이끼리 서로 물어 뜯고 있습니다. 개 싸움질 끝에는 위만군과 은밀히 련락하는 놈들도 있고 왜군에게 뇌물 보내는 놈들도 있고…… 그러나 단 하나 백성을 쳐먹고 사는 것은 어느 놈이고 다를 것이 없습니다. 그러니 이 사품에서 삐쳐내기가 정 어렵습니다. 그런데 더욱 이 각다귀들이 늘 우리를 왜군과 위만군에게 찔러 넣어서 행동이 매우 곤난합니다. 우리들이 얼씬만 해도 벌써 왜군들이 알고 있습니다.(232)

『력사』에서는 위의 인용문과 같이 반일에 바탕한 철저한 민족적 대립 구도 위에 계급적 대립 구도가 다시 포개진다. 그것은 '위만군'을 지주 출신의 지도부와 농민 출신의 병사들로 구분하는 장면에서 확인할 수 있다. 김일성 부대가 시난차 전투에서 승리한 후, 리호는 '왜놈' 전부와 '위만군'의 대장과 장교들은 처단하지만, 남은 병사들은 "전부 고향에 돌아가서 농사를 지으라고"(259) 풀어준다. 황니허즈 전투가 끝났을 때도, '장군'이 직접 위만군 포로들과 대화한 후, 할 수 없이 위만군이 된 병사들을 고향에 내려가 농사를 짓는다는 조건으로 풀어준다. '위만군' 중에서도 지휘부와 일반 농민 출신의 병사들을 구별짓고자 하는 의도가 드러나는 것이다.

더욱 주목할 것은 '위만군' 대장이 "큰 지주고 부자"(186)로 설정되어 있다는 점이다. "'시난차' 위만군 대장놈이 살아온 걸음 걸음에는 조선 농민의 피와 땀이 어리여 있었"(189)던 것이다.[64] 위만군 대장은 경찰서장으로 있을 때, 조선 농민이 떠돌아다니는 가난뱅이들이라며 더욱 가혹하게 조선인들을 수탈했던 인물이다. 황니허즈의 위만군 경비대장 왕영청은 촌장을 활용해서 변노인의 재산과 그의 딸 꽃단이를 빼앗는다. 그러나 조선 농민을 괴롭히는 것은 어디까지나 부자이자 지주 출신인 위만군의 수뇌부로 한정되고, 중국의 일반 농민들은 오히려 조선인들을 도와준다. 변노인이 딸도 돈도 잃었을 때, "가난한 이웃들"(295)이 도와주어 변노인은 삶을 이어간다. 시난차 공격 때도 '장군' 부대는 잠시 농민들과 옷을 바꿔 입는 위장술을 펼침으로써 작전에 성공한다. 일반 중국인 농민은 유격대를 포함한 조선인 농민과의 연대 대상인 것이다.

그러나 만주국 시기 만주에서 조선인과 중국인은 그토록 평화로운 관계일 수만은 없었다. 두 민족 사이의 불화는 금철이 부모를 일본군에게 학살당하고 힘들게 떠돌아다닐 때 하나의 흔적을 남긴다. 배고픔에 시달리던 금철은 돼지우리 앞에 있는 술 찌꺼기를 발견하고 그것을 허

64 시난차 지역은 "조선이 가까운 국경이여서 조선 농민이 많이 살고 있"(188)으며, 조선 농민은 "거의 전부가 소작농이여서 이중 삼중의 멍에 밑에 신음"(188)하는 것으로 그려진다.

겁지겁 먹는다. 그 순간 "배불뜨기 주인놈"과 "계집애년"(47)이 개를 데리고 나타나 금철이를 공격한다. 이때 배불뜨기는 "멱 따는 소리"(47)로 "물어라 물어……"(47)라고 말하고, 위기의 순간 금철은 정찰을 나온 "빨찌산"(49)에게 구원받는다. 흥미로운 것은 빨찌산의 말을 들을 순간에야 비로소 "조선 말이였다. 금철은 그저 반가웠다"(48)고 반응한다는 점이다. 그렇다면 배불뜨기의 "물어라 물어"와 같은 말은 실제로는 중국어이며, '배불뜨기'와 '계집애년'은 중국인이라고 볼 수 있다. 이것은 '위만군' 대장과 같은 특별한 경우의 중국인뿐만 아니라 보통의 중국인과의 사이에서도 조선인이 나름의 불화를 겪었다는 점을 드러내는 것이다.

『력사』에 등장하는 다양한 중국인들에게는 중국인으로서의 고유성이 잘 드러나지 않는다. '장군'이 농촌에 나가서 "조선 사람도 중국 사람도"(165) 섞여 있는 농민들과 대화를 나누는 장면 등을 대표적으로 들 수 있다. 농민들 중에는 분명 중국인이 섞여 있지만, 구체적인 중국인의 모습이나 그들의 중국말은 들리지 않는 것이다. 구체적인 이름이 등장하는 것은 홍걸이나 춘선과 같이 조선인으로 한정되어 있으며, 중국 농민은 중국어로 한 번도 발화하지 않는다. 작품의 후반부에는 농민과의 대화가 증가하는데, 이것 역시도 조선 농민과의 조선어 대화로 한정되어 있다.

작품 전체를 통틀어 중국어가 발화되는 장면은 단 한 번 등장한다. 황니허즈 전투가 '장군'의 승리로 끝났을 때, '장군'이 항복한 위만군 병사들에게 위만군 대장과 왜놈 대장의 시체를 찾아오라고 명령하는 장면에서이다. 이때 위만군들은 "부상당한 왜놈들을 잡아 족치"(346)

며 "르번 꿰이즈(일본 놈들)"(346)라고 말한다. 항일에 있어 동반자가 되었을 때, 중국인은 비로소 자신의 정체성을 부여받는 것이다. 황니허즈 전투가 끝나고 시가에 들어가 군중대회를 열 때도, "조선말과 중국말이 력력히"(353) 들리며, 서술자는 "말은 서로 다르면서도 마음들은 서로 다를 것이 없"(353)다고 이야기한다. 중국인이 항일이라는 공동의 대의 앞에서 조선인과 일체가 되었을 때에야 비로소 중국어는 발화되는 것이다.

『력사』는 「혈로」와 달리 만주국 시기 만주에 존재하던 다양한 세력들을 작품 속에 등장시키고 있다. 그러나 그러한 세력들은 고유한 성격을 잃어버리고 민족주의적인 이분법에 수렴되고 만다. 다양한 중국인들의 존재 역시도 이러한 이분법 속에서 한편으로는 악마화되고 한편으로는 이상화되어 고유한 성격을 잃는다.[65] 해방 이후 한설야 소설에서 만주는 김일성을 중심으로 한 조선민족의 항일투쟁지로 새롭게 형상화되는 것이다.[66] 이는 역사적 리얼리티를 반영한 것이기도 하지만, 만주를 성스러운 조선민족과 사악한 일본인의 이분법으로 축소시킨다는 점도 부정할 수 없다.

「혈로」와 『력사』의 구체적인 무쟁투쟁 과정에서는 동북항일연군東北抗日聯軍의 중국인 등은 철저하게 제거되어 있다. 『력사』에서는 팔로군

---

65 기본적으로 이 작품에서도 만주는 고유한 의미를 갖지 못하며 조국에 대한 비유와 조국 해방의 방편의 성격이 강하다. "장군에게는 이 밀림이, 그리고 이 산길이 곧 조국으로 가는 길이였다"(7)나 만주의 자연에서 곧바로 "조국의 산천"(60)을 떠올리는 장면에서 직접적으로 드러난다.

66 『설봉산』(조선작가동맹출판사, 1956)과 『초향』(조선작가동맹출판사, 1958)에서도 만주는 김일성을 중심으로 한 항일의 성소로서 표상된다.(이경재, 『한설야와 이데올로기의 서사학』, 소명출판, 2010, 345~349면)

이 언급되지만, "서쪽에 있는 중국 팔로군과 손을 맞잡기 위하여 동에서 서쪽으로 자기의 부대들을 련신 늘이고 있었다"(16)거나 "우리는 앞으로 중국 팔로군과 련결을 가져야 하오"(84)와 같은 부분에서 알 수 있듯이, 장군의 부대와는 분명하게 독립되어 있으며 미래에 있을 연대의 대상으로만 그려지고 있는 것이다.[67] 그 결과 유격대 투쟁은 조선인만의 투쟁으로 왜곡되어 버린다.

해방 이후 한설야가 처음으로 창작한 단편과 장편인 「혈로」와 『력사』에서는 「대륙」에서 보이지 않던 적색항일투쟁을 전면적으로 형상화하고 있다. 이것은 이전의 작품에서 배제되었던 만주의 핵심적인 성격을 드러낸다는 점에서 그 의의를 크게 인정할 수 있다. 그러나 동시에 김일성의 적색항일투쟁을 지나치게 강조한 결과 「대륙」에서 보여주었던 중국인과 일본인의 다층적인 성격은 사라지는 결과를 낳고 말았다. 장편 『력사』에서는 만주국 시기 만주에 존재하던 다양한 세력들을 작품 속에 등장시키지만, 민족(주의)이라는 절대적인 기준에 의하여 일본인은 무조건적인 악으로 중국인 역시 선과 악의 이분법에 함몰되어 버리고 마는 것이다.

67 그러나 실제로 김일성이 제2군 6사장으로 활동하던 무렵에는, 김일성이 중국공산당 만주성위가 파견한 제6사 정치위원 웨이 민썽[魏民生]과 제2군 정치주임이었던 전광(全光)의 지시를 받았다고 한다.(스칼라피노, 이정식 역, 『한국 공산주의 운동사』 1, 돌베개, 1986, 230~233면) 흥미로운 것은 "불충분한 자료에 의하여 학습하던"(85) '장군'의 부대원들이 팔로군으로부터 받은 서적들을 통해 유격투쟁의 중대성과 최근의 국제 정세를 알게 된다는 점이다. 이것은 미처 억압하지 못한 유격대 내의 중국군의 존재가 남긴 흔적이라고 볼 수도 있을 것이다.

6. 결론

이 글에서는 한설야 소설 전체에 나타난 만주를 장소가 아닌 공간이라는 관점, 외적으로 존재하는 실체가 아니라 사회적 구성물이라는 관점, 지역과 지방의 이중적인 성격을 지닐 수 있다는 관점에 바탕해 살펴보았다.

「그릇된 동경」은 한설야 소설에서 처음으로 만주가 등장하는 소설이다. 이 작품에서 만주는 조선인만의 공간으로서 내셔널리즘으로 충만한 상상적 공간이라고 할 수 있다. 만주는 삶의 구체적인 고유성이 드러난 지역이 아니라, 조선과의 관계 속에서 하나의 주변적 지위만을 지니는 지방으로서 표상되고 있는 것이다. 그렇기에 이곳은 그 모든 민족적 울분과 고통을 해소시켜주는 상상적 공간으로서의 역할에 충실할 뿐이다. 그러나 곧 「합숙소의 밤」, 「인조폭포」, 「한길」에서는 만주가 계급모순과 민족모순이 엄존하는 곳으로 새롭게 표상된다. 이것은 카프 작가를 포함한 거의 모든 작가들이 "중국인이라는 타자를 삭제"함으로써 "'수난과 저항'이라는 국가적 신화"[68]에 바탕해 만주를 형상화한 것과는 구분되는 지점이라고 할 수 있다.[69] 나아가 한설야는 「합숙

68 윤대석, 「'만주'와 한국 문학자」, 『식민지 국민문학론』, 역락, 2006, 203면.

69 사회주의자 강경애의 소설의 경우에도 이러한 경향은 크게 다르지 않다. 최학송은 "「소금」, 「채전」 등 작품에 등장하는 中國人 지주는 「인간문제」, 「어머니와 딸」 등 작품에 등장하는 한국인 지주와 별다른 차이가 없이 단순한 착취자로 묘사"되며, "착취와 피착취라는 계급적 문제를 공유하였다는 점에서 滿洲는 '한국의 연장'"(최학송, 「사회주의자 강경애의 만주 인식」, 김재용·이해영 편, 『만주, 경계에서 읽는 한국문학』, 소명출판, 2014, 262면)이라고 설명한다.

소의 밤」, 「인조폭포」, 「한길」에서 계급적·민족적 모순을 극복할 수 있는 방법으로 노동자들의 단결된 힘에 바탕한 변혁의 가능성을 제시하고 있다.

「대륙」에서는 섬나라인 일본과의 대타적인 관계 속에서 대륙의 의미를 규정하고 있다. 중국인 조마려와 일본인 오야마의 사랑을 통해 대륙은 '일본이라고 하는 것을 확실하게 보게 되는 장소'이며, '일본인의 성격개조를 할 수 있는 새로운 무대나 도장'으로서 의미를 지니게 된다. 이러한 대륙의 정신은 조선인에게까지는 미치지 못하는데, 이것은 만주국 내에서 주변인에 지나지 않았던 조선인의 상황을 반영한 결과라고 할 수 있다. 하야시는 겉으로는 오족협화를 내세웠지만 실제로는 만주를 철저히 식민화하던 만주국의 지배논리를 미메시스한 존재이다. 「합숙소의 밤」, 「인조폭포」, 「한길」, 「대륙」 등의 작품을 통해 다양한 민족과 계급이 갈등하고 공존하는 역동적이고 고유한 공간으로서의 만주를 작품화하는 데 성공하고 있는 것이다. 이러한 성취는 누구보다 한설야가 만주 나아가 중국을 깊이 있게 이해한 것과 무관할 수 없다.[70] 그러나 만주국 건국 무렵을 배경으로 한 「대륙」에서는 적색항일투쟁이 배제되어 있다는 한계가 보인다.

해방 이후 한설야가 처음으로 창작한 단편과 장편인 「혈로」와 『력사』에서는 「대륙」에서 보이지 않던 김일성의 항일 유격대 활동을 전면적으로 형상화하고 있다. 이들 작품에서 만주는 기본적으로 항일 유격

70 한설야는 일제 말에 일본 작가가 만주에 대하여 쓴 작품에 대하여 "지나의 여자 하나도 그리지 못한다"(한설야, 「大陸文學など」, 『경성일보』, 1940.8.2)고 말할 정도로 만주(인)를 제대로 형상화할 수 있다는 자신감을 드러내었다.

대가 일본군(위만군)에 맞서 투쟁하는 공간으로 성격이 변모한다. 장편 『력사』에서는 만주국 시기 만주에 존재하던 다양한 세력들을 작품 속에 등장시키지만, 결국에는 각각의 세력들이 고유한 성격을 잃어버리고 민족주의적인 이분법에 수렴되고 만다. 다양한 중국인들의 존재 역시도 민족주의적인 이분법 속에서 한편으로는 악마화되고 한편으로는 이상화되어 버리는 것이다.

(2016)

제3장

이기영과 만주

지방으로서의 만주

1. 서론

이 글에서는 이기영의 『대지의 아들』과 『처녀지』에 나타난 만주 로컬리티locality에 대해서 살펴보고자 한다. 이기영은 1940년대에 들어 맹렬한 작품활동을 한다. 그는 10여 편의 단편 이외에도 장편소설로 『대지의 아들』(『조선일보』, 1939.10.12~1940.6.1), 『봄』(대동출판사, 1942), 『동천홍』(『춘추』, 1942.2~1943.3), 『생활의 윤리』(성문당, 1942), 『광산촌』(『매일신보』, 1943.9.23~11.2), 『처녀지』(삼중당서점, 1944) 등을 발표하였다. 이 중에서 만주를 배경으로 한 작품은 『대지의 아들』과 『처녀지』 두 편이다. 두 작품은 제목부터 강한 로컬리티를 드러낸다. 본고에서는 로컬리티의 기본적인 특성을 세 가지로 설정하여 논의를 전개할 것이다. 첫 번째는 로컬리티가 사회적 구성물로서 시대에 따라 변화된다는 것이고, 두 번째는 로컬리티가 중심과 주변의 관계 속에서만 발생한다는 점이며, 세 번째는 로컬리티가 경우에 따라서는 지방주의localism로 왜곡될 수도 있다는 것이다.

오늘날 로컬리티는 단순히 기억과 관심 속에 창조되는 것이 아니라, 일정한 사회적 과정이나 배경 속에서 구축되며 또한 그 사회의 지배적 담론과 관련되는 사회적 구성물로서 받아들여진다. 동시에 로컬리티는 지리적인 포함관계·공간적 스케일·계층·권력 모두를 통해 항상 '관계' 속에서만 발생하는 상대적인 차이를 통해 형성된다.[1] 특히 근대적인 로컬리티는 균질화된 전체가 형성된 이후에야 특수성을 강조하는 역설적인 특징이 있다.[2]

다음으로 로컬local은 본래 지방으로도 또는 지역으로도 번역될 수 있다는 점에 주목하고자 한다. 지역은 탈위계적이고 탈중심적인 의미가 담겨 있는데 반해 지방은 중심 대 주변의 위계질서를 함축하고 있는 것이다. 지역의 관점에서 보면 중앙 또한 지역의 하나일 뿐이다. 지방이 장소를 중앙으로부터 이러저러한 거리에 있는 공간으로 추상화시키는 것과 달리 지역은 장소의 장소성, 곧 장소와 삶의 구체적 연관성을 환기한다.[3]

만주 로컬리티를 다룬 작품이 한국어와 일본어로 다양하게 발표된 것은 1938년 10월 무한 삼진의 함락 이후 동아신질서가 널리 유포된

---

1 구동희, 「로컬리티 연구에 관한 방법론적 논쟁」, 『국토지리학회지』 44권 4호, 2010, 515면; 이창남, 「글로벌 시대의 로컬리티 인문학」, 부산대 한국민족문화연구소 편, 『로컬리티 인문학의 새로운 지평』, 혜안, 2009, 118~121면; 정주아, 「움직이는 중심들, 가능성과 선택으로서의 로컬리티」, 『민족문학사연구』 47호, 2011, 14~15면.

2 정종현, 「한국 근대소설과 '평양'이라는 로컬리티」, 『사이』 4권, 2008, 93면.

3 하정일, 「지역·내부 디아스포라·사회주의적 상상력－김유정 문학에 관한 세 개의 단상」, 『민족문학사연구』 47호, 2011, 84~86면.

무렵부터이다. 이 시기 한국 작가들 중에서 가장 본격적으로 만주 로컬리티를 다룬 작가가 바로 이기영이다.

지금까지 이기영의 소설에 나타난 만주의 로컬리티와 관련해서는 상반된 견해가 연구자들 사이에서 제시되고 있다. 첫 번째는 『대지의 아들』과 『처녀지』가 제국의 시선으로 '만주'와 '중국인'을 투시한다고 보는 입장이다. 김성경은 이기영의 『대지의 아들』이 아시아인들에 대한 인종적 타자화를 강화하는 동시에 협화, 동일화의 기치 아래 그들을 재통합해내는 일본 제국의 인종담론에 포섭된다고 주장한다.[4] 와타나베 나오키는 루이즈 영이 주장한 '협화'와 '재발명된 농본주의'라는 개념을 통하여 이기영의 『대지의 아들』이 '협화'와 '재발명된 농본주의'라는 제국의 담론에 포섭되어서, 계급이나 민족의 차이가 국가주의에 의해서 위장적으로 무화되어 가는 현실에 별다른 자각을 하지 못한 것으로 파악하고 있다.[5]

『처녀지』에서도 이와 동일한 시각의 논의들이 발견된다. 이미림은 일제 말기 이기영이 쓴 작품들을 논의하면서 『처녀지』가 생산소설과 만주개척소설의 성격을 기본으로 하면서 통속적인 연애담이 가미되었다고 보고 있다.[6] 이선옥은 『처녀지』가 우생학 이론에 바탕을 두고 제국주의의 출산 통제 논리에 동화되어 간 특이한 작품이라고 지적했다.[7] 김진아는 집요할 정도로 "당시 일제의 정책이 어떻게 작품(『처녀지』-인

4 김성경, 「인종적 타자의식의 그늘」, 『민족문학사연구』 24호, 2004, 126~158면.
5 와타나베 나오키, 「식민지 조선의 프롤레타리아 농민문학과 '만주'-'협화'의 서사와 '재발명된 농본주의'」, 『한국문학연구』 33집, 2007, 7~51면.
6 이미림, 『월북작가 소설연구』, 깊은샘, 1999, 145~165면.
7 이선옥, 「우생학에 나타난 민족주의와 젠더 정치-이기영의 『처녀지』를 중심으로」, 『실천문학』, 2003년 봄, 95면.

용자) 속에 형상화되었는지를 살펴봄으로써 작품 속에서 작동하고 있는 제국주의 파시즘의 논리를 밝히"[8]고 있다. 조진기 역시 이기영이 "누구보다 앞장서서 국책을 문학으로 실천했던 사람"[9]라는 판단하에 『처녀지』와 국책의 관련성을 면밀하게 고찰하고 있다. 이경훈과 정종현은 이기영 소설이 '의사-제국주의적 정체성'을 보여준다고 파악한다. 만주를 야만으로 설정함으로써 식민지인이라는 상황을 상상적으로 벗어난다는 것이다.[10] 이상의 논의들과는 반대로 『대지의 아들』과 『처녀지』에서 반식민주의적인 동아시아의 전망을 읽어내는 시각도 존재한다.[11]

본고에서는 지금까지의 논의와는 달리 『대지의 아들』과 『처녀지』를 함께 검토하고자 한다. 그럴 때만이 이기영이 구상한 만주의 로컬리티는 물론이고 각각의 작품에 드러난 만주의 로컬리티도 선명하게 파악할 수 있기 때문이다. 다음으로 일제 말기 이기영 소설에 나타난 만주 로컬리티의 고유성을 드러내기 위해 한설야와의 비교를 시도했다. 이

8 김진아, 「이기영 장편소설 『처녀지』 연구」, 영남대 석사논문, 2003, 3면.

9 조진기, 「만주개척과 여성계몽의 논리－이기영의 『처녀지』를 중심으로」, 『어문학』 91집, 2006, 504면.

10 이경훈, 「만주와 친일 로맨티시즘」, 『오빠의 탄생』, 문학과지성사, 2003, 271~297면; 정종현, 「1940년대 전반기 이기영 소설의 제국주의적 주체성 연구」, 『한국근대문학연구』, 2006.4, 121~151면. 이들 외에도 많은 논자들이 남표의 계몽적인 태도를 제국주의적 주체와 관련시키고는 한다. 그러나 의사제국주의적 주체의 모습이라 불리는 남표의 모습은, 친일소설에만 해당하는 것이 아니라 경향소설의 일반적인 특징이기도 하다. 경향문학은 기본적으로 계몽을 목적으로 하며, 거기에는 계몽의 주체와 계몽의 대상, 그리고 그들 사이의 계몽적 관계가 존재하기 때문이다.

11 김재용은 두 작품이 모두 이민의 시각에 바탕해 반식민주의적 동아시아의 전망을 드러낸다고 주장한다.(「일제 말 한국인의 만주 인식」, 『일제 말기 문인들의 만주 체험』, 역락, 2007, 30~34면) 장성규도 「일제 말기 카프 작가들의 만주 형상화 연구」(『한국 현대문학연구』 21집, 2007.4, 175~196면)에서 비슷한 논지를 펼치고 있다.

를 통해 이기영이 당대 제국의 담론에 어떤 식으로 반응했는지, 그의 소설에 나타난 로컬리티가 어떠한 정체성을 지니고 있는지를 부각시키고자 한다. 이기영의 『대지의 아들』과 『처녀지』 그리고 한설야의 「대륙」(『국민신보』, 1939.6.4~9.24)은 카프 작가들이 사유한 만주 로컬리티를 대표하는 유형이라고 할 수 있다.

2. 도시와 농촌의 이분법—하얼빈과 신경 대(對) 개안둔과 정안둔

이기영 소설에 나타난 만주 로컬리티의 가장 특징적인 면모는 부정적인 도시와 긍정적인 농촌이라는 선명한 이분법이다. 『대지의 아들』과 『처녀지』에 나타난 만주 로컬리티를 해명하기 위해서 반드시 거쳐야 하는 것은 부정적으로 형상화된 도시의 특성이 무엇인가를 해명하는 것이다. 이기영 소설에서 농촌은 도시와의 대비 속에서 고유한 로컬리티를 부여받기 때문이다.

『대지의 아들』에서 개양둔 농민들이 겪는 첫 번째 위기는 황건오와 김병호가 만주에서 수확한 식량을 팔러 하얼빈에 나갔을 때이다.[12] 소제목이 '도시의 유혹'인 것에서 알 수 있듯이, 이때의 하얼빈은 도시라는 로컬리티를 대표하는 장소이다.[13] 모두 18회에 걸쳐, 하얼빈에서 건

12 하얼빈이라는 도시에서 겪는 위기 이외에도 이 작품에는 비적의 침입과 가뭄이라는 위기가 닥친다.

오와 병호가 겪는 일이 상세하게 그려진다. 하얼빈이라는 도시는 자본을 위해 빈틈없이 움직이는 거대한 기계이다. 건오와 병호는 일 년 내 농사 지어 얻은 수확물을 가지고 러시아인의 묘지, 번화한 거리, 근대적 백화점, 댄스홀과 카바레를 갖춘 국제적 근대도시인 하얼빈을 찾는다.

이곳에서 병호와 건오는 정미소, 여관, 요릿집, 화투판이 연결된 거대한 늪에 빠져 일 년간 고생하여 얻은 소출을 모두 잃어버린다. 얼핏 보면 건오와 병호가 요릿집에 가서 기생을 만나지 않고, 노름에 빠지지 않았으면 그런 불행을 겪지 않았을 수 있지 않겠느냐는 생각을 할 수도 있다. 그들이 겪은 모든 곤란은 무지한 농민들의 개인적인 의식 문제로 보이기도 하는 것이다. 그러나 사정은 결코 그처럼 간단하지 않다. 서술자는 "병호가 노름을 안 햇스면 아무 문제가 업슬 줄 아럿스나 그것은 아직도 이 고장을 모르는 단순한 말이엇다"[14]라고 단언한다. 하얼빈이라는 거대한 기계에는 "형사"[15]까지 연결되어 있어 도저히 빠져 나갈 길이 없는 것이다. 하얼빈은 "마치 무성한 플 속에 숨어서 개고리가 뛰여들기를 기다리는 뱀"[16]과 같다. 하얼빈이라는 도시는 오직 자본의 이익을 위해서만 움직이는 거대한 기계인 것이다.

『처녀지』에서도 정안둔에 농촌이 지닌 이상적인 로컬리티를 부여하기 위해 대타화된 대상으로서 도시(신경)가 등장한다. 이러한 이분법은 『대지의 아들』보다 더욱 선명하여 인물의 성격에까지 결정적인 영향력

---

13 실제로 만주의 한 조선인 관료는 조선인의 명예에 누를 끼친 이들은 일부 도시 양복쟁이들로, 그들은 재만 선인의 일부에 지나지 않는다고 증언한 바 있다.(윤휘탁, 「만주국의 '2등 국(공)민', 그 실상과 허상」, 『역사학보』 169집, 2001, 161면)

14 『조선일보』, 1939.11.23.

15 『조선일보』, 1939.11.23.

16 『조선일보』, 1939.11.7.

을 발휘한다. 소설의 전반부는 도시 생활의 부정적인 측면을 부각시키는데 사용되고 있다. 남표는 환자 중에도 야비한 인간은 대개 "도회지에서 달어빠진 위인들"(상권, 66)이라고 말한다. 남표가 농촌생활을 해보고자 한 것도 "도시에 염증"(상권, 80)을 느꼈기 때문이다. "언제부터인지 그는 도시사람들이 싫여졌"(상권, 92)던 것이다. 남표는 '신경'으로 상징되는 도시와 결별할 때 커다란 기쁨을 느낀다. 남표는 정안둔에서 농민들과 음식을 먹으며 말할 수 없는 평화로움과 행복을 느낀다. 농촌에서 남표는 "젊은 틔가 있어보"(상권, 211)이고, "어린애가 되었"(상권, 212)다고 할 정도로, 활력과 젊음을 부여받는다. 그는 농촌에서 새롭게 탄생하는 것이다.

이러한 도시와 농촌이라는 로컬리티는 인물 성격과도 긴밀하게 결부되어 나타난다. 언제나 농촌을 동경하고 정안둔에서 남표와 행동을 함께 하는 경아는 정적이고 얌전한 구석이 있는 "청초한 동양적 숙녀의 원형"(상권, 253)이다. 자기희생적이며 탈성화된 여성인 경아는 영속하는 집단주의와 무욕주의를 실현하는 자아에 대한 감각을 드러낸다. 이에 반해 늘 도시와 화려한 삶을 동경하는 선주는 "요염한 육향을 발산하는 여자"로 표현된다. 그러나 나중 도시의 여자 선주가 정안둔에 머물 때, 선주는 도시에서의 호화로운 삶과 이기주의자로서의 자신을 철저하게 반성한다. 동시에 남표의 여러 가지 사업에 적극적으로 찬동한다.[17]

이러한 인물 성격과 로컬리티의 긴밀한 연관성은 주인공인 남표에게

---

17 이러한 선주의 모습은 정인택의 「검은 흙과 흰 얼굴」(『조광』, 1942.11)에 등장하는 혜옥을 연상시킨다. 혜옥은 온갖 스캔들을 일으키며 주인공 철수를 떠났지만, 만주 개척촌에서는 교육사업에 헌신하는 훌륭한 여자로 새롭게 태어난다.(윤대석, 『식민지 국민문학론』, 역락, 2006, 210~211면)

서도 잘 드러난다. 그가 정안둔이라는 시골의 무의촌으로 들어오기 이전과 이후의 성격은 확연하게 다르다. 정안둔에서의 남표는 완벽에 가까운 인물로 그려진다. 그러나 그가 조선과 만주의 대도시인 신경에 머물 때, 그는 여러 가지로 미숙한 면모를 보여준다. 그가 만주에 들어온 것도 선주와의 사랑에 실패하고 "에라! 만주나 들어가 보자!"(상권, 31)는 우발적인 충동 때문이다. 또한 친구의 소개로 신가진에 있는 병원으로 가다가 정안둔으로 목적지를 바꾼 것도 우연히 기차에서 만난 선주와 말다툼을 하고 우발적으로 선택한 일이다. 신경에 머물 때에도 그는 술로 세월을 보내고, 심지어는 아편에까지 손을 댄다. 그러나 농촌인 정안둔에서 그의 그러한 성격은 확연히 변한다. 이것은 각각의 장소가 지닌 로컬리티가 인물의 성격과 긴밀하게 연결되어 있음을 보여주는 것이다.

이기영의 『대지의 아들』과 『처녀지』에서 만주라는 로컬리티는 도시와 농촌으로 선명하게 나뉘어지고, 전자에는 부정적인 의미가 후자에는 긍정적인 의미가 주어진다. 이때 이상적인 만주 농촌의 로컬리티를 드러내기 위해 대타항으로 설정되는 것은 하얼빈과 신경이라는 도시이다. 만주의 농촌이라는 로컬리티는 철저하게 이와 같은 도시 체험을 통해서 창출되는 것이다. 이들 작품에서 하얼빈이나 신경은 개인의 이익만을 절대적으로 추구하는 자본주의적 논리를 체현한 거대한 기계로 형상화된다. 이때의 도시는 계몽이나 문명의 표상이라기보다는 타락과 퇴폐의 상징이다. 『처녀지』에서는 이러한 이분법이 더욱 강고해져서 인물의 성격에까지 결정적인 영향을 미칠 정도이다. 이러한 도시를 대타화하며 새롭게 발견된 농촌은 반근대라는 긍정적인 가치의 담지자로 자리매김된다.[18]

3. 지방주의(localism)의 관점에서 바라본 만주

1) 『대지의 아들』 : 중심부로서의 조선 – 주변부로서의 개양둔

1장에서 살펴본 바와 같이 로컬local은 본래 지방으로도 지역으로도 번역될 수 있다. 지역이 중앙과의 관계 속에서 수평적이며 가치중립적 의미를 지닌다면, 지방은 중앙과의 관계 속에서 수직적이며 위계적 의미를 지니고 있다. 지역의 관점에서 보면 중앙 또한 지역의 하나일 뿐이다. 그러나 지방을 강조하면 지방주의localism로 빠지게 되며, 이때의 지방주의는 기본적으로 식민주의적 (무)의식과 긴밀한 관련을 맺게 된다.[19] 이기영의 일제 말기 소설에 나타난 만주는 기본적으로 지방주의의 맥락에서 형상화된다고 볼 수 있다. 지방주의의 문제는 지역이 내부의 차이나 적대가 삭제된 추상적 동일성의 영역으로 환원된다는 점이다.

개양둔의 로컬리티는 다시 만주사변을 기점으로 이전과 이후의 시간에 따라 서로 다른 로컬리티를 지닌 공간으로 나뉘어진다.[20] 이때 과거의 개양둔은 수많은 곤란과 어려움이 혼재되어 있는 시공이고, 현재

18 김남천에게서는 만주 전체가 국내의 음모와 협잡이 상징하는 자본주의적 속물성과 타락상에 대비되는 일종의 판타지로 기능한다. 김남천의 만주 판타지는 "욕망을 충족할 수 있으리라는 상상을 제공하는 판타지가 아니다. 즉 더 나은 곳이라는 의미가 아니라 그저 다른 가능성 중의 하나라는 의미이다. 그리고 그 '다른'의 내용은 비어있"(서영인, 「일제 말기 김남천 문학과 만주」, 『한국문학논총』 48집, 2008.4, 237면)음에 반해 이기영에게 있어 만주는 선명한 의미를 내포하고 있다.

19 하정일, 앞의 글, 84~86면.

20 만주사변 후 개양둔을 중심으로 한 현재적 사건이 서술되고, 중간 중간에 개양둔 농장의 건설을 비롯한 과거의 일들이 회고를 통한 요약의 방법으로 제시된다.

는 그러한 어려움으로부터 벗어나 있는 무갈등의 시공이다.

인종적인 측면에서 과거의 개양둔은 복잡한 갈등으로 채워진 공간이었다. 황건오를 비롯하여 부락장인 홍승구, 석룡이, 정대감, 김병호, 원일여 등은 모두 생존을 위해 만주까지 쫓겨와 정처없이 떠돌던 유랑민이었다. 그들의 만주 생활과 김노인의 개양둔 개척 시기의 이야기는 "백만 개척민의 혈한기血汗記"[21]라는 『대지의 아들』 광고문구가 적합할 정도로 고생스러웠다. 중국인 지주의 수탈, 동북정권의 학정, 비적의 횡행, 떠돌이 건달 농군들의 출몰, 치안부재의 상황 속에 그들은 놓여 있었던 것이다.[22] 그러나 지금의 개양둔은 그러한 갈등이 깨끗이 마름질되어 있다.

현재의 개양둔은 계급적·민족적으로 뚜렷한 갈등을 찾아볼 수 없는 무갈등의 시공으로 나타난다. 과거의 회고에서 개양둔의 조선인들은 중국인들과 수전개척을 중심에 두고 치열한 현실적 쟁투를 벌인다. 그러나 현재는 인종적 타자의식만이 희미하게 남아 있을 뿐이다.[23] 지금은 아이들도 함께 어울려 고기를 잡고, 명절도 함께 즐긴다. 상류 조선인 마을과의 갈등이 일어났을 때, 만인들이 조선인과 행동을 함께 하는 것에서 알 수 있듯이 그들은 하나의 공동체로서 생활한다.[24] 일본군

---

21 『조선일보』, 1939.10.6.

22 인물의 성격에 있어서도 만주사변 이전에 입식한 사람들은 모두가 부정적인 측면을 지니고 있다.(조진기, 「일제 말기 만주이주와 개척민소설」, 『일제 말기 국책과 체제 순응의 문학』, 소명출판, 2010, 78면)

23 집과 장례 풍습을 형상화할 때 그러한 특징은 뚜렷하게 나타난다. 귀순 어머니는 만주인의 집 양식을 너무나도 불결하고 불편하게 여긴다. 또한 아이가 죽었을 때 주검을 길에 버리는 풍속 등이 엽기적으로 그려진다. 그 풍속은 비슷한 시기에 쓰여진 수필 「국경의 도문-만주소감」(『문장』, 1939.11)의 마지막 부분에도 등장한다.

24 중국인의 한 부류를 차지하는 비적들도 『대지의 아들』에서는 "개척민들의 생존을 위협

역시 비적을 토벌해주는 믿을 만한 보호자로서만 형상화되고 있다.

이러한 특징은 개양둔 마을과 상류 마을의 대립에서 잘 나타난다. 이러한 갈등에는 어떠한 인종적 민족적 차이도 개입되어 있지 않다. 상류 마을 사람들 역시 모두 같은 조선인들이기 때문이다.[25] 농촌은 개양둔 마을과 상류마을로 구분되는데, 두 공간을 채우는 것은 온통 조선인들 뿐이다. 『대지의 아들』에서 만주의 농촌은 조선인만의 공간이라고 해도 과언이 아니다. 만주가 지닌 인종적 혼종성은 깨끗이 소거되어 버린 것이다.

이 개양둔의 조선인들은 "조선가치 땅이 좁아서 살 수 업서 너나 업시 건너온 백성"[26]들이다. 보통 이주의 서사는 새로운 정착지에서 벌어지는 주체의 정체성 모색이라는 과정을 그려내지만,[27] 현재의 개양둔에는 그러한 모색의 고민은 사라지고 없다. 『대지의 아들』에는 과거 격렬했던 조선인과 중국인의 대립이 흔적처럼 남아 있을 뿐이다. 이때 이

하는 존재로서의 성격만 강조되었을 뿐 그 실체는 매우 추상적으로 그려져 있다"(서영인, 「만주서사와 반식민의 상상적 공동체－이기영, 한설야의 만주서사를 중심으로」, 『우리말글』, 2009, 337면)는 지적처럼, 어떠한 시공간에서나 존재하는 막연한 악당일 뿐이다. 같은 시기 만주의 비적들을 다룬 한설야의 「대륙」에서는 비적의 모습이 매우 구체적이며 고유한 정체성을 드러낸다.

25 그러나 만보산 사건이 대표적으로 드러내듯이 이 시기 만주에서의 가장 큰 대립이 수전(水田)을 둘러싼 조선인과 만주인의 갈등이었다는 점을 생각한다면, 이것은 조선인과 만주인의 갈등에 대한 의도적인 은폐라고 해도 과언이 아니다. 신승모는 "만주로 건너간 조선인 농민은 일본의 식민지 수탈에 의한 민족적, 계급적 피해자임에도 불구하고, 만주 현지의 원주민의 입장에서 보자면 일본국의 보호하에 일방적으로 수전 개간을 강행하는 난입자, 가해자로 비춰질 수밖에 없었다"(신승모, 「식민지기 일본어문학에 나타난 '만주' 조선인상」, 『제국의 지리학, 만주라는 경계』, 동국대 출판부, 2010, 447면)고 주장한다.

26 『조선일보』, 1939.12.1.

27 이주와 정착의 과정에서 구체적 일상이 이루어지는 로컬과 매개된 정체성의 정치는 지구화시대라 불리는 오늘날에도 중요한 화두이다.(Arjun Appadurai, 배개화·차원현·채호석 역, 『고삐풀린 현대성』, 현실문화연구, 2004, 60~67면)

야기의 주체는 과거의 로컬리티를 증언할 수 있는 존재여야 하기 때문에, 서사적 인물로 노인이 등장하는 것은 필연이다. 잠시나마 김노인을 통해 구체적이고 개별적인 체험이 소개됨으로써 균질화되고 추상화된 동일성의 공간에 균열의 목소리가 새어나오기도 한다. 그러나 이러한 균열은 오직 과거의 것으로만 치부된다.

『대지의 아들』에서 중국인들은 존재하지만 그들은 조선인들의 거울상이라 할 만큼 아무런 대립이나 갈등을 불러일으키지 않는다. 그리하여 이 작품에서 중국인들은 고유한 정체성을 부여받지 못한 채 조선인들과 평화롭게 공존한다. 개양둔 사람들은 김노인의 추모제에 중국인인 황노인을 내빈으로 초대하고, 치수공작에서도 중국인들과 합동으로 당국에 청원한다. 나중에 강 상류 마을 사람들이 개양둔으로 집단 이주하자, 현 당국은 그들에게 보조금까지 지급할 정도이다. 오히려 갈등은 같은 조선인들 사이에서 이루어진다. 그야말로 『대지의 아들』에서 조선인, 중국인, 일본인은 고유한 개성 없이 한 덩어리가 되어 공존할 뿐이다. 이주 서사가 상호교섭과 혼종의 서사를 상상하게 하는 것과 달리 『대지의 아들』은 현장의 다양하고 이질적인 복수의 목소리를 조선(인)이라는 하나의 풍경으로 덮어버린다.

이기영의 「만주와 농민문학」(『인문평론』, 1939.11)에서도 조선중심주의는 강하게 그 모습을 드러낸다. 밭이 아닌 수전을 극구 찬양하는 대목이 그러하다. 이기영은 "그것(수전–인용자)은 다만 경제적 부원을 개발함에 그칠 뿐 아니라 실로 전원의 풍광을 일변하는 자연미를 가져오게도 한다"[28]고 말한다. 그러나 미에 대한 판단에 있어 절대적인 기준을 세우는 것은 사실상 불가능하다. 하물며 밭보다 논이 더 뛰어난 자연미를 가져온다는 것은 수전을 위주로 하는 조선인 중심의 이야기에 지나지 않는다. 나아가 이기영은 "지금 간도는 대다수의 이주동포로 인하야 완전히 조선농촌을 이룬 감이 불무한데, 그것이 기후에까지도 변화가 생기게 해서, 간도지방은 차차 기후가 온화해간다는 것"[29]이라는 말을 하고 있다. 조선 사람이 많이 이주한다고 해서 기후가 온화해진다는 것은 논리적으로 받아들이기 힘든 이야기이다.

2) 『처녀지』: 중심부로서의 일본 제국 - 주변부로서의 정안둔

『대지의 아들』이 주로 이주와 정착이라는 차원에서 서사가 전개된다면, 『처녀지』는 계몽과 개척의 차원에서 서사가 전개된다.[30] 『처녀지』에서 남표와 농민들의 관계는 기본적으로 의사와 환자의 관계이다. 거기에는 의학이라는 근대적 지식체계에 바탕한 뚜렷한 권력관계가 존재한다. 앞에서 살펴보았듯이 『대지의 아들』에서 개양둔의 현재는 무갈등의 시공이라 할 만큼 모든 것이 평화롭다. 만주인들과 격렬한 갈등을 겪던 과거는 흔적으로서만 서사의 곳곳에 남아 있을 뿐이다. 대표적으로 '개양둔' 장에서는 김노인이 수전을 개척하는 과정에서 중국인과

28 이기영, 「만주와 농민문학」, 『인문평론』, 1939.11, 95면.
29 위의 글, 95면.
30 김재용은 "만주를 재현한 문학 중에서 일본 식민주의에 협력하는 이들의 경우 조선인의 만주 이주를 '개척'이란 차원에서 이해하였고 일본 식민주의에 협력하지 않은 문학인들은 조선인의 만주 이주를 생존권이 달린 '이민'이란 차원에서만 이해하였다"(김재용, 「일제 말 한국인의 만주인식」, 『일제 말기 문인들의 만주체험』, 역락, 2007, 19면)고 말한바 있다.

관민의 폭력으로 조선 농민이 희생되는 장면이 그려지고 있다.

『처녀지』에서는 그러한 흔적조차 나타나지 않는다. 이 작품에서 매우 흥미로운 점은 정안둔을 개척한 권덕기 노인이 만주사변통에 행방불명이 된 것으로 처리되어 있다는 점이다. 또한 만주사변통에 비적의 화를 만나 정안둔은 "하루밤 사이에 거진 쑥밭이 되다 싶이 하였다"(상권, 208)고 소개된다. 즉 만주국의 건국 이전의 과거는 상징적으로나 실제적으로 모두 지워져버린다고 해도 과언이 아니다. 이러한 과정, 즉 과거와 혼종성의 소거를 통하여 정안둔은 '처녀지'로 재발견되는 것이다.

이 부분은 일제의 논리와 연결되는 지점이다. 일본 역시도 만주를 "처녀지, 자연 변방의 이미지"[31]로 표상하였다. 만주국을 자연적 변방으로 재현한 것은 중국의 주장을 제한하고 일본인들을 만주 현지민들과 원시적 자연의 보호자로서 뒷받침하기 위한 것이었다. 새로운 만주국의 후견적 주권custodial sovereignty을 확보하기 위하여 순수성이라는 영역의 특정화가 설계되었던 것이다.[32] 이러한 자연적 공간의 순수성은 만주국 이데올로기에서 중심축으로 작용했다.

『처녀지』에서 주인공인 남표는 식민지인인 조선인이 아니라 제국의 유능한 신민으로 존재한다. 의사인 남표의 의료행위는 단순하게 병을 치료해준다는 인도적인 차원에서만 생각할 수 없다. 남표가 무의촌으로 가려는 이유는 비상시국에 "의료보국"(상권, 61)을 하기 위해서이다. 일제의 의료정책은 의사경찰 개념에 근거하고 있었다. 이것은 개인의

31 Prasenjit Duara, 한석정 역, 『주권과 순수성－만주국과 동아시아적 근대』, 나남, 2008, 370면.

32 위의 책, 434~435면.

건강이 아니라 국가 이익을 위하여, 개인의 신체를 통제하는 수단으로 의술을 이용하는 것을 의미한다.[33] 따라서 '의료보국을 실천'하는 행위는 만주 현지인들에 대한 일종의 계몽(개척)행위라고 볼 수 있다.

남표는 정안둔에서 중국인의 출산을 돕는 일을 계기로 환대를 받기 시작한다. 일본인과의 사이에서도 그는 의료 행위를 통하여 마음을 얻는다. 남표는 진가네 집 부인의 출산을 돕고 중국인들과 교류하며 여러 가지 병을 치료해준다. 특히 이 작품에서 만주국의 실질적인 지배자로서의 일본인상은 거의 드러나지 않는다. 정안둔에는 일본인으로서 만철 관료인 역장 가족이 산다. 이들은 억압하고 괴롭히는 지배자의 형상이 아니라, 남표의 의료활동에 의해 치료를 당하는 어찌 보면 계몽의 대상으로 그려질 뿐이다. 일본인을 치료하고 그들의 존경을 한 몸에 받는 남표는 이미 식민지인인 조선인이 아니다. 그는 제국의 신민으로서 만주에 살고 있는 것이다.

『처녀지』에도 『대지의 아들』과 마찬가지로 만주라는 지역 내에 존재하는 민족 간의 차이나 갈등은 소거되어 존재하지 않는다. 나아가 『처녀지』에서의 만주는 조선의 연장선상에 놓여 있는 것이 아니라 일본 제국에 맞닿아 있다. 주인공인 남표가 식민지인이 아니라 제국의 신민으로 존재하는 것처럼, 『처녀지』에서 조선의 자리는 더 이상 존재하지 않는다. 그것은 다음과 같은 인용문들을 통해서도 분명하게 확인할 수 있다.

---

33 신동원, 「일제의 보건의료정책 및 한국인의 건강상태에 관한 연구」, 서울대 석사논문, 1986, 58면.

> 만주는 옛날 만주가 아니다. 오늘날 왕도낙토를 건설하는 황도신민 중에는 이와 같은 정신적 타락자가 한 사람도 없어야 한다.(상권, 350)

> 이 만주 농촌으로 하야금 왕도낙토를 건설하야 문화수준을 향상하지 안으면 안 된다. 이 만주의 천여 보의 보고는 우리들에게 문을 열어 놓았다. 우리는 황은에 감사하는 동시에 그와 같은 개척정신으로써 농촌문화를 창조하지 않으면 안 된다.(하권, 418)

> 우리들은 집과 함께 자질과 함께 살면서 충군애국의 일본정신을 체득하지 않으면 안 될 줄로 압니다. 그러면 여러분께서는 내일부터라도 위생관념을 철저히 가지셔서 음식과 거처를 가급적 청결히 하시는 동시에 아무쪼록 건전한 정신과 아울러 건전한 체격을 만들어 주시기를 이 사람은 간절히 바라오며 이것으로써 오늘밤 강연을 끝막겠습니다.(하권, 412)

『대지의 아들』에서는 만주라는 로컬을 구성하는 중앙으로서 조선이라는 네이션이 존재함을 확인할 수 있었다. 이에 반해서 『처녀지』에서는 조선의 자리를 일본 제국이 대신하고 있다. 『대지의 아들』에서 만주가 조선의 지방으로서 다루어졌다면, 『처녀지』에서 만주는 제국의 지방으로서 다루어지고 있는 것이다.

4. 분열된 일본인의 시각에서 바라본 만주

이기영이 소설을 통해 드러낸 만주는 철저히 지방이라는 관점에서 구성됨을 확인할 수 있다. 이를 통해 만주는 하나의 중심에 비추어 균등하고 무역사적인 시공으로 깨끗하게 마름질되어 버린다. 조선 혹은 제국이라는 중심을 기준으로 하여 만들어진 무시간성과 공간적 균일성은 일종의 식민주의라고 볼 수도 있을 것이다. 이러한 마름질의 정도는 『대지의 아들』보다 나중에 발표된 『처녀지』에서 훨씬 심각해진다. 또한 그 중심의 성격 역시 매우 문제적이다. 『대지의 아들』에서는 그 중심이 조선이었다면, 『처녀지』에서는 조선은 사라지고 일본 제국이 그 자리를 대신하기 때문이다.

이러한 지방주의의 가장 큰 문제는 만주가 지닌 내부의 차이나 적대가 모두 제거된 채 추상적인 동일성으로 환원된다는 것이다. 이것이 실상에 대한 심각한 왜곡임은 말할 것도 없다. 이와 관련해 이기영과 같은 카프에 속했던 한설야가 쓴 만주 배경의 「대륙」은 좋은 참조점이 된다. 「대륙」의 핵심인물은 하야시와 오야마라는 일본인으로서, 이 작품은 하야시를 중심으로 한 개척의 서사와 오야마를 중심으로 한 연애 서사로 이루어져 있다. 오야마는 중국인 여성 마려와 사랑의 서사를 펼쳐나가는데, 이 관계를 통하여 일본인으로부터 끊임없는 차별과 멸시에 시달리는 중국인의 존재가 선명하게 부각된다. 또한 만주를 개척하여 이상 사회를 만들고자 하는 하야시를 통하여, 일본인에 의해 끊임없이 동원의 대상으로 인지되는 열등한 민족으로서의 조선인이 끊임없이 호출되고 있다.[34] 무엇보다 분열된 이들의 존재 자체로 일본인 역시 결코 단일한 성격을 부여할 수 없음이 드러나게 된다.

『대지의 아들』과 『처녀지』의 주 무대인 개양둔이나 정안둔과 달리 「대륙」의 주 무대인 토산자는 여러 가지 갈등으로 가득한 공간이다. 토산자는 공간적으로 조선인 부락과 지나인 부락으로 선명하게 나뉘어져 있다.

이러한 공간적 구분은 사회정치적인 위계를 동반하는 구분이기도 하다. 만주에서 지나인은 조선인에 비해 좀 더 우월한 지위를 지니고 있다.[35] 지나인 부락은 각각의 타우大屋로 나뉘어져 있는데, 장가張家 타우와 신가申家 타우같이 세력이 큰 사람들은 만주 관헌을 전혀 무서워하지 않는다. 이 유망한 사금장이 개발되지 않은 이유도 "그들 토호 때문"(29)이다. 이들 토호는 마적들과도 긴밀하게 연결되어 있다. 일본군이 토산자를 습격한 마적잔당을 소탕하는 과정에서, 장씨의 아들이 어머니의 시체를 끌어안고 자살한다. 그는 적의 총참모와 손을 잡고 있었던 것이다. 그런데 이것은 장가張家만의 특징은 아닌 것으로 설명된다. 이런 벽지에서는 자산을 유지하기가 힘들기 때문에, "여기의 호족은 대개 마적단과 연결"(40)되어 있는 것이다.

이러한 구분은 마적의 습격에서 보다 선명하게 드러난다. 마적이 습격해오자 "조선가는 이미 막다른 골목에 있었다. 그러나 웬일인지 지나

---

34 하야시의 구상에서 실질적으로 생산을 맡을 조선인은 '반자연'의 수준에서 그려진다.(김성경, 「인종적 타자의식의 그늘」, 『민족문학사연구』 24호, 2004, 75~78면)

35 만주국 내에서 조선인의 지위가 일본인 다음이라는 일제의 선전과 달리, 실제로는 일본인과 만주인이 중심적인 지위를 차지하고 조선인은 주변인에 지나지 않았다.(한석정, 『만주국 건국의 재해석』, 동아대 출판부, 2007, 179~190면)

가는 평화로웠다"(34)고 설명된다. 만주국 공안대와 육군대는 마적들과 이내 결탁하여 백기를 올린다. 또한 군대 밖의 지나가의 주민들도 마적들과 결탁한 상태이다. 마적이 공격하는 것은 "조선가와 영사관 경찰"(34)로 한정되고, 마적의 습격으로 인한 모든 피해와 고통은 조선인들의 몫이 된다. 마적뿐만 아니라 지나가의 상인, 주민까지도 조선가를 약탈하는 데 광란한다. 조선가와 지나가의 구분선은 너무나 확고해서 이 난리 중에 "조선인이 한 발자국이라도 지나가에 발을 들여놓으면 죽음을 당"(36)한다. 조선가는 거의 다 타버리는 데 반해, 지나가 사람들은 경계에 진을 치고 방벽을 쳐 지나가에 불이 번지는 것을 막는다. 조선인과 중국인이 처한 상황은 일본군이 개입하면서 역전된다. 일본 보병대와 경찰대는 마적들이 조선가로 진입한 것과는 반대로 지나가로 돌진한다. 이로 인해 순식간에 지나가는 포탄 연기로 둘러싸여 맹렬하게 타오르기 시작하는 것이다. 불길을 신호로 조선인은 지나가로 몰려가 빼앗긴 물건을 되찾아 간다.[36] 이처럼 한설야의 「대륙」에서 마적, 만주국 군대, 중국인, 조선인, 일본군은 모두 고유한 삶의 논리와 정체성을 지닌 것으로 그려지고 있는 것이다.

한설야는 「대륙」에서 지방주의localism 담론이 은폐하고 있는 지역 내부의 차이와 적대를 가감 없이 드러낸다.[37] 그것은 「대륙」의 초점인물이 하야시와 오야마라는 일본인이기 때문에 가능하다. 이 일본인들은

36 토산자라는 공간이 지니는 복합적인 성격은 「일제 말기 이기영 소설에 나타난 생산력주의」(이경재, 『민족문학사연구』 40호, 2009, 45~46면)를 참조하였다.

37 이러한 특징은 로컬리티가 변방의 지역적 주체들이 서로 갈등하는 현장을 드러냄으로써 기존의 국가(민족) 중심의 서사에서 탈중심적 전환을 끌어낼 수 있는 유용한 개념적 틀로 이해되는 사례에 해당한다고 볼 수 있다.(Sun Joo Kim, *Marginality and subversion in Korea*, The University of Washington Press, 2007)

식민주의적 (무)의식과 관련해 분열된 인물들이다.[38] 이처럼 분열된 인물들을 통하여 한설야가 바라본 만주는 차이와 적대가 역동적으로 조우하는 생생한 삶의 현장으로 형상화된다. 이러한 「대륙」의 특징은 만주가 중앙의 동일성에 휩쓸려 버리던 이기영의 『대지의 아들』이나 『처녀지』가 지닌 특징을 보다 선명하게 부각시킨다.

5. 결론

본고에서는 이기영의 『대지의 아들』과 『처녀지』에 나타난 만주에 대해서 살펴보았다. 이기영의 『대지의 아들』과 『처녀지』에서 만주는 도시와 농촌으로 선명하게 이분되고, 전자에는 부정적인 의미가 후자에는 긍정적인 의미가 주어진다. 이때 이상적인 만주 농촌의 로컬리티를 드러내기 위해 대타항으로 설정된 것은 하얼빈이나 신경과 같은 대도시이다. 이들 작품에서 하얼빈이나 신경은 개인의 이익만을 절대적으로 추구하는 자본주의적 논리를 체현한 거대한 기계로 형상화된다. 이때의 도시는 계몽이나 문명의 표상이라기보다는 타락과 퇴폐의 상징에 가깝다. 『처녀지』에서는 이러한 이분법이 더욱 강고해져서 인물의 성격에까지 결정적인 영향을 미친다.

38 하야시와 오야마의 분열적인 성격에 대한 설명은 이경재의 『한설야와 이데올로기의 서사학』(소명출판, 2010, 249~251면)을 참고하였다.

『대지의 아들』에서 개양둔의 현재는 무갈등의 시공이라 할 만큼 모든 것이 평화롭다. 민족 간의 차이나 갈등은 소거되어 있으며, 만주인들과 격렬한 갈등을 겪던 과거는 흔적으로서만 남아 있을 뿐이다. 『처녀지』에서는 그러한 흔적조차 드러나지 않는다. 과거와 혼종성의 소거를 통하여 정안둔은 '처녀지'로 재발견된다. 이 부분은 일제의 논리와 연결되는 지점이다. 일본 역시도 만주를 "처녀지, 자연 변방의 이미지"로 표상하였다. 만주국을 자연적 변방으로 재현한 것은 중국의 주장을 제한하고 일본인들을 만주 현지민들과 원시적 자연의 보호자로서 뒷받침하기 위한 것이었다. 새로운 만주국의 후견적 주권custodial sovereignty을 확보하기 위하여 순수성의 영역의 특정화가 설계되었던 것이다. 이처럼 자연적 공간의 순수성은 만주국 이데올로기에서 중심축으로 작용했다.

『대지의 아들』과 『처녀지』에서 만주라는 지역 내에 존재하는 민족 간의 차이나 갈등은 소거되어 존재하지 않는다. 『대지의 아들』에서는 만주 로컬을 구성하는 중앙으로서 조선이 존재하는 데 반해, 『처녀지』에서는 조선의 자리를 일본 제국이 대신하고 있다. 『대지의 아들』에서 만주가 조선이라는 네이션의 지방으로서 존재한다면, 『처녀지』에서 만주는 제국의 지방으로서 존재한다. 이것은 주인공인 남표가 식민지인이 아니라 제국의 신민으로 존재하는 것과 긴밀하게 연결되어 있다. 이기영의 일제 말기 소설에 나타난 만주는 철저하게 지방주의의 맥락에서 형상화된다. 이를 통해 만주는 하나의 중심에 비추어 균등하고 무역사적인 시공으로 깨끗하게 마름질되어 버린다. 조선 혹은 제국이라는 중심을 기준으로 하여 만들어진 무시간성과 공간적 균일성은 일종의 식민주의라고 볼 수도 있을 것이다. 이러한 마름질의 정도는 『대지의 아들』보다 나중에 발표된 『처녀지』에서 더욱 심각해진다. 이러한 지방주의의 가장 큰 문제는 만주가 지닌 내부의 차이나 적대가 모두 제거된 채 추상적인 동일성으로 환원된다는 점이다. 이러한 이기영 소설의 만주 로컬리티는 카프에서 함께 활약했던 한설야의 『대륙』에 나타난 만주 로컬리티와 대조를 이룬다.

(2012)

제4장

이효석과 만주

헤테로토피아로서의 하얼빈

1. 헤테로토피아로서의 하얼빈

1990년대부터 본격화된 한국문학과 만주와의 관련성에 대한 연구는 매우 심도 있게 진행되었다. 이러한 연구를 통해 한국 현대소설 속의 만주는 식민지 시기 만주가 차지했던 복합적인 위상만큼이나 매우 다양한 모습으로 표상되었음이 확인되었다. 한국문학에 나타난 만주의 여러 가지 양상을 전체적으로 분류하고 있는 정호웅에 의하면, 그동안 만주는 절박한 생존의 공간, 죽음의 공간, 불평등의 공간, 절망의 공간, 열린 가능성의 공간, 관념의 상징, 막다른 곳, 지배와 개척의 대상, 죽음의 기운으로 가득 찬 곳 등으로 다양하게 등장했다고 한다.[1]

본고에서는 만주를 형상화한 여러 작품 중에서도 이효석의 『벽공무

1 정호웅, 「한국 현대소설과 만주공간」, 『문학교육학』, 2001.8, 171~195면; 정호웅, 「한국 현대소설과 '만주'라는 기호」, 『현대소설연구』 55호, 2014.4, 9~36면.

한』에 초점을 맞추어 살펴보고자 한다.[2] 『벽공무한』은 만주를 다룬 한국 소설 중에서도 드물게 이색적인 도시 하얼빈을 본격적으로 다루고 있으며,[3] 하얼빈에 대한 공간 표상 역시 작가론적 맥락이나 문학사적인 맥락에서 중요한 의미를 담고 있기 때문이다. 일반적으로 이효석의 문학은 탈이데올로기적이며 가치중립적 것으로 평가받아 왔지만,[4] 만주를 배경으로 한 『벽공무한』을 둘러싸고는 당대 지배질서나 담론과의 관련성이 집중적으로 논의되어 왔다. 이경훈은 "시종일과 일본 제국의 하늘 밑을 한 발자국도 벗어나지 못한다"[5]는 표현에서 드러나듯이, 『벽공무한』이 철저하게 국민문학론을 수용한 작품이라고 평가하고 있다. 윤대석은 이효석이 "식민지 본국에 대한 양가성, 즉 동일화와 이화, 매력과 반감을 동시에 표현"[6]하지만, 그 시선이 외부로 향할 때 그러한 양가성은 사라지고 식민지 본국에 대한 동일화가 전면에 드러나게 된다고 지적한다. "일본인이 조선을 표상하는 '벽공'을 만주에 대한 표상으로 전환하는 것"[7]을 그 구체적인 사례로 들고 있다. 감벽紺碧이라는 표상 속에는 조선이라는 식민지를 정복하고 개척하려는 일본인의 심성이

2 이효석은 『창공』을 『매일신보』(1940.1.25~7.2)에 연재한 후, 다음해에 『벽공무한』이라는 제목의 단행본을 박문서관에서 출판하였다. 『이효석전집』(창미사, 2003)을 연구 텍스트로 삼았다. 인용시 본문 중에 면수만 기록하기로 한다.

3 이효석의 『벽공무한』 이외에도 하얼빈이 등장하는 한국소설로는 이광수의 『유정』과 최명익의 『심문』 등을 들 수 있다. 그러나 이광수의 『유정』에서는 하얼빈이 주인공 최석의 바이칼호에 이르는 여정의 일부로 잠시 등장할 뿐이고, 최명익의 『심문』에서도 하얼빈의 공간성이 작품의 핵심적인 요소로 부각되는 것은 아니다.

4 김윤식, 「이효석론(2)」, 『일제 말기 한국작가의 일본어 글쓰기론』, 서울대 출판사, 2003, 276면.

5 이경훈, 「하르빈의 푸른 하늘」, 『문학속의 파시즘』, 삼인, 2001, 230면.

6 윤대석, 「경성 제국대학의 식민주의와 조선인 작가」, 『우리말글』 49호, 2010, 284면.

7 위의 글, 284면.

포함되어 있는데, 이효석은 이것을 만주에 그대로 전이하고 있다는 것이다. 방민호는 이경훈이나 윤대석과는 완전히 다른 입장을 피력하고 있다. 「화분」, 『벽공무한』, 「하얼빈」 등에 나타난 구라파주의, 공통주의 등을 살펴본 후에 이효석이 "당대의 국민문학론이나 일본적 오리엔탈리즘에 순응하기만 한 작가가 아니었으며, 오히려 그에 대한 강렬한 비판의식을 바탕으로 그 자신의 문학적 이상을 실험해 나갔"[8]다는 것이다.[9]

흥미로운 점은 『벽공무한』을 분석함에 있어 이경훈이나 윤대석이 주목하는 신경행 열차라든가 '위대한 정리'라든가 채표와 경마에 의한 운명의 변화라든가 하는 것들을, 방민호는 "한갓 의장에 불과"[10]한 것으로 정리하고 넘어간다는 것이다. 반대로 방민호가 주목하는 백계러

8 방민호, 「이효석과 하얼빈」, 『일제 말기 한국문학의 담론과 텍스트』, 예옥, 2011, 212면.

9 이외에도 이효석의 『벽공무한』에 대한 주목할 연구로는 다음과 같은 것들이 있다. 서재원은 「이효석의 일제 말기 소설 연구－『벽공무한』에 나타난 '하얼빈'의 의미를 중심으로」(『국제어문』 47집, 2009.12)에서 이효석이 하얼빈이라는 제국주의적 식민화 공간에 대하여 매혹과 동시에 거부감을 드러냈다고 주장한다. 정여울은 「이효석 텍스트의 노스탤지어와 유토피아－『벽공무한』을 중심으로」(『한국 현대문학연구』 33집, 2011.4)에서 이효석의 미적 취향은 『벽공무한』에서 '하얼빈으로의 공간이동'과 '복권당첨이라는 경제적 자유'로 인해 완전히 해방되고, 그러자 그의 미적 이상이 지닌 스노비즘적 특성이 유감없이 발휘된다고 지적한다. 정실비는 「일제 말기 이효석 소설에 나타난 고향 표상의 변전」(『한국근대문학연구』 25호, 2012년 상반기)에서 이효석 소설의 고향/고국/조선 표상이 제국주의 담론의 자장 안에서 생산된 고향/고국/조선의 표상과 대척적인 지점에서 구축되고 있음을 구명하였다. 김미란은 「감각의 순례와 중심의 재정위－여행자 이효석과 '국제 도시' 하얼빈의 시공간 재구성」(『상허학보』 38집, 2013)에서 『벽공무한』과 「하얼빈」에는 이효석의 미적 보편주의에 대한 욕망이 드러나며, 그것은 각각 애수의 형식과 구언의 형식으로 나타난다고 파악하였다. 서세림은 「이효석 문학의 미학적 형상화와 자기 구원의 논리」(『한어문교육』 28집, 2013)에서 이효석의 일제 말기 문학이 독특한 미의식을 보여주며, 그것은 미적 감수성과 아름다움에 대한 사랑의 형식으로 구체화된다고 주장한다.

10 방민호, 앞의 글, 201면.

시아인들이나 음악 등의 요소는 위의 논자들의 논의에서는 전혀 발견되지 않는다. 이것은 『벽공무한』에서 표상된 만주(하얼빈)가 특정한 시각에 바탕해 단일한 의미층위로 환원되지 않기 때문에 벌어진 일이라고 할 수 있다. 이효석이 표상한 하얼빈은 기본적으로 공통척도가 없는 이질적인 공간이기에, 하나의 의미층위로 환원하는 작업 자체가 무리한 일인지도 모른다.

필자는 이효석이 『벽공무한』에서 하얼빈을 헤테로토피아적 공간으로 기호화했다는 입장이다.[11] 따라서 이 글에서는 한 가지 핵심적인 해석으로 하얼빈을 규정짓기보다는 너무도 다양하기 때문에 통약불가능한 하얼빈을 있는 그대로 살펴보고자 한다. 『벽공무한』의 하얼빈은 "그것에 의해 우리 자신의 바깥으로 이끌리는 공간, 바로 우리의 삶, 시간, 역사가 침식되어가는 공간, 우리를 주름지게 만들고 부식시키는 공간"[12]으로서의 헤테로토피아라고 할 수 있다.

푸코는 공간을 일상 공간, 유토피아 공간, 헤테로토피아 공간의 세 가지로 나눈다. 헤테로토피아heterotopia는 '다른, 낯선, 다양한, 혼종된'이라는 의미를 가진 hetero와 장소라는 의미의 topia가 합쳐진 용어이다. 헤테로토피아는 실제로 존재한다는 점에서 유토피아와는 구분되지만 동시에 일상 공간과는 질적으로 다른 자신만의 고유한 기능과 특징을 지니고 있다는 면에서는 유토피아와 유사하다.[13] 푸코에 따르면 헤

11 야마무로 신이치는 만주국 시절의 만주 전체가 "거기에 감으로써 완전히 다른 체험, 완전히 다른 의식을 가지게 되는 공간"(야마무로 신이치, 윤대석 역, 『키메라—만주국의 초상』, 소명출판, 2009, 18면)으로서의 헤테로토피아라는 주장을 하고 있다. 이것은 헤테로피아가 지닌 성격 중의 한 가지인 문제제기적 측면을 염두에 둔 주장이라고 할 수 있다.

12 미셸 푸코, 이상길 역, 『헤테로토피아』, 문학과지성사, 2014, 45~46면.

13 푸코의 핵심적인 주장을 그대로 옮겨보면 다음과 같다. "모든 문화와 문명에는 사회 제도

테로토피아는 내부의 공간이 아닌 '외부의 공간'이고, 동일성이 아닌 이질성을 지닌 차이의 공간이며, 환원 불가능한 총체의 공간이다.[14] 헤테로토피아는 사물들의 공통 요소들을 추출해낼 수 없는, 즉 공동척도가 없는 다원적이고 이질적인 공간인 것이다.[15] 또 다른 헤테로토피아의 중요한 특징은 그것이 일종의 반反공간counter-space이라는 점이다. 이것은 현실에 배치되는 공간이자 일상생활과는 모순된 일탈된 공간으로서 현실과는 다른 차이를 발생시키는 공간을 의미한다.[16] 그것은 일상세계의 가치와 질서를 부정하는 파괴적인 힘을 지닌 공간이기도 한 것이다. 헤테로토피아의 핵심적인 특징은 혼종성과, 지배 질서에 대한 비판과 교란이라고 정리할 수 있다.

본론에서는 『벽공무한』에서 하얼빈이 헤테로토피아로서 형상화된 방식을 구체적으로 살펴보고, 그것을 통해 이효석이 당대의 조선 사회에서 구현하고자 한 것이 무언인지에 대해 알아볼 것이다. 2장에서는

그 자체 안에 디자인되어 있는, 현실적인 장소, 실질적인 장소이면서 일종의 반(反)배치이자 실제로 현실화된 유토피아인 장소들이 있다. 그 안에서 실제 배치들, 우리 문화 내부에 있는 온갖 다른 실제 배치들은 재현되는 동시에 이의제기당하고 또 전도된다. 그것은 실제로 위치를 한정할 수 있지만 모든 장소의 바깥에 있는 장소들이다. 이 장소는 그것이 말하고 또 반영하는 온갖 배치들과는 절대적으로 다르기에, 나는 그것을 유토피아에 맞서 헤테로토피아라고 부르고자 한다."(위의 책, 47면)

14 강정민 · 김동일, 「미셸푸코와 미술관에 관한 테제들」, 『인문연구』 66호, 2012, 140면에서 재인용.

15 미셸 푸코, 이광래 역, 『말과 사물』, 민음사, 1986, 14~15면.

16 "아마도 모든 문화와 문명에는 사회 제도 그 자체 안에 디자인되어 있는 장소, 현실적인 장소, 실질적인 장소이면서 일종의 반(反)배치이자 실제로 현실화된 유토피아인 장소들이 있다. 그 안에서 실제 배치들, 우리 문화 내부에 있는 온갖 다른 실제 배치들은 재현되는 동시에 이의제기당하고 또 전도된다. 그것은 실제로 위치를 한정할 수 있지만 모든 장소의 바깥에 있는 장소들이다. 이 장소는 그것이 말하고 또 반영하는 온갖 배치들과는 절대적으로 다르기에, 나는 그것을 유토피아에 맞서 헤테로피아라고 부르고자 한다.(미셸 푸코, 이상길 역, 『헤테로토피아』, 문학과지성사, 2014, 47면)

여러 가지 문화와 삶의 논리가 공존하는 혼종성의 공간으로서 하얼빈이 존재하는 양상을 고찰할 것이고, 3장에서는 당대 지배질서에 대한 문제제기를 하는 반反공간으로서 하얼빈이 존재하는 어떻게 형상화했는지 살펴볼 것이다. 4장에서는 헤테로토피아로서의 하얼빈이라는 공간을 통해 이효석이 당대 조선 사회에 건설하고자 한 삶의 지향점이 무엇인지 알아보고자 한다.

2. 혼종성의 공간

『벽공무한』에서 오랫동안 하얼빈에서 거주한 벽수는 하얼빈에 온 일마에게 "만주는 복잡한 구렁이야. 넓기두 하지만 속속들이루 무슨 세상이 숨어 있는지 헤아릴 수 있어야지"(75)라고 말한다. 벽수의 '복잡한 구렁'이라는 표현에는 헤테로토피아로서의 하얼빈이 지닌 혼종적인 특성이 압축되어 있다.

하얼빈은 제정 러시아의 중동철도 부속지를 중심으로 개발된 계획도시이다. 1898년 철도 기공식이 거행된 후, 1903년 중동철도가 모두 개통된 시기를 전후하여 철도부속지가 확대되면서 러시아인, 중국인 인구가 급증했고, 이후 하얼빈은 거대도시로 발전하였다. 하얼빈은 중동철도의 기점으로 러시아가 만주를 지배하는 과정에서 거점도시의 역할을 수행하였으며, '동양의 모스크바'로 건설된 계획도시이다.[17] 동시에 20세기 전반 러시아, 영국, 미국, 일본 등 제국주의 열강의 각축전이 펼쳐진 무대이기도 했다. 이른바 국제도시로서 '동양의 파리'라는 별명까지 얻은 이 도시는 후에 일본인의 손에 넘어가는 일까지 겪는다. 이러한 복잡한 상황을 반영하듯, 이효석이 하얼빈을 방문했던 1939년 당시 하얼빈의 인구분포는 매우 혼종적이었다.[18] 이러한 특징은 다음의 인용문들에 잘 나타나 있다.

> 반이 외국 사람이면 나머지 반이 이곳 사람이다. 외국 사람도 얼굴이 검붉은 사람으로부터 허여멀쑥한 사람에 이르기까지 각각 국적을 달리들 하고 있으나, 이곳 사람들도 단순하지는 않다. (…중략…) 수다한 국적의 수다한 사람들이 한데 휩쓸려 설레는 것이 반드시 피차에 친밀하게만은 보이지 않는 것이며, 그 어디인지 서먹서먹하고 어울리지 않는 기색이 떠돈다.(88)

> 하얼빈의 거리가 그러하듯 그곳(경마자—인용자)에도 각 사람들이 다 모여 국적과 인종의 진열장이었다.(107)

보다 자세하게 살펴보면 『벽공무한』에서 '복잡한 구렁'으로서의 하얼빈은 세 가지 층위를 지닌 것으로 볼 수 있다. '제국의 이상이 실현되는 공간', '구라파의 흔적이 남겨진 공간', '범죄와 공포의 공간'이 그것이다.

---

17 김경일 외, 『동아시아 민족이산과 도시』, 역사비평사, 2004, 284면.

18 총인구는 517,127명이며, 조선인 6,330명, 일본인 38,197명, 중국인 439,491명, 소련인 2,548명, 무국적인(백계 러시아인) 28,103명, 기타 외국인 2,548명이다. 기타 외국인에는 리투아니아, 라트비아, 폴란드, 체코슬로바키아인 등이 포함된다.(위의 책, 292면)

'제국의 이상이 실현되는 공간'은 천일마의 성공담을 통해 드러난다. 서른다섯의 천일마는 음악평론가이면서 문화사업가로서 『현대일보』 사장의 부탁을 받고 교향악단을 초빙하기 위해 하얼빈으로 간다. 뚜렷한 직업과 사회적 지위가 없는 천일마는, 자신을 환송하기 위해 나온 능보(의학박사), 종세(신문기자), 훈(소설가)과 같은 친구들 앞에서도 위축감을 느낀다. 하얼빈행 기차 안에서 사랑에도 실패하고 마지막 혈육인 어머니마저 잃은 일마는 자신의 삶을 "찌그러진 가시덤불의 반생"(15)이라고 정리한다. 그러나 늘 불행을 달고 산 천일마는 하얼빈에서 행복의 길로 들어서게 되는 일을 연달아 경험한다. 채표에도 당선되어 일만 원이라는 거금을 손에 넣고, 경마장에서도 많은 돈을 벌어들이는 것이다. 무엇보다 하얼빈교향악단의 초빙에 성공하여 사회적 지위가 높아지고, 모든 사람이 부러워하는 미인 나아자의 사랑을 얻는다. 일마가 초빙하려는 하얼빈교향악단이 만철 철도총국 소속이며, 복지과장을 만나서야 그 임무가 원활히 수행된다는 사실은 일마의 행로가 지닌 제국주의적 성격을 잘 드러내준다.[19] 천일마는 친구 박능보의 말처럼, 한번

19 이와 관련해 일마는 식민주의적 (무)의식을 노골적으로 드러내기도 한다. 그것은 봉천역에서 만주인을 관찰하는 장면에서 드러나는데, 이 만주인은 『벽공무한』에 등장하는 유일한 중국인이다. 해당 부분을 인용하면 다음과 같다. "그 어디인지 어마어마하고 긴장되어 있어서 육칠년 전과는 판이한 인상을 띠게 되었다. 낡은 것과 새 것이 바꾸어지고 위대한 정리가 시작된 까닭이다. 몇해 동안의 엄청난 변화를 일마는 사실 경이와 탄식 없이는 볼 수 없었다. 그 길을 지날 때마다 느껴지는 감회였다. 물론 그 위대한 정리는 아직 시작이 되었을 뿐이요, 완성까지는 앞날이 먼 듯하다. 가령 차가 떠나기 시작해 역 부근의 긴 빈민지대를 지날 때, 일마가 문득 빙그레 웃음을 띠인 것은 둑 아래에서 바로 지나는 기차를 향해 한 사람의 만주 사람이 바지를 벗고 유유히 용변을 하고 앉은 것을 본 까닭이다. 신선한 아침 공기 속에서 한 폭의 유모어의 풍경이라고 할까, 역 구내에서의 어마어마한 풍경과는 거리가 먼 한 폭이다. 이런 풍속까지가 정리되려면 참으로 몇 세대의 시간이 필요할지 모른다."(16~17면)

의 만주행으로 "시험관 속의 액체의 변화같이 삽시간에 놀라운 변화를 한 것"(181)이다.

다음으로 하얼빈은 '구라파의 흔적이 남겨진 공간'으로 표상되고 있다.[20] 하얼빈을 특징짓는 주요한 존재들은 백계러시아인들이다. 볼셰비키의 탄압을 피해 하얼빈으로 온 백계러시아인들 중에는 지식인이나 예술가가 높은 비율로 포함되어 있었다. 이들로 인해 하얼빈시와 거류지는 오랜 러시아적인 생활의 최후 성채가 되었고, 하얼빈에는 음악, 노래, 시가 곳곳에서 울려 퍼졌다.[21] 일마는 키타이스카야가街에 있는 모데른 호텔에 머물며 주로 카바레나 극장 등을 오간다. 일마는 "완전히 구라파의 한 귀퉁이"(51)인 하얼빈을 사랑하여 "이 곳에 들어서면, 웬일인지 올 곳에 왔다는 느낌"(51)을 받고는 한다. 일마는 나아자와 '파리의 뒷골목'이라는 영화를 보는데, 일마는 그 영화에 대해 "지나쳐 화려하지 않은 조촐한 모든 생활의 규모가 그대로 바로 하얼빈에서 볼 수 있는 그것"(82)이라고 말할 정도로 하얼빈은 이국적이다.

20 만주국 시절 다롄, 펑톈, 신징, 하얼빈 등의 주요 도시에서는 유행의 최첨단을 달리는 상품 외에도 일본에서는 입수할 수 없는 양주 같은 수입품도 백화점에 넘쳐났다고 한다. 특히 하얼빈은 유럽적 분위기가 넘치는 이국적인 공간으로 받아들여졌다. 당시 하얼빈을 방문했던 다치바나 소토오가 "하얼빈! 바다가 없는 상하이…… 엽기와 소설적인 것(로맨틱한 것)과 모험이 소용돌이치며, 과거와 미래가 지그재그로 교향악을 울리고 있는 북만의 국제도시! 그리고 쇠락한 제정 러시아의 대공작이 길모퉁이에서 행인의 구두를 닦으며 제실 가극단의 간판 무용수가 나이 들어 길가에서 성냥을 팔고 있는 슬픈 도시!"(다치바나 소토오, 「하얼빈의 우울」, 『문예춘추』, 1940.8, 264면. 야마무로 신이치, 앞의 책, 332면에서 재인용)라고 말한 것에서도 이러한 성격은 분명하게 드러난다.

21 우랄산맥 동쪽의 주민이 볼셰비키의 탄압에서 도주하는 기본 루트는 철로를 따라 시베리아를 빠져서 블라디보스토크나 하얼빈에 다다르는 탈출구밖에 없었다. 그러나 블라디보스토크는 바로 공산주의자의 지배하로 들어갔기 때문에 하얼빈으로 난민이 쇄도하였다.(얀소레키, 박선영 역, 「유대인 · 백계 러시아인에게 만주란」, 『만주란 무엇이었는가』, 소명출판, 2013, 470~472면)

추림백화점(秋林百貨店)은 외국인 경영의 하얼빈서도 으뜸가는 가게였다. 점원이 전부 외국인인데다가, 특히 금발, 벽안의 여점원들의 응대는 그것만으로도 눈을 끌었다. 반드시 한 가지 나라 말만이 쓰이는 것이 아니요, 러시아어도 들리고 영어도 들려서, 이 구석 저 구석에서 언어의 혼란을 일으켜 흡사 국제백화점인 감이 있었다. 층층으로 진열된 물품에는 구라파적인 은은한 윤택과 탐탁한 맛이 드러나 보인다. 하루아침에 이루워진 것이 아니요, 천여 년을 두고 쌓아 내려온 굳건한 전통의 빛이 그 어디인지 흐르고 있다. 구라파 문명의 조그만 진열장인 셈이다. (104-105)

추림백화점에는 '구라파적인 은은한 윤택과 탐탁한 맛'과 '천여년을 두고 쌓아 내려온 굳건한 전통의 빛'이 존재한다. 그러나 일마가 그토록 본능적 친애감을 느끼는 구라파는 백화점의 조그만 진열장에만 존재할 뿐이다.

1932년 3월 만주국이 성립되고, 1935년 3월 23일 동지철도가 만주국에 매각되면서 하얼빈의 러시아 사회는 쇠퇴한다. 사람들은 서로 서비스를 제공하면서 간신히 생활하였고 철도 수입이 점점 적어짐에 따라 더욱더 빈약해졌다. 모두가 어딘가 다른 나라의 비자를 취득하려고 했지만 1930년대는 세계의 대부분이 대공황의 타격을 받고 있었기 때문에 그것조차도 어려웠다. 제2차 세계대전 중, 하얼빈에 사는 러시아인의 지위는 거의 기아 수준까지 떨어졌다.[22] 이러한 상황의 한복판에 놓인 하얼빈에 있는 것은 구라파라는 유토피아가 남겨놓은 하나의 흔

22 위의 책, 473~480면.

적일 뿐이다. 따라서 『벽공무한』에서 하얼빈은 추구의 대상이 아니라 추억의 대상으로 변했고, 상실감과 멜랑콜리로 채색된 노스탤지어의 빛깔로 물들어진다.

『벽공무한』에 등장하는 러시안인들은 모두 불우한 처지이다. 만주리와 하얼빈에서 각각 아버지와 어머니를 여읜 나아자는 백모의 집에서 눈칫밥을 먹으며 캬바레에서 일급 일원도 못버는 생활을 하고 있다. 일마의 주위에 "나아자만큼 가여운 여자는 없다"(60)고 할 정도로, 그녀가 처한 상황은 열악하다. 나아자의 유일한 친구라고 할 수 있는 어린 소녀 에미랴는 고아로 혼자 지내며 마약에 중독되어 지금 병까지 든 상태이다. 약에 절은 어린 에미랴를 보고, 천일마는 "만주의 속은 겹겹으로 깊구 무서운 곳"(78)이라는 생각까지 한다.

비슷한 시기에 쓰여진 「합이빈」(『문장』, 1940.10)[23]에서도 '구라파의 흔적이 남겨진 공간'으로서의 하얼빈이라는 특징은 선명하게 나타난다. '나'는 키타이스카야의 중심지에 있는 호텔에 머물며, 이삼 층 높이의 창가에서 보이는 거리의 전망을 즐긴다. 호텔의 식당에는 "기름진 빠터며 로서아 쑤웁이며 풍준한 진미"(3)가 준비되어 있고, 즐겨 산책하는 부두구 일대의 집 문패는 "노서아문자"(5)로 되어 있다. 송화강가에서는 밴드의 음악이 흘러나오기도 한다. '나'는 "답답함"과 "근심" 혹은 "애수"(3)를 느끼는데, 이유는 "낡고 그윽한 것이 점점 허덕어리며 물러서는 뒤ㅅ자리에 새것이 부락스럽게 밀려드는 꼴"(3)에서 비롯된다. 이때의 '낡고 그윽한 것'은 하얼빈이 지니고 있던 구라파적인 분위

23 「합이빈」의 본문은 『문장』(1940.10)에서 인용하였다. 인용시 본문 중에 면수만 표기하기로 한다.

기를, '새것'은 당시 욱일승천의 기세로 밀려오던 일제를 의미한다고 볼 수 있다. '내'가 하얼빈에서 유일하게 만나는 유우라는 "보세요. 저 잡동사니의 어수선한 꼴을. 키타이스카야는 이제는 발서 식민지예요. 모든 것이 꿈결같이 지내가버렸어요"(4)라고 분명하게 말하고 있는 것이다.[24]

「합이빈」에서도 러시아 사람들은 모두 불우하다. 유우라는 "결코 명예롭지 못한 곳"(5)인 니이싸에서 일한 적도 있으며, 하얼빈은 돈푼을 구걸하는 늙은 보이들로 가득하다. 유우라는 심지어 "언제나 죽구싶은 생각 뿐예요"(10)라는 말을 할 정도이고, '나' 역시 "죽엄 이외의 무슨 말로 대체 나는 그를 위로할 수 있는 것일까"(11)라고 말하며 유우라의 말에 동의를 표한다.

마지막으로 '범죄와 공포의 공간'이라는 하얼빈의 특징은 하얼빈에서 신문기자를 하는 벽수의 숙부 한운산을 통해 드러난다. 『벽공무한』에서 한운산은 대륙당이라는 규모 있는 약방을 운영하는 거부이지만, "중국이나 만주백성들을 등골부터 녹여내는 약"(71)을 팔아 그러한 부를 축적하였고, 지금도 그러한 종류의 생업을 이어가고 있다. 한벽수의 말처럼 "만주에 들어와 소위 성공했다는 조선사람의 대부분은 아마도 다 그같은 위험한 길을 걸은 사람들"(71)이며 조선인들에게 "열린 길이라군 그것밖엔 없"(71)다고 말해지는 상황이다. 그래서 만주에서는 다른 사람들이 "조선사람만 보면 그 약을 연상"(71)할 정도이다.[25] 나아자와

24 만주가 일제의 지배에 들어간 이 시기는, 히틀러가 유럽을 점령한 시기이기도 하다. 이러한 상황은 불란서 영사관도 키타이스카야와 마찬가지로 변했다는 유우라의 말에, '내'가 "독일과의 싸홈에 졌으니까 말이지"(6)라고 대답하는 것을 통해 드러나고 있다.

25 하얼빈의 조선인들 역시 아편 밀매와 연관된 직업에 종사하는 경우가 있었기에 공식적

귀국한 지 달포 만에 일마는 "사건돌발 황당불이 급래희망 한벽수"(244)라는 전보를 받고, 급하게 하얼빈으로 돌아간다. 일마가 종세에게 전한 편지에는 한운산이 깽 일당에게 납치되어 몸값으로 삼십만 원을 요구받고 있다는 내용이 담겨 있다. 이를 통해 일마는 하얼빈이 "공포의 도시"(249)임을 깨닫게 된다.[26]

'제국의 이상이 실현되는 공간'으로서의 하얼빈은 백계러시아인들과 마약을 파는 조선인, 그리고 만주의 깽단을 통해 여지없이 해체되고 있는 것이다. 헬무트 빌케는 헤테로피아가 근대성의 주변적인 장소로서, 근대 질서와 근대성의 닫힌 상태와 확실성을 무너뜨리는(혹은 그러한 상태와 확실성이 무너진) 혼재와 변이, 위기의 장소라고 설명하였다.[27] 『벽공무한』에 나타난 하얼빈의 세 가지 특성은 서로 대등한 힘을 지닌 채 공존하고 있으며, 이를 통해 하얼빈은 당대의 지배질서를 교란시키는 헤테로토피아로서의 특징을 선명하게 드러낸다고 볼 수 있다.

문서에서는 '불온한' 민족으로 분류되었다.(김경일 외, 앞의 책, 287면)

26 나중에 몸값 삼십만 원을 지불하고 한운산이 풀려난 후에도, "깽의 정체에 대한 비밀은 밝혀지지 못한 채 여전히 오리무중에 숨겨져 버"(354)리는 것으로 끝난다. 이로 인해 하얼빈이라는 도시가 지닌 공포는 끝내 해소되지 않은 채로 남는다.

27 "헤테로토피아는 근대성의 주변적인 장소로서, 근대 질서와 근대성의 닫힌 상태와 확실성을 붕괴시키는 혼재와 변이, 위기의 장소를 의미한다. 구체적으로 헤테로토피아는 국민국가를 바탕으로 하는 근대 사회의 영토에 천착된 질서를 해체할 뿐 아니라 지식의 질서를 해체하며, 그와 관련된 권력의 질서 또한 해체한다."(김미경, 「상상계와 현상계의 사이－헤테로토피아로서의 하얼빈」, 『인문연구』 70호, 2014, 172면)

3. 문제제기의 공간

헤테로토피아는 일상세계에 대한 이의제기를 중요한 특징으로 한 공간이다. 헤테로피아는 두 가지 방식으로 이의제기를 수행하는데, 첫 번째는 "나머지 현실이 환상이라고 고발하는 환상"을 만들어 내는 것이고, 두 번째는 첫 번째와는 반대로 우리 사회가 무질서하고 정리되어 있지 않고 뒤죽박죽으로 보일 만큼 "완벽하고 주도면밀하고 정돈된 또 다른 현실 공간"[28]을 실제로 만들어 냄으로써이다. 하얼빈은 이 중에서 첫 번째 방식으로 당대의 지배적인 질서에 문제를 제기한다. 그것은 「합이빈」에서 다음의 인용문과 같이 상당히 암시적인 방식으로 나타나고 있다.

"유우라두 혹 그런지— 난 각금가다 현재라는 것에 대해 커다란 놀람과 의혹이 솟군 하는데."

"현재가 웨 이런가 하구 말이죠."

유우라도 내 마음속에 떠오르고 있는 생각의 정체를 옳게 살핀 모양이었다.

"가량— 이 행길은 웨 반다시 이렇게 났을까— 집들은 웨 하필 이런 모양일까— 이 거리는 웨 꼭 지금같은 규모로 세워졌을까— 하는 생각……"

"키타이스카야는 웨 지금같이 변하구 불란서 영사관은 웨 저 모양이 되구 했나 말이죠."

28 미셸 푸코, 앞의 책, 24면.

(…중략…)

“다만 우연한 기회로 말미아마 다르게 결정된 까닭에 지금의 이 머리 이 행길로 변한 것이 아닐까— 그러기 때문에 지금보다 다른 세상이라는 것을 생각할 수 있는 것이구 생각하지 않고는 견딜수 없는 것이구……”(6~7)

‘나’는 유우라와 하얼빈을 대표하는 키타이스카야를 걸으며, ‘현재에 대한 커다란 놀람과 의혹’을 느낀다. 이것은 처음 행길이나 거리의 모양과 같은 가벼운 대상을 향하다가, 곧 쇠락한 불란서 영사관의 모양을 문제 삼는 차원으로 확장된다. 결국에는 ‘다른 세상’을 생각하지 않고는 견딜 수 없는 지경에까지 이른다. 작가의 분신이라고 할 수 있는 ‘나’를 통해 키타이스카야로 대표되는 하얼빈은 현재의 사회질서에 대한 문제제기를 하며, 새로운 세상을 꿈꾸는 공간으로 의미부여가 되는 것이다.

『벽공무한』에서는 경성과의 대비를 통해 하얼빈의 문제제기적 성격이 보다 뚜렷하게 부각된다. 모두 15장으로 이루어져 있는 이 작품의 주요 공간은 하얼빈과 함께 경성이다.[29] 따라서 하얼빈의 의미를 분명히 파악하기 위해서는 무엇보다도 경성과의 관계를 우선 고려해야만 한다.

헤테로피아가 반공간으로서 일상세계의 가치나 질서와는 다른 차이를 발생시키는 장소라고 할 때,[30] 『벽공무한』에서 일상세계와의 차이

29 전부 15장 중에서 하얼빈을 주요한 배경으로 삼고 있는 것은, ‘3장 일만 원’, ‘4장 대륙의 밤’, ‘5장 아킬레스의 비상’, ‘6장 향연’, ‘11장 뮤우스의 선물’로 모두 다섯 장에 그친다.

30 헤테로토피아적 상상력은 완강하게 닫힌 현실에 균열을 내고 다른 세계의 가능성에 눈뜨게 한다는 점에서 기존의 규범적 총체성이나 진보의 서사를 추구하는 경향과는 다른 차

는 주로 사랑을 중심에 두고 발생한다. 『벽공무한』의 서사 전체를 포괄할 수 있는 가장 핵심적인 관계를 들자면, 그것은 일마를 중심에 둔 '나아자-일마-미려・단영의 연애관계'라고 할 수 있다. 이 중에서 '나아자-일마'의 관계가 하얼빈의 공간성을 대표한다면, '일마-미려・단영'의 관계는 경성의 공간성을 대표한다.

'나아자-일마'와 '일마-미려・단영'의 관계는 여러모로 대조적이다. 일마와 동양무역상회의 주인인 만해는 동창이었고 둘은 함께 남미려를 원했다. 그러나 미려는 일마 대신 유만해를 선택하는데, 이 결정은 "일마가 패한 것은 문과 출신의 가난뱅이 학사였던 까닭이요, 만해가 이긴 것은 백만금의 상속을 받은 법학사였던 까닭"(30)이라는 것에서 잘 나타나듯이, 유만해가 가진 "황금"(30)의 힘에 따라 이루어진 것이다. 이러한 미려의 모습은 "맘의 애정을 첫째로 쳐서 아무런 수단에두 좀해 굴하는 법이 없는"(53) 나아자의 모습과 대조적이다.

유만해와 남미려는 불화를 겪는데, 그 핵심적인 갈등의 이유는 음악이나 예술에 관한 둘의 입장이 서로 다르기 때문이다. 남미려는 음악과 예술의 가치를 높이 평가하고, 이를 적극적으로 후원해야 한다는 입장인데 반해, 만해는 생활의 문제도 해결하지 못한 상황에서 음악이나 예술은 "허영"(33)에 불과하다고 생각하는 것이다. 이처럼 돈만 아는 유만해는 홍천금광에 자신의 전 재산은 물론이고 채무까지 끌어다 투자했지만 그 금광은 아무런 경제적 가치가 없다는 사실이 드러난다. 결국 유만해는 돈을 돌려받으려다가 광산을 매도한 브로커 박남구와 칼부림

원에서 현실을 조망하고 사회변혁의 꿈을 끌어낼 수 있는 계기를 제공한다.(남진우, 『폐허에서 꿈꾸다』, 문학동네, 2013, 12면)

을 하는 지경에 이른다. 그리고 이 사건으로 인해 유만해와 남미려의 삐걱거리던 부부생활은 종지부를 찍게 된다.

『벽공무한』에서 남미려는 얼치기 근대여성으로 형상화되어 있다. 남미려의 가정은 식모의 눈에 "부부는 집안에서는 각각 독립된 한 사람이요, 그 한 사람으로서의 자격이 부부로서의 자격보다도 중요한 모양"(165)으로 보인다. 혜주조차도 친구가 기다리는 것을 신경쓰지 않고 한 시간 넘게 화장을 하는 미려를 보며 "개인주의의 극치야"(168)라고 말할 정도이다. 칼부림을 겪고 붕대를 친친 감은 채 밤늦게 나타난 남편을 향해 미려는 "싸웠으면 싸웠지, 집을 비우라는 법은 어디 있나요?"(171)라고 쏘아붙인다. 결국에 사랑 없이 이루어진 가정은 "금시 깨뜨러진 유리조각이 뎅그렁 하고 떨어"(172)지듯이 파탄나고 만다. 미려는 "일에 바쁜 남편이 밖에서 하룻밤쯤 지내구 왔단들……"(173)이라고 말하는 남편에게, "구라파 사람같이 교양 있는 사내"(174)가 되라며, 몇 번이나 '야만인'이라는 말을 써가며 대응한다.[31] 결국 만해는 상해로 달아난 후 종무소식이 되고, 미려는 이혼수속까지 마치고 완전한 자유인으로 남게 된다.

또 한 명의 신여성인 단영 역시도 나아자의 존재로 인하여 부정적인 인물로 부각된다. 일마를 짝사랑하는 여배우인 단영은 퇴폐의 매력을 지닌 "한 송이 악의 꽃"(204)으로 그려진다. 일마는 "난맥의 생활과 빈

31 이에 대해 만해는 "구라파니 개인주의니, 반지빠르게 배워가지구는 남녀동등이니, 아내의 지위가 어떠니 철없이 해뚱거리는 꼴들이 가관이야. 몸에서는 메주와 된장 냄새를 피우면서, 문명이니 문화니 하구, 가제 깬 촌놈같이 날뛰는 것을— 복수는 다 무어야. 여편네가 사내에게 복수라니. 이 사랑 없는 가정을, 누군 달갑게 여기는 줄 아나. 한꺼번에 다 부서버릴까부다"(174)라고 응대한다.

번한 치정관계"(23)를 보여주는 단영을 "해로운 벌레"(23)라고 여길 정도이다. 단영은 일마에게 약을 탄 술을 먹게 해서 하룻밤을 보내기까지 하지만, 곧 "참으로 마음을 얻지 못하고는 사랑은 뜻 없는 것"(221)임을 깨닫고 깊은 슬픔에 빠진다. 결국 일마의 사랑을 얻지 못해 자학을 거듭하다 자살기도까지 한다. 이 순간 단영은 "그것 하나를 위해서 죽어야 한다는 게 나두 결국 구식 여자에 지나지 못했던가. 그런 이 고전적인 습속이 지금 제일 비위에 맞는 것이다. 인연이 있다면 딴 세상에서나 또 일마를 만날까"(288)라고 생각한다. 하녀들도 "참으로 단영같이 신여성이면서도 구식의 정신을 사랑하는 여자도 드물 법하다"(289)라고 평한다. 단영은 화려한 외양만 신여성이었던 것이다. 일마도 단영에게 "단영은 한다 하는 신여성이 아니오? 신여성이면서두 맘은 아주 구여성이란 말야"(312)라고 웃으며 말한다.

미려를 통해서는 애정이 결핍된 채 물질만을 앞세운 사랑과 얼치기 서구 흉내에 대한 비판을, 남영을 통해서는 육체만의 사랑 추구와 한 명의 이성에게만 집착하는 구도덕에 대한 비판을 발견할 수 있다. 하얼빈에서 시작된 나아자와 일마의 사랑은 미려와 단영의 사랑이 지닌 문제점을 확실하게 부각시키며, 이상적인 사랑의 모습을 펼쳐나간다. 일마와 나아자의 사랑은 서로의 인격을 온전하게 인정하는 바탕 위에 성립한 것이라고 볼 수 있다.

하얼빈과 백계러시아인들에 대한 고정관념은, 푸코가 헤테로토피아의 대표적인 장소로 꼽은 묘지를 방문한 후에 집중적으로 교정된다.[32]

---

32 푸코는 헤테로토피아의 공간으로 묘지 이외에도 감옥, 정신병원, 박물관, 도서관, 정원, 유원지 등을 언급한다.(미셸 푸코, 앞의 책, 55면) 당시 하얼빈의 러인공동묘지는 하얼빈

일마는 하얼빈의 묘지를 방문한 이후 쭉정이의 사상을 발견하고, 이를 통해 나아자와의 온전한 결합에 이르기 때문이다. 일마가 나아자와 사귄다는 말에 친구들(능보, 훈, 종세)이 매우 부러워하는 태도를 보이는 것에서 알 수 있듯이, 그전까지 백계 러시아인은 숭배의 대상이었다고 해도 과언이 아니다. 그러나 묘지를 방문한 이후, 백계 러시아인들은 단지 과거의 주인공들이며 지금은 사라져가는 존재들에 불과함을 깨닫는 된다. 일마는 백계 러시아인들 역시 자신처럼 사회 경제적으로 불행한 '쭉정이'에 불과하며, 자신과 나아자는 쭉정이라는 같은 계급이기 때문에 결합될 수 있었다고 생각하는 것이다. 이러한 쭉정이의 사상은 아래의 인용문에 잘 나타나 있다.

> 인간의 대부분은 그 쭉정이다. 어느 도회가 그렇지 않으랴만 하얼빈은 어디보다도 심한 쭉정이의 도회이다. 거리는 국제적 쭉정이의 진열장이다. (…중략…)
>
> 허름하게 차리고 무엇을 하려는지 분주하게 포도를 지내는 무수한 사람 — 또한 쭉정이들이다. 묘지에서 만난 이봐놉도 쭉정이요, 병든 에미랴도 쭉정이다. 그리고 나아자— 그는 쭉정이가 아니던가. 그 역 쭉정이에 틀림없는 것이다.
>
> (그럼 나는 대체 무엇일까?)
>
> 일마는 자기 또한 하나의 쭉정이임을 알았다. 뜬돈 일만 오천 원이 생겼대

역에 근접한 신시가지 남강구의 東大直街에 위치한 것으로 우크라이나 사원 옆에 있었다. 이후 러인 공동묘지는 1958년에 하얼빈 동부 황산 신묘지로 이전되었다고 한다.(兪濱洋 主編, 『哈爾賓印象(上) 1897~1949』, 중국건축공업출판사, 2004, 145면. 조은주 「공동묘지로의 산책」, 『만주연구』 18집, 2014, 116면에서 재인용)

야 지금 정도의 문화사업을 한대야 기실 쭉정이밖에는 안 되는 것이다. 쭉정이끼리이기 때문에 나아자와도 결합이 되었다. 쭉정이는 쭉정이끼리 한 계급이다. 나아자나 자기의 그 어느 한 편이 쭉정이가 아니었던들 오늘의 결합은 없었을 것이다.(137~139)

묘지를 향할 때까지만 해도 일마는 나아자를 알게 되고 사랑하게 된 것이 "꿈결 같고, 거짓말 같다. 절기의 변천과 같이 신기하고 이상스러운 일이다"(131)라고 생각했던 것이다. 묘지를 거치고, 그곳에서 쭉정이의 사상을 깨달은 후에 일마는 나아자를 향하는 마음이 더욱 살뜰해진다. 그곳에서 일마와 나아자는 음악가지만 어디서도 활동하지 못하는 이봐놉을 만나는데,[33] 이곳에 온 러시아인들을 통하여 일마는 나아자를 좀 더 깊이 있게 이해하게 된다. 일마는 "묘지에서 받은 감상이 쉽사리 사라지기는커녕, 더욱 가슴속에 배어들면서 거리의 풍경이 어제와는 판이한 인상으로 눈에 어리우기 시작했다"(136)고 말한다. 묘지는 하얼빈을 새롭게 인식하게끔 만드는 헤테로토피아 안의 헤테로토피아였던 것이다.

쭉정이의 사상은 일마가 하얼빈에 두 번째 방문했을 때도 반복해서 등장한다. "병"과 "가난"(257)이라는 두 가지 고통에 시달리는 소녀 에

33 일본은 구미 열강에 대해 만주국의 국제성을 선전할 수 있는 장으로서 하얼빈을, 선전의 매개체로서 백계 러시아인과 유태인을 선택했다. 그러나 만철 홍보과의 한 보고서에 드러나듯이, 백계 러시아인들은 소수의 유산자를 제외하고 대다수가 빈곤한 근로생활을 할 수밖에 없었다. 하지만 아편밀매, 매춘 등을 하며 최저변의 삶을 살아야 했던 대다수 중국인과 조선인들 그리고 무엇보다도 전도된 오리엔탈리즘의 상징으로서 그 존재의의가 부각되었던 백계 러시아인들은 하얼빈이라는 공간에서 만주국이 표방했던 국제성의 그림자를 극명하게 감지할 수 있었을 것이다.(김경일 외, 앞의 책, 329~332면)

미라를 보며, 지난번에 왔을 때 거리에서 느꼈던 쭉정이의 사상, 즉 "혈족의 차이도 피의 빛깔도 쭉정이라는 사실과는 아무 관계가 없다. 혈족의 단결이 쭉정이를 구해 주지는 못하는 것이요, 쭉정이는 쭉정이끼리만 피와 피부를 넘어 피차를 생각하고 구원하고 합할 수 있는 것"(260)이라는 생각이 또다시 떠오르는 것이다. 이러한 쭉정이의 사상도 헤테로토피아인 하얼빈이 가져다주는 깨달음이라고 볼 수 있다.

4. 사랑과 예술(미)의 헤테로토피아 창조

일마는 조선에 처음 온 나아자에게 단호한 어조로 "조선은 전체가 한 커다란 빈민굴"(187)이라고 말한다. 『벽공무한』에서 구라파는 "부질없이 향수는 느끼는 것이었고, 그 그리워하는 고향이 여기가 아닌 거기였다. 현대문명의 발생지인 서쪽 나라였다"(183)는 것에서 알 수 있듯이, 도달할 수 없는 상상의 장소utopia이다. 이에 반해 하얼빈은 가짜 유럽이자 가짜 유토피아로서의 헤테로토피아이고, 조선은 가난과 제국의 힘이 절대적인 영향력을 발휘하는 일상세계인 것이다.

결국 『벽공무한』에서는 하얼빈의 체험을 통하여 '거대한 빈민굴'에 새로운 가능성을 담지한 헤테로토피아를 창출하는 것으로 끝난다. 그것은 바로 일마와 나아자가 사랑으로 만들어 나가는 공간과 미려와 단영이 만들어 나가는 녹성음악원이다. 『벽공무한』에서 오리엔탈리즘이나 옥시덴탈리즘과 무관한 조선인과 백계러시아인의 결합이 가능해진 것은 이상적인 사랑을 통해서이다. 나아자는 조선의 "무엇이든지 모두"(126)를 사랑한다고 말하는데, 이것은 일마에 대한 사랑이 있었기에 가능한 일이다.[34] 나아자가 조선어를 열심히 배우는 모습은, "사랑하는 사람의 풍습을 존중히 여기고 배우고 그와 동화되려는 뜻— 사랑의 정성, 그보다 더 큼이 있을 것인가"(318)라고 설명된다. 다음의 인용문처럼 사랑이야말로 국경을 허무는 유일한 힘인 것이다.

> "국경이 없다는 것이 얼마나 아름다운 생각이오? 야박스런 세상에서."
> "그래요. 나두 그렇게 생각해요."
> "사랑으로 밖엔 국경을 물리칠 수가 있소?"
> (…중략…)
> "제 눈에두 사람은 다 같이 일반으로 뵈여요. 구라파 사람이나, 동양 사람이나, 개인개인 다 제나름이지 전체로 낫구 못한 게 없는 것 같아요."
> "각 사람이 편견을 버리구 그렇게 너그러운 생각을 가진다면, 세상은 얼마나 아름다워지겠수?"(85)

> 생활양식의 차이쯤이 근본적인 난관은 아니다. 밀을 먹든 쌀을 먹든 그 근본의 차이라는 것은 극히 사소한 것이다. 굳은 사랑이 있을 때 인류의 동화는 손바닥을 번기는 것보다도 쉬운 노릇일지 모른다.(340)

34 조선옷, 꽃신, 질그릇, 그림, 음악, 조선의 집, 조선어 등을 사랑하고, 열심히 배우려고 한다.

『벽공무한』에서 이 사랑은 인생의 가장 중요한 것으로 의미부여된다. 이국적으로 한껏 멋을 낸 신혼집에서 일마는 나아자의 피아노 연주를 듣는다. 이 순간 나아자는 "'가이 없는 푸른 하늘—' 행복도 무한하고, 불행도 무한한— 무한한 인생같이도 가이 없는 창공"(346)을 바라보며 자기 몸이 푸르게 물드는 듯도 한 착각을 느끼며, 일마에게 키스를 한다. 그리고 서술자는 "창공의 선물로 그에 지남이 어디 있으랴"(347)라고 말한다. '가이 없는 창공=무한한 인생'이라고 할 때,[35] 창공이 주는 즉 인생이 주는 가장 큰 선물은 사랑인 것이다.

일마와의 관계에서 같은 실연의 상처를 받은 미려와 단영은 누구보다 가까운 친구가 된다. 이들은 결국 삶의 해결책으로 녹성음악원을 설립하기로 결정한다. 헤테로토피아들은 두 가지 방식으로 이의제기를 수행하는데, 첫 번째는 "나머지 현실이 환상이라고 고발하는 환상"을 만들어 내는 것이고, 두 번째는 첫 번째와는 반대로 우리 사회가 무질서하고 정리되어 있지 않고 뒤죽박죽이라고 보일 만큼 "완벽하고 주도면밀하고 정돈된 또 다른 현실 공간"[36]을 실제로 만들어 냄으로써이다. 『벽공무한』에서 하얼빈이 "나머지 현실이 환상이라고 고발하는 환상"으로서의 헤테로토피아라면, 녹성음악원은 예술과 음악을 중시하는 작가의 사상이 완벽하게 현실화(질서화)된 또 하나의 헤테로토피아라고

35 방민호는 벽공무한이 "'부분'과 '구역'을 획정할 수 없는 무한의 영역을 표상한다. 그것은 이질적이고 비대칭적인 문화들, 개체들의 삶이 '양식'의 차이를 넘어서 하나로 '동화'될 미래적 '공간'을 표상"(방민호, 앞의 책, 201면)한다고 말한다. 윤대석은 경성 제국대학, 그리고 그것이 있는 조선은 '감벽(紺碧)'으로 표상되었고, 그 표상 속에는 자연으로 표상된 식민지를 정복하고 개척하려는 일본 식민자들의 심성이 표현되었고, 이효석의 '벽공무한'은 그러한 심성이 만주로 전이된 것이라고 파악하고 있다.

36 미셸 푸코, 앞의 책, 24면.

할 수 있다. 두 장소는 모두 현실에 실제로 존재한다는 점에서 상상의 장소와는 구별된다.

이곳에서는 학감보다 미용사를 먼저 둘 정도로 아름다움에 치중한다. "예술의 세계를 속세의 것과 혼동할 것은 조금두 없으니까"(323)라는 말처럼, 이곳은 일상세계와는 격리된 완전히 다른 세계라고 말할 수 있다. 원생 선발시험의 표준은 학력보다도 용모에 있을 정도이다. "아름다운 집 속에 학생까지 아름답다면 그야말로 지상의 천국을 이룰 것이 확실"(324)하다고 미려는 생각하는 것이다. 그야말로 아름다움에 대한 절대적인 강조를 하는 것인데, 이것이 문훈의 "누가 서양을 숭배하나 아름다운 것을 숭배하는 것이지. 아름다운 것은 태양과 같이 절대니까. 서양의 것이든 동양의 것이든 아름다운 것 앞에서는 사족을 못써두 좋구, 엎드려 백 배 천 배 해두 좋거든. 부끄러울 것두 없구, 추태두 아니야"(185)라는 생각에 이어지는 것임은 분명하다. 학생과 교수도 모두 미녀로만 가득한 이곳은, "생활과 예술의 합치"(325)가 이루어진 "조그만 이상국"(325)이다. 이곳의 시설 역시도 일상세계를 뛰어넘는 요소가 있다. 잔디는 영국종의 박래품이며, 온갖 나무에 덧붙여 체육실과 온실 거기에 푸울까지 갖추어져 있는 것이다.

녹성음악원 설립기성회 연회가 열리는 집의 다른 방에서는 일마 부부를 위한 회합이 이루어진다. 이로써 녹성음악원은 일마와 나아자의 사랑에 값하는 무게가 있음이 공간적 배치로서도 확연히 드러나고 있는 것이다. 결론적으로 이효석의 『벽공무한』은 하얼빈이라는 헤테로토피아를 통해 어두운 조선이 새로운 현실로 나아갈 수 있는 푸른 공간을 만들어 냈다고 말할 수 있다.

5. 결론

이 글은 이효석의 『벽공무한』에서 하얼빈이 헤테로토피아heterotopia로서 형상화된 방식을 구체적으로 살펴보고, 그것을 통해 이효석이 당대의 조선 사회에서 구현하고자 한 것이 무언인지에 대해 살펴보았다. 헤테로토피아의 핵심적인 특징은 혼종성과, 지배 질서에 대한 비판과 교란의 성질을 지닌다는 점이다. 2장에서는 여러 가지 문화와 삶의 논리가 공존하는 혼종성의 공간으로서 하얼빈이 존재하는 양상을, 3장에서는 당대 지배질서에 대한 문제제기를 하는 반공간으로서 하얼빈이 형상화된 방식을 살펴보았다. 4장에서는 헤테로토피아로서의 하얼빈이라는 공간을 통해 이효석이 당대 조선 사회에 건설하고자 한 삶의 지향점이 무엇인지를 검토해 보았다.

헤테로토피아의 핵심적인 특징은 혼종성과, 지배 질서에 대한 문제제기라고 정리할 수 있다. 『벽공무한』에서 '복잡한 구렁'으로 표현되는 하얼빈의 혼종성은 '제국의 이상이 실현되는 공간', '구라파의 흔적이 남겨진 공간', '범죄와 공포의 공간'이라는 세 가지 층위로 나누어 볼 수 있다. 하얼빈은 결코 하나의 의미로 환원될 수 없는 혼종적인 공간이다. '제국의 이상이 실현되는 공간'은 천일마의 성공담을 통해 드러나고 있으며, '구라파의 흔적이 남겨진 공간'은 백계러시아인들을 통해 드러나고 있다. 마지막으로 '범죄와 공포의 공간'은 하얼빈에서 신문기자를 하는 벽수의 숙부 한운산을 통해 드러난다. '제국의 이상이 실현되는 공간'으로서의 하얼빈은 백계러시아인들과 마약을 파는 조선인, 그리고 만주의 갱단을 통해 여지없이 해체되고 있는 것이다.

다음으로 『벽공무한』의 하얼빈은 지배 질서에 대한 비판으로서의 의미를 지니고 있다. 본래 헤테로피아는 두 가지 방식으로 이의제기를 수행하는데, 첫 번째는 나머지 현실이 환상이라고 고발하는 환상을 만들어 내는 것이고, 두 번째는 첫 번째와는 반대로 우리 사회가 무질서하고 정리되어 있지 않고 뒤죽박죽이라고 보일 만큼 완벽하고 주도면밀하고 정돈된 또 다른 현실 공간을 실제로 만들어 냄으로써이다. 하얼빈은 이 중에서 첫 번째 방식으로 당대의 지배적인 질서에 문제를 제기한다. 『벽공무한』에서는 경성과의 대비를 통해 하얼빈의 문제제기적 성격이 보다 뚜렷하게 부각된다. 하얼빈의 반공간적 성격은 주로 사랑을 중심에 두고 발생한다. '나아자-일마'의 관계가 하얼빈의 공간성을 대표한다면, '일마-미려·단영'의 관계는 경성의 공간성을 대표한다.

『벽공무한』에 나타난 지리적 상상력을 요약하자면, 구라파는 도달할 수 없는 상상의 장소utopia이고, 하얼빈은 가짜 유럽이자 가짜 유토피아로서의 헤테로피아이고, 조선은 가난과 제국의 힘이 절대적인 영향력을 발휘하는 일상세계라고 할 수 있다. 결국 『벽공무한』에서는 하얼빈의 체험을 통하여 '거대한 빈민굴'인 조선에 새로운 가능성을 담지한 헤테로피아를 창출하는 것으로 끝난다. 그것은 바로 일마와 나아자가 사랑으로 만들어 나가는 사랑의 공간과 미려와 단영이 만들어 나가는 녹성음악원이다. 특히 녹성음악원은 "완벽하고 주도면밀하고 정돈된 또 다른 현실 공간"을 실제로 만들어 냄으로써 현실세계에 문제제기를 하는 헤테로피아의 성격을 지닌다고 할 수 있다. 하얼빈과 녹성음악원은 모두 현실에 실제로 존재한다는 점에서 상상의 장소와는 구별된다. 이효석의 『벽공무한』은 하얼빈이라는 헤테로토피아를 통해 빈민굴이 되어 가는 조선의 현실에 새로운 창공을 만들어 낸 소설이라고 할 수 있다.

(2015)

한국문학에 등장하는 만주의 대표적인 공간들

만주국 시기 봉천역

끝없이 펼쳐진 만주 벌판

무순 탄광을 대표하는 노천굴

무순 탄광의 중앙사무소

무순은 중국 요녕성에 위치한 대표적 탄광지대이며, 한설야의 「합숙소의 밤」의 주요한 배경이다.

장춘에 위치한 만주국 국무원 청사

위치한 만주국 국무원 청사는 서양 고전 건축의 요소를 가진 건물 본체에 중국 전통 건축의 지붕을 설치한 것이다. 이러한 건축양식은 당시 동양정신과 서양기술을
여 가장 앞선 문명을 건설했다고 자부하던 일본 제국의 망상적 자부심과 연결되어 있는 것으로 보이기도 한다. 장춘(長春)은 1932년 3월 만주국의 수도가 되면서
京)이라는 이름을 갖게 된다. 이후 신경의 도로에는 로터리가 설치되었고, 로터리로부터 방사선 혹은 환상으로 뻗어 나가는 도로를 따라서 녹지대가 펼쳐졌다. 근대적인
인공호수가 구축되었고 상하수도가 정비되어 수세식 변소도 설치되었다. 또한 중심가에는 독특한 개성의 현대식 건물들이 집중적으로 건축되었다.

하얼빈에 세워진 그리스 정교회 계통의 소피아 성당

하얼빈은 제정 러시아의 중동철도 부속지를 중심으로 개발된 계획도시이다. 하얼빈의 그리스 정교회 계통의 소피아 성당은 하얼빈이 얼마나 러시아의 영향을 많이 받은 서구적 도시인지를 잘 보여준다.

1930년대 키타이스카야 거리

현재의 키타이스카야 거리

서구적인 하얼빈을 대표하는 공간이 바로 키타이스카야가(街)이다.

만주국 시기의 모데른 호텔

현재의 모데른 호텔

이효석도 『벽공무한』의 천일마와 나아자도 더 이상 하얼빈에서 찾아볼 수 없지만, 그들이 사랑했던 키타이스카야 거리에 위치한 모데른 호텔은 그대로이다.

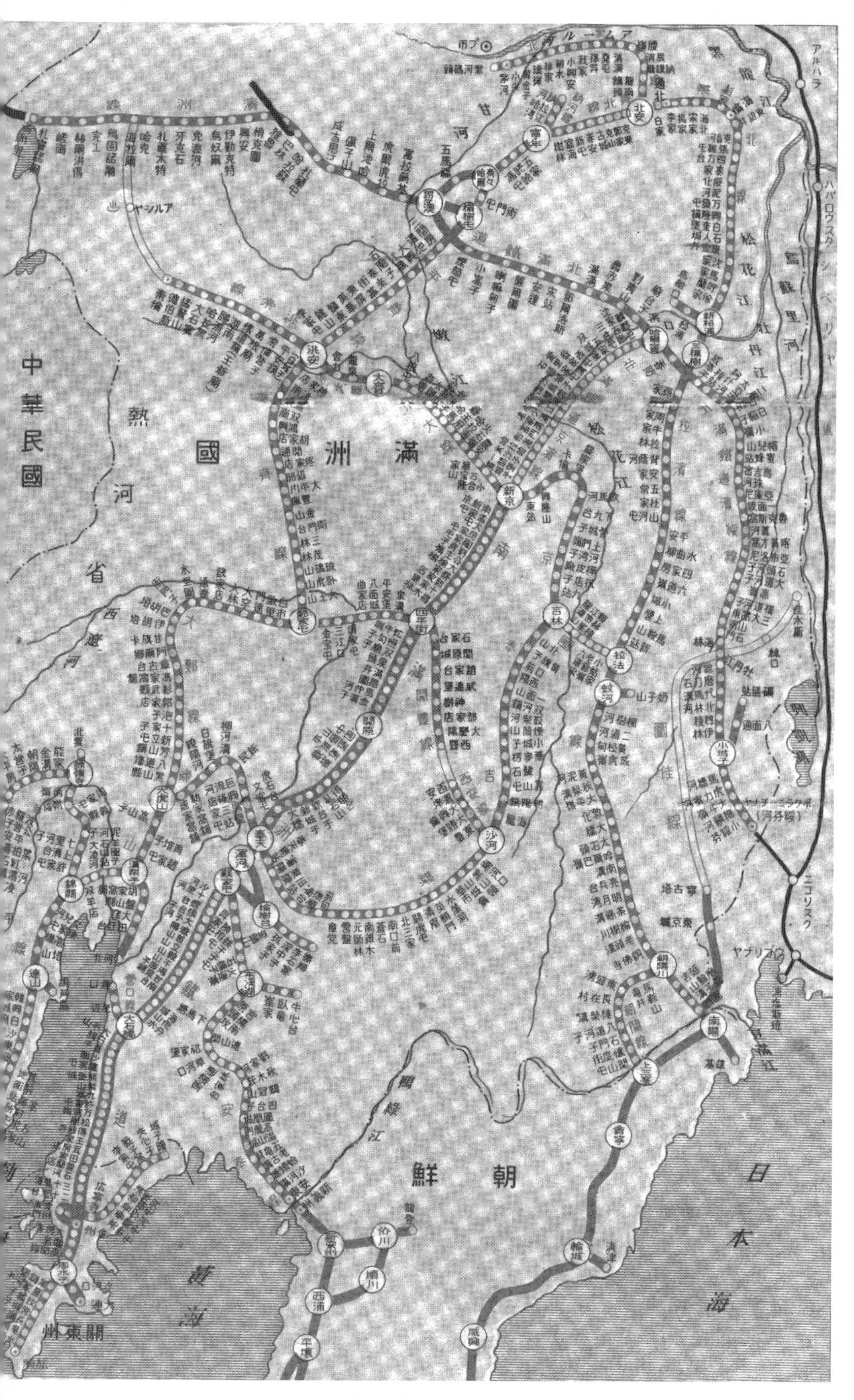

만주국 철도노선도

제2부

북경과 한국 현대문학

1920년대 초반 북경의 사상 지형
한설야의 「열풍」을 중심으로

일제 말기 북경-인간, 사상, 그리고 문화
김사량의 「향수」를 중심으로

제1장

1920년대 초반 북경의 사상 지형

한설야의 「열풍」을 중심으로

1. 세 명의 한설야—1920년 북경, 1944년 함흥, 1958년 평양

한설야의 『열풍』은 출판과 관련해 다소 복잡한 사정을 지니고 있다. 한설야의 1920년 무렵 북경체험을 담고 있는 『열풍』은, 일제 말인 1944년에 작가의 고향인 함흥에서 쓰여져 발표되지 않다가, 평양에서 1958년에 발표된 것이다. 따라서 이 작품에는 1920년, 1944년, 1958년의 한설야가 삼중으로 겹쳐 있다. 장편 『열풍』의 머리말에서 작가 스스로도 해방 이전 써놓은 원고에, "고의로 뺀 부분을 다시 생각해서 써넣고, 모호하게 만들어 놓은 부분을 도드라지게 고치고 조금 틀어 놓은 부분을 바로잡아 놓는 일"[1]을 했다고 밝히고 있다.

『열풍』은 한설야의 자전 소설 『탑』(매일신보사, 1942)에 이어지는 작

1 한설야, 『열풍』, 조선작가동맹출판사, 1958, 7면. 앞으로의 작품 인용시 본문 중에 면수만 기록하기로 한다.

품이다. 내용상으로도 『탑』에 이어져 3·1운동에 참여하여 몇 개월간 감옥살이를 한 상도가 북경으로 건너가 1년여 머물다 귀국하는 내용을 담고 있다. 그리하여 『열풍』의 핵심에는 상도의 북경체험이 놓여 있다. 서경석이 주장한 것처럼, 북경은 한설야만의 고유한 미학적, 정치적 입장이 설정된 근원적 장소였다.[2] 식민지 시기 지역의 문제는 매우 중요하다. 중국과 일본, 미국 등지에서 꾸준히 전개된 한국인의 민족운동은 그 지역의 공간적 특성으로부터 지대한 영향을 받았기 때문이다. 민족운동가가 어떤 지역에서 일제와 싸우겠다고 선택하는 것은 어떤 운동방법으로 민족운동을 하겠다는 입장을 밝힌 것이나 마찬가지라고 볼 수 있을 정도였다.[3] 따라서 한설야와 북경 체험의 관련성을 살피는 것은, 한설야 개인에 대한 고찰에 그치는 것이 아니라 북경이라는 지역과 관련된 정신사의 한 측면을 밝히는 의미도 있다.

한설야에게 일정 기간 지속된 북경 체험은 모두 두 번이다. 첫 번째는 3·1운동으로 수감되었다가 출옥한 직후에 북경으로 건너가 다음해에 돌아온 것이고, 두 번째는 1940년에 수개월 동안 머문 것이다. 한설야의 『열풍』은 첫 번째 북경에 머물렀던 경험을 바탕으로 해서 쓰여졌다. 한설야는 '나의 이력서'라는 부제가 붙은 「고난기苦難記」에서 첫 번째 북경체험과 관련된 내용을 다음과 같이 서술하고 있다.

---

2 서경석은 1958년 『조선문학』에 발췌 수록된 『열풍』의 마지막 부분(180매 분량)을 분석하여 다음과 같은 결론에 도달하고 있다. "마무리하자면 이렇다. 한설야에게 있어서 북경은 그의 성장소설의 종착지이다. 그의 미학적, 정치적 입장이 설정된 근원적인 장소인 것이다. 이러한 북경체험은 따라서 일본체험이 문학적 여로에 중심이 되었던 임화 등과는 다른 입각점에 한설야가 서도록 만든 원인일 수 있다는 점이 본 논문의 결론이다." (서경석, 「한설야의 『열풍』과 북경 체험의 의미」, 『국어국문학』, 2002, 522면)

3 신주백, 『1920~30년대 중국지역 민족운동사』, 선인, 2005, 8면.

九年에 家兄을 따라 中國 北京으로 가서 家兄에게서 支那語를 배웠다. 當時 支那飛行界에 이름이 높던 徐四甫(本名 梁國一)氏의 紹介로 支那陸軍省官吏인 某朝鮮人家의 書生이 되었다. 그 집 次子가 鐵道局員이였는데 阿片엔지 女子에겐지 들떠서 天津方面으로 逃亡을 가서 내가 그 뒷일을 맛타 日本鐵道省에서 내는 雜誌中에서 每朔論文 몇 篇式漢文으로 飜譯해서 鐵道局에냈다. 그 일 餘暇에는 益智英文學校로 다니고 또 이때부터 社會科學을 보기 始作하였다. 十年에 잠시 서울 와 있다가 그 사이 失戀하고 渡東하여 日本大學社會科에 入學하였다.[4]

한설야의 『열풍』은 위에서 제시된 기본 행적 위에 수많은 사건들과 인물들이 덧붙여진, 총 28장 원고지 3,500매 분량의 장편소설이다. 덧붙여진 것의 상당 부분은 1958년 시점의 한설야가 지닌 문학관과 작가의식에서 비롯된 것들이다.

『열풍』은 일제 시대에 창작되었다가 해방 이후 개작된 여타의 한설야 장편소설이 보이는 특징을 대부분 공유하고 있다.[5] 1950년대 중반 한설야가 북한에서 발표한 『황혼』, 『탑』, 『청춘기』, 『초향』은 식민지 시기의 작품과 비교할 때 다음과 같은 변화를 보인다. 서사적 내용에 있어서는 반일의식의 강화, 기층민중의 이상화, 혈통의 순결성 강조, 사회주의적 연애의 경직화, 사제 관계의 강화 등이 나타난다. 표현 형식에 있어서는 논쟁과 대화, 속담의 빈번한 등장 등을 꼽을 수 있다. 이러한 특징은 『열풍』에서도 그대로 발견된다. 『탑』에 등장했던 의형 상제를,

4 한설야, 「고난기－나의 이력서」, 『조광』, 1938.10, 77면.
5 이경재, 「한설야 소설의 개작 양상 연구」, 『민족문학사연구』, 2006.12, 281～312면.

초판본에 나타난 모습이 아닌 개작본에서 변화된 모습에 바탕해 형상화하는 것 등은 1958년의 한설야가 개입해 들어온 뚜렷한 증거이다.

구체적으로 살펴보면, 우선 『열풍』에서는 혈통의 순결성이 강조됨을 알 수 있다. 긍정적인 인물들의 피붙이들은 모두 이상화되어 있다. 중국인 동지인 연추의 큰오빠는 신해혁명에 참여했다가 죽었고, 아버지는 탄광 노동자로 노동 운동에 참여했다가 경영측의 고의에 의해 갱내 가스중독 사건으로 죽는다. 둘째 오빠 정수화도 제철 로동자로서 변혁운동에 적극적으로 참여한다. 표현형식에 있어서는 "귀신은 경으로 떼고 도깨비는 매로 뗀다"(13), "제 속 짚어 남의 말 한다"(161), "주인집에 장 없자 손님 국맛 없는 뿐"(198), "석 량짜리 말 이도 들어 보지 말랬다"(206), "포수집 개는 범이 물어 가야 말이 없다"(346), "우둔한 자 범 잡는 격"(349), "바람 간 데 범 간 데"(349), "가재는 게편"(362), "막다른 골목에 든 강아지는 범을 깨문다"(362), "한 길 물 속은 알아도 한 길 사람 속은 모른다"(372)와 같은 수많은 속담이 새롭게 등장한다. 또한 임진란 때의 김응서 장군이나 계월향 이야기가 등장하는데, 이것은 일종의 예시담exemplum으로서 한설야의 다른 북한 소설에도 나타나는 특징이다. 『열풍』에는 김응서나 계월향 이야기에서처럼 평양을 이상화하는 담론이 등장하기도 한다.

북경 표상에 있어서도 『열풍』은 40년에 집중적으로 발표했던 북경기행 수필과 불연속성을 지니고 있다. 「연경燕京의 여름—시내市內의 납량명소기타納凉名所其他」에서는 건륭제를 두고, "건륭乾隆이면 다시 두말할 거 없으니 사람은 첫재 어질구야 볼 것이오. 건륭은 아직도 몇 천 몇 만 년을 이들 만백성과 가치 살는지 모르겠소"[6]라든가 "강희康熙와 아울러 청조清朝로 하여금 한당漢唐을 지나가 문화중원文化中原을 만든 성군건륭聖君乾隆"[7]이라고 찬양한다. 「북경통신 만수산 기행」에서는 건륭을 가리켜 "만승萬乘의 귀한 몸이 오예汚穢 흘으는 구거溝渠를 생각함은 실實로 민民을 천天으로 생각하는 성심聖心의 한끝일 것이다"[8]라거나 "한 개의 노동자까지도 건륭의이름을 알게 되는 것은 그 인仁 때문일 것이다. 인제仁帝인 건륭은 이르는 곳마다 그 웅건雄建한 시詩와 서書를 내붙여 만백성으로 하여곰 여민동락與民同樂의 실제實際를 알게 하였다"[9]고 쓰고 있다. 「천단天壇 북경통신」에서도 "실로 이 양제兩帝(강희제・건륭제–인용자)는 근대의 요순堯舜이라 할만하오. 이 양제의 문화가 오이려 한당漢唐을 누를 만한 것을 보아온 나도 어쩐지 감격과 추억에 떨리오"[10]라고 표현한다. 각각의 수필에서 건륭을 찬양하고 있는데, 그러한 찬양은 서태후의 무능과 부덕함에 대한 비판을 통해 더욱 강조된다. 특히 「천단 북경통신」의 다음 인용에서는 일반 대중의 힘보다 탁월한 리더의 능력을 더욱 큰 힘으로 파악하고 있다.

> 대체 우리가 늘보는 저 苦力을 보는 때마다 蔑視하지 않을 수 없는 저 勞動者들 아직도 大路邊에 大便을 버리고 家畜의 死體를 버리는 이 거리의 賤民들을 使用해가지고 이렇게 이 놀라운 建物–藝術문을 만들어 놓았는지 그것을 보면 이른바 위된 사람의 사람을 쓰는 재주와 精神에 달려서 世道人事가

6 한설야, 「연경의 여름–시내의 납량명소기타」, 『조광』, 1940.8, 292면.
7 위의 글, 293면.
8 한설야, 「만수산 기행」, 『문장』, 1940.9, 107면.
9 위의 글, 107면.
10 한설야, 「천단」, 『인문평론』, 1940.10, 104면.

> 天壤之判으로 갈려지는 모양이오. 그러니까 사람사람이 다 착해서 太平烟月이 오는 게 아니고 사람사람이 다 惡해서 末世가 되는 게 아닌 듯싶소. 康熙乾隆이 나서 비로소 漢清兩族이 同化되었나니 在上者의 힘이 얼마나 偉大한 지 足히 알 수 있는 것이오.[11]

이것은 『열풍』에서 이화원을 관광하던 연추가 상도에게 "이걸 만든 사람은 건륭이 아니라 많은 장인들과 백성들이였어요"(256)라고 말하는 것과 대조적이다. 나아가 상도는 요즈음 사람들이 건륭을 떠받들지만, 사실은 "조그만 선행을 눈가림으로 하여 크나큰 악행을 했"(256)다고 싸늘하게 평가한다. 이외에도 『열풍』에서는 여러 문화 유적을 사회주의적 문제의식으로 비판하는 대목이 많다. 대표적으로 백운관이라는 도교사찰에 대해 이야기하며 상도가 "봉건 통치가 빚어 논 백공천창을 이 며칠 사이에 수리하는 노름이라도 하도록 야바우를 꾸며 놓았으니 그 통치배며 어용학자며 종교가들의 흉물성이란 세계사에서도 맨 윗자리를 차지해야 할거얘요"(239)라며 야유하는 부분을 들 수 있다. 이러한 차이는 1944년의 『열풍』에 1958년의 한설야가 개입해 들어온 사례일 것이다.

따라서 『열풍』은 1944년의 한설야를 통해 1920년 북경의 한설야가 그려진다기보다는 1958년의 한설야(서술자아)를 통해 1920년 북경의 한설야(체험자아)가 그려진다고 보는 것이 타당할 것이다. 그럼에도 카프 내에서 이론적 맹장으로 독특한 위상을 확보할 수 있었던 한설야의

11 위의 글, 109면.

사상을 형성해 낸 하나의 근거로서의 북경 체험을 재구할 수 있는 자료로서의 의미는 배제할 수 없다. 이 글은 신채호와의 관계를 중심으로 하여 한설야의 『열풍』을 실증적으로 고찰해 보고자 한다.

2. 신채호와 한설야

1) 다양한 유형의 지식인

『열풍』에서는 이데올로그들과의 직접적인 만남을 통해 상도의 성장이 이루어진다. 그것은 부정적 인물을 통한 대타적 방식으로 나타나기도 하고, 손빈이라는 긍정적 인물의 매개를 통한 긍정적 방식으로 나타나기도 한다. 상도는 북경에서 1920년 무렵 생각할 수 있는 다양한 유형의 이념분자들을 거의 모두 만난다. 실제로 1920년 무렵 북경은 중국의 고등교육기관이 밀집해 있었고 국제 사회주의운동과 연계선도 있었기 때문에 새로운 이념, 다채로운 이론을 펼칠 수 있는 공간이었다. 1920년대 북경지방에는 관내지역의 아나키즘 세력과 좌파 성향의 청년인텔리들이 군집해 당시로서는 수준 높은 이론 활동을 벌였다.[12] 상도에게 가장 큰 영향을 주는 손빈과 량국일 이외에도, 『열풍』에는 강연

12 신주백, 앞의 책, 9면.

등의 형식을 통해 다양한 조선인 지식인상이 등장한다. 북경을 중심으로 한 다양한 사상적 지형도를 그리는데 있어, 상도가 머물고 있는 민씨의 집이 "팔풍받이와 같은"(134) 성격을 지닌 것도 효과를 발휘한다.

상도가 만난 다양한 이념분자들 중에서 핵심인물은 손빈과 량국일이다. 량국일은 실존 인물을 모델로 하여, 이름까지 그대로 가져온 경우이다. 량국일은 "글보다 지금 우리 처지에서는 쇠와 불과 피다"(89)라고 생각하는 인물로서, "민족의 원쑤를 족치고 조국을 찾는 그것 뿐"(89)에만 몰두하는 열혈남아이다. 이러한 성격은 실제의 량국일徐曰甫과 흡사하다. 량국일은 항공학교 졸업식 축하연의 답사에서 "나는엇더케든지 나의 마음에 잇는 대로 속히 싸호여 죽을 생각만 잇슬 뿐이요"[13]라고 말할 정도로 강렬한 애국심과 열정을 소유하고 있다. 량국일은 작품에서도 평소의 꾸준한 신체 단련 덕분에 비행기 사고에서 살아나는 것으로 그려지는데, 실제로도 두 번이나 비행기 사고에서 살아난다.

이 작품에서 손빈은 새 형의 인텔리로서 "숨은 공산주의자"(203)로 명료하게 지칭된다. 량국일이나 민씨 등이 민족주의자라는 테두리로 묶일 수 있다면, 손빈은 그들과 뚜렷하게 구분되는 좌파 민족주의자로서 형상화된다. 상도는 "모든 조선 사람들이 한맘 한뜻으로 단란하고 단합된 련계 속에 살 것을 희망"(215)한다. 이를 위해서는 지도적 핵심이 있어야 하고, 그 핵심으로 "3·1운동 이래 급격히 장성하고 있는 프롤레타리아"(216)를 상정하고 있다. 그런데 지도적 핵심을 생각하며 상도는 "불현 듯 조선을 생각하고 고향을 생각"(218)한다. "무엇인지 모

13 在北京 K生, 「飛行將校徐曰甫君」, 『개벽』, 1923.5, 88면.

르게 어머니 땅에서는 그런 미운 것들을 깔아뭉갤 큰 힘이 지금 무럭무럭 자라고 있을 것 같고 거기서 떨어져 있음으로 해서 저는 지금 고독한 것 같았다"(218)고 느끼는 것이다. 이 부분에서는 지도적 핵심이 프롤레타리아 계급과는 차원이 다른 또 다른 존재와 연결되는 미묘한 인상을 준다. 작품의 주제에 맞닿아 있는 이러한 생각을 상도는 손빈으로부터 배운다.

『열풍』의 초반에 량국일과 손빈은 대등한 비중으로 상도에게 영향을 주는 것으로 그려지지만, 후반부로 갈수록 상도는 손빈에게서 훨씬 큰 영향을 받는다. 상도에 의해 량국일의 한계는 계속해서 지적되는데 반하여, 손빈의 훌륭함과 영향력은 더욱 더 커지기 때문이다. 조경호를 포함한 수많은 사람들을 만난 후, 상도는 "이제까지 북경서 만난 사람은 손빈 이외에는 모두 저희를 상식의 범위 안에서만 지도할 수 있는 사람들"(330)이라고 결론 내린다. 성장소설로서의 『열풍』에서 상도를 사상적으로 성장시키는 매개자는 손빈이라고 할 수 있다. 손빈은 상도뿐만 아니라 남향에게도 큰 영향을 미친다.

『열풍』에는 손빈과 량국일 이외에 다양한 사상가들이 등장하는데, 이들은 부정적 인물에 가까워 대타적인 방식으로 상도를 올바른 성장의 길로 인도한다. 그러한 인물로서 상도가 처음 만난 인물은 "한학 대가고 또 도학으로는 중국에서도 드소문한"(76) 윤취재라는 노인이다. 윤취재는 조선에서 온 도사 행세를 하며 중국인들에게 숭배를 받고 호사스런 삶을 산다. 상도는 윤취재를 배울 것이 하나도 없는 부정적인 대상으로 인식한다.

다음으로는 김상우를 만나는데, 그는 상도가 머물고 있는 집의 주인인 민우식과 젊은 시절의 동지이다. 칠십이 가까운 노인으로서 웅변으로 유명한 김상우는 기독교계의 성망을 얻고 있다. 북경에서의 연설에서 그는 천당과 기독교적 신념만을 강조할 뿐이다. 상도는 김상우를 보고서는 "신앙과 지식 대문에 인간의 맘을 절반은 잃고 절반은 누르고 속이고 사는 것 같았다"(131)고 비판한다.

이어서 상해에서 왔다는 조경호가 등장하는데, 조경호는 도산 안창호를 모델로 한 것으로 판단된다. 량국일을 추모하는 글에서 한설야는 "일전에 도산선생이 북경에 왔을 때"[14]라고 하여, 도산의 북경 방문을 언급하고 있다. 또한 작품에서 조경호가 강조하는 "사람은 위선 책임감을 가져야 한다. 사람은 각각 제 책임을 완전히 리행할 각오와 실행력을 가져야 한다"(130)라는 말은 안창호의 무실역행務實力行에 바탕한 실력양성론을 떠올리게 한다. 또한 조경호는 평양에서 활동하며 명연설로 이름을 날렸고, 미국에도 다녀온 것으로 그려진다. 조경호는 "윤취재나 그런 사람들 류와 달리 나라와 민족을 위해 일하는 사람인 점에서 경외와 감사가 가져"(175)지는 사람이다. 그러나 조경호는 "미국 의존주의로 미국만이 세계 평화의 담당자이며 윌슨의 민족 자결론이 세계 각 민족 문제를 해결하리라는"(175) 생각을 가졌다는 점에서, 한계를 지닌 인물로 상도에게 받아들여진다.

주인 민씨 역시 조선 역사와 문화에 해박하며 "제 것을 사랑하는 정신 강한 것"(131)으로 형상화된다. 민씨는 "일본은 조선을 이길 수 없다. 또 우리는 다른 아무에게도 지지 않을 것이다"(133)라고 주장한다.

---

14 한설야, 「嗚呼 徐曰甫公 血淚로 그의 孤魂을 哭하노라」, 『동아일보』, 1926.7.6.

"조선 사람으로서 조선 땅과 그 문화 우에 서 있는 점에서 상도는 주인 민씨를 존경할 사람이라고 생각"(134)하지만, 상도는 민씨가 "새것을 머리로부터 배제하고 제 것과 이미 있는 것만이 유일하게 옳은 것이며 가치 있는 진리라고 보는 것에 대해서 회의를"(133) 느낀다. 민씨는 "새것을 받아들이지 않으려 하며 남의 것을 렬등한 것으로 배격하려 하는"(133) 국수주의자로서 상도에게 인식된다.

다양한 사람들 중에서 윤취재와 김상우는 철저히 배제되어야 할 부정적인 인물로만 새겨진다. 이에 반해 조경호와 주인 민씨는 일정한 한계를 지니지만, 큰 틀에 있어서는 함께 나아가야 할 인물로서 긍정된다. 조경호와 주인 민씨는 신채호가 구한말에 지녔던 자강론적 민족주의에 맞닿아 있다. 상도가 이들을 포용하는 것은, 신채호가 외교론이나 준비론을 비판하면서도 그러한 노선을 일제에 대한 타협주의 경향이나 민족의 적으로는 규정하지 않은 사실과 연관된다.[15]

윤취재, 김상우, 조경호, 민우식도 당대에 존재했던 다양한 유형의 지식인상을 대표하는 존재들이다. 그런데 이들은 서로 반목하고 질시한다. 민우식과 손빈이, 손빈과 량국일이, 량국일과 민우식이 서로를 멀리하고 꺼리는 것이다. 량국일도 그만의 파를 형성한 것으로 그려진다. 그 파에는 비교적 양심적인 실력파들로 "테로단 같은 사람이 많"(401)다. 이들 외에도 민우식을 살해한 세 명의 청년들이 속한 파가 존재한다. 이들은 서로 격렬한 파당 싸움을 벌이고, 이러한 파당 뒤에는 심지어 "도깨비 감투를 쓴 일본 관헌이 있"(402)다. 파당 싸움에 있어서는 완고파

15 최홍규, 『신채호의 역사학과 역사운동』, 일지사, 2005, 163면.

뿐만 아니라 주의자들도 예외가 아닌 것으로 그려진다. 이러한 파쟁의 직접적인 결과가 바로 민우식의 피살이다. 이러한 파당 싸움은 '민족적 사회주의'[16]를 통해 해결된다. 남향과 상도는 이전에 계획한 적 있던 소련행 대신 조선행을 선택하는데, 그것은 "조선 인민 대중과 함께 살고 함께 싸"(408)우는 길을 선택하는 것이기도 하다. 상도를 통해 구현된 파쟁의 해결방안이 손빈에게서 비롯된 것임은 불문가지이다.

2) 신채호와 손빈의 거리

식민지 시기 창작된 한설야의 소설을 상세한 전기적 사실에 비추어 연구한 김명수는 "북경에서 그에게 커다란 사상적 영향을 준 사람은 진보적 학자이며 독립 운동자인 손빈과 량국일이였는바 손빈은 혁명가 신채호를 모델로 하여 창조된 것이며 량국일 역시 조선 최초의 비행사이며 독립 운동가였던 서왈보를 모델로 하였다"[17]라고 하여, 손빈이 혁명가 신채호를 모델로 하여 창조된 인물임을 밝히고 있다. 김재용은 손빈과 신채호가 지닌 연관성을 다음과 같이 설명한다.

> 3·1운동 이후 체포되었다가 석방된 뒤 중국으로 건너가 그곳에서 신채

16 『열풍』의 머리말에도 상도가 도달한 지점이 "한 민족 속에 두 개 민족이 있는 것을 그는 이제야 알게 된다. 그는 어디까지든지 인민 대중을 근간으로 하는 민족의 편에 발을 박아야 할 것을 깨닫는다. 그는 리상의 땅(쏘련)으로 망명하자던 생각을 시정하고 애인과 함께 조국으로 돌아갈 것을 결심한다"(6)라고 정리되어 있다.

17 김명수, 『새 인간의 탐구－해방전의 한 설야와 그의 창작』, 조선작가동맹출판사, 1957, 300면.

호를 만나게 된다. 그는 당시 중국에 건너온 많은 애국지사들 중에서 신채호에 대해 각별한 애정을 느꼈다. 일제 말에 북경에서 신채호와의 만남을 소재로 장편 소설 『열풍』을 집필할 정도로 그의 삶에서 신채호는 매우 중요한 계기였던 것으로 보인다.[18]

『열풍』에서 손빈의 모습은 신채호의 1920년대 초반 모습과 여러 가지 면에서 흡사하다.[19] 손빈은 "한학과 사학에 조예가 깊을 뿐 아니라 새 사상의 소유자로 또 면도칼 같이 날카로운 사람"(85)으로 그려진다. "이 바닥에 손빈 씨만침 굳고 바르고 결백한 사람"(204)이 없다는 것, "허줄하게 차리고 다니지만, 그 눈에서는 언제나 광채가 떠나지 않으니까요"(204)라는 대목 등도 실제 신채호의 모습과 흡사하다. 신채호와 오랜 기간 사귀어 온 변영만은 "그 기질이 기이하고 또 엄하고 좁아서 간사하고 조잔한 무리를 한번 보면 얼굴에 노한 빛을 띠게 되고, 생각이 맞지 않으면 연장자로서 덕망 있는 사람이라도 멸시하듯 하였다"[20]

18 김재용, 「염상섭과 한설야―식민지와 분단을 거부한 남북의 문학적 상상력」, 『역사비평』, 2008년 봄, 77면.

19 신채호가 북경과 인연을 맺은 것은 1915년부터이다. 이회영의 권고로 서간도로부터 북경으로 가서 3·1운동 때까지 약 4년간 머문다. 북경에서는 주로 역사연구, 북경 부근의 조선고대사 유적 답사, 독립운동 관계 논설 집필에 힘을 쏟았다. 1919년 3월 북경에서 문철(文哲), 서일보(徐日甫) 등과 대한독립청년단을 조직하여 단장이 되었으며, 그 회원은 70여 명 정도의 학생들로 구성되었다. 3·1항쟁의 소식을 듣고 상해로 달려간 이후, 단재는 1919년 4월부터 7월까지 상해임시정부에 적극적으로 참여한다. 그러나 제6회 의정원 회의(1919.8.18~9.17) 이후 임정과 결별하고 임정 비판의 맹장으로 나선다. 단재는 임시정부 의정원 의원직을 사임한 상태에서 『신대한』이 임시정부의 압력으로 폐간되자 1920년 4월 상해를 떠나 다시 북경으로 돌아온다. 이후 신채호는 1928년 5월 대만 기융항에서 일제경찰에 체포될 때까지 북경에서 주로 활동한다.(김삼웅, 『단재 신채호 평전』, 시대의창, 2006, 240~300면. 여기서 서일보는 서왈보(徐曰甫)의 오기로 보인다)

20 변영만, 「단재전」, 『단재 신채호 전집』 9(단재신채호전집편찬위원회 편), 독립기념관 한국독립운동사연구소, 2008, 340면.

라고 증언한 바 있다. 변영로는 단재의 가장 큰 특징으로 절대 비타협의 지조를 들고 있다. "절대 비타협! 그야말로 선생의 갸륵하신 장점인 동시에 아름다운 결점도 될가 한다"[21]라고 말한다. 북경에서 오랫동안 함께 생활한 원세훈은 사람들이 "단재의 모든 점에 숭배하지만 그의 고집불통에는 질색된다"[22]라고 말하는 것을 여러 번 들었다고 증언하고 있다. 신채호는 북경에서 『중화보』에 논설을 집필하는데, 논설의 조사 '矣'자 한 자를 그의 허락 없이 신문사에서 고쳤다고 해서 집필을 거절한 바도 있다고 한다.[23]

애국계몽기의 신채호는 제국주의 침략에 대응한다는 뜻에서 자강론적 민족주의 또는 시민적 민족주의를 내세웠으나, 일제의 식민지 지배체제가 구조화 장기화됨에 따라 반제국주의에 덧붙여 반봉건주의를 강화한다. 그리하여 신채호는 1920년대의 민족해방운동을 반제, 반식민, 반봉건이 전제된 민족해방을 위한 혁명의 단계로 이해하고, 독립운동의 주체로서 민중을, 그 방법에 있어서도 폭력행사를 수단으로 한 민중직접혁명론을 천명한다. 이러한 변화는 3・1운동 이후 국내외에 대두된 사회주의, 무정부주의 등 진보적 이데올로기의 유입과 수용, 국제회의에서 청원운동의 실패, 러시아 혁명의 성공과 반식민지 민족운동에 대한 지원, 그리고 망명지인 중국 사상계와 민족해방운동의 동향 등이 영향을 미친 결과이다.[24]

21 변영로, 「國粹主義의 恒星인 申采浩氏」, 『개벽』, 1925.8, 40면.
22 원세훈, 「丹齋 申采浩」, 『삼천리』, 1936.4, 128면.
23 신석우, 「단재와 '矣'자」, 『신동아』, 1936.4.
24 최홍규, 앞의 책, 126~149면. 신채호는 반제국주의, 반식민주의, 반봉건주의에 입각한 그의 근대 민족주의 이념을 이론화, 실천화하는 과정에서 사회와 역사의 주도 세력으로 각 시대적 단계에 따라 영웅, 신국민, 민중 등을 내세웠다. 1920년대 전반 중국 망명지에

앞에서 살펴본 파당에 대한 비판적인 인식 역시 실제 신채호의 사상과 활동에서 뚜렷하게 나타난 바다. 신채호는 실제로 북경 독립운동자 그룹의 대표적인 이론가로서 활약하는 한편, "군사 각 단체를 완전히 통일해 혈전을 꾀한다"는 취지를 지닌 북경군사통일회의 성공을 위해 남・북만주에서 난립된 무장군사단체의 통합운동에 진력했고, 국민대표대회의 성공을 위해 노력했다.[25] 그곳에서 박용만, 신숙 등 대한민국 임시정부 반대세력과 합작하여 군사통일운동을 일으켜 남북만주와 연해주에서 활동하는 군사 단체의 통합과 혈전의 독립전쟁을 강조하는 독립운동 방략을 강력히 추진하였다.[26] 1920년대 초 신채호는 독립운동단체간의 통합에 상당한 관심을 기울였던 것이다.

또한 량국일과 손빈은 1920년대 북경의 독립운동세력의 양대세력을 대표하는 인물들이라 볼 수 있다. 1923년 국민대표대회를 전후하여 북경의 독립운동세력은 크게 북경한교동지회北京韓僑同志會의 '혁명적 민족주의' 세력과 『혁명』이라는 잡지를 중심으로 한 '민족적 사회주의'의 세력으로 양분되었다. 『열풍』에 등장하는 량국일은 '혁명적 민족주의' 세력에, 손빈은 '민족적 사회주의' 세력에 가깝다. 특히 북경한교동지회의 1924년 8월 총회에서 서왈보는 신숙, 한진산, 조남승, 원세훈과 함께 집행위원으로 선출된다. 서왈보는 량국일의 이명(異名)이다. 이를 통해 량국일이 '혁명적 민족주의' 세력과 직접적으로 관계하고 있음을 확인할 수 있다. 이들은 폭력과 저항을 수단으로 절대 독립을 쟁취

서 신채호는 민족해방운동의 주체로서 민중을 내세운다.(위의 책, 211면)

25 위의 책, 134면.

26 윤병석, 『단재신채호전집』 8(단재신채호전집편찬위원회 편), 독립기념관 한국독립운동사연구소, 2008, xi면.

하자고 주장했으며, 자본주의 국가가 아닌 민주공화주의에 입각하여 운영되는 국가를 지향했다. 그러나 무산자 독재가 관철되는 사회주의 국가를 건설하려고 하지는 않았다. 반면 '민족적 사회주의' 세력은 민족적 단결과 정치적 해방을 주장하는 민족주의적 경향과 경제적 해방과 평등을 주장하는 사회주의적 경향을 동시에 추구하였다.[27] 이것은 손빈이 추구하는 이념적 지향과 일치한다.

그렇다고 『열풍』의 손빈과 실제의 신채호를 등치시키는 것은 위험하다. 신채호가 1921년부터 1923년 사이에 북경 대학 도서관장이었던 이대교의 도움으로 북경 대학 도서관에서 『자본론』을 읽었다는 기록이 남아있기도 하지만,[28] 한설야가 북경에 머물렀던 시기인 1920년 무렵[29]의 신채호를 공산주의자라고 단정할 수는 없다. 이것은 1921년 1월 김창숙 등의 지원을 받아 만든 잡지 『천고』에 발표한 신채호의 글을 통해 확인할 수 있다.[30] 이 잡지를 분석한 김명섭은, 『천고』 1호에서 신

---

27 신주백, 앞의 책, 180~190면. 신주백은 북경한교동지회의 집행위원으로 선출된 자의 이름을 서일보(徐日甫)라고 밝히고 있다. 그러나 여러 가지 정황을 고려할 때, 이것은 서왈보(徐曰甫)의 오독이라 판단된다.

28 김병민, 『신채호 문학연구』, 아침, 1989, 29면.

29 1920년 무렵 신채호의 주요활동은 다음과 같다. 1920년 4월 상해에서 북경으로 돌아온 신채호는 박용만 등 50여 명의 동지들과 함께 '제2회보합단'을 조직하고 그 내임장으로 선출된다. '제2회보합단'은 1919년 만주에서 조직된 독립군단체인 '보합단'을 계승한 단체로서, 무장군사활동을 유일한 독립운동방략으로 채택하고 임시정부의 독립운동노선을 맹렬히 비판하였다. 1920년 9월에 박용만, 신숙 등과 함께 군사통일촉성회를 발기하여 만주 독립군단체들의 통일을 추진하였다. 1921년 2월에는 박은식, 원세훈, 김창숙, 왕삼덕 등 14명과 함께 「우리 동포에게 고함」이라는 성명서를 발표하며 '국민대표회의'의 소집을 요구하였다. 4월에는 동지들과 함께 '군사통일주비회'와 '통일책진회'를 발기하였다.(신용하, 「신채호의 사상과 독립운동」, 『한국근대지성사 연구』, 서울대 출판부, 2004, 343면)

30 『천고』의 창간사에서 신채호는 잡지 창간의 이유를 네 가지로 밝히고 있는데, 그것들은 모두 강렬한 항일의식으로 수렴된다. 일본의 죄악과 만행을 알리는 것, 항일의 결연하고

채호는 공산주의 이념이 진실로 진리에 부합하지 않을 뿐 아니라 러시아의 무분별한 진출도 경계해야 한다고 보았으며, 『천고』 2호에서는 볼셰비키당의 정치를 전제 무단정치로 파악하고 있다고 주장한다.[31] 『천고』 2호에는 「고조선의 사회주의」라는 글이 실려 있다. 이것은 이 시기 신채호가 사회주의에 대한 일정한 의식을 보이고 있다는 사실을 증명하는 것인 동시에 '정전井田'을 사회주의로 파악할 정도로 그에 대한 인식이 깊지 못함을 보여주는 것이다.[32] 『열풍』의 서사에서도 손빈은 작품의 마지막에 "완전히 지하로 들어 가 버린 것"(400)으로 그려지는데, 이것은 1920년 무렵 활발한 활동을 벌이던 신채호의 실제 모습과는 배치된다.

『열풍』에서 손빈은, "하나의 겨레는 덮어놓고 하나로 되어 한길로 가며 또 가야 한다고 생각"(217)하는 민우식이나 량국일과는 달리 "하나의 겨레에 두 개의 겨레가 있다고 말"(217)하기까지 한다. 그러나 이것은 지나치게 계급적 관점이 개입된 발언이다. 신채호가 1920년대 초 독립과 혁명의 주체로 내세운 민중은 "일제 식민지하의 조선 민중"을 의미한다. 신채호는 '2천만 조선 민중' 대 '제국주의 강도 일본', 일제

장렬한 역사를 이웃나라에 알리는 것, 일본의 조선사 왜곡을 바로잡는 것, 3·1운동 이후의 국내 언론 상황과 일제에 부역한 언론에 대한 비판이 그것이다.

31 김명섭, 『자유를 위해 투쟁한 아나키스트 이회영』, 역사공간, 2008, 126면.

32 최광식은 『천고』를 발행하던 1921년 신채호가 지닌 사회주의에 대한 인식을 다음과 같이 정리하고 있다. "아나키즘과 사회주의와 같은 사회사상에 관심을 가졌으나 그에 대한 이해는 매우 초보적이라는 것을 알 수 있다. 「고조선의 사회주의」에서 정전제를 사회주의로 인식한 것을 통해 그것을 알 수 있다. 한편 아나키즘에 대해서도 「크로포트킨의 죽음에 대한 감상」에서 알 수 있듯이 이 시기에는 아나키즘에 대한 사상적 수용이 제대로 되지 않았다. 상해임시정부에 환멸을 느낀 그가 조직이나 단체보다 개인적인 차원에서 이러한 사상에 관심을 갖기 시작하였다고 볼 수 있다."(최광식, 『단재 신채호 전집』 5(단재신채호전집편찬위원회 편), 독립기념관 한국독립운동사연구소, 2008, xix면)

압제하 '식민지의 민중' 대 일제의 선봉적 첨병인 '강국의 민중'이라는 대립 개념을 명확히 설정함으로써, 민족주의적 관점에서 민중의 개념과 그 현실적 특수성을 파악하려고 하였다. 그가 설정한 조선 민중의 범위에는 일제 지배층과 매국노, 항일민족해방운동을 완화하거나 중상하는 각 지방의 지식인과 지주계층만이 특권계급으로 제외되어 있다. 신채호가 1920년대 이후에 애용한 민중이란 용어는 그 의미와 성격상 식민지 민중으로서 우리 민족의 다른 표현에 지나지 않았다.[33]

따라서 "하나의 겨레에 두 개의 겨레가 있다고 말"하는 것은 신채호의 사상에서 벗어난 것이라 할 수 있다. 신채호에 대한 이와 같은 전유의 양상은, 한설야를 비롯한 북한 문학이 끝내 벗어나지 못했던 분단현실에 대한 평양중심주의적 인식의 틀이 적용된 결과라고 할 수 있다.[34] 또한 손빈이 내세우는 '프롤레타리아'와 신채호가 내세운 민중 사이에는 적지 않은 간극이 존재한다. 나중 정수화라는 존재를 통해 드러나듯이, 『열풍』의 프롤레타리아가 노동계급임이 비교적 선명하게 드러남에 비해, 신채호에게 민중은 가난하고 핍박받는 조선인 일반을 의미하기 때문이다.

마지막 부분에서는 파당 싸움을 비판하고, 그것의 해결방안으로서

33 최홍규, 앞의 책, 146~149면.

34 김재용은 「냉전적 분단구조하 한설야 문학의 민족의식과 비타협성」이라는 논문에서 해방 이후 한설야 문학의 한 특징을 "그의 이러한 민족문학적 관점은 그 주관적 지향과 절절함에도 불구하고 분단현실에 대한 평양중심주의적 인식의 틀을 끝내 벗어나지 못함으로써 제한적인 것이 될 수밖에 없었다. 분단구조가 강제하는 이 평양중심주의는 그 주관적 분단극복의 강한 의지에도 불구하고 결국 분단 고착에 이바지하는 역설적 결과를 빚어내게 되는데 한설야가 그 강한 민족현실에 대한 천착에도 불구하고 이 그물에서 벗어나지 못함으로써 결국 식민주의 극복의 진정한 모습에는 이르지 못하고 말았다"(김재용, 『분단구조와 북한문학』, 소명출판, 2003, 129면)고 정리하고 있다.

소련이 아닌 조선에의 지향을 과도하게 강조하고 있다. 이와 관련해 "이 종파주의와의 투쟁, 그리고 조국으로의 귀환이 『열풍』의 중요한 주제였다는 점에서, 1958년 종파주의 청산, 독자노선 수립이라는 정치적 입장을 반영한 집필 혹은 가필 흔적이 이 작품에 남아있다고 볼 수도 있다"[35]는 서경석의 주장은 경청할 만하다. 종파주의가 1920년대 초반 북경에서 심각한 문제가 아니었다는 견해가 있다는 것을 생각한다면, 1958년 북한의 정치적 상황이 개입했을 가능성은 더욱 크다고 볼 수 있다. 신주백은 "1923년경까지 북경지방에서의 민족주의운동 세력과 사회주의운동 세력 사이에 갈등이 있었다는 자료를 찾기 힘들다"[36]라고 주장하기도 한다. 특히 이 마지막 부분만이 따로 발췌되어 『조선문학』에 실렸다는 것은, 이 부분이 작품의 여타 부분보다 민감하게 당대성을 띠었음을 증명한다.

따라서 『열풍』에 등장하는 손빈은 1944년 혹은 1958년 시점에서 한설야가 신채호를 새롭게 전유한 것이라 판단된다. 작품에 량국일이 실명 그대로 등장함에 반하여, 신채호는 실명이 아닌 손빈이라는 이름으로 등장하는 것도 이를 뒷받침한다. 량국일이나 민씨가 서사 속에서 살아 움직이는 인물로 형상화됨에 비하여, 손빈은 서사 속에 직접적으로 등장하지 않는다. 손빈은 주로 상도나 서술자의 진술에 의하여, 상도에게 많은 영향을 주었다고만 이야기 될 뿐이다. 량국일처럼 서사 속에서 상도와 함께 말하고 행동하는 모습은 여간해서 보이지 않는다. 한설야가 북경에 머물던 1920년 무렵에 신채호는 이후 한설야가 갖게 될

35 서경석, 앞의 글, 521면.
36 신주백, 앞의 책, 180면.

이념에 가장 근접했던 인물로 보인다.[37] 그리하여 한설야는 신채호를 모델로 하여 손빈이라는 이상형을 만들어 낸 것이다.

3. 신채호가 주장한 한중연합론의 문학적 구현

한설야가 북경에서 만났을 당시 신채호를 이해하는데 가장 중요한 자료는 『천고』이다. 『천고』에 실린 대부분의 논설들이 주장하는 것은 항일의식과 깊이 관련되어 있다. 『천고』에는 고대사를 비롯한 한국사에 대한 논문과 아울러 일본 제국주의에 대항하는 논설과 독립운동 기사 등이 발표되었다. 『천고』를 본격적으로 연구한 최광식은 "특히 『천고』의 내용 중에는 한족韓族과 한족漢族의 단결을 부르짖는 내용이 많이 나타나고 있다"고 설명한다.[38] 윤병석도 신채호가 "1921년 초 북경에서 김창숙 등과 함께 순한문의 독립운동 잡지 『천고』를 창간하여 제7호까지 계속하면서 민족단합과 한・중 공동의 독립운동 이념을 정립하려 하였으며, 혈전 강조의 독립운동 전술 천명에 크게 기여하였다"[39]고 말한다. 『천고』 1호에는 중국인이 보낸 두 편의 글이 실려 있다. 종수種樹

37 북경지방에 거주하는 한인 사이에 사회주의 사상이 현저히 확산된 것은 1924~26년경이라고 한다.(신주백, 앞의 책, 185면)

38 최광식, 『단재신채호전집』 5(단재신채호전집편찬위원회 편), 독립기념관 한국독립운동사연구소, 2008, x면.

39 윤병석, 『단재신채호전집』 8(단재신채호전집편찬위원회 편), 독립기념관 한국독립운동사연구소, 2008, xii~xiii면.

가 쓴 「爭自由的雷音자유를 다투는 천둥소리」와 천애한인天涯恨人이 쓴 「論中國有設中韓親友會之必要중국에 중한친우회를 설립할 필요가 있음」이 그것이다. 두 글 모두 한국과 중국이 굳게 결합하여 일제에 맞설 것을 주장하고 있다.

『천고』 2호에서 신채호는 「韓漢兩族之宜加親結한족과 한족은 마땅히 단결해야 한다」는 논설을 발표한다. 이 글에서 신채호는 "한중 양 국인들은 스스로 일어나 서로 사랑하고 어서 빨리 일어나 서로 도와 공존공생의 세상으로 함께 나아가지 않으려는가?"[40]라고 말하며, 그 구체적인 방안으로 '두 국민이 서로 교류함에 마땅히 옛 잘못을 바로 잡아야 한다', '두 국민이 단결하려면 마땅히 먼저 서로 상대 국가의 상황을 연구해야 한다', '두 국민은 공동의 적에 대해서 적개심을 서로 고취시켜줘야 한다'라는 것을 내세우고 있다. 한국은 중국과 밀접한 관련을 가지고 상호 협조 하에 일본제국주의에 대항할 것을 천명하고 있으며, 그런 주장을 역사적 맥락에서도 강조하고 있는 것이다. 나아가 역사적 실증을 통해 조선과 중국은 종래와 같은 사대적 관계가 아니라 민족자존에 바탕한 대등하고 친밀한 관계를 맺어야 한다고 주장한다. 『열풍』의 핵심적 주제의식 중의 하나인 중국과의 연대는, 그 내용이나 구체적인 방식에 있어 신채호의 한중연합론과 흡사하다.

이와 관련해 『열풍』의 한 축을 이루는, 북경의 유적과 그곳에 사는 사람들에 대한 산문을 살펴볼 필요가 있다. 이것이 지닌 특징을 알기 위해서는 일제 시기 여타 지식인들이 남긴 북경 체험기에 대한 분석이 선행되어야 한다. 식민지 시기 북경을 다녀온 지식인들이 남긴 글에는

40 『단재신채호전집』 5(단재신채호전집편찬위원회 편), 독립기념관 한국독립운동사연구소, 2008, 391면.

몇 가지 공통점이 있다. 첫 번째는 북경의 유적지와 유물의 거대함과 위대함을 찬양하는 태도이다. 이들이 둘러보았던 곳은 대개 고궁, 북해공원, 경산, 삼해공원, 십찰해, 중산공원, 만수산, 곤명호 등이다. 이곳을 둘러볼 때는 예외 없이 모두가 찬양일색이다. "높고 큰 정양문을 바라보는 동안에 중국인의 인공이 위대한 것을 짐작할 수 있었다",[41] "북평! 역사의 북평, 명승의 북평, 궁궐의 북평! 상상도 못하던 웅대한 규모와 옛 문화의 정수의 어마어마한 유물, 유적에 마침내는 형용의 말을 찾기를 단념",[42] "궁궐도 너무 굉대宏大하고 보물도 너무 찬란하고 사람의 수효도 너무 많고 또 떠드는 소리도 너무 크다",[43] "그 굉대하고 웅장하며 화려하고 찬란한 것이 태서泰西 각국의 궁전에 비할 바 아니다",[44] "내가본 북경은 크고 아름다웠다"[45] 등이 그러한 사례들이다.

그러나 관찰의 대상이 북경에 살고 있는 사람들로 변할 때, 그 논조와 태도는 급격하게 변한다. 중국인들은 반개半開 내지는 야만의 형상으로 표상된다. 대표적인 것을 인용하면 다음과 같다.

> 外部에 대한 北京의 印象은 대개 이렇지마는 그곳에서 居住하는 人間에 대하여는 여간한 不滿을 느끼게 하는 것이 아니었다. 人力車를 끄는 사람,

---

41 정래동, 「북경의 인상」, 『사해공론』, 1936.9.

42 홍종인, 「북평에서 본 중국 여학생」, 『여성』, 1937.8. 북평(北平)은 북경(北京)의 다른 이름이다. 1928년 국민당은 북경시를 북평특별시로 고치기로 한다. 1949년 공산당이 정권을 잡은 이후 북평의 이름은 다시 북경으로 회복된다. 북경이 북평으로 불린 시기는 1928년 6월 20일부터 1949년 9월 30일까지이다.

43 김시창, 「북경 왕래」, 『박문』, 1939.8.

44 이갑수, 「북평을 보고 와서」, 『조선일보』, 1930.10.2~16.

45 문장욱, 「燕京遺記」, 『조광』, 1939.11, 332면.

下宿에서 심부름을 하는 사람은 本來 敎養이 없는 사람이니까 말할 것도 없지마는 그러나 우리가 처음 가서 대할 機會가 많은 것은 亦是 그 사람들이다. 그 사람들에게는 人間의 美點이란 발견할 수가 없었다.[46]

발이 빠지는 몬지싸힌
네거리 한복판에
네 발을 되는대로 뻐더 바리고
낫잠 자는 中國개 볼 때마다 울고십다.
수레가 그 입흐로 시치고 지나가나
自働車가 소리를 지르며 몰아오나
'나 모른다'는 듯한 그 꼴은
가장 偉大한 듯도 하다.
나는 同時에 中國苦力[47]을 생각한다.
그리고 또 中國사람 全體를 聯想한다.
—1918年 北京서—[48]

오상순의 시에서 '낮잠 자는 중국개'는 '중국고력'에 이어지고, 그것은 다시 '중국 사람 전체'로 연결된다. 중국인들은 동물과 같은 차원에서 인식되고 있는 것이다. 이광수도 한 인력거부에게 불쾌한 일을 당하고서는 곧 "중국인이란 이처럼 경우가 무디고 벽창호의 소리를 곧잘 합

46 정래동, 「북경의 인상」, 『사해공론』, 1936.9.
47 고력은 쿨리(coolie)라고도 불리며, 육체노동에 종사하는 하층의 중국인을 일컫는다.
48 오상순, 「放浪의 北京」, 『삼천리』, 1935.1, 171면.

디다"[49]라는 일반화를 시도한다.

배호처럼 중국인을 향해 노골적인 식민주의적 의식을 나타내는 경우도 있다. 북경을 여행한 다른 이들처럼 그 역시 방대한 성벽과 성문 앞에서 "지금 경성의 창덕궁, 경복궁, 무슨 궁하는 일류의 궁을 연상하기만 하여도 나는 모욕을 받는듯이 외람하였다"[50]라며 감탄한다. 그러나 궁성과 영사관이 밀집한 동교민항을 벗어났을 때, 감탄의 시선은 싸늘하게 변한다. 나머지 곳은 "황진만장黃塵萬丈"으로 불결하기 이를 데 없다. 이처럼 배호에게 북경은 "불결과 호화의 양극"[51]이다. 이것은 배호가 스스로를 일본인 혹은 서양인과 동일시하기 때문에 가능한 것이다. 그는 산해관을 지나며 "역두驛頭마다 늠연凜然히 검총을 손에든 수비대의 자영姿影은 관자觀者의 마음을 든든케 하여 준다"[52]고 느끼며, "천진역두天津驛頭에 전성대예과배속장교前城大豫科配屬將校 고환산대좌故丸山大佐의 전사비戰死碑 앞에서 감개무량함을 이기지못"[53]한다. 그는 만수산에 가는 도중에 동행인 중국인과는 달리 신체검사에서 면제받자, 서양인과 동등한 대우를 받았다는 우월감을 느끼기도 한다.

그에게 중국은 야만으로서 일본인 혹은 서양인과 동등한 입장의 자신과 같은 조선인들에 의하여 개조되어야 할 대상에 머문다. "급속도한 중국민족의 자성自醒과 개조改造를 빌며"[54] 부산행 열차에 몸을 실은 그는, 경성역에 내린다. 경성에서는 "종로의 걸인까지가 이 쌍안雙眼에는

49 이광수, 「북경호텔과 寬城子의 밤」, 『신인문학』, 1935.8.
50 배호, 「留燕 20일」, 『인문평론』, 1939.10, 63면.
51 위의 글, 65면.
52 위의 글, 62면.
53 위의 글, 62면.
54 위의 글, 66면.

모다 똑똑하고 깨끗하고 재조才操덩어리로 보"[55]인다. 중국인의 존재로 인해 조선 사람들은 "모-던 계급"이 되고, "오십년 이후의 미래인"[56]이 된다. 중국인의 존재는 배호를 식민지의 야만인이 아닌 모던한 미래인으로 만들어 주고 있다.

한설야의 『열풍』에서의 중국인 표상은 이와 근본적으로 다르다. 상도는 북경행 기차에서 처음 중국인을 만났을 때부터 "그들을 업신여기는 맘은 꼬물도 없었다. 좀 불결은 하지만 인정머리 있고 두덥덥한 그들이 누구보다도 믿음성 있는 이웃 사람인 것 같았다"(63)라고 여긴다. 설령 중국인들이 불결하고 무질서한 행동을 하더라도 그것은 "악마놈들이 침범한 어느 지경"(63)에서 비롯된 것이다. 피식민지 국가라는 측면에서 "조선 사람이나 중국 사람이나 오늘의 처지와 상태가 별로 다를 것이 없"(63)다. 상도는 "나는 중국 사람이 자기 것을 느끼는 것처럼 중국 문물을 깊이 리해할 수 없지 않을가 이런 생각을 하게 됩니다"(149)라고 말할 정도로, 타자를 동일자로 전유하는 식민주의적 의식으로부터 벗어나 있다.

오히려 상도에게 중국은 배움의 대상이다. 그런데 배움의 대상으로 등장하는 중국은 일정한 담론적 지형도 속에서이다. 그것은 '분열하고 파쟁하는 한국인 대對 단합하고 대범한 중국인'이라는 구도 속에서이다. 상도는 중국 여성 연추를 보며 "소소한 일에 꼬밀꼬밀하는 좀스런 자기의 버릇을 고치고 대륙의 넓음과 대범함을 호흡"(158)하겠다고 결심한다. 조선인들의 고질적인 파쟁을 비판하면서, 상도는 중국 사람은

55 위의 글, 67면.
56 위의 글, 67면.

"제 리익만을 위해서 전체를 희생시키지는 않을 것 같"(213)다고 인식하며, 곧이어 "이것은 조선 사람이 반드시 배워야 할 점이라고 상도는 생각"(213)한다. 작품의 마지막에는 연추의 오빠이자 철공소 노동자로서 조직선에 들어 있는 정수화를 통해 조선과 중국의 이념분자들이 "정신적 련계"(419)를 맺는 모습을 보여준다.

중국에 대한 위와 같은 인식은 1940년에 한설야가 집중적으로 쓴 일련의 북경 기행 산문에도 나타난다. 『열풍』에서 다루어지는 북경의 문화 유적과 사연들, 즉 중앙공원, 천교, 성남공원, 천단, 북해공원, 향비, 황토색에 대한 이야기는 기행산문에서 이미 다루어진 것들이다. 「연경의 여름」[57]에서 한설야는 깨끗한 것을 좋아하는 조선인들이 폭포같이 땀을 흘리고 제대로 닦지도 않는 중국인들을 보며 이마를 찡그리지만, 실제로는 이 땀이 중국인들에게 매우 이로운 역할을 한다고 주장한다. 「천단」에서도 중국인은 '만만적'이라 해서 느린 것의 대표로 치지만, 어떤 경우에는 이 사람들처럼 "다급하고 재바르고 싹싹하고 귀끼빠른 것은 없소"[58]라고 말한다. 이어서 "기차나 기선을 탈 때의 황망해하는 것과 왁자지껄 떠버리는 것은 나쁜 습성"[59]이나 이것은 "오래도록 내란속에 살아왔고 또 권세와 질서가 없는 가운데서 살아온 사람의 다만 살기 위하여서의 꾸며진 욕심에서 나온 것"[60]이라고 주장한다.

나아가 중국인이 소위 문명인이라 자칭하는 이들보다 낫다고 주장하는 경우도 있다. 길에서는 "문명인이니 무어니 하고 쪼를 빼고 턱을

57 글의 마지막에는 "北京 유리창 寓居에서 1940년 6월 10일"이라고 표기되어 있다.
58 『인문평론』, 1940.10, 105면.
59 위의 글, 105면.
60 위의 글, 105~106면.

높이는 인간"보다 더욱더 민첩하게 길을 피해준다고 말한다. 따라서 "공중公衆이니 공도公道니 하는 그들의 아름다운 문자와는 딴판으로 길을 비키기를 꺼려하고 뜨고 오만하오. 해서 만일 이들 소위 문명인이라는 치들만 모아서 이 북경의 잡답雜沓한 네거리에 휘몰아 넣는다고 하면 매일같이 교통사고가 속발할 것"[61]이라는 것이다.

일제 시기 화려한 유적의 광대함에만 감탄하고 중국인들에 대해서는 혐오와 멸시를 노골적으로 드러내던 여타의 지식인들과 달리 한설야는 중국 일반 민중들의 모습을 객관적으로 드러내고 있다. 한설야의 『열풍』에 나타난 중국인 표상은 식민지 시기 여타의 조선인 지식인들에게서 발견할 수 있는 식민주의적 의식과는 거리가 멀다. 또한 "조선 사람이나 중국 사람이나 오늘의 처지와 상태가 별로 다를 것이 없"(63)다는 말에서처럼, 조선과 중국이 일제의 침략 앞에 놓여 있는 공동운명체라는 인식이 뚜렷하게 드러난다. 그러한 특징은 1940년에 집중적으로 쓰여진 북경기행산문에서도 발견된다. 이것은 모두 1920년 초에 신채호가 『천고』를 통해 주장한 한중연합론, 즉 '한국과 중국이 굳게 결합하여 일제에 맞설 것'과 '한국인과 중국인이 서로 사랑하고 공존공생할 것'이라는 지침과 흡사하다.

61 위의 글, 106면.

4. 신채호의 영향력과 연애서사의 변화

한설야의 장편소설에서는 지식인의 성장이 연애관계와 중첩되어 나타나는 경우가 많다. 대표적으로 『황혼』의 여순, 경재, 준식의 관계, 『청춘기』의 은히, 태호, 명학의 관계, 『초향』의 초향과 권의 관계, 『대동강』의 점순, 태민, 상락의 관계, 『설봉산』의 순덕과 학철의 관계 등이 그것이다. 이때 성장의 주체는 여성이며, 여성 인물의 의식화 과정은 긍정적이든 부정적이든 남성인물과의 관계를 매개로 해서 이루어진다. 대부분의 경우, 긍정적 도제 구조에서의 조력자나 부정적 도제 구조에서의 적대자가 모두 남성으로 설정되어 있다. 여자 주인공과 교화자로서의 남자 인물과의 관계는 사제관계라고 할 정도로 위계화된 것이다.[62]

『열풍』에 등장하는 연애관계도 한설야 소설의 연애관계 일반이 그러하듯이, 붉은 연애 즉 사회주의적 연애라는 특징을 지닌다. 그러한 특징은 머리말에서부터 상세하게 드러난다.[63] 그러나 2장에서 살펴본 바와 같이 『열풍』의 연애서사는 이전의 장편소설들과 달리 성장의 과정과 긴밀하게 맞물려 있지 못하다. 그것은 손빈이라는 압도적인 사상가의 등장에서 비롯된다. 그로부터 직접적인 가르침을 받기 때문에, 연

62 이경재, 「한설야 소설의 서사시학 연구」, 서울대 박사논문, 2008, 50~55면.

63 대표적인 대목을 옮겨보면 다음과 같다. "애정이란 두말할 것 없이 인간 생활에 있어서 없지 못할 인간의 고귀한 정신의 일면이다. 그러나 만일 이것이 사회적 제 관계와 무연한 다만 개인 생활의 범위에 국한된 것이라면 그것의 의의는 아주 저하되지 않을 수 없는 것이다. (…중략…) 이와 달리 청년 남녀의 사랑이 보다 고귀하고 나와 남과 그리고 더 나아가서 나라와 인민을 위하는 길 우에서 꽃피게 된다면 그것은 진정 인간의 신성하고 고상한 정신으로 될 것이다."(3)

애관계를 통한 이념의 각성은 상대적으로 그 비중이 줄어든다.

『열풍』에는 상도-연추, 상도-송심, 남향-상도-요한나, 최일-남향-상도, 상도-요한나-영식 등의 연애관계가 등장한다. 이러한 연애 관계 중에서 가장 중요한 것은 '남향-상도-요한나'의 삼각관계이다. 사회주의적 연애의 성격에 걸맞게 상도가 요한나를 멀리 하고 남향과 맺어지는 이유는 이념적인 매개에 따른 것이다. 동지적 결합의 강렬함 앞에 에로스적인 측면은 소거되어 있다. 상도에게 남향의 얼굴은 "아름다우려는 꾸밈도 기쁘다는 들뜸도 무엇을 가지려는 욕기도 무엇을 즐기려는 성수도 아무것도 없는 잠시 공허한 얼굴"(250)이다. 그것은 "잎 없는 꽃, 바다 없는 항구, 물 없는 호수…… 순수한 아름다움……"(250)에 비유된다. 작가는 굳이 상도가 발목이 다친 남향을 부축하는 순간에도, "결코 남향에게서 이성을 느끼지 못"(253)하는 장면을 삽입한다.

식민지 시기 한설야 소설의 연애관계가 기본적으로 남성 주인공이 여성을 이념적으로 각성시키는 구조였다면,[64] 『열풍』에서 상도와 남향은 대등한 층위에 놓인 이념분자로 그려진다. 남성이 여성을 이끈다기보다는 둘이 모두 이 작품의 사상적 중심이라 할 수 있는 손빈의 제자로서 관계를 유지해간다. 이들의 연애관계가 궁극적으로 지향하는 것은 서로의 내면에 잠재되어 있는 손빈의 이념을 확인하는 과정일 뿐이다. 상도와 남향의 연애서사가 지향하는 것은 공통의 이념을 향해 다가가는 것이 아니라, 이미 지니고 있는 서로의 공통된 이념을 확인하는 것이다. "매를 들고 당신들은 그걸 나에게 가르쳐 주거든요. 나의 거울

64 이경재, 『한설야 소설의 서사시학 연구』, 서울대 박사논문, 2008, 32~54면.

이 되어 주거든요. 나를 비쳐 주는 거울로……"(230)라는 상도의 말처럼, 남향은 상도를 비추어주는 거울이다. 둘의 연애서사는 상도가 남향에게서 자신이 지닌 '민족적 사회주의'를 확인하는 과정이다.

남향은 압록강을 넘나들며 독립운동을 하는 조선인 아버지를 두었지만 중국에서 나고 자랐기 때문에 모습, 동작, 입성, 성격 등이 중국인과 흡사하다. 남향이의 마음속에서 "무엇과도 바꿀 수 없는 조선"(234)을 확인했을 때, 상도는 몹시 흥분되어서 부지중 남향의 손을 잡는다. 상도와 남향의 사랑은 상도가 쓴 『꿈』이라는 소설이 불러일으킨 갈등이 해소되면서 절정으로 치닫는다. 『꿈』에서 남향에 해당하는 춘희는 진정한 조선인이 되고자 하지만 상도에 해당하는 화가 S의 꿈에 중국인 애인 왕첸과 함께 중국옷을 입고 나타난다. 이 소설을 훔쳐 읽은 남향은 "상도씨는 나를 집씨로 알아요, 나라 없는 류랑민으로 알아요"(318)라고 화를 낸다. 남향은 "나에게는 나라가 있습니다. 부모는 없지만 겨레가 있습니다"(318)라고 당당하게 외치며, 상도의 소설을 찢어버린다. 그 순간 상도는 남향을 껴안는다. 이후 남향은 "두 개의 심장은 여전히 각각 그 육체에 따로 머물러 있으나 그것은 둘이 아니고 하나이며 그 속을 흐르는 피도 하나의 문을 통해 도는 것 같"(381)음을 느낀다. 마지막에 남향이 상도와 함께 조선으로 향하는 것은, 남향과 상도가 이념적으로 하나가 되었음을 보여주는 행위이다.

『열풍』에는 다양한 삼각관계와 상도가 머무는 집의 주인인 민우식의 피살 외에 별다른 사건이 등장하지 않는다. 작품의 육체를 채우는 것은 상도를 중심으로 해서 이루어지는 길고 지루한 대화들이다. 특히 상도와 남향이 나누는 대화가 많이 등장하는데, 그것은 상도(혹은 남향)

의 독백에 불과하다. 그들은 서로의 말에 추임새를 넣고, 동의를 표하는 고수의 역할에 한정되어 있기 때문이다. 대표적인 사례 하나만 인용하면 다음과 같다.

> "난 량 선생과 견해가 다른 점이 있어요. 난 무엇보다 첫째 정신이 강해야 한다고 생각합니다. 머리 속이 새 대가리만치 줄어 들고 육체나 강하면 뭘 합니까. 옛날 어떤 철학자는 맘 속에서 뜨겁다는 생각을 빼 버리면 몸이 뜨거운 것을 모른다고 하고 불가리에 앉아서 태연히 타 죽었답디다만 전연 거짓말은 아닐거예요. 성 삼문 같은 이가 다리에 화침을 받으면서 좀 더 따겁게 하라고 호통했다는데 그것은 몸이 강한 것을 말하는 것이 아니라 정신이 강한 것을 말하는 것일겁니다. 정신이 강하면 그럴 수가 있어요. 나도 이 찰나의 기분 같으면 뜨거운 불을 견디여 낼 수 있을 것 같은데요 하하하……"
>
> 하고 상도가 웃으니까 요한나도
>
> "어디 불을 대볼가요."
>
> 하고 웃고 남향이는 상도의 말에 매우 공명된 듯
>
> "그럼요. 정신은 육체의 한 속성이라지만 정신이 육체에 주는 반작용이란 그렇게 무섭고 강한 것인가 봐요. (…중략…)" 하고 말하였다.
>
> "그렇지요. 물론 량 선생도 전연 정신을 부인하는 것은 아니지요. 글 때문에 사람이 도리여 나약해지고 보짱이 없어지는걸 경계하는 것일 테지요."(208~209)

이 작품에서 둘의 관계는 손빈의 지도를 받는 두 명의 동지이다. 민족적 사회주의를 가르쳐주는 사람이 손빈이고, "그 아래서 손잡고 나갈 길동무가 남향"(214)인 것이다. '남향-상도-요한나'의 삼각관계에서 부정적인 측을 담당하고 있는 요한나는 좌파 민족주의라는 작품의 주제에 걸맞게 서구(미국)지향이 가장 본질적인 성격으로 형상화된다. 서구(미국)에 대한 무조건적인 동경을 지닌 요한나는 다음과 같은 모습을 보여준다.

> 미국인의 감화 밑에서 자라난 요한나는 사람을 외양과 빛깔과 키와 입성으로 구별하는 버릇이 박혀 있다. 그러기 때문에 그는 도시 사람은 의당히 농촌 사람보다 한 등 동뜨다고 생각하고 동양인은 서양 사람보다 의례 렬등하다고 생각는 것이다.
>
> (…중략…) 이웃 사람을 변방 외인같이 가벼이 보는 대신, 바다 건너 양코배기들을 이웃사촌처럼 탐탐히 그리는 것이다.
>
> (…중략…) 그의 안중에는 조선의 문화라는 것도 없다. 음악이나 무용이나 말하자면 미개한 토인의 그것이나 다를 것이 없고 문학이니 무엇이니 하지만 그게 어디 서양 것의 발길에나 갈 것이냐 하고 생각하며 결국 조선 사람은 기껏 문명한다면 서양 사람과 같게 될 것이니 아야 조선 것은 배울 거 없이 서양 것을 배우는 것이 현명하다고 생각한다.(187)

민우식이 낯선 청년들에 의하여 피살된 17장 이후부터 상도가 민씨의 집을 떠나는 26장까지는 '상도-요한나-영식'의 삼각관계가 서사를 이끌어나가는 동력이 된다. '상도-요한나-영식'의 삼각관계에는 남향의 의지가 배제되어 있지만, 주위 여건에 의해 성립된 '최일-남향-상도', '남향-최일-요한나', '요한나-상도-남향'의 삼각관계가 큰 영향을 주고 있다. 요한나를 짝사랑하는 영식은 요한나를 얻기 위해 갖은 흉계를 꾸미고, 그 방편의 하나로 상도와 손빈을 민씨의 살인범으로 몬다. 이것은 상도와 남향이 조선행을 감행하는 계기를 마련해 준다. 영식의 흉계는 그 자체만으로 당시 조선인들 사에서 파쟁이 얼마나 심각한 것인지를 환기시키는 역할을 하는 것이다. 한설야가 생각하는 모든 부정적인 특징을 지닌 영식은 "파당 쌈의 교형리로 되기에 꼭 알맞게 되어 먹은 자"(400)라는 남향의 말처럼, 파당 싸움의 문제점을 잘 보여준다.

5. 결론

이 글은 단재와의 관련성 속에서 『열풍』을 살펴보고자 하였다. 한설야의 『열풍』은 출판과 관련해 다소 복잡한 사정을 지니고 있다. 한설야의 1920년 무렵 북경체험을 담고 있는 『열풍』은, 일제 말인 1944년에 작가의 고향인 함흥에서 쓰여져 발표되지 않다가, 평양에서 1958년에 발표된 것이다. 따라서 이 작품에는 1920년, 1944년, 1958년의 한설야가 삼중으로 겹쳐 있다. 서사 내용이나 표현 형식 그리고 1940년대 북경기행 수필들과의 비교를 통해 볼 때, 1944년의 한설야보다는 1958년의 한설야가 서술자아로서 더욱 큰 비중을 차지하고 있다.

성장소설이라 볼 수 있는 『열풍』의 중심에는 손빈의 '민족적 사회주의'가 놓여 있다. 손빈은 신채호를 모델로 하여 창조된 인물이다. 이 작품에서 손빈이 지니는 영향력은 절대적이어서, 작품의 주제와 구성에까지 영향을 미치고 있다. 그러나 손빈을 신채호와 등치시키는 것은 조금 성급해 보인다. 손빈은 1920년 무렵의 신채호와는 다른 여러 가지 특징을 갖기 때문이다. 이 시기 신채호는 『열풍』에서처럼 분명한 공산주의자라고 볼 수 없다. 결정적으로 『열풍』의 손빈은 1958년 한설야가 지녔던 분단현실에 대한 평양중심주의적 인식을 지니고 있다. 신채호를 모델로 한 손빈 이외에도 량국일이나 민우식, 조경호, 김상우, 윤취재 등의 이념형 인물을 통하여 상도는 이념적으로 성장해 간다. 각각의 인물은 당시 조선인 사상가의 유형을 대표한다. 이외에도 『열풍』에는 상도와 같은 세대의 다양한 인간형 역시 등장한다. 부잣집 아들로 북경에서 오직 중국말 배우는 것에만 시종하는 경수나 3·1운동에 적극 나서고 여학교에서 출학당한 송심이 그들이다.

『열풍』의 배경이 되는 북경은 한설야를 이해하는데 매우 큰 의미를 지닌다. 1920년대 북경은 외교론을 지향하는 사람들의 주요 거점이었던 상해와는 차별적인 공간이었다. 북경에 존재하던 독립 운동가들은 다양한 분파 속에서도 반임정과 무장투쟁 노선만은 공유했다. 특히 『열풍』의 사상이라고까지 말할 수 있는 신채호는 반이승만 반임정 노선의 선봉장 역할을 수행하였다.[65] 또한 북경은 좌파 성향의 인텔리들

65 한설야가 신채호와 관련을 맺었던 1920년대 초반에, 신채호는 임시정부의 지도노선을 바로잡기 위하여 임시정부를 떠나 『신대한』을 창간하는 등, 반임정 반이승만 노선의 대표적인 맹장이었다. 북경에서 독립운동자 54명의 공동서명으로 「성토문」(1921)을 기초 발표하여 자주독립 절대독립론의 입장에서 이승만 정한경 등의 위임통치청원사건을 규탄하고, 이승만을 국무총리 및 대통령에 추대한 안창호에 대해서도 비판한다.(최홍규, 앞의 책, 159면)

이 활발하게 활동하던 무대이기도 했다. 이러한 사상적 지향점은 이후 한설야 문학에 변치 않는 중핵으로 남게 된다. 해방 이후 한설야 소설에 나타난 강력한 반이승만주의는 북한의 지배이데올로기에 영향받은 바 크지만, 『열풍』을 통해서 볼 때 그 뿌리가 단재에까지 이어진 것이라고 볼 수도 있다.

『열풍』의 핵심적 주제의식 중의 하나인 '중국과의 연대'도 신채호의 한중연합론과 많은 근친성을 지니고 있다. 일제 시기 조선의 많은 지식인들이 중국의 화려한 유적에만 감탄하고 중국인들에 대한 혐오와 멸시를 노골적으로 드러낸 것과 달리 한설야는 중국 일반 민중들을 객관적으로 드러내고 있다. 한설야의 『열풍』에 나타난 중국인 표상은 식민지 시기 여타의 조선인 지식인들에게서 발견할 수 있는 식민주의적 의식과는 거리가 멀다. 또한 조선과 중국이 일제의 침략 앞에 놓여 있는 공동운명체라는 인식이 뚜렷하게 드러난다. 그러한 특징은 1940년에 집중적으로 쓰여진 북경기행산문에서도 발견된다. 이것은 모두 1920년 초에 신채호가 『천고』를 통해 주장한 한중연합론, 즉 '한국과 중국이 굳게 결합하여 일제에 맞설 것'과 '한국인과 중국인이 서로 사랑하고 공존공생할 것'이라는 지침과 흡사하다.

손빈이라는 압도적인 사상가의 등장으로 인해, 한설야 장편소설의 기본적인 구성방식인 연애관계에도 큰 변화가 일어난다. 식민지 시기 한설야 소설의 연애관계가, 기본적으로 남성 주인공이 여성을 이념적으로 각성시키는 구조였다면, 『열풍』에서 상도와 남향은 대등한 층위에 놓인 이념분자로 그려진다. 남성이 여성을 이끈다기보다는 둘이 모두 이 작품의 사상적 중심이라 할 수 있는 손빈의 제자로서 관계를 유지해간다. 이들의 연애관계가 궁극적으로 지향하는 것은 서로의 내면에 잠재되어 있는 손빈의 이념을 확인하는 과정일 뿐이다. 상도와 남향의 연애서사가 지향하는 것은 공통의 이념을 향해 다가가는 것이 아니라, 이미 지니고 있는 서로의 공통된 이념을 확인하는 것이다. 상도에게 남향은 손빈의 이념을 비추어주는 거울이다. 둘의 연애서사는 상도가 남향에게서 자신이 지닌 '민족적 사회주의'를 확인하는 과정에 해당한다.

『열풍』은 자전적 소설에 존재하는 체험자아와 서술자아 사이의 관계에 있어 서술자아의 힘이 압도적이다. 이 작품은 성장소설이 갖추어야 할 주인공의 변화와 각성의 과정이 제대로 드러나지 않는다. 이유는 상도를 핵심으로 하는 긍정적 주인공들이 처음부터 이념적으로 완벽한 상태이기 때문이다. 이것은 서술자아가 과도하게 개입한 결과이다. 상도는 북경에 온 순간부터 다양한 사상가들의 의의와 한계를 분명하게 짚어낼 수 있는 능력의 소유자이다. 그는 중국인에 대하여서도 식민주의와는 무관한 국제주의적 시각을 견지하고 있으며, 민족의식 역시 뚜렷하다. 이러한 민족의식은 계급적 당파성을 견지한 바탕 위에서 성립되어 있다. 이로 인해 한설야 장편소설의 통사적 규칙이라 할 수 있는 연애관계마저 무미해지고, 작품은 구체적 서사 대신 지루하고 반복적인 대화와 논쟁이 작품의 대부분을 차지하게 되는 문제점을 노출하게 된다.

(2009)

제2장

일제 말기 북경-인간, 사상, 그리고 문화

김사량의 「향수」를 중심으로

1. 서론

한국 근대 문인의 북경 체험은 1920년대와 1930년대 후반에서 1940년대 전반의 두 시기로 나뉘어진다. 1920년대는 독립운동가나 유학생의 신분으로 1930년대 후반에서 1940년대 전반에는 관광이나 시찰이란 이름으로 북경을 다녀가는 것이 일반적이었다.[1] 1920년 무렵 북경은 중국의 고등교육기관이 밀집해 있었고 국제 사회주의운동과 연계선도 있었기 때문에 새로운 이념, 다채로운 이론을 펼칠 수 있는 공간이었다. 1920년대 북경지방에는 관내지역의 아나키즘 세력과 좌파 성향의 청년인텔리들이 군집해 당시로서는 수준 높은 이론 활동을 벌였다.[2]

1 최학송, 「한국 근대 문학과 베이징」, 『한국학연구』 31집, 2013.10, 305면.
2 신주백, 『1920~30년대 중국지역 민족운동사』, 선인, 2005, 9면.

1923년 국민대표대회를 전후하여 북경의 독립운동세력은 크게 북경한교동지회北京韓僑同志會의 '혁명적 민족주의' 세력과 『혁명』이라는 잡지를 중심으로 한 '민족적 사회주의' 세력으로 양분할 수 있다. 종파주의가 1920년대 초반 북경에서 심각한 문제가 아니었다는 견해가 있다는 것을 생각한다면, 1958년 북한의 정치적 상황이 개입했을 가능성은 더욱 크다고 볼 수 있다. 신주백은 "1923년경까지 북경지방에서의 민족주의운동 세력과 사회주의운동 세력 사이에 갈등이 있었다는 자료를 찾기 힘들다"[3]고 주장하기도 한다. 북경지방에 거주하는 한인 사이에 사회주의 사상이 현저히 확산된 것은 1924~26년경이라는 것이다.[4] 1920년대 북경은 외교론을 지향하는 사람들의 주요 거점이었던 상해와는 차별적인 공간이었다. 북경에 존재하던 독립 운동가들은 다양한 분파 속에서도 반임정과 무장투쟁 노선만은 공유했다. 특히 『열풍』의 사상이라고까지 말할 수 있는 신채호는 반이승만 반임정 노선의 선봉적인 역할을 수행하였다.[5] 또한 북경은 좌파 성향의 인텔리들이 활발하게 활동하던 무대이기도 하다.

이러한 한국 근대 문인의 북경 체험과 관련한 연구도 적지 않게 이루어졌다. 조성환은 북경이 한국근대지식인들에게 가진 의미를 '탈피의

3 위의 책, 180면.
4 위의 책, 185면.
5 한설야가 신채호와 관련을 맺었던 1920년대 초반에, 신채호는 임시정부의 지도노선을 바로잡기 위하여 임시정부를 떠나 『신대한』을 창간하는 등, 반임정 반이승만 노선의 대표적인 맹장이었다. 북경에서 독립운동자 54명의 공동서명으로 「성토문」(1921)을 기초 발표하여 자주독립 절대독립론의 입장에서 이승만 정한경 등의 위임통치청원사건을 규탄하고, 이승만을 국무총리 및 대통령에 추대한 안창호에 대해서도 비판하였다.(최홍규, 앞의 책, 159면)

길, 비약의 길', '사랑의 도피처', '배움터', '차이나 드림, 기회의 땅', '영어(囹圄), 생의 마감, 죽음의 땅', '아나운동의 접합점, 보금자리', '연안을 향한 탈출구', '관극, 댄싱 공연 무대', '구미유학을 위한 경유지'로 정리하고 있다.[6] 김사량에게 북경은 '연안을 향한 탈출구'와 '구미유학을 위한 경유지'라는 의미를 가진다. 전자는 실제로 실행되었고, 후자는 하나의 가능성으로만 존재하다가 이루어지지는 않았다.

이 글은 한국 근대 문인 중에서 누구보다 북경과 긴밀한 관련을 맺었던 김사량이 중일전쟁 직후의 북경을 배경으로 하여 창작한 「향수」를 살펴보고자 한다. 이 작품은 북경을 배경으로 한 식민지 시기 작품 중에서 뛰어난 역사적 리얼리티를 확보하고 있을 뿐만 아니라 일제 말기 한국문학이 보여준 정치의식의 가장 섬세한 고도를 확보하고 있다고 판단되기 때문이다. 그러한 정치의식은 다름 아닌 노스탤지어라는 고유한 정념을 통해 드러난다는 것이 이 글의 기본적인 입장이다.[7]

지금까지 「향수」에 대한 연구는 반영론의 입장에서 이루어진 것이 주류를 이루었다. 박남용과 임혜순은 김사량의 수필과 「향수」를 분석한 후, 북경이 "이주한 한인들의 비참한 생활상을 보여주는 도시였으며, 일본에 점령당한 후 점점 더 퇴락해 가고 있는 식민지 도시로서의

6 조성환, 「북경의 기억, 그리고 서사된 북경」, 『중국학』 27집, 2006.12, 339~378면.

7 노스탤지어는 귀향을 의미하는 그리스어 '노스토스(nostos)'와 고통 혹은 열망을 의미하는 '알지아(algia)'를 결합한 단어로서 '집으로 돌아가고픈 고통스런 열망 혹은 질병'을 가리킨다. 스위스 의사였던 호퍼가 1688년 처음 사용했으며 이 시기에는 스위스 용병들이 고향을 지나치게 그리워하는 상태를 가리켰지만, 19세기와 20세기에 접어들면서 의학의 범위를 넘어서서 예술적 일상적 범위에까지 적용되는 보편적인 의미를 획득하였다.(Wilson Janelle L., *Nostalgia*, Lewisburg : Bucknell University Press, 2005, pp.20~38)

도시문화를 보여주고 있는 공간"[8]이라고 결론내린다. 임경순은 김사량의 「북경왕래」와 「에나멜 구두와 포로」에는 "중국(북경) 문화에 대한 비판의식"[9]이 보이며, 「향수」는 "일제에 의해 파탄의 길을 걷게 된 중국에 사는 동포들을 형상화"[10]하고 있다고 주장한다. 최학송은 「향수」는 "베이징에서 생활하는 옛 독립운동가들의 변화를 보여주는 동시에 이들의 내면에 숨겨진 '향수'도 그리고 있다"[11]고 간단하게 처리하고 있다. 김현생은 「향수」의 북경은 "우리 민족의 참담했던 삶이 현장을 생생하게 재현한 공간으로 당대 사회의 혼란과 모순을 표상하는 토포스"[12]라고 주장한다.

다음으로 「향수」에 나타난 김사량의 정치적 의식을 천착한 연구들이 있다. 오다 마코토는 「향수」의 조선인에게는 "천황(제)로의 귀의"와 "가족의 견인력"[13]이 존재하지 않으며, 이를 근거로 이 소설의 주요인물들이 "전향을 거부"[14]한다고 주장한다. 이와 달리 김철은 그동안의 김사량 연구가 지나치게 그를 "빛 속으로 나아간 영웅"으로만 규정했다고 비판하며, 「향수」에는 시국협력적 글쓰기가 "부인할 수 없을 만큼 드러난다"[15]고 지적하였다. 김재용은 「향수」 역시 「천마」나 「무궁일

8 박남용・임혜순, 「金史良 문학 속에 나타난 북경체험과 북경 기억」, 『중국연구』 45권, 2009.1, 78면.
9 임경순, 「김사량 문학에 나타난 중국 체험과 의식」, 『우리어문연구』 38집, 2010.9, 89면.
10 위의 글, 89면.
11 최학송, 「한국 근대 문학과 베이징」, 『한국학연구』 31집, 2013.10, 325면.
12 김현생, 「김사량의 문학세계에 나타난 토포스와 서사적 의미」, 『한국사상과 문화』 78집, 2015, 50면.
13 오다 마코토, 「어떤 부정하기 힘든 힘」, 김재용・곽형덕 편역, 『김사량, 작품과 연구』 1, 역락, 2008, 438면.
14 위의 글, 439면.
15 김철, 「두 개의 거울－민족 담론의 자화상 그리기」, 『상허학보』 17집, 2006.6, 157면.

가」와 같이 일제 말 조선인 사회의 양극화를 보여준다는 전제 아래, 옥상렬, 윤장산, 가야 등은 "일본 제국의 신민으로 되어가는 조선인들의 모습"[16]을 제시하는 한편 이현은 고려청자를 사는 행위를 통해서 "일본 제국의 신민으로 되어가는 당시 북경의 조선인들과는 다른 길을 걷는"[17]다고 주장한다.

이 글에서 주목하고자 하는 「향수」에 나타난 향수의 성격에 주목한 연구로는 곽형덕과 이양숙의 논의를 들 수 있다. 곽형덕은 개작 과정에서 드러나는 '반도인'이 '조선인'으로 변모되는 등의 사실과 작품집 『고향』의 발문 등을 바탕으로 하여, 「향수」의 향수가 "과거의 민족적 전통과 문화유산에 대한 노스탤지어인 동시에, 현재 사라져가는 '과거'에 대한 회향병懷鄕病 모두를 의미하며, 1941년 위기 상황에 직면한 '고향'에 대한 심상 표현"[18]이라고 주장한다. 이양숙은 김사량의 「향수」에서 가야와 옥상렬이 고통스러워하는 이유는 강한 '향수'에 사로잡혀 있기 때문이라고 본다. 이들에게 "육체적 · 정신적 귀향이란 곧 전향의 완성을 의미"하며 그렇기에 "이들에게 향수는 끊임없는 유혹이지만 끝내 수용할 수 없는 어떤 것이며 영원한 고통의 상징"[19]이 된다는 것이다.[20]

---

16 김재용, 「일제 말 김사량 문학의 저항과 양극성」, 김재용 · 곽형덕 편역, 『김사량, 작품과 연구』 1, 역락, 2008, 423면.

17 위의 글, 426면.

18 곽형덕, 「김사량작 「향수」에 있어서의 '동양'과 '세계'」, 『현대문학의 연구』 52집, 2014, 234면.

19 이양숙, 「일제 말 북경의 의미와 동아시아의 미래－김사량의 「향수」를 중심으로」, 『외국문학연구』 54집, 2014.5, 205면.

20 이외에도 「향수」에 나타난 만주 공간에 초점을 맞춘 연구도 존재한다. 김석희는 "「향수」의 만주공간은 정치적 영광만이 존재하는 곳이 아니라, 패배감과 상실감이 공존하는 곳"(김석희, 「식민지기의 공간과 표상－김사량의 「鄕愁」에 나타난 滿洲」, 『일본학보』 73집, 2007.11, 157면)이었다는 결론을 내리고 있다.

지금까지 「향수」에 나타난 향수에 대한 연구는 지나치게 가야와 옥상렬의 향수에만 초점을 맞추어온 것과 향수가 지닌 고유한 심리적 메커니즘에 별다른 주목을 하지 않았다는 문제점이 있다. 그러나 「향수」를 온전히 해명하기 위해서는 작품의 주인공이자 고정 초점화자인 이현이 느끼는 향수부터 먼저 해명되어야 한다. 또한 향수는 특정한 장면에서만 등장하는 것이 아니라 작품의 기본적인 주제의식과 밀접하게 관련된 이 작품의 중핵이라고 할 수 있다.[21] 이 글은 향수에 바탕해서 작품의 전반적인 서사를 검토하고자 하며, 이때의 향수는 '지금-이곳'에 대한 당혹감에서 비롯된 정념이라는 것[22]과 부재하는 빈자리[23]를 채

21 김사량은 작품집 『고향』의 발문에서 「향수」를 포함한 작품들의 주요인물들이 향수에 빠진 인물들이며, 「향수」에서 향수에 빠진 인물로는 가야와 더불어 이현도 포함된다는 점을 밝히고 있다. "여기에 수록된 소설 속 인물들도, 한 둘 예외를 제외하면 거의가 나와 같이 고향을 연모하고, 그 따듯한 품속에서 쉬는 것을 정말로 원한다. 그들의 시의(猜疑)의 빛에 넘치는 눈이나, 비참해져서 늘쩍지근한 심정이나, 그러면서도 멈추지 않고 희망을 뒤쫓는 애처로운 모습을 나는 물끄러미 지켜보고 있다. 그것을 서툰 필치로 필사적으로 쓰려고 했다. 「벌레[蟲]」 속의 지기미 노인이나 넝마주이 그림쟁이도, 또한 「향수(鄕愁)」 속 누님인 가야나 이현도, 「광명(光冥)」 속 고학생과 소녀들이라 해도, 그리고 「Q백작」의 반미치광이 주인공도, 그 외 다른 것도 내 혼(魂) 가운데 침음(沈吟)해 있는 친구의 목소리이며, 또한 동우자(同憂者)의 모습이라 하겠다. 설령 그들이 각기 뿔뿔이 멀리 고향에서 멀어져 일본 내지 혹은 북지(北支)에서 고난에 찬 생활을 한다고 하여도."(김재용·곽형덕 편역, 『김사량, 작품과 연구』 2, 역락, 2009, 273면)

22 노스탤지어는 근대 혹은 탈근대를 살아가는 인간에게 보편적으로 체험되는 감정의 한 가지로서 존재론적 부리 뽑힘 혹은 삶의 근본적 토대의 상실과 연관되어 있다. 집합적 미래의 전망과 그 미래의 전망이 제공하는 정체성이 위기에 빠졌을 때 행위자는 노스탤지어를 통해 과거 속에서 새로운 정체성의 자원을 길어온다. 즉 노스탤지어가 과거를 회고하도록 하는 것은 궁극적으로 현재의 위기이다.(Davis, Fred, *Yearning for Yesterday, A Sociology of Nostalgia*, New York : Free Press, 1979, pp.34~35. 김홍중, 「골목길 풍경과 노스탤지어」, 『경제와사회』, 2008.3, 159면에서 재인용)

23 노스탤지어 현상의 본질은 현재 앞에서 느끼는 너무나 깊은 당혹감이라고 할 수 있다. 두 번째는 노스탤지어가 '다시 되돌아갈 수 없다는 극복 불가능한 상실에서 생기는 고통'이라는 점이다. 향수는 집 잃음이나 집 없음에서 오는 감정, 즉 대상이 부재하는 빈자리에 대해서 발생하는 '욕망을 위한 욕망'이라고 할 수 있다. 노스탤지어는 '영원하다'라고

우는 이상화되고 낭만화된 환상이라는 것을 기본 성격으로 한다.[24]

「향수」의 시간적 배경은 중일전쟁 직후인 1938년 5월로 되어 있다. 3·1운동 직전에는 북경에 80여 명 정도의 조선인이 살았지만, 1920년대 중반에는 1,000여 명으로 증가했다. 만주사변 이후 한때 중국인들의 조선인에 대한 감정이 악화되어 북경에 거주하는 조선인의 숫자가 줄어들기도 하였지만 일제의 화북 침략과 더불어 조선인의 북경 진출이 다시 늘기 시작하여 중일전쟁 직전인 1937년 6월말에는 2,000여 명의 조선인들이, 「향수」의 배경이 된 무렵인 1938년 7월에는 6,900여 명의 조선인들이 북경에 머물렀다.[25] 일제가 화북을 침략한 이후부

불리는 그런 '접근할 수 없는 먼 곳', 부재의 텅 빈 구멍으로부터 흘러나온다. 노스탤지어가 극복하고자 하는 영원한 상실이 바로 노스탤지어가 노스탤지어일 수 있는 조건이다. 노스탤지어의 숙명적 실패는 바로 노스탤지어가 가장 온전한 형태의 노스탤지어로 성공하기 위한 유일한 조건이 된다.(서동욱, 「노스탤지어-노스탤지어, 외국인의 정서」, 『일상의 모험』, 민음사, 2005, 324~336면) 김홍중도 이와 비슷한 의미로 향수를 파악하고 있다. "향수의 감정 속에서 고향, 집, 어머니와 같은 존재론적 안전감의 원천이 오직 '잃어버린 것', '상실된 것', '다시 회복할 수 없는 것'으로 지각된다는 사실이다. 고향은 더 이상 실제의 세계에는 존재하지 않는다. 그것은 변했고 파괴되었다. 그리하여 고향은 이제 직접적으로 체험하거나 되돌아갈 수 없는, 상실되었기 때문에 오직 상상적으로 혹은 상징적으로밖에는 전유할 수 없는 어떤 실재(réel)의 차원을 획득한다. 노스탤지어는 '상실된' 것에 대한 아이러니한 그리움이다."(김홍중, 앞의 글, 141면)

24 이 빈자리를 채우는 것은 이상화되고 낭만화된 환영이다. 이 환영은, 빈 구멍을 채우기 위해 우리 자신이 만들어 낸 것이라는 점이 우리에게 철저히 숨겨진 채로, 원래 그곳에 있었던 듯이 발견되어야 한다.(서동욱, 앞의 책, 338면)

25 『재북지조선인개황』, 조선총독부 북경출장소, 1940.6. 손염홍, 『근대 북경의 한인사회와 민족운동』, 역사공간, 2010, 283면에서 재인용. 1937년 7월 29일 일제는 북경을 점령했으며, 12월에는 왕커민[王克敏]이 화베이 지역에 중화민국임시정부라는 이름의 괴뢰정부를 수립하였다. 화베이 지역은 중국의 북부 지방으로 북경과 하북성, 산시성, 천진, 네이멍자치구 등으로 이루어져 있다. 조선에서는 친일적인 신문과 잡지를 통해 화베이 지역이 '낙토(樂土)'로 대대적으로 선전되는 한편 이민이 장려되는 상황이었다.(위의 책, 276~280면) 김사량은 「에나멜 구두와 포로」(『文藝首都』, 1939.9)에서 같은 숙소에 머무는 M의 안내로 "이주 조선 동포의 생활을 꼼꼼하게 조사하면서 구중중한 뒷골목"(170)을 걷는다. 김사량이 발견한 것은 "눈뜨고 볼 수 있는 것이 아"(170)닌 생활풍경

터 북경한인사회의 구성은 1920년대와 비교하여 큰 변화가 발생한다. 민족운동세력이나 유학생들이 완전히 떠나지 않았지만, 공개적으로 활동할 수는 없었던 것이다. 이로써 1920년대 활발했던 북경의 민족운동은 1930년대 들어 사실상 쇠퇴해 갔고, 대신 일제침략에 따라 새로 이주해 온 부일한인附日韓人들이 다수를 차지하였다. 중일전쟁 이후부터 의용군과 광복군을 비롯한 항일세력이 다시 북경에서 활동했던 1940년 전후까지 북경의 한인사회는 거의 부일한인으로 구성되었다.[26]

「향수」의 배경이 되던 시기의 북경 상황은 10여 년간 북경 푸렌대학輔仁大學의 교수(1934~1943)를 지냈으며, 김사량이 1차 북경 방문 당시 만나기도 했던 소설가 주요섭이 쓴 「죽마지우竹馬之友」(『여성』, 1938.6~7)에 잘 나타나 있다.[27] 이 작품은 중일전쟁 이후 확연하게 변화된 북경의 모습을 두 친구(K와 P)의 선명한 대비를 통해 효과적으로 드러내고 있다. C, K, P는 죽마지우로서 소학교를 함께 다녔으며 중학교 시절에는 가출하여 함께 국경을 넘은 사이이다. 작품의 화자인 C는 지금 북해공원의 벤치에서 죽마지우인 K를 만나고 있다. 그리고 1년 전에는 같은

이다. 심지어 둘은 동경의 어느 대학까지 유학한 젊은이가 운영하는 아편밀매점까지 들어간다. 그 젊은 주인은 자신이 "방금 전 집세를 받으러 온 집주인을 일본어로 일갈(一喝)하자 헐레벌떡하며 도망갔다"(170)고 큰소리치기도 한다.

26 위의 책, 235~288면.

27 이 작품은 중일전쟁 직후의 북경을 배경으로 하고 있다. 이것은 작품 중에 등장하는 "지금 웬만해서는 여행증명을 내기가 힘이 들어서 오구는 싶어두 못오구 애를 태우는 사람이 우리 고장에만 해두 수백 명두 더 되네 수백 명!"(99)라는 K의 말을 통해 증명이 가능하다. 일제는 중일전쟁 이전에는 한인들의 이주를 격려하며 별다른 조건을 두지 않았지만 중일전쟁 이후 한인이주가 증가하자 통제에 나서기 시작했다. 1937년 9월 20일에는 처음으로 출발지 경찰서장의 신분증명서를 받는 것을 필수조건으로 규정하였다.(「기동지구내에도 신분증명서가 필요」, 『동아일보』, 1937.9.20. 손염홍, 앞의 책, 279~280면에서 재인용)

장소에서 P를 만났었다. 돈만을 절대적인 가치로 숭배하는 K는 북경에 온 지 일주일 만에 물질적으로 성공한 사람을 여러 명 사귀는 수완을 발휘한다. K는 북경에 온 지 5년이 된 C에게 "이권운동"[28]을 해서라도 큰 돈 벌기를 권유한다. K는 비둘기나 석양의 아름다움 따위에는 전혀 관심을 갖지 않고 오직 "돈, 돈, 돈, 돈, 돈"(98)만을 외쳐댈 뿐이다. 이에 반해 P는 북해공원의 아름다움을 "속속드리 느낄 수 있"(99)는 사람이며, 서너 시간씩 한마디 말도 없이 "석양을 내다보고 앉었을 마음의 여유를 가진 사람"(99)으로 설명된다. 둘은 외모도 대조적이어서 K가 새 양복에 금 시곗줄을 하고 있다면, P는 꾀죄죄한 헌 양복의 모습을 하고 있다. 둘의 차이는 중국인을 대하는 자세에서도 확연한 차이를 지닌 것으로 나타나고 있다. K는 "중국 쿨리라면 개돼지만큼도 안역이는"(99) 인물인데 반해 P는 인력거꾼을 동정하여 선행을 베푸는 모습을 보여주는 것이다. 지금 세상은 P보단 K의 가치가 성공하고 인정받는 세상이 되어 버렸다. 그것은 "인생의 성공을 재는 자막대로 오직 '돈' 하나만이 남은 오늘세상에서 우리세 죽마지우의 인생들을 재어볼 때 P와 나는 실패요, 오직 K 한사람만이 성공이었다"(101)라는 문장에서도 확인할 수 있다.[29]

김사량의 「향수」는 「죽마지우」에 잘 나타난 것처럼, 이상적인 가치의 추구가 불가능해진 일종의 암흑기라고 할 수 있는 중일전쟁 직후의 북경

28 주요섭, 「竹馬之友」, 『여성』, 1938.

29 비둘기(자연)와 공원(일상)을 사랑하는 C는 말할 것도 없이 K보다는 P를 긍정적으로 생각한다. 그것은 자신을 "K군이 생각하는 것처럼 그렇게 몹시 불행하다고는 생각"(100) 하지 않으며, "저 K군이 과연 P군보다 더 잘란 사람일가?"(99)라고 반문하는 것에서도 드러난다. 무엇보다 C는 과거 순수했던 기억을 소환함으로써, K군이 타락한 것으로 설명하고 있다.

을 배경으로 하여 김사량만의 고유한 정치의식을 펼쳐 보이고 있는 작품이다. 「향수」에 나타난 향수의 특성을 보다 분명하게 드러내기 위해 이 글에서는 비슷한 시기 북경을 배경으로 하여 비슷한 유형의 주인공을 내세운 정비석의 「이 분위기」(『조광』, 1939.1)도 함께 살펴보고자 한다.

2. '사상'과 '인간'을 의식케 하는 향수—가야와 옥상렬의 향수

주지하다시피 김사량의 「향수」는 처음 『문예춘추文藝春秋』(1941.7)에 발표되었다가 작품집 『고향』(甲鳥書林, 1942.2)에 개작되어 수록되었다.[30] 개작된 것 중에서 가장 많은 변모가 일어난 것은, 170면의 5행부터 17행까지의 부분이 새롭게 첨가된 것이다.[31] 이것은 작가가 이 부분을 소설의 전체적인 방향과 관련하여 중요하게 생각했다는 방증이라고 할 수 있다. 이 부분을 옮겨보면 다음과 같다.

30 「향수」의 개작양상에 대한 연구로는 곽형덕의 「김사량작 「향수」에 있어서의 '동양'과 '세계'」(『현대문학의 연구』 52집, 2014, 229~234면)와 이양숙의 논문 「일제 말 북경의 의미와 동아시아의 미래－김사량의 「향수」를 중심으로」(『외국문학연구』 54집, 2014.5, 205・192~193면)을 들 수 있다.

31 「향수」는 처음 『문예춘추』(1941.7)에 발표되었고, 이후 작품집 『고향』(甲鳥書林, 1942.4)에 수록되었다. 이 과정에서 부분적인 개작이 이루어졌다. 한국에는 잡지에 발표된 판본(이경훈 편역, 「향수」, 『한국 근대 일본어 소설선 1940~1944』, 역락, 2007)과 작품집에 수록된 판본(김재용・곽형덕 편역, 『김사량, 작품과 연구』 1, 역락, 2008)이 모두 번역되어 있다. 본고에서는 잡지본을 참고하되 작품집에 수록된 「향수」를 기본으로 하여 논의를 펼치고자 한다. 앞으로의 작품 인용시 본문 중에 면수만 표시하기로 한다.

누님은 나라에서도 쫓겨나고 주의 사상으로부터도 배반당하고, 사랑하는 외아들마저 떠나가 버렸다. 결국 유일하게 의지할 수 있는 남편에게도 버림을 받아 아름답던 몸과 마음도 마약중독으로 버린 채, 결국에는 아편 밀매까지 하고 있다는 이 무서운 사실을 생각하면, 그는 어찌해도 자신의 혼을 바쳐 통곡하지 않을 수 없었다. 무엇보다도 그는 누님과 매형이 지금까지는 어떤 사상적인 잘못을 했다고 하더라도 인간으로서는 하늘을 우러러 보아도 땅에 엎드려도 한 점 부끄러움이 없는 훌륭한 생활을 해왔을 것이라고 생각했고, 또 그것을 바라고 있었다. **인간적으로 먼저 구원 받는 몸이 될 때 비로소 사상적으로도 주의적으로도 구원을 받을 수 있는 것이 아니겠는가.** 그것을 생각하면 누님의 얼굴을 보는 것만으로도 절망 속에, 또 그것에서 벗어나려고 하는 육친의 애정에서 오는 번민으로 눈물이 먼저 쏟아져 나올 것 같아 어떻게도 할 수 없었다.(170)

위의 인용문에는 이현이 북경에 사는 누나와 옥상렬을 바라보는 하나의 기준이 제시되어 있다. 그것은 '사상(주의)'과 '인간'이라는 두 가지 개념의 미묘한 관계 속에서 성립한다. 옥상렬은 윤장산의 옛 부하로서 조선인 사이에 그 용맹이 알려진 행동대장이었다. 그러나 지금 그는 전향하여 특무기관에서 일하고 있다. 옥상렬은 스스로도 과거의 "옥상렬은 이미 죽어버렸다네"(165)라고 이야기한다. 만주사변이 일어나고 "일본 군대의 위세 높은 행진 나팔소리가 울려 퍼"(166)질 때부터 옥상렬의 생각은 달라지기 시작한 것이다. 그는 분명히 "전향"(167·169)한 인물이며, 이것은 '사상'을 버렸다는 의미이기도 하다.

옥상렬은 단순하게 생존을 위해 체제에 영합한 인물이 아니라 뚜렷한 자의식에 따라 '전향'을 한 인물로 보아야 한다. 그것은 옥상렬이 이현을 처음 보았을 때부터, "지금도 끊이지 않고 자기문답自己問答, 자기회의自己懷疑, 자기제시自己提示 속에서 자신의 새로운 결의가 옳았음을 확신하고자 몸부림치고 있는 것"(167)에서도 확인할 수 있다. 옥상렬은 '사상'을 버린 이유가 다름 아닌 바로 '인간'을 포기하지 않기 위해서라는 점을 강조하고 있다. 옥상렬은 자신이 전향한 이유가 조선인은 물론이고 중국인과 일본인을 위해서라고 주장한다. 망명객에게는 지켜야 할 최소한의 "철통과 같은 규칙"(169)이 있는데, 그것은 아편을 해서도 안 되고 다른 나라 사람들에게 아편을 팔아서도 안 된다는 것이다. 옥상렬은 바로 이 규칙을 지키기 위해 자신이 "전향"(169)한 것이라고 주장하는 것이다.

옥상렬은 자신이 '사상'은 포기했을지언정 '인간'은 포기하지 않았다는 사실을 이현에게 인정받기 위해 애쓴다. 이현에게 "내가 어떤 사내인지 보여 줘도 되겠나?"(184)라고 물으며, 자신은 가야가 중국인들을 상대로 아편 밀매를 하는 것을 속속들이 알고 있지만, 자신이 그것을 "어디에도 밀고하지 않고 있"(185)다고 말한다. 이어서 옥상렬은 "지도자 윤 선생님의 부인까지 이러한 일을 하지 않으면 안 된다고 한다면, 나는 그 혁명운동에 피로 된 침을 뱉고 싶다네. 피로 된 침을……"(187)이라는 격한 발언까지 덧붙인다. 이 말 속에는 자신이 "아무리 힘들어도 아편을 해서는 안 된다. 또한 아편을 팔아서 지나인의 피를 빨아 들여서도 안 된다"(169)는 망명객의 "철통과 같은 규칙"(169)을 지켜냈다는 강한 자부심이 담겨 있다. 그러나 옥상렬은 과거의 동지들을 감시하는 일을 함으로써, 중국인과 일본인에게 아편 판매보다 더 큰 피해를 주고 있는 인간이기도 하다.[32] 그렇기에 '인간'을 지키기 위해 '사상'을 포기했다는 그의 주장(의도)과는 달리 그는 결과적으로 '사상'과 '인간'을 모두 포기한 인간(결과)으로 귀결되었다고 말할 수 있다.

가야는 결코 전향한 인물로 볼 수는 없다. 그녀는 아예 사상이라는 범주 자체가 무화된 삶을 살아가고 있기 때문이다. 그러나 옥상렬이 말한 '철통과 같은 규칙'에 비추어본다면, 그녀는 '인간'을 포기한 삶을 살고 있다고 할 수 있다. 그렇다면, 그녀는 '인간'을 포기하면서까지 '사상'을 지켜낸 것이라고 말할 수 있을까? 실제로 그녀는 옥상렬과는 달리 일제의 권력과는 무관한 삶을 살고 있다. 그것은 이현과 함께 북경 관광을 할 때에, 이현의 고교 시절과 대학생 때 친구였던 이토 소위를 만나는 장면에서 분명하게 드러난다. 가야는 이토 소위를 비롯한 서너 명의 일본군인들을 보자 안절부절 못한다. 이것은 아편 밀매자라는 신분 때문이기도 하지만, 가야가 일본의 힘과는 무관한 삶을 사는 존재라는 사실과 무관하지 않다. 가야는 결국 일본군으로부터 도망치고, 이현은 자신도 의식하지 못하면서 일본말로 애타게 누나를 부르며 달려가지만, 그럴수록 가야는 더욱 필사적으로 도망쳐 버린다.[33]

---

32 김재용은 옥상렬의 이러한 모습을 날카롭게 파악하고 있다. "북경이 일본 제국의 수중으로 떨어진 상황에 절망한 나머지 독립의 꿈을 접고 일본 제국의 앞잡이인 특무일을 하게 된다. 아편 밀매업을 하면서 살아가는 이현의 누나를 보살피는 척하면서 조선인들의 일거수일투족을 감시한다. 밀매업 자체가 불법이기 때문에 당국에 고발할 수 있지만 이것은 일본의 식민주의 자체를 파괴하고 저항하는 운동과는 전혀 관계가 없는 것이기 때문에 옛정을 생각하여 눈감아주는 척 하면서 사실은 과거 운동자들이 주변을 감시하는 일을 더욱 용의주도하게 하는 인물이다."(김재용, 「일제 말 김사량 문학의 저항과 양극성」, 『김사량, 작품과 연구』 1, 역락, 2008, 423~424면)

33 가야가 일본어에 대해 느끼는 엄청난 공포도 노스탤지어와 관련하여 이해할 수 있다. 고향이 상실된 현대세계에서 대부분의 실향인들이 고향으로 간주하는 것이 바로 그들의 모국어, 즉 말이기 때문이다.(김광기, 「멜랑콜리, 노스탤지어, 그리고 고향」, 『사회와 이

이러한 가야의 모습은 최명익의 「심문心紋」(『문장』, 1939.6)에 등장하는 전향자 현혁玄赫의 심리와 흡사하다.[34] 「심문」의 현혁은 한때 "젊은 투사로, 지도 이론분자로 혁혁한 적"[35]이 있던 인물이지만, 현재는 아편중독자로 전락하였다. 더군다나 현혁은 과거부터 그를 숭배하던 여옥如玉이 힘들게 벌어온 돈으로 아편을 먹고 있다. 현혁은 자신이 아편을 하는 이유가 "자포자기"(26)에서 비롯된 것이라고 말하는데, 이때의 자포자기는 다음의 인용문에서처럼 자신과 같은 처지에서 체제에 타협한 사람들과는 다른 선택의 의미가 있는 것으로 이야기된다.

> 신병이나 빈곤은 그리 쉽게 마음대로 안되 는 것이지만, 자포자기를 하고 않는 것은 각자 그 사람에게 달렸다고 생각합니다. 나와 못지않은 역경에서도 칠전팔기란 말 그대로 자기의 운명을 개척해 나가는 친구도 많었읍니다. 百八十도의 재주넘이를 해서라도 새 길을 찾은 옛 동지도 있읍니다. 이 말은 결코 야유가 아닙니다.
>
> 그런데 나만은 자포자기를 하였읍니다.(26)

론』 23집, 2013.11, 173면) 데리다는 모든 절대적인 이방인들이 "말이, 그것도 모국어가 (그들에게 있어) 최후의 고향, 심지어는 최후의 안식처가 된다는 것을 흔히 인정한다"며 모국어(말, 언어)가 현대의 이방인들에게 유독 눈에 들어온 고향임을 주장하고 있다. 데리다는 한나 아렌트가 "언어를 제외하고는 더는 자기가 독일인이라는 것을 느끼지 못한다"고 답한 것도 상기시킨다.(위의 글, 199면에서 재인용)

34 김윤식은 「심문」이 전향의 초극방식을 보여주고 있으며, 그것은 현혁의 "철저히 자굴해 보임으로써 전향자로서의 자책감을 보상하고자 하는 삶의 방식"(김윤식, 『한국근대문학사상사』, 한길사, 1984, 304면)으로 나타난다고 보았다. 김윤식이 말한 자굴해 보이는 방식은, 현혁의 "내 자신을 내가 철저히 모욕하는 것으로 받은 모욕감을 씻처볼 밖에 없읍니다"(44)와 같은 말에서 확인해 볼 수 있다.

35 최명익, 「心紋」, 『문장』, 1939.6, 24면.

현혁이 '백팔십百八十도의 재주넘이를 해서라도 새 길을 찾은 옛 동지'들과 다른 선택으로 아편중독자가 된 것과 같은 맥락에서, 가야도 과거의 사상을 견지하는 차원에서 아편중독자(동시에 아편밀매자)가 된 것으로 이해할 수도 있는 것이다. 그러나 작가 김사량이 작품집에 수록하며 가장 많이 개작을 한 인용대목 중의 핵심구절인 '인간적으로 먼저 구원 받는 몸이 될 때 비로소 사상적으로도 주의적으로도 구원을 받을 수 있는 것'이라는 기준에 의거한다면, 중국인 걸식 노인에게까지 아편을 파는 가야의 삶은 '사상'과는 거리가 먼 것이라고 할 수 있다.

옥상렬이 '사상'을 버리고 '인간'을 취하려고 했지만 결국 두 가지를 모두 잃어버렸다면, 가야는 '인간'을 버리고 '사상'을 취하려고 했지만 결국에는 두 가지와 모두 거리가 멀어지고 만 것이다. 결과적으로 그들은 '인간'과 '사상' 모두를 버린 인간들로 전락하였다. 그러나 그들이 의식적으로는 '인간'과 '사상'이라는 두 가지 가치 중에서 자신이 우선시하는 하나의 가치를 지키기 위해서 최선을 다한 인간들이라는 점도 놓쳐서는 안 된다. 여기서 주목해 보아야 할 것은 가야와 옥상렬 모두 노스탤지어를 느낀다는 점이다. 이들은 모두 향수 속에서만 북경에서 얻지 못하는 삶의 안정감을 느낀다.[36]

가야는 이현과의 북경 관광에서 처음으로 인간적인 체취가 느껴지는 모습을 보여준다. 이현은 "누님이 옛날의 다정다감한 마음을 서서히 되찾고 있는 것 같"(172)다고 여기며, "그녀가 모처럼 부드러운 기분을 갖게"(172) 되었다고 여긴다. 천안문, 중산 공원, 남해, 중해, 자금성을

---

36 최명익의 「심문」에서도 현혁은 "아편연기 속에서 지난 꿈을 전망하는 것이 얼마나 황홀하고 행복스러운지 모른다고"(35) 느끼는 인물이다.

아우르는 이 관광의 중심에는 "북해공원北海公園 원탑의 하얀 색"(171)이 중심에 놓여 있다. 조선 민족의 중요한 특징으로 인식되어 온 하얀색과 관련된 '하얀색의 원탑'은 이 북경 관광 부분에서 무려 세 번이나 반복해서 등장하는 것이다. 결국에는 가야의 제안으로 둘은 흰 탑 위에 올라가고, 그곳에서 "저 위에서 바라보면 마치 이 삼해가 조선의 지도와 아주 비슷하게 보인단다. 나는 가끔 저기에 올라가서 고향에 돌아온 듯한, 꿈과 같은 기분에 젖어든단다"(173)며 자신의 향수를 아낌없이 펼쳐 놓는다. 북경(중국)을 조선으로 치환했을 때, 가야는 비로소 '꿈과 같은 기분'을 느낄 수 있는 것이다. 그리고 가야가 느끼는 향수의 의미는 이현을 통해 다음과 같이 의미부여가 된다.

> 역시 누님은 때때로 참을 수 없을 정도로 조국에 돌아가고 싶은 향수를 느끼고 있는 것인가. 그렇게 생각하자 현은 문득 놀라면서, 그렇다. **누님은 옛날의 아름다운 마음과 영혼의 고향으로 돌아가고 싶어하고 있는 것이로구나, 이것이 어쩌면 그녀가 무턱대고 절망하고만 있지 않고 나락 속에서 다시 자신의 몸과 마음을 구하려고 하는 모습일지도 모른다.**(173)

작품 전체를 통하여 유일하게 가야가 안정감과 평화를 느끼는 것은 이처럼 고향을 떠올리는 순간뿐이다. 이것은 노스탤지어가 실재효과를 불러와 존재감을 확인시켜주고, 자신의 불확실한 주체성을 정박시킬 고정점을 확보해주는 것과 관련된다.[37]

---

37 노스탤지어는 상징적으로는 고향, 시간적으로는 과거, 존재론적으로는 실재에 대한 열망이지만, 오직 이 고향과 과거와 실재와 '상상적으로만' 만나는 한에서 실재를 체험한

옥상렬이 이현에게 하는 마지막 말 역시 향수에 대한 것이다. 그는 평안남도 강서에 살고 있는 아들 부부와 처에게 각각 구두 두 켤레와 돋보기안경을 전달해달라고 부탁한다. 그리고서는 마치 최후 증언을 하는 죄인과 같은 비장한 모습으로 "실은 나에게도 정말로 강렬한 향수鄕愁가 있다네"(187)라고 고백하는 것이다.

흥미로운 점은 가야와 옥상렬 모두 귀향의 거부 혹은 불가능성을 인지하고 있다는 사실이다. 그들은 자신의 향수가 결코 실현될 수 없는 상상 속의 감정이라는 것까지 깨닫고 있다. 가야는 자신의 삶이 이현에게 알려진 것을 알고서는 "단지 고향에 돌아가서 어머니께 이 가야 부부와 손자 무수는 이미 북경에는 없었다고 말해 주렴"(189)이라고 말한다. 이것은 귀향을 포기한 마음에서만 가능한 발화라고 할 수 있다. 옥상렬 역시 이현에게 "얼마나 변했는지 고향에 한번 가보고 싶네. 그러나 그것이 평생 나에게는 불가능하다네"(188)라고 말한다. 가야나 옥상렬 모두 귀향을 거부하고 있는 것이다. 이것은 이들의 향수가 '부재하는 빈 구멍'에 대한 정념인 노스탤지어에 바탕한 것임을 증명한다고 볼 수 있다.

「향수」에서 가야와 옥상렬이 귀향하지 않는 것은 오히려 진짜 고향을 유지하는 방법일 수도 있다. 그들이 노스탤지어의 대상으로 삼는 조선은 북경과 다를 바 없는 '현재의 시공'이 아니라, 그들이 독립지사로서 자신들의 청춘을 보내던 '과거의 시공'인 것이다. 이들에게 향수는 귀향의 불가능성으로 인해 성립하는 것이며, 향수야말로 북경에서 살

듯한 효과를 유발하기 때문이다. 실재효과는 존재론적 불안을 종식시킨다.(김홍중, 앞의 글, 163~164면)

아가는 이들에게 최소한의 양심을 유지하게 해주는 힘이 된다. 향수는 실제 그들의 존재방식과는 다를지라도, 그들이 '사상'(가야)과 '인간'(옥상렬) 중의 한 가지 가치만이라도 견지하려는 의지의 근원적인 힘이 된다고 볼 수 있다. 본래 향수는 이상적인 과거에 존재했다고 상상되는 조화에 대한 그리움을 통하여 현재에 대한 비판과 부정의 의미를 함축하며, 동시에 미래에 대한 소망까지 보여주는 것이다.[38]

3. '문화'를 발견하게 만드는 향수—이현의 향수

이현은 「향수」의 유일한 인물초점자로서 그가 느끼는 향수는 이 작품의 주제의식과 직접적으로 연결되어 있다. 이 작품은 이현이 북경행 직행열차를 타고 누나를 만나러 북경에 가는 것으로 시작된다. 이 여로의 동기는 "지나 고미술 시찰"(148)[39]과 3・1운동 이후 망명과 유랑의

38 리타 펠스키는 "향수는 동시에 유토피아가 될 수 있다. 상상된 미래의 맞은편에는 곧 상상된 과거가 있다"라는 Malcolm Chase와 Christopher Shaw의 말을 인용하면서, 향수적 욕망은 "타락하기 이전의 상황에 있었을 것으로 상상되는 조화를 이루어내지 못한다는 이유로 현대를 강력하게 비난할 수 있는 힘을 모을 수도 있다. 즉 과거에 대한 동경은 대안적 미래를 건설하려는 적극적인 시도를 낳기도 하며, 이때 향수는 단순히 보수적인 목적에 이용되는 것이 아니라 비판적인 목적에 기여하게 된다"(Rita Felski, 김영찬・심진경 역, 『근대성의 젠더』, 자음과모음, 2010, 117~118면)고 주장한다.

39 '지나 고미술 시찰'은 "조선의 고려나 이조(李朝) 시대 도자기를 지나의 송(宋), 명(明) 시대의 것과 비교연구할 목적"(151)에서 비롯된 것이다. 따라서 '지나 고미술 시찰'의 진짜 이유는 "조선의 과거 예술 유산에 대해 강한 애정과 함께 연구를 해보고 싶은 욕심"(152) 때문이라고 볼 수 있다.

길을 떠난 누님 부부를 만나러 가는 것 두 가지이다. 두 가지 목적은 모두 '지금-이곳'에 대한 당혹감에서 비롯된 정념이며 과거의 대상을 향해 있다는 점에서 향수에 해당한다. 전반부까지 두 개의 향수 중에서 보다 중요한 것은 누나와 관련된 "실로 이십여 년 전의 기억을 더듬으며 만나러 가는 것"(148)이다.[40] 이때 '이십여 년 전 기억'으로 이현이 떠올리는 것은 "어머니와 누님도 화살처럼 군중들 속으로 뛰어 들어갔"(148)던 3·1운동과 관련된 일이다. 3·1운동에 적극적으로 참여했기 때문에, 누나와 유명한 독립운동가인 매형 윤장산이 망명과 유랑의 길을 떠나게 된 것이다.

현재 이현도 자신의 정체성과 진로에 대해 많은 고민을 하고 있는 상태이다. 요즘 들어 이현은 "조선의 과거 예술 유산"(152)에 대해 강한 애정과 연구열을 품고 있는데, 이것은 사상에 심취해 있었을 당시에는 "그렇게 절실한 것으로 생각되지"(152) 않았던 일이다. 더 이상 사상에 리비도를 쏟을 수 없는 상황에서 이현은 '조선의 과거 예술 유산'에 관심을 갖게 된 것이고, 이와 같은 맥락에서 '3·1운동과 관련된 누나 부부의 20년 전 기억을 더듬으며 만나러 가는' 이 여로 역시 시작되었다고 할 수 있다. 누나 부부를 찾아가는 것은 조선에서는 더 이상 기대할 수 없는 새로운 방향성을 찾으려는 시도에 해당한다.

그러나 일제 말기 일본어 소설로 쓰여진 소설답게 이 작품은 표면적으로는 그렇게 단순하지 않다. 그것은 이현의 내면이 시대와 타협하지

40 '조선의 과거 예술 유산'과 '누님 부부를 만나는 것' 중에서 후자가 더욱 중요한 북경행의 이유라는 것은 "지나 고미술 시찰 때문이라고 하는 것도 반드시 거짓이라고는 할 수 없었다. (…중략…) 이번에 누님 가족을 만나러 가는 길에 적어도 이삼 일 정도 북경을 둘러보고 오려고 내심 기대하고 있었다"(151)라는 부분에서 확인할 수 있다.

않는 새로운 방향성을 찾으려는 것과 함께 누나 부부를 구제하겠다는 체제 협력적인 의식도 함께 발화되는 이중적인 양상을 통해 확인할 수 있다. 이현이 북경을 향하는 심정을, "누님이 이미 황군의 손에 넘어간 북경 성내에 현재 살고 있다는 것, 그것이 그에게는 일종의 기이한 희망과 더불어 구제할 수 있다는 희열"(151)을 안겨주었다고 표현하는 것 등이 그 사례이다. 북경이 일본군의 손에 넘어갔다는 사실이 이현에게는 오히려 희망을 주고 있는 것이다. 이러한 이중성은 북경행 기차가 만주를 지날 때도 나타난다. 이현은 만주 벌판을 지배하던 고구려를 떠올리는 것과 동시에 조선인과 중국인이 건설적인 시기를 맞아 인간적으로도 생활적으로도 향상해 갈 것이라는 생각을 떠올리는 것이다. 후자의 마음은 "나는 또 한 사람의 완전한 일본국민으로서 북경으로 가고자 이 만주국을 횡단하고 있는"(154) 것이라거나 "훌륭한 군인으로 성장한 새로운 이토를 보고 눈부심을 느끼는 동시에 마음속으로 안도"(174)하는 표현 등과 나란히 놓여 있다. 이러한 표현은 시대 상황이 만들어 낸 겉치레 표현에 가까우며, 이것은 오다 마코토가 지적했듯이 김사량의 본심과는 거리가 먼 "노예의 언어"[41]라고 보는 것이 적당하다.[42]

무엇보다 김사량은 이 작품을 식민지인 조선인 독자도 아니고, 만주국 독자도 아니며, 윤함구의 중국인 독자도 아닌 일본 본토의 일본인을

41 오다 마코토, 앞의 글, 437면. 이어서 오다 마코토는 체제협력적인 말과 관련하여 이현은 "그러한 것을 생각지도 않았다고 하는 것은 상당히 노골적으로 나오고 있"(437)다고 주장한다.

42 안우식도 1941년 8월호에 발표된 『신조』의 월평 등을 인용하면서, 「향수」가 '나약한 것'과 표리관계를 이루는 "애매함이라는 형태를 통하여 당시로서 가능한 최대한의 저항을 행했던 것"(안우식, 심원섭 역, 『김사량 평전』, 문학과지성사, 2000, 154면)이라고 평가한다.

상대로 일본어로 쓴 것임을 잊어서는 안 된다. 이러한 제약 속에서 이 작품은 하나의 의장처럼 친일적 문장을 곳곳에 배치한 것으로 보는 것이 타당하다. 김사량이 결코 일제 식민주의에 일방적으로 동조하지 않았다는 것은 「향수」의 창작에도 큰 영향을 주었던 김사량의 1차 북경 방문 이후 쓰여진 산문들을 통해서도 확인할 수 있다.[43] 「북경왕래」(『博文』, 1939.8)와 「에나멜 구두와 포로」(『文藝首都』, 1939.9)는 북경 방문에 대한 일종의 기행문인데, 여기서 핵심적인 사건으로는 중국인으로부터 낡은 구두에 에나멜을 바른 구두를 고도방cordovan 구두로 속아서 산 일이 등장한다. 이 일화는 여타의 친일적인 작가들에게는 중국의 열등성과 그들에 대한 식민지 지배에 대한 정당한 근거로 작용하기 너무나 좋은 소재라고 할 수 있다.[44] 그럼에도 김사량은 이것을 "게릴라전"(173)이라고 색다르게 의미 부여하고 있다. '게릴라전'이라는 말 속에는 중국인들의 불법적인 상행위가 횡행할 수밖에 없는 진짜 이유, 즉 일본의 침략이라는 사회 정치적 이유가 암시되고 있는 것이다. 이를 통해 중국인들의 행위에는 단순한 거짓을 넘어선 저항적 의미가 부여되고 있다.[45]

43 김사량은 북경을 세 차례 방문한다. 김사량은 1939년 3월 동경제국대학 졸업식에도 참여하지 않고 일주일 정도 혼자 북경을 여행하였다. 두 번째는 대동공업전문학교 교사를 하던 1944년 6월 중순부터 8월까지 약 3개월 동안 중국에 머물렀다. 세 번째는 '재지조선출신학도병위문단'의 일원으로 북경을 찾은 후에 태항산으로 탈출한 1945년 5월이다. (안우식, 심원섭 역, 『김사량 평전』, 문학과지성사, 2000) 「향수」는 첫 번째 북경 방문 이후 쓰여졌다. 김사량은 북경 방문의 체험을 직접적으로 담고 있는 두 편의 산문을 발표하였으며, 이들 산문과 「향수」 사이에는 많은 유사성이 나타난다.(곽형덕, 앞의 글, 216~223면)

44 식민지 시기 북경을 다녀온 지식인들이 남긴 글에는 몇 가지 공통점이 있다. 그들은 북경의 유적지와 유물에 대해서는 거대함과 위대함을 찬양하는 태도를 보이지만, 북경에 살고 있는 중국인들은 반개(半開) 내지는 야만의 형상으로 묘사하는 것이다.(이경재, 「한설야의 『열풍』 연구」, 『한국 프로문학 연구』, 지식과교양, 2012, 228~231면)

45 흥미롭게도 중국인을 향한 이러한 김사량의 태도는 한설야에게서도 발견된다. 한설야는

무엇보다 이현에게 누님은 현재의 문제를 해결해 줄 수 있는 향수의 대상이라는 점이 중요하다. 북경행 기차가 만주를 지나는 장면에 이어 이현은 "다시 누님 부부의 생활"(154)을 떠올리는데, 그것은 나라를 떠나기 전 "생활의 고통과는 도무지 거리가 먼, 대단히 행복한 생활"(154)로 회상된다. 누나는 여러 가지 계몽 활동에 적극적이었으며, 현이 여섯 살 적에 만났던 누나는 "정원에서 나비처럼 뛰놀고는 했"(154)던 것으로, 그 당시 삶은 하느님이 반드시 은총을 내려주실 "꽃이 한가득 필 무렵"(155)으로서 이상화되고 낭만화되어 있는 것이다. 이것은 윤장산의 제자였던 박준을 통해 누나 부부의 비참한 삶에 대한 이야기를 이미 들었다는 것을 생각한다면, 더욱 문제적이라고 할 수 있다. 이처럼 북경에서 이십여 년 만에 만날 누나는 이현이 현재 느끼는 무력함과 괴로움을 해결해 줄 존재, 즉 노스탤지어의 대상이다.[46]

그러나 이러한 북경행의 기대는 처참하게 무너져 내린다. 처음 만났을 때부터 지나복을 입은 누나는 살아 숨 쉬던 젊은 시절의 모습과는 너무나 동떨어져 있었고, 또한 상상 속에서 그리던 모습과도 너무나 달랐던 것이다. 아편중독에 빠진 누나의 모습을 보고서는 아예 "이 사람은 진정 내 누님이 아니다. 망가진 누님의 껍데기일 뿐이다"(161)라고까지 여기게 되는 것이다.[47] 이현은 부하의 아내와 북경 성내를 도망다

『열풍』에서 중국인들이 불결하고 무질서한 행동을 하는 이유가 다름 아닌 "악마놈들이 침범한 어느 지경"(한설야, 『열풍』, 조선작가동맹출판사, 1958, 63면)에서 비롯된 것이라고 설명한다.

46 사소한 것일 수도 있지만, 누나의 흔하지 않은 한국 이름인 가야(伽倻)의 한자는 사라진 고대 왕국 가야(伽倻)의 한자와 같다.

47 이렇게 된 이유로는 무엇보다도 남편 윤장산과 아들 무수의 변모를 들 수 있다. 아들 무수는 "자신이 종군하면 만에 하나 나쁜 일이 생겼을 때라도, 그로 인해 우리 부부의

닌다는 매형 장산의 이야기를 들은 다음부터 너무나도 큰 충격으로 인해 "의식조차 몽롱해져"(164) 간다. 그 이후 옥상렬로부터 가야가 아편 밀매까지 하고 있다는 말을 듣고는 "고열이 화기처럼 올라오고 전신이 뜨거워져 의식마저 잃어버릴"(169) 지경에 이른다. 또한 이토 소위와의 만남을 통해 이현은 북경에서 어떠한 존재감도 없이 비체(abject)화된 누나의 실체를 분명하게 확인한다. 누나를 통해 새로운 삶의 가능성을 모색하고자 했던 이현의 기대는 이제 완전히 사라진 것이다.

이 순간 서술자조차도 "갑자기 생각난 듯이"(176)라고 표현할 정도로, 별다른 현실적 맥락도 없이 이현은 인력거에 올라 경내의 노점에서 한 달에 이틀 정도 골동품 시장이 열린다는 융복사隆福寺에 가자고 외친다.[48] 이 갑작스러운 골동품 시장행은 향수라는 맥락에서 바라볼 때, 가장 이해하기 쉽다. 20년 전 누님의 모습을 찾아 온 북경에서 이현은 자신이 꿈꾸었던 것과는 완전히 다른 모습의 누나를 발견하며, 이를 통해 이현은 사상과 관련하여 더 이상 어떠한 것도 기대할 수 없다는 것을 뼈저리게 깨달은 것이다. 이 순간 이현은 '조선의 문화예술'에 대한 강렬한 향수에 압도당한 것이라고 볼 수 있다. 3장의 앞부분에서 밝힌 바와 같이 '조선의 문화예술'에 대한 향수 역시 이현이 처음 가지고 있던

죄가 조금이라도 가벼워질 것"(163)이라며 일본군 통역으로 나갔고, 장산은 가야를 버리고 감옥에 가있는 부하인 박준의 아내와 함께 북경 성내를 도망 다니는 처지로 전락한 것이다. 무수의 모습은 김사량이 산문 「에나멜 구두와 포로」에서 만난 M군과 유사하다. M군은 지금까지 산서 전선에서 통역자로 활약하는 청년인데, 그의 아버지는 옛날 "××운동으로 조선에서 망명해온 혁명가"(170)이며, 그는 노모를 부양해야 해서 난처해하는 입장이다.

48 결국 융복사에는 현재 서지 않는다는 인력거 차부의 조언에 따라 골동품 시장으로 유명한 유리창(琉璃廠)으로 향한다.

중요한 항수였지만,[49] 누나에 대한 기대로 인해 그동안 표면에 드러나지 않았던 것이다. 그러나 누나(옥상렬도 포함)의 모습에서 어떠한 가능성도 발견할 수 없게 된 상황에서 이현은 '조선의 문화예술'에 대한 향수에 자신을 맡기게 된 것이라고 볼 수 있다.

흑회색으로 그을린 골동품 가게가 늘어선 거리를 "어떤 환영을 쫓는 듯한 발걸음"(177)으로 이현은 걸어간다. 이현은 진정으로 자기를 구원해 줄 '어떤 환영'이 필요한 것이다. 이제 북경에 사는 누나를 통해서까지 3·1운동과 관련된 과거와의 단절이 분명하게 확인된 상황에서 이현은 그 텅 빈 스크린을 일정한 환상으로 채워야만 하는 절박한 필요에 맞닥뜨린 것이다.[50] 그 특수한 공간에서 이현의 눈을 사로잡은 것은 송대나 명대 도자기 사이에 놓인 오직 고려청자, 이조백자, 그리고 훼손된 질그릇과 같은 '조선의 것들'이다. 그 조선의 도자기들은 자신들이 하나의 '환상'이라는 것을 증명이라도 하겠다는 듯이, 하나같이 이현을 향해 조용하지만 절박하게 "혼의 신음소리"(177)를 내기 시작한다.

이현은 그 도자기들을 향해 "너희들은 역시 조선의 것이다. 고향 사람들의 안위와 애정을 희구하는 조선의 것이다"(178)라고 하여 선명하

49 해당 부분을 인용하면 다음과 같다. "그것이 오늘날에 이르러 보니, 사상은 짧고 문화는 길다는 생각이 들었다. 역사는 지금까지와 마찬가지로 주어진 궤도를 달릴 것이다. 세계도 또한 마찬가지로 지금부터도 자신의 운명 하에 전개될 것이다. 그러한 가운데 영구히 화려한 광채를 발해 왔던 조선의 독자적인 문화예술, 이런 고귀한 것을 학문적으로 연구하고 그리고 어떤 형태로든 발전시켜 보호하지 않으면 안 된다. 그에게는 아무래도 그것이 자신의 사명처럼 혹은 의무처럼 생각되기 시작했던 것이다."(152)

50 이 장면은 환상이란 텅 빈 표면, 즉 욕망의 투사를 위한 일종의 스크린으로 기능하는 공간이며, 환상 공간이 갖는 생생한 내용들의 매혹적인 현존은 단지 이 텅 빈 공백을 메우는 것에 불과하다는 지젝의 논의를 떠올리게 한다.(Slavoj zizek, 김소연·유재희 역, 『삐딱하게 보기』, 시각과언어, 1995, 27~32면)

게 민족적인 정체성을 부여한다. 나아가 자신에게 충격을 주고 있는 비체화된 누나 역시도 그 조선의 도자기들과 일체화함으로써 비로소 상징화하는 데에도 성공한다. 도자기에서 나는 비통한 울림 속에서 "도움을 청"(178)하는 "죽음과도 같은 누님의 신음소리"(178)를 듣게 되는 것이다. 이를 통해 누나의 구원 가능성이 비로소 개시된다고 볼 수 있다. 이현은 그 도자기를 사며, "극도의 흥분과 환희"(178)를 느끼고, 집에 돌아와서도 "병적이라고 말할 수 있을 정도로 흥분된 상태"(179)에서 한동안 벗어나지 못한다.

그러나 "고향 사람들의 안위와 애정을 희구"하는 존재로서의 '조선'은 실제 북경에는 존재하지 않는다. 그것은 숙소로 돌아와 잠을 자고 일어나서 듣게 되는 "커다란 소리의 조선어"(180)를 통해 곧바로 증명된다. 전선의 일본군을 따라다니며 시계 수선이나 매매를 하고 있는 조선인 사내는 "아무튼 황군이 공격한 후에 하루의 여유도 두지 않고 몰려가는"(180) 실제의 조선인을 보여준다. 이 남자의 이야기를 들으며 이현은 일본군 통역으로 전선에 나간 무수를 생각하고, 골동품점의 향수를 통해 애써 획득했던 새로운 가능성이 말 그대로 하나의 환상일 수도 있음을 깨닫게 된다.[51] 그것은 이현이 밤의 대책란 거리를 헤매다가 "돼지고기 국물을 마시고 있는 부랑민 모습의 남자"(183)을 보며, 혹시 "매형의 영락한 모습"(183)이 아닐까 하고 의심하는 대목에서도 확인

51 실제로 1940년 6월의 조사에 의하면 북경의 조선인들은 일본인과 직접 관련된 일에 많이 종사하였으며, 그중에서도 일본군 종사원은 760명으로 많은 수를 차지하였다. 이 중에는 운전수나 군통역도 포함되었으며, 특히 중일전쟁 이전부터 북경에서 살아온 한인들은 중국인의 생활과는 밀접한 관계를 가지며 중국어에 능통하였기 때문에 일본군이나 헌병대의 통역으로 많이 기용되었다.(손염홍, 앞의 책, 288~291면)

할 수 있다.

그러나 조선의 도자기들은 적지 않은 힘을 지니고 있다. 어머니가 위독하다는 전보를 받고 조선으로 떠나며 "조선의 그릇들"(190)을 정리하는 순간에, 이현에게는 다시 한번 "환청"(191)이 들려오는 것이다. 다시 떠오른 '환청'은 작품의 마지막까지 이현을 지배한다.

> "우리들은 외롭고 약한 것들입니다. 지금까지 얼마나 억눌려서 숨이 막혔는지 모릅니다. 우리들은 역시 우아하고 순정이 가득하며 근심 많은 조선 사람들의 것입니다. 어떻게든 그러한 마음과 눈으로 따뜻하게 지켜줄 사람들이 있는 고향으로 돌아가고 싶습니다. 도와주세요. 데리고 가 주세요."
>
> "그럼 그렇게 하고말고. 그렇게 하고말고. 데리고 가고말고. 너희들은 우리들의 것이다. 분명 우리들의 애정을 필요로 하고 있음에 틀림없어. 그렇고말고. 그렇고말고"라고 현은 왠지 다시 한 번 흘러나오는 눈물을 삼키면서 외쳤다.
>
> "내게는 슬프게도 지금 누님과 매형을 데리고 돌아갈 힘이 없단다. 아 하지만 나는 너희들을 버리지 않을 것이야. 그래 지금부터 우선 너희들과 함께 돌아간다. 돌아가는 것이다!"(191)

이 도자기의 환청을 통해 '우아하고 순정이 가득하며 근심 많은 조선 사람들'이라는 민족정체성은 다시 한번 구축된다. 이현은 '사상'이나 '인간'과는 구별되는 '문화'라는 가치를 통하여 조선인의 민족정체성을 재구축하는데 성공했으며, 동시에 누님(매형)과 옥상렬이 실패한 것과는 달리 일제 말기 조선인 지식인의 새로운 삶의 가능성도 제시하고 있는 것이다.

처음 북경으로 향하던 이현에게는 '조선의 과거 예술 유산'과 '누나'가 노스탤지어의 대상이었다. 이 중에서도 보다 큰 중요성을 가지는 것은 '누나'에 대한 노스탤지어였으며, 이를 통해 이현은 새로운 삶의 방향성을 찾고자 했던 것이다. 북경에서 이현은 가야 누나와 매형의 부하였던 옥상렬을 만나게 된다. 그들은 모두 '사상'과 '인간'이라는 가치를 부여잡고 시대의 진창을 건너려 했지만, 당대의 시공 속에서는 '사상'도 '인간'도 더 이상 추구할 수 없게 된 것이다. 그들은 자신들의 의도와는 달리 두 가지 중에서 어떠한 가치도 보유하지 못한 존재들로 전락해 버린 것이다. 이러한 상황에서 이현은 도자기로 상징되는 '문화'라는 가치를 통해 새로운 삶의 방향성을 찾으려 한 것이라고 할 수 있다. 이러한 과정을 거치며 이현은 민족적 정체성을 새롭게 구축하는 것은 물론이고 누나의 구원 가능성도 발견하며, 나아가 정체성의 위기에서 벗어나 "훌륭한 동아의 한사람, 세계의 한 사람"(192)으로 자신을 정립하게 되는 것이다.

그렇다면 이현이 대안으로 제시한 '문화'라는 가치를 김사량의 입장으로까지 연결지어 볼 수 있을까? 이와 관련하여 김사량이 북경을 방문하여 "미리 소개를 받은 전 문과교수 주작인周作人 씨를 만나려고 구내에 있는 북지문화협의회北支文化協議會라는 곳에 들"[52]렀다는 기록은 주목할 만하다. 이 당시 주작인은 대부분의 지식인들이 일제에 함락된 북경을 떠난 것과 달리 북경에 머무르며 고위 관료로 생활하였다. 이

52 김사량, 김재용・곽형덕 편역, 「북경왕래」, 『김사량, 작품과 연구』 2, 역락, 2009, 164면.

당시 주작인은 어떠한 가치보다도 중국의 '문화'를 소중하게 생각했다고 한다. 복단대학의 진사화는 "주작인은 문화적 포용력이 정치와 정권을 넘어선다"[53]고 여겼다고 보았으며, 동병월도 주작인이 윤함 시기 관료로 있으면서도 "유가사상을 대표로 하는 중국봉건전통문화를 대동아문화의 '중심'으로 내세워 일본문화를 '동화'시키려는 꿈을 꾸고 있었는지도 모른다"[54]고 주장했다. 나아가 동병월은 주작인이 한간漢奸이 된 비극은 "'정부국가'에 대한 배반과 '문화국가'에 대한 고수가 서로 충돌한 비극"[55]이라고 설명한다. 동병월은 주작인이 현대국민국가의 3대 요소인 영토, 주권, 국민 중에서 '국민'이라는 요소를 '문화'로 대체한 것이라고까지 주장하였다. 한마디로 주작인은 '국민'보다도 '문화'를 더욱 소중한 가치로 여겼다는 것이다.[56] 주작인의 문화적 가치에 대한 이러한 강조가 북경을 방문하여 주작인을 만나려 계획한 김사량의 사상과 유사성을 지닐 가능성도 고려해 볼 수 있을 것이다.

해방 이후 그 유명한 봉황각 좌담회에서 김사량은 이태준, 이원조, 한효 등으로부터 일본어 글쓰기를 한 것에 대한 신랄한 비판을 듣는다.[57] 이에 대해 김사량은 "문화인이란 최저의 저항선에서 이보후퇴 일

53 진사화, 「주작인에 관한 전기」, 『중국현대문학연구총간』 3호, 1991.
54 동병월, 「주작인의 부역과 문화관」, 『이십일세기』, 1992.10.
55 동병월, 「주작인의 '국가'와 '문화'」, 『중국현대문학연구총간』 3호, 2000.
56 진사화와 동병월의 논의는 장천의 「동아식민지 본토작가의 정치적 평가 문제」, 『중국해양대학교 해외한국학 사업단 제2회 국제학술회의 자료집』, 2016.4 참조.
57 이태준 : 朝鮮語抹殺政策에 協力해서 日本말로 作品活動을 轉向한다는것은 民族的으로 여간 重大한 反動이 아니었다고 봅니다. (…중략…) 이원조 : 나로서는 차라리 붓을 안들엇든 것이 올았다고 봅니다. 그러타고 해서 金史良氏를 攻擊하는것은 아닙니다. 한효 : 붓을 꺾고 아무것도 안 쓴 作家는 그들에게 無言의 反抗을 한 것이라고 생각합니다. (「문학자의 자기비판」, 『인민예술』, 1946.10, 45면)

보전진하면서도 싸우는 것이 임무"(46)라는 논리로 대응해 나간다. 이 답변에서 김사량은 자신을 "문화를 사랑하고 직히는 문학자"(46), 즉 "문화인"으로 규정하고 있음을 확인할 수 있다. 이 대목은 이현이 '인간'도 '사상'도 아닌 '문화'를 통해 일제 말이라는 전망 폐색의 시대를 견뎌내고자 한 것과 무관하지 않아 보인다. 「향수」에서 그 '문화'는 조선의 도자기들로 구체화되고 있으며, 그 도자기는 북경에서 최저생활을 해나가는 누님과 매형과 같은 조선 동포들을 의미하는 것이기도 하였다. 그렇다면, "조선의 진상 우리의 생활감정 이런 것을 '레알'하게 던지고 호소한다는 높은 기개와 정열 밑에서 붓을 들"[58]고 써내려간 일제 말기 김사량의 소설 창작은 그 자신이 생각한 '문화(도자기, 신음하는 동포들)'를 지키는 행위에 해당한다고 볼 수도 있을 것이다. 그것은 비록 '이보후퇴 일보전진'의 결과[59]를 낳을지라도, 자신의 전존재를 건 또 하나의 삶이었음은 분명하다.

58 김사량, 김재용·곽형덕 편역, 「소설집 『고향』 발문」, 『김사량, 작품과 연구』 2, 역락, 2009, 42면.

59 '이보후퇴 일보전진'의 모습은 「향수」의 결말부에서, 가야가 북경을 떠나는 이현에게 굳이 "아편 소매를 해서 쿨리나 차부, 순경(巡警), 부랑민, 거식자 등의 피와 함께 착취한 것"(191)임에 분명한 돈으로 차표를 사주자 그것을 거절하지 못하고 받아들이는 장면 등에서 암시적으로 나타난다.

4. 정비석의 「이 분위기」에 나타난 향수와의 비교

김사량의 「향수」에서 향수는 이현과 가야/옥상렬에게서 서로 상반된 양상으로 나타난다. 이현에게 향수는 최소한의 민족적 자기정체성을 유지하며 '문화'라는 가치를 발견케 하는 상상적 계기가 되고 있으며, 가야와 옥상렬에게는 자신들의 타락(전향)한 삶에 감춰진 씨앗과 같은 최소한의 양심을 의식케 하는 정념으로 작용하고 있었다.

「향수」에 나타난 향수의 의미를 보다 분명하게 이해하기 위해서는 비슷한 시기의 북경을 배경으로 하여 창작된 정비석의 「이 분위기」(『조광』, 1939.1)를 살펴볼 필요가 있다. 이러한 비교는 「이 분위기」 역시 「향수」와 마찬가지로 북경을 배경으로 하고 있으며, 작품의 주요 인물들 역시 향수와 관련된 반응을 보여주고 있기 때문에 가능한 것이다. 「이 분위기」에서 주인공이라고 할 수 있는 김지준은 향수를 철저히 거부한다. 이것은 김지준이 별다른 고민 없이 중일전쟁과 일제를 맹목적으로 지지하는 것과 결코 무관하지 않다.

중일전쟁 발발 무렵을 배경으로 한 「이 분위기」의 조선인들 역시 「향수」의 조선인들처럼 피폐한 삶을 살고 있다. 북경시민의 삼분지 일가량은 아편중독자이고, 조선사람의 30%가량도 중독자이다. 또한 민회 장부에 등록된 거류민이 삼천 명 정도인데, 그중의 97%가 실제로는 아편밀매업인 해륙물산위탁판매업을 하는 것으로 기록되어 있다.[60] 아

60 중일전쟁 직전 마약 유통을 하는 한인이 전체한인의 약 7~8할을 차지하였으며,(손염홍, 앞의 책, 231~232면) 이토록 마약밀매에 많은 한인이 종사했던 이유는 치외법권을 이

편과 무관하더라도 조선인들의 삶은 하나같이 부정적이다. 고려여관 주인 조춘택 영감이나 민회民會의 민회장과 같은 조선인 유력자들의 관심은 오직 자신들의 이권뿐이다. 마지막에 옥채에게 버림받은 병립이 구걸하여 번 돈으로 아편을 하는 모습은 이 북경이라는 지옥도의 정점이라고 할 수 있다.

지준의 시각을 통해 중일전쟁 직전의 북경은 한마디로 아무런 희망의 빛도 발견할 수 없는 암흑천지로 그려진다. 지준은 "결코 동포를 믿을배가 못되는 것을 알었다. 서로 싸우고 시기하고 말어먹고 하는 것이 외국사람들보다 더 야착스러웠다"[61]며, 그들은 "고향을 잃어버린 종속없는 집씨들"(369)이라고 여긴다. 다음의 인용문에서 알 수 있듯이, 조선인이 집시라면, "북경시민"(374)들은 집시를 넘어 짐승에 가까운 모습으로까지 표상된다.

> 황진에 싸인 채 누엿누엿 저므러가는 거리는 너무나 공막(空漠)하고도 회고적이었다. 더구나 지루한 한날을 찌는 듯한 더위에 물커져보내든 추잡한 목숨들이 혹은 웃통을 벗은 채 혹은 아랫뿌리를 내놓은 채 가가 앞에 즈른히들 나선 꼴이란 확실히 진기한 동물의 세계면 세계였지 인간사회라고는 도저히 볼 수 없었다. 게다라 호매상떼(呼賣商輩)들의 객을 부르는 알아듣지 못할 괴상한 억양의 고함소리는 그야말로 흡사 주린 동물의 부르지즘이었다.(377)

용하여 중국경찰의 검거를 피할 수 있다는 점과 일본 측의 방임이 결정적인 원인이었다. (위의 책, 254면)

61 정비석, 「이 분위기」, 『조광』, 1931.1, 369면.

김지준도 옥상렬이나 가야 그리고 이현 등과 흡사한 면이 있다. 지준은 북경에서 룸펜에 가까운 생활을 하고 있지만, 과거에는 "대학을 중도에 퇴학하고 사회운동에 오 년 동안 몸을 받쳤던 일이 있는"(367) 지식인인 것이다. 그러나 "소화 삼사 년 이후 사회운동이 쇠멸기에 들어오자 그곳을 나온 지준은 이내 고향인 황해도"(367)로 돌아간다. 그곳에서 부모는 전과자인 아들을 사랑하지 않았고, 눈칫밥을 먹던 지준은 "저도 모르게 북경땅을 밟게 되었"(367)던 것이다. 북경에 온 지 석 달이 지났지만 지준은 여관 구석에서 룸펜 생활을 하고 있을 뿐이다.

「이 분위기」의 지준이 「향수」의 주인물들과 가장 크게 차이나는 지점은 그가 향수 자체를 비판적으로 보거나 아예 부인하고자 한다는 점이다. 민회의 현서기가 고향에 돌아가고 싶다고 하자, 김지준은 "고향가믄 별수 있나요?"(374)라고 현에게 묻기도 하고, 현을 향해 "련민의 정"(374)을 느끼기도 한다. 이것은 지준이 자신을 향수에 젖은 현과는 구분하여 생각하는 모습에 해당한다고 볼 수 있다. 또한 이 작품에서는 아편 밀매업자이며 김지준을 사모하는 옥채가 "일종 향수병"(376)에 걸린 것으로 이야기되는데, 그녀는 지준에 의해 "좀버러지"(376)로 경멸받는다. 이 작품의 1장에서는 옥채를 초점자로 내세워 그녀가 얼마나 부도덕한 인물인지가 자세하게 그려져 있기도 하다.[62] 마지막으로 김지준은 술에 취해 북경 거리를 걷다가 "문득 고향의 초가을이 연상되여 수심가가 제풀에 울어나"(376)오는 모습에 놀라며, "향수에 병든 현서기를 비웃든 제가 저 모르게 수심가를 부르고 있음을 문득 깨닫자 자

62 그녀는 처음 팔십대의 노인에게 팔려가 첩살이를 하다가 병립에게 구원받아 북경까지 왔지만, 아편중독으로 폐인이 된 병립을 버린다.

조의 웃음을 픽 웃고나서"(376) 반사적으로 수심가 대신 즉흥시조를 대신 읊조린다. 이러한 일련의 모습은 김지준이 향수와는 의식적으로 거리를 둔 인물이라는 것을 보여준다.

향수에 빠지는 대신 지준은 "타기만만한 이 분위기"(377)를 변화시킬 "경천동지驚天動地할 변괴"(377)와 "심판"(377)을 기다린다.[63] 그리고 그에게는 너무나 다행스럽게도 그 대사건이 발생하고 만다. 그것은 노구교에서 일본군과 중국군이 정면충돌을 했다는 신문사의 호외를 보게 된 것이다. 이에 지준은 "아! 드디여—"(378)라며, "도야지떼처럼 주둥이를 내저으며 동으로 서로 음직이고 있는 저 무리들 우에 새로운 운명이 지금 바야흐로 닥처오고 있는 것이 아니냐? 지준은 인제 제게도 옥채에게도 새로운 운명이 엄습하여 옴을 느끼었다"(378)며 중일전쟁을 적극적으로 환영하는 모습을 보여준다. 북경에 닥쳐온 신체제에 대한 지준의 적극적인 환영과 향수에 대한 부정은 결코 무관하지 않으며, 이러한 지준의 모습은 김사량의 「향수」에 등장하는 인물들이 간직한 향수의 독특한 정치적 의미를 더욱 뚜렷하게 부각시킨다고 볼 수 있다.

63 다음 부분에서도 '심판'이라는 말은 반복해서 등장한다. "이 타성의 분위기가 언제야 소멸될 것인가? 이 땅은 마땅히 심판을 받어야 할 것만 같았다. 아니 그날이 이제 오래지 않어 필연적으로 올 것이다. 그날— 억센 힘이 있어 이 땅을 뒤흔드는 그날 지준은 어떤 역활을 해야 할 것인가?"(378)

5. 결론

이 글은 김사량의 「향수」에 나타난 노스탤지어의 정치적 의미를 살펴보고자 하였다. 이 작품에서 향수는 특정한 장면에만 등장하는 것이 아니라 기본적인 주제의식과 밀접하게 관련된 이 작품의 중핵이라고 할 수 있다. 이때의 향수는 '지금-이곳'에 대한 당혹감에서 비롯된 정념이라는 것과 부재하는 빈자리를 채우는 이상화되고 낭만화된 환상이라는 것을 기본 성격으로 한다. 옥상렬과 가야는 일종의 전도된 거울상들이라고 할 수 있다. 옥상렬이 '사상'을 버리고 '인간'을 취하려고 했지만 결국 두 가지 모두를 잃어버렸다면, 가야는 '인간'을 버리고 '사상'을 취하려고 했지만 결국에는 두 가지와 모두 거리가 멀어지고 만다. 그러나 그들이 의식적으로는 '인간'과 '사상'이라는 두 가지 가치 중에서 자신이 우선시하는 하나의 가치를 지키기 위해서 최선을 다한 인간들이라는 점도 놓쳐서는 안 된다. 여기서 주목해 보아야 할 것은 가야와 옥상렬 모두 노스탤지어를 느낀다는 점이며, 또한 향수야말로 북경에서 살아가는 이들에게 최소한의 양심을 유지하게 해주는 힘이 된다는 것이다. 본래 향수는 이상적인 과거에 존재했다고 상상되는 조화에 대한 그리움을 통하여 현재에 대한 비판과 부정의 의미를 함축하며, 동시에 미래에 대한 소망까지 보여주기 때문이다.

「향수」에 나타난 향수를 온전히 해명하기 위해서는 작품의 주인공이자 유일한 인물 초점자인 이현이 느끼는 향수도 해명되어야 한다. 처음 북경으로 향하던 이현에게는 '조선의 과거 예술 유산'과 '누나'가 노스탤지어의 대상이었다. 이 중에서도 보다 큰 중요성을 가지는 것은 '누나'에 대한 노스탤지어였으며, 이를 통해 이현은 새로운 삶의 방향성을 찾고자 했던 것이다. 그러나 북경에서 만난 가야 누나와 옥상렬은 '사상'과 '인간'이라는 가치를 부여잡고 시대의 진창을 건너려 했던 것과는 달리, 당대의 시공 속에서는 '사상'도 '인간'도 더 이상 추구할 수 없음을 증명하는 존재로 전락해 있다. 이러한 상황에서 이현은 도자기로 상징되는 '문화'라는 가치를 통해 민족적 정체성을 새롭게 구축하는 것은 물론이고 누나에게 받은 충격도 받아들일 수 있게 된다. 이를 통해 이현은 정체성의 위기에서 벗어나 "훌륭한 동아의 한사람, 세계의 한 사람"(192)으로 자신을 정립한다. '인간'이나 '사상'이 아닌 '문화'라는 가치를 통해 일제말의 엄혹한 시대를 헤쳐 나가려 한 이현의 모습은, 여러 가지 상황을 종합해 볼 때 작가 김사량에게로 확장시켜 볼 수 있다.

「향수」에 나타난 향수의 정치적 의미는 비슷한 시기의 북경을 배경으로 하고 있으며, 작품의 주요 인물들 역시 향수와 관련된 반응을 보여주고 있는 정비석의 「이 분위기」와 비교해보았을 때 그 성격이 보다 분명해진다. 「이 분위기」에서 주인공이라고 할 수 있는 김지준은 향수를 철저히 거부하며, 이것은 김지준이 별다른 고민 없이 중일전쟁과 북경에 닥쳐온 신체제를 맹목적으로 지지하는 모습으로 연결된다. 이러한 지준의 모습은 중일전쟁 직후의 상황에서 나름의 가치를 지켜나가고자 몸부림치는 「향수」의 여러 인물들이 모두 향수에 빠져 있는 것과는 크게 대비되는 모습이라고 할 수 있다.

(2016)

일제 시기 수많은 지식인들이 찬양했던 북경의 문화유산들

곤명호

만리장성

자금성

이화원

천단

천안문

제3부

서울과 한국 현대문학

1910년대 경성의 빛과 어둠
이광수의 『무정』

1920년대 경성의 거리
현진건 「운수 좋은 날」

1930년대 경성의 높이
이상의 『날개』

식민도시 경성, 이중도시 경성
유진오의 「김강사와 T교수」

1940년대 해방된 서울의 아픔
계용묵 「별을 헨다」

1950년대 서울의 방황과 모색
이범선의 「오발탄」

1960년대와 공동묘지
이문구의 「장한몽」

1970년대와 아파트 시대의 개막
최인호의 「타인의 방」

제1장

1910년대 경성의 빛과 어둠

이광수의 『무정』

이광수의 『무정』(『매일신보』, 1917.1.1~6.14)만큼 한국인이 많이 읽고 연구한 소설은 드물다. 이것은 『무정』이 최초의 한국근대장편소설이라는 영예만으로는 해결되지 않는 남다른 깊이와 넓이를 확보했기에 가능한 현상이다. 인물심리 묘사의 깊이, 근대적 연애관의 소개, 언문일치체로의 진전, 문명개화에의 지향 등 『무정』이 성취한 문학적 업적은 너무나도 지대한 것이지만, 그러한 성취의 목록 한편에는 단순한 지명이 아니라 근대적으로 분절 구획된 구체적인 삶의 공간을 형상화한 소설이라는 측면도 반드시 기록되어야 한다. 『무정』은 그 이전에는 찾아볼 수 없는 풍성하고도 정밀한 당대 여러 공간들(서울, 평양, 삼랑진 등)의 로컬리티locality를 주밀하게 반영하고 있는 것이다. 이들 공간에는 고유한 의미와 사상, 이념 등이 새겨져 있으며, 그것들은 서로 긴밀한 관계를 맺으며 『무정』의 전반적인 의미망을 형성한다. 『무정』은 시대에 따라 변하는 사회적 구성물로서의 공간이 지닌 뚜렷한 성격을 보여주는 최초의 소설이다.

『무정』은 1916년 6월 27일 오후 두세 시에 경성학교 영어 교사인 이형식이 양반 출신이며 장안의 부자로 소문난 김장로(김광현)의 딸 선형에게 과외공부를 가르치러 가는 장면으로 시작된다. 선형에게 과외를 가르치고 하숙에 돌아온 그날 저녁, 이형식의 하숙방에는 영채가 찾아온다. 영채는 고아가 된 형식을 길러준 박진사(박응진)의 딸이자 암묵적인 약혼자이다. 그러나 7년여의 시간이 흐르는 사이 박진사의 집안은 풍비박산이 났고, 형식의 하숙을 찾았을 때 영채의 신분은 기생에 불과하다. 미국유학이 보장된 김장로의 딸 선형이를 선택하느냐 은인인 박진사의 딸 영채를 선택하느냐의 그 유명한 삼각관계는 이렇게 탄생하며, 이 삼각관계는 단순하게 연애 상대자를 선택하는 것 이상의 의미를 지닌다. 그것은 '욕망(선형) 대 의리(영채)' 혹은 '근대(선형) 대 조선(영채)' 중의 어느 한쪽을 선택하는 문제에 연결되며, 이러한 고민은 1910년대 지식청년은 물론이고 20세기 이후 한국인의 가장 근본적인 고민에 해당한다고 보아도 과언은 아니다. 이 고민의 절박성과 보편성이야말로 이광수의 『무정』이 발표 당시는 물론이고 지금까지도 독자들로부터 뜨거운 반응을 얻는 가장 중요한 이유일 것이다.

이 삼각관계가 소설의 핵심적인 갈등 구조를 형성한 결과 『무정』은 자연스럽게 형식의 하숙집(교동), 김장로의 집(안동, 현재의 안국동), 영채의 기생집(다방골, 현재의 다동)을 중심으로 펼쳐지게 된다. 형식이가 근무하는 경성학교는 가상의 학교이지만 여러 가지 상황들을 고려할 때, 안동 네거리 근처에 위치했던 휘문의숙으로 추정된다. 『무정』의 주요 공간은 서울 그중에서도 조선인들이 집중적으로 모여 살던 북촌에 집중되어 있는 것이다. 여기에 덧붙여 영채가 배학감과 김현수에게 겁탈당하는 청량리의 청량사, 그리고 자살하러 가는 영채와 그 영채를 쫓아 가는 형식이 평양행 기차를 타는 남대문 정거장 등이 작품 속 서울의 주요한 공간으로 등장한다.

소설 속의 공간이 지닌 성격은 실제 역사적 공간의 성격과 일치한다. 김장로의 집이 있는 안동은 효자동, 궁정동, 삼청동, 가회동, 계동, 원서동과 더불어 북촌을 형성하며 조선 시대부터 양반 관료들이 주로 거주하던 곳이다. 영채의 기생집이 있는 다동 역시도 청진동, 서린동 등과 함께 기생이 주로 살던 곳이다.[1] 또한 영채가 겁탈을 당한 청량리는 전차로 인해 새롭게 탄생한 교외였으며, 당시에 "음부탕자들의 놀이터"[2]로 인식되고는 하였다. 형식은 교동, 안국동, 종로 우미관, 청년회관, 종각모퉁이, 광통교를 거쳐 영채가 사는 다방골을 찾아가는데 이 여로를 따라 종로 야시夜市의 풍경이 자상하면서도 정감 있게 펼쳐진다. 종로 야시는 『무정』이 연재되기 불과 6개월 전인 1916년 6월 21일부터 열리기 시작했으며, 종로 보신각 앞에서 파고다 공원 앞까지에 이르는 거리가 주요 무대였다. "시가의 은성殷盛"과 "내선인의 화충협동和衷協同"을 위해 열리기 시작한 종로 야시는 밤마다 일대 장관을 이루었다고 한다.[3]

1916년의 서울이 이제 막 근대로의 걸음마를 시작한 도시라는 사실은, 전차가 시내를 가로지르며 달리는 것과 달리, 그보다 빠른 자동차는 이형식의 머릿속에서만 달리는 장면에서도 드러난다. 이형식이 영

1 이존희, 『조선 시대의 한양과 경기』, 혜안, 2001, 119~120면.
2 정선태, 「청량리 또는 '교외'와 '변두리'의 심상 공간」, 『서울학연구』 36호, 2009, 83면.
3 유인혁, 「식민지 시기 근대소설과 도시공간」, 동국대 박사논문, 2015, 222면.

채를 배학감과 김현수 일당으로부터 한시라도 빨리 구하기 위해 자동차를 타는 일이 상상 속에서만 가능하다면, 전차는 이미 주요한 교통수단 역할을 톡톡히 하고 있는 것이다. 영채가 청량리로 갔다는 이야기를 들은 형식은 신우선과 함께 전차를 타고 종로에서 동대문까지 간 후에, 그곳에서 전차를 갈아타고 청량리까지 간다. 1899년 4월에 운행을 시작한 경성의 전차는 이미 1911년에는 시내 대부분의 전차노선이 복선화될 정도로 서울 사람들의 주요한 대중교통 수단이 되었던 것이다.[4] 동대문 근처의 발전소에서는 "쿵쿵쿵쿵" 하는 발동기 소리가 나고, 어둠이 내린 종각 모퉁이에서는 "아이스크림, 아이스크림"을 외치는 총각의 목소리가 들리기도 한다.

전차가 운행되던 1910년대 종로

4 아오야기 쓰나타로, 구태훈 · 박선옥 편역, 『100년 전 일본인의 경성 엿보기』, 재팬리서치21, 2011, 140~143면.

이토록 정밀하게 서울의 구석구석을 담아내고 있는 『무정』이지만 당시 서울 인구의 상당수를 차지하던 일본인과 그들의 거주구역인 남촌은 작품 속에 거의 드러나지 않는다.[5] 『무정』의 조선인들이 접촉하는 일본인은 주로 순사들이다. 김장로가 사는 안동에도, 형식의 하숙집이 있는 교동에도, 형식의 학교 앞에도 모두 파출소가 있다. 조선사학자로 오랫동안 경성에 살았던 아오야기 쓰나타로는 1915년에 출판한 『최근 경성 안내기』라는 책에서 매우 자랑스러운 목소리로 "총독부의 경비 방법은 주도면밀하고 빈틈이 없다"며 이로 인해 "오래도록 암운이 감돌고 침체 상태를 벗어나지 못했던 경성이 갑자기 만사가 확장되고 찬란한 광채를 발산하고 있다"[6]며 목소리를 높인다. 실제로 1916년 무렵 북촌을 관리하는 파출소만 18개가 있었으며, 이것과는 별개로 파출소 숫자에 버금가는 헌병주재소가 존재했다고 한다.[7] 1916년과는 비교할 수 없이 인구가 늘어난 2016년 현재 종로경찰서 관내에 13개의 파출소가 존재한다는 것을 고려하면, 무단통치기라고 불리던 당시에 일제가 얼마나 많은 경찰력을 조선에 집중했는지 쉽게 이해할 수 있다. 이처럼 사람들의 삶 곳곳에 침투한 경찰의 모습은 평양에서도 삼랑진에서도 확인할 수 있다. 『무정』에서 일본 경찰은 감시의 시선을 번득이는 무서운 모습을 보여주기도 하지만, 삼랑진 수해현장에서처럼 조선인들을 위해 온갖 편의를 봐주고 심지어는 조선인을 보며 눈물을 흘리는 따뜻한 모습을 보여주기도 한다.

5 1914년 당시 서울 거주 일본인은 66,024명이고 조선인은 187,236명이었다.(위의 책, 21면)
6 위의 책, 38면.
7 위의 책, 199~205면.

『무정』에서 봉건적 가치관과 습속에 젖은 구세대들은 확실한 부정의 대상일 뿐이다 벼슬과 색시만을 남자가 추구하는 유일한 삶의 가치라고 생각하는 하숙집 노파, 기생으로서의 봉건 윤리에 찌든 기생집 노파, 평양 칠성문 밖에서 본 "낡디낡은 탕건을 쓴 노인" 등이 모두 그러하다. 벼슬과 색시만 추구하는 이전 사람들과는 달리 월급날이면 금박 박힌 책을 사서 읽기를 즐기는 형식은, 이들에게 "더럽고 냄새 나는 물건", "낙오자", "더러운 계집" 등의 모욕적인 이름을 붙이는데 조금도 주저하지 않는다. 형식이 "순결열렬純潔熱烈한 구식여자舊式女子"라 칭하는 영채 대신 선형을 선택하는 것도 새로움, 즉 근대에 대한 지향에서 비롯된 것이라고 볼 수 있다. 『무정』에서는 형식이 처음부터 가난한 기생 영채가 아닌 부잣집 여학생 선형을 원했다는 것이 너무나 선명하게 드러나, 그 반대의 가능성은 생각할 수조차 없다.

그러나 『무정』은 통념처럼 근대(서양, 일본)에 대한 동경만으로 가득한 작품은 아니다. 『무정』은 근대의 긍정성에 대한 지향과 더불어 근대가 낳은 부정성에 대한 비판적 인식을 동시에 보여준다. 세상은 어느새 "돈만 있으면 사람의 몸은커녕 영혼까지라도" 사게 된 "돈 세상"이 되었으며, 화려한 물건들로 환한 선형의 집과 어두컴컴하고 볼품없는 영채의 방이 보여주듯이 돈을 기준으로 사람살이는 뚜렷하게 구분되는 것이다. 『무정』에는 돈이 낳은 이러한 부정적 현상에 대한 비판적 인식이 곳곳에 나타난다.

이것은 근대의 화신인 형식에 대한 비판에서 가장 잘 드러난다. 돈과 유학으로 표상되는 물질적 가치에 속박된 존재라는 사실이야말로 형식이 비판받는 가장 중요한 이유이다. 『무정』에는 표제이기도 한 '무정'

이라는 단어가 총 스물네 번 등장하는데, 이 중에서 열일곱 번은 영채의 고통스런 삶을 가리키기 위해 사용되고 있다. 흥미로운 것은 영채의 삶을 지칭하는 열일곱 번의 '무정' 중에서 열네 번이 영채를 대하는 형식의 모습과 관련된다는 점이다. 이때의 '무정'은 자신을 칠 년여 만에 찾아온 영채에게 무심했던 형식을, 평양에 내려가서도 진심으로 영채를 찾지 않았던 형식을, 영채를 죽었다고 생각했으면서도 오히려 즐거워한 형식을 가리킨다. 이처럼 『무정』에서 근대의 화신인 형식은 긍정의 대상인 동시에 부정의 대상인 것이다.

삼랑진은 형식을 비롯한 『무정』의 젊은이들에게 재생의 공간으로 기능한다. 서울은 근대화가 막 시작된 도시로서 새로운 삶의 가능성을 보유한 공간인 동시에 증폭된 개인의 물질적 욕망으로 인해 여러 가지 인간문제를 낳는 공간이기도 하였다. 큰 수해를 입어 "개아미"처럼 힘없고 집 잃은 사람들로 가득한 삼랑진에서 우리의 젊은 영웅들은 "개인이라는 생각을 잊어버리고 공통한 생각"을 하게 된다. 이러한 연대감은 이재민들을 돕는 과정에서 "영채가 한문으로 짓고 형식이가 번역한 노래를 셋이 합창"하는 식의 구체적 행동으로 이어진다. 이와 더불어 '영채-형식-선형'의 삼각관계도 들끓는 욕망에 바탕한 애정의 관계에서 따뜻한 연대에 바탕한 우정의 관계로 변모한다. 처음 형식은 선형과 약혼하자 정신을 잃을 정도로 감격하지만, 나중에는 형식 스스로 선형과 자신의 관계를 "오라비와 누이"라고 반복해서 규정한다. 4년 후의 상황을 담고 있는 후일담에서조차 형식과 선형이 결혼했다는 말은 들리지 않는다. 형식, 선형, 영채, 병욱은 모두 민족을 구원하기 위해 공부하는 조선 민족의 "오누이"들이 된 것이다.

『무정』의 그 유명한 "어둡던 세상이 평생 어두울 것이 아니요. 무정하던 세상이 평생 무정할 것이 아니다. 우리는 우리 힘으로 밝게 하고 유정하게 하고 즐겁게 하고 가멸게 하고 굳세게 할 것이로다"라는 결말에 나오는 '무정한 세상' 이후의 '유정한 세상'은 전근대 사회의 미몽은 물론이고 근대의 또 다른 미몽마저도 극복한 새로운 세상으로 새겨보아야 할 것이다. 그곳은 서울이라는 근대도시가 지닌 긍정적 가능성과 삼랑진에서 익힌 공감과 연대의 감각이 공존하는 새로운 공간이다.

이광수(李光洙, 1892~1950)

호는 춘원(春園). 한국근대문학의 선구자로서 대중과 문단의 열렬한 주목을 받으면서 파란만장한 삶을 살았다. 가난한 몰락 양반의 아들로 평안북도 정주에서 1892년 2월 22일에 태어났다. 11세에 콜레라로 부모를 모두 잃었다. 그 후 일진회, 황실, 김성수 등의 도움을 받아 세 차례 일본 유학을 했으며, 각각 타이세이[大成] 중학, 메이지[明治] 학원, 와세다[早稲田] 대학에서 공부하였다. 1909년 『백금학보』에 일본어 소설 「愛か(사랑인가)」를 발표한 이후 소설, 시, 희곡 등 다양한 분야에서 활발한 창작활동을 벌여 한국근대문학의 초석을 놓았다. 문학가로서의 활동 이외에도 민족 지도자라는 자의식에 바탕해 수많은 논설을 발표하고, 오산학교 교사, 임시정부 기관지인 『독립신문』 편집책임자, 『동아일보』 편집국장, 『조선일보』 부사장, 동우회 간부 등으로 맹렬하게 활동하였다. 그는 정열적으로 계몽주의, 민족주의, 인도주의 등의 사상을 견지하였다. 그러나 일제 말기에는 카야마 미츠로[香山光郎]로 창씨개명을 하고, 친일의 신념을 드러내는 다수의 논설과 일본어 소설을 발표하였다. 1949년 2월에는 반민특위(反民

族行爲特別調査委員會)에 친일행위의 죄목으로 체포 수감되었으나 같은 해 8월 불기소 처분을 받았다. 한국전쟁 발발 당시 북한국에게 납북되어 북으로 가던 중 1950년 10월 25일 자강도 강계면에서 최후를 맞이하였다.

(2016)

제2장

1920년대 경성의 거리

현진건 「운수 좋은 날」

현진건의 첫 번째 소설집 제목이 『조선의 얼굴』(글벗집, 1926)인 것에서도 드러나듯이, 현진건은 식민지 조선의 구체적인 삶과 현실을 누구보다도 핍진하게 담아냄으로써 근대적 사실주의 문학의 초석을 놓은 기념비적인 작가이다. 유학을 다녀온 지식인 남편과 구여성인 아내와의 관계를 섬세하게 그려낸 「빈처」(『개벽』, 1921.1)를 비롯한 명작이 여러 편 존재하지만, 그중에서도 「운수 좋은 날」(『개벽』, 1924.6)은 당대 하층민의 생활에 대한 정밀한 묘사와 절묘한 아이러니적 기법으로 인하여 전국민으로부터 사랑받는 한국근대단편소설의 대표작이라고 할 수 있다.

이 작품은 비교적 짧은 분량임에도 불구하고, 인력거꾼이라는 주인공 김첨지의 직업으로 인하여 1920년대 중반 서울의 여러 공간이 비교적 풍부하게 드러나 있다. 김첨지는 네 명의 손님을 만나 자연스럽게 서울 시내를 편력하게 된다. 그 여로는 동소문 근처의 집→전차 정류장→동광학교→남대문정거장→인사동→창경원→동소문 근처의

김첨지의 행랑방이 근처에 있던 동소문

집으로 정리할 수 있으며, 그 여러 공간들은 크게 '김첨지의 집'과 '거리'로 나누어 볼 수 있다.

김첨지가 살고 있는 동소문 근처의 집(그래 봐야 안과 뚝 떨어진 행랑방 한 칸)은 급속하게 식민화(근대화)되어 가는 시대로부터 소외된 김첨지의 삶과 너무도 닮아 있다. "문안에(거기도 문밖은 아니지만) 들어간답시는 앞집 마마님"이란 표현에서 알 수 있듯이, 김첨지의 집은 동소문 안에 있으면서도 시내로 나가는 것이 '성문 안에 들어간다'고 표현될 만큼, 성문 밖과 성문 안의 경계에 위치한 곳이다. 가난한 사람들은 도시의 중심에 살 여유가 없어 주변으로 밀려날 수밖에 없지만 일거리가 시내에 있기에 아예 서울을 떠날 수는 없다. 그렇기에 그들은 서울의 경계 지점에 거처를 마련하게 되는데, 달동네가 수직적 차원에서의 경계 지점이라면 김첨지의 집은 수평적 차원에서의 경계지점인 것이다.

현진건은 김첨지의 집을 냉혹할 정도로 잔인하게 묘파한다. 그 집은 '오라질 년'이나 '난장 맞을 년' 등의 욕설과 병자의 빰을 때리거나 다리를 몹시 차는 등의 폭력이 공존하는 곳으로서, 여기에 어설픈 감상이 끼어들 여지는 전혀 없다. 동시에 그곳은 가난과 더불어 "병이란 놈에게 약을 주어 보내면 재미를 붙여서 자꾸 온다는 자기의 신조信條"가 힘을 발휘하는 무지몽매한 장소이기도 하다. 이처럼 동소문 근처에 있는 김첨지의 집은 시대로부터 소외된 하층민들의 어두운 삶을 드러내는 전형적 공간인 것이다.

이에 반해 김첨지가 인력거를 끌고 지나는 전차 정류장, 동광학교, 남대문정거장, 인사동은 모두 근대화(식민화)되어 가는 1920년대 서울의 외양을 대표하는 공간들이다. 일제는 1920년대 들어 서울을 식민지 근대 도시로 변모시키는 데 열을 올렸으며, 그 결과 조선총독부 청사(1925), 경성신사(1925), 경성역사(1925), 경성부 청사(1925) 등의 거대한 석조건물이 위압적으로 서울의 곳곳에 건설되기 시작하였다. 곧 경성역사가 완공될 남대문 정거장(지금의 서울역)은 말할 것도 없고, 인사동 역시 청진동 다옥정 등과 더불어 천향원이라는 유명 요릿집을 비롯한 기생집, 권번 등이 즐비한 서울의 대표적 유흥공간이었던 것이다.

얼다가 만 비가 추적추적 내리는 서울 거리를 달리는 김첨지의 마음은 '돈 벌 욕망'과 집에 두고 온 '병자에 대한 염려', 달리 표현하자면 '집에서 벗어나고픈 욕망'과 '집에서 벗어날 수 없는 운명' 사이에서 갈팡질팡한다. 김첨지는 눈도 바로 뜨지 못하는 병자가 머물고 있는 집에서 멀어지는 것에 마음이 켕겨 하며, 그의 귓가에는 "오늘은 나가지 말아요. 내가 이렇게 아픈데!"라는 병자의 목소리가 떠나지 않아 갑자기

길 한복판에 엉거주춤 멈춰서기도 하는 것이다. 그러나 동시에 거금을 지불할 손님을 생각하며 "얼음을 지쳐 나가는 스케이트 모양"으로 "거의 나는 듯" 남대문 정거장을 향해 달려가기도 한다.

「운수 좋은 날」에서 창경원 앞은 '집에서 벗어나고픈 욕망'과 '집에서 벗어날 수 없는 운명'이 치열하게 맞부딪치는 공간이다. 우연히 만난 친구 치삼이와 선술집에 들어가기 전에도, 김첨지는 바로 집을 향하지 않고 "누구든지 나를 좀 잡아다고, 구해다고 하는 듯"한 모습으로 사면을 두리번두리번 머뭇거린다. 치삼이와 선술집에 들어간 후에는 자학적으로 술을 과하게 마신다. 이것은 집에서 기다리고 있는 불행과 맞닥뜨리는 시간을 조금이라도 늦추고 싶은 마음에서 비롯된 행동이라고 할 수 있다. 그러나 이 순간도 김첨지는 돈과 권력이 주인 노릇하는 거리의 논리를 무조건 수용하는 것은 아니다. 김첨지는 기어이 일 원어치나 술을 먹으며, "이 원수엣 돈! 이 육시를 할 돈!"이라 외치며 그 어렵게 번 돈을 내던지기도 한다. 그는 이러한 행위를 통해 죽어가는 아내를 외면하고 거리를 내달리며 돈을 버는데 신바람을 냈던 자신을 자학적으로 응징한 것인지도 모른다.

'집에서 벗어나고픈 욕망'과 '집에서 벗어날 수 없는 운명'의 치열한 승부가 벌어지는 장소로 창경원이 선택된 것도 나름의 의미가 있는 것으로 판단된다. 그것은 아마도 창경원이 몰락해가는 조선 혹은 몰락해가는 김첨지와 닮아 있기 때문일 것이다. 일제는 지속적인 파괴를 통하여 조선의 얼이 담긴 서울을 자신들의 구미에 맞는 식민지 도시로 변화시켜 나가고 있었다. 이로 인해 조선을 대표하던 건축물들은 속절없이 사라져갔으며, 창경원이야말로 그러한 상처받은 서울의 대표적인 공간이었던 것이다. 본래 창경원은 조선 시대 다섯 개의 궁궐(경복궁, 창덕궁, 창경궁, 경희궁, 덕수궁) 중 하나였으나, 일제는 1909년부터 그 내부에 동물원, 식물원, 박물원을 건설하기 시작하였다. 1911년에는 일반인에게 공개되었으며 명칭도 창경원으로 격하된다. 「운수 좋은 날」이 발표되던 1924년에는 밤 벚꽃놀이가 시작되어 창경원은 과거의 위엄은 사라진 채 말 그대로 유원지로 전락하였던 것이다.

'집에서 벗어나고픈 욕망'과 '집에서 벗어날 수 없는 운명'의 자못 치열한 싸움에서 승리하는 것은, '집에서 벗어날 수 없는 운명'이다. 근 열흘 동안 돈 구경도 못한 김첨지가 앞집 마나님, 교원인 듯한 양복쟁이, 귀경하려는 동광학교 학생, 전차를 놓친 손님을 연달아 태우며 무려 2원 90전을 번 날은 분명 '운수 좋은 날'이라고 할 수 있다. 그가 세든 행랑체의 한 달 집세가 1원이라는 것을 생각하면 그가 하루 동안 번 돈이 얼마나 큰돈인지 쉽게 짐작할 수 있다. 그러나 이토록 '운수 좋은 날'은 김첨지 생애에서 다시 돌아오지 않을 가능성이 매우 높다.

인력거꾼이라는 직업은 당시에 이미 사양직종이었기 때문이다. 1894년 청일전쟁을 계기로 일본인이 서울에 들여온 인력거는 오랫동안 서울의 교통수단 역할을 했지만, 1920년대는 이미 전차가 서울 시내 대중교통에서 절대적인 비중을 차지하게 되었기 때문이다. 김첨지가 태우는 거의 모든 승객이 전차와 관련되어 있는 것에서도 이러한 상황을 확인할 수 있다. 앞집 마마님이 인력거를 이용한 것은 전찻길까지 가기 위해서이고, 교원인 듯한 양복쟁이도 전차 정류장에서 만난 것이며, 마지막 손님이 인력거를 탄 이유도 전차를 놓쳤기 때문인 것이다. 전차 이외에도 1912년부터 서울 시내에서 운행되기 시작한 임대승용차(택시)도 인력거의 자리를 위협하고 있었다. 1926년에는 경성에 버스가 처음 등장하여 전차와 함께 주된 교통수단으로 활약하기도 하였다.[1]

김첨지는 질병과 철빈과 폭력과 미신이 가득한 동소문 근처의 집으로부터 결코 벗어날 수없는 운명인 것이다. 그것은 결국 김첨지가 집으로 되돌아오는 이 작품의 원점회귀형 여로를 통해서도 증명된다. 결국 현진건은 섣부른 희망 대신 체념을 선택한 것이고, 이러한 선택은 현진건이 그 집을 벗어날 방법(이념)까지는 아직 숙고하지 못한 결과일 수도 있다.

당시 인력거꾼의 사회적 지위는 매우 낮았으며 수입도 매우 적었다고 한다. 동광학교(「東光學校許可」(『동아일보』, 1922.8.8)라는 기사에 따르면 숭일동, 즉 현재의 명륜1가에 위치한 것을 알 수 있음)에서 남대문 정거장까지 손님을 태워다 주고 난 후, 김첨지는 "노동으로 하여 흐른 땀이 식어지자 굶주린 창자에서, 물 흐르는 옷에서 어슬어슬 한기가 솟아나기 비롯하매 일 원 오십 전이란 돈이 얼마나 괴치 않고 괴로운 것인 줄 절절히 느끼었다. 정거장을 떠나가는 그의 발길은 힘 하나 없었다. 온몸이 옹송그려지며 당장 그 자리에 엎어져 못 일어날 것 같았다"(148)라고 묘사된다. 1920년대와는 비교도 할 수 없이 도로가 정비된 오늘날을 기준으로 삼아도 하루 동안 김첨지가 인력거로 이동한 거리는 무려 15킬로가 넘었으니, 김첨지가 느꼈을 피곤함은 매우 심각했을 것이다.

현진건은 이후 「동정」(『조선의 얼굴』, 1926)이라는 작품을 통하여 인력거꾼의 고단한 삶을 다시 한번 다룬다. 이 작품에는 추운 겨울날 비탈

---

1 정희선, 『서울의 길』, 서울특별시사편찬위원회, 2009, 136면.

길을 달리다가 곤두박질하여 인력거까지 망가져 어쩔 줄 몰라 하는 인력거꾼이 등장한다. 현진건에게 인력거꾼은 몸뚱아리 하나에 의지해 살아가던 당대의 민초들을 대표하는 직종이었던 것이다. 비슷한 시기 주요섭도 「인력거꾼」(『개벽』, 1925.4)이라는 소설을 통하여 인력거꾼의 비참한 삶을 다루고 있다. 상해의 인력거꾼인 아찡은 인력거꾼 노릇을 한 지 8년 만에 죽는다. 공보국에서 나온 직원은 '과도한 달음질'로 인해 인력거를 끈 지 8년에서 10년이 지나면 인력거꾼은 죽게 마련이라는 끔찍한 말을 너무도 태연하게 하고는 사라진다. 이들 작품을 통해 1920년대 중반 한국소설에는 생존의 극한에 내몰린 하층민을 대표하는 직업으로 인력거꾼이 자주 등장했음을 확인할 수 있다.

현진건의 「운수 좋은 날」이 발표된 때로부터 90여년이 지난 지금의 대중교통운전자들의 처지는 얼마나 나아졌을까? 여러 가지 통계자료를 보면 김첨지의 고통이 완전히 사라졌다고 말하기는 어려워 보인다. 현재 시내버스 교통사고율은 일반승용차에 비해 4배가 넘는다고 하는데, 이것은 기사들의 열악한 처우와 결코 무관하지 않다. 전국 노선버스기사들은 충분한 휴식 시간 없이 하루 15시간 이상을 근무하고 다음 날 하루를 쉬는 격일제 근무를 한다고 한다. 거기에다 대중교통운전자를 향한 폭행범죄가 지난 한 해만 무려 3,149건이 발생했다는 놀라운 기록도 있다. 질병과 철빈과 폭력과 미신이 가득했던 김첨지의 동소문 근처 행랑방과 인력거는 분명 사라졌지만, 2016년 서울의 어느 곳에선가는 또 다른 고통으로 채워진 우리 시대 김첨지들의 공간이 존재할지도 모를 일이다.

현진건(1900.9.2~1943.4.25)

호는 빙허(憑虛)이며, 대구에서 출생했다. 본관은 연주(延州)로서 조상 대대로 역관을 지내온 중인 출신이다. 일본 세이죠오[成城] 중학을 졸업하고, 중국 후장[滬江] 대학에서 수학했다. 1920년 『개벽』에 「희생화」를 발표하면서 등단했고, 『백조』 동인으로 활동하였다. 『조선일보』, 『시대일보』, 『동아일보』 등에서 기자로 활동하였으며, 『동아일보』 사회부장으로 재직 중이던 1937년 손기정 선수 사진의 일장기 말소 사건으로 피검되어 1년 동안 복역하였다. 그의 문학세계는 단편을 주로 창작한 전반기와 장편 역사소설을 주로 창작한 후반기로 나뉘어진다. 단편소설들은 식민지 조선의 일상에 대한 적확한 묘사, 아이러니적 기법의 능란한 사용, 억압적인 제도에 대한 사회적 인식 등을 보여주었다. 초기에는 지식인의 일상적 삶과 고뇌를 묘사하는 작품들(「빈처」, 「술 권하는 사회」, 「타락자」)을 발표하다가 이후에는 식민지 하층민의 빈궁한 삶을 재현하는 작품들(「운수 좋은 날」, 「고향」, 「정조와 약가」)을 창작하였다. 후기에 창작된 역사소설은 대중성이 강화되고 민족정신이 추상화되었다는 지적도 있지만, 시대적 압박에 맞서 우회적으로 현실에 대한 전망을 드러냈다는 점에서 의미를 발견할 수 있다. 현진건은 김동인, 염상섭과 함께 근대적 한국단편소설의 미학을 확립했을 뿐만 아니라 사실주의 문학의 기초를 닦았다는 점에서 그 문학사적 의의가 매우 크다. 1943년 4월 25일 밤 제기동 자택에서 지병으로 별세하였다.

(2017)

제3장

1930년대 경성의 높이

이상의 『날개』

이상의 『날개』(『조광』, 1936.9)는 그동안 작가의 삶이 여실하게 드러난 사소설의 측면, 현대인의 어두운 내면 의식을 표출한 초현실주의적 측면, 패러독스, 아이러니, 위트, 에피그램 등의 수사적 장치로 가득한 기호학적 글쓰기라는 측면에서 다루어져왔다. (포스트)모더니즘과의 친연성 속에서만 논의되어 온 이상 문학 전반이 그러하듯이 「날개」가 배경으로 삼고 있는 경성이라는 시대적 공간과의 관련성은 크게 주목받지 못했다. 그러나 기존의 선입관을 벗어놓고 「날개」를 정독하면, 이 작품이 당대의 그 어떤 작품보다도 기술공학적 엄밀성으로 식민지 도시 경성의 본질과 환영, 그리고 절망을 기록한 '시대의 혈서血書'라는 것을 알 수 있다.

「날개」의 기본 서사는 몸을 파는 아내와 살고 있는 백치 상태의 '내'가 외출과 귀가를 반복하는 것이다. 설계도처럼 군더더기 없는 이 작품의 기본 공간은 아내와 '내'가 살고 있는 방과 다섯 번의 외출로 인해 등장하는 '거리', '경성역', '미쓰코시 백화점'이다. 먼저 모든 이야기는 유곽이라고 볼 수밖에 없는 33번지의 집에서 시작된다. '나'와 아내는 33번지의 죽 어깨를 맞대고 늘어선 18가구 중의 일곱 번째 집에 산다. 흥미로운 것은 '내'가 굳이 "나는 어디까지든지 내 방이—집이 아니다. 집은 없다—마음에 들었다"라고 하여 자신이 사는 곳이 '집'이 아닌 '방'이라는 사실을 강조한다는 점이다. 이러한 강조는 18가구의 집에 개별적인 문이 없다는 것. 문은 18가구를 대표해 외따로 떨어져 있을 뿐이며, 그마저도 한 번도 닫힌 일이 없다는 사실에서도 확인된다. 문이란 집을 외부와 구분 짓는 실제적인 사물인 동시에 상징적인 기호라고 할 수 있다. 그런데 '내'가 아내와 살고 있는 이곳에는 문이 없는 것이다. 그렇기에 그곳은 사회와 구별되는 고유한 가치가 존재하는 장소일 수 없으며, 단지 외부의 연장된 공간으로서의 방일 수밖에 없다. 실제로 이 방이야말로 현대 사회의 금과옥조인 교환의 논리가 철저히 관철되는 또 하나의 작은 사회이다.

장지로 나뉘어진 그 집의 아랫방에서 아내는 손님들에게 몸을 판다. 나는 윗방에서 한번도 걷은 일 없는 이부자리에 누워 잠을 자거나 발명을 하거나 논문을 쓰거나 시를 짓는다. 그것은 인간 사회나 생활과는 무관한 "절대적인 상태"에 해당한다. 그러나 '나'는 아내가 머무는 아랫방에 매혹되어 있다. 아내에 대한 관심과 애정으로 몸이 달은 '나'는 "절대적인 상태"에서 벗어나 인간 사회로 조금씩 나오게 된다.

이 집을 지배하는 것은 아내이며 아내는 자본의 교환논리를 완벽하게 체화한 일종의 기계이다. 아내는 손님이 많은 날은 '나'에게 50전짜리 은화를 건넨다. 이것은 자신의 비즈니스를 방해하지 말라는 조건으로 주어지는 일종의 임금이라고 할 수 있다. '내'가 아내에게 5원을 건넨 날 처음으로 '내'가 아내와 함께 잠을 잘 수 있었던 것처럼, 아내는 돈을 통해서만 모든 행위와 가치를 결정한다. 나중에는 '나' 역시 이러한 논리에 익숙해져서 아내와 함께 자고 싶을 때도, 아내에게 미안한 마음을 표현할 때도 몇 푼의 돈을 아내에게 건네고는 한다. 이 집은 오직 돈을 통해서만 소통이 가능한 것이다.

'내'가 처음 외출을 감행한 것은 다름 아닌 내객이나 아내가 돈을 놓고 가게 만드는 그 "쾌감이라는 것의 유무를 체험"하고 싶었기 때문이다. "절대적인 상태"에 머물던 '내'가 인간 사회에 발을 내디딘 이유는 다름 아닌 돈을 둘러싼 쾌감을 알기 위해서이다. 그것은 모든 것을 돈으로써만 사고하고 행위하는 아내를 이해하고 사랑하는 행위이기도 하다. '나'는 돈 5원을 아내 손에 쥐어주고 아내와 함께 잔 이후 "내객들이 내 아내에게 돈 놓고 가는 심리며 내 아내가 내게 돈 놓고 가는 심리의 비밀"을 알아낸 것 같다며 커다란 기쁨을 느낀다. 이제 돈의 위력을 알게 된 '나'는 저금통을 변소에 버린 것을 후회하거나 '나'에게는 왜 돈이 없느냐며 흐느끼기까지 한다. '나'는 외출을 통하여 돈이 만들어내는 쾌감을 알게 된 것이고, 외출을 반복하는 것은 그 쾌감을 더욱 깊이 알기 위한 하나의 방편이라고 할 수 있다. 다시 한번 말하자면, '나'의 외출은 돈으로부터 비롯된 쾌감을 이해하는 일이자 근대 교환논리의 화신인 아내를 이해(사랑)하는 일이다.

그러하기에 '나'의 외출이 향하는 곳은 근대 문명의 핵심을 향할 수밖에 없다. 두 번째 외출에서는 경성역 시계를 본 후에 집으로 돌아온다. 근대의 대표적인 운송 수단인 기차는 정확한 시간을 전제로 해서만 존재할 수 있다. 조금의 오차라도 생기면 운송 시스템은 마비되고 커다란 사고로도 이어질 수 있는 것이다. 따라서 기차는 정밀한 열차 운행 시간표에 의해 움직이며, 기차역에 걸린 시계는 보통 그 지역의 사람들에게 소속감과 동질감을 주는 가장 신뢰받는 표준 시계로서 기능하고는 하였다. 경성역이 '나'의 마음을 끌었던 것은 "여기 시계가 어느 시계보다도 정확"했기 때문이다.

세 번째 외출에서는 아내가 준 돈을 가지고 경성역 티룸에 간다. '내'가 경성역에서 관심을 갖는 곳은 대합실이나 개찰구가 아닌 티룸tea room이다. 1925년 경성역사의 완공과 함께 2층에는 프랑스식 양식당 그릴과 찻집 티룸이 개업을 했는데, 이곳은 매우 고급스러웠다. 1970년대 일류 호텔들이 생길 때까지도 서울역의 양식당과 티룸은 고급스러운 만남의 장소로 그 명성을 유지할 정도였다고 한다. '나'에게 경성역의 시계탑과 티룸은 최첨단의 근대문명을 체험하는 장소로서 모자람이 없다. 1920년대는 조선신궁과 조선총독부 건축이 대표하듯이 일제가 식민지 행정 수도 건설의 마스터플랜을 가지고 경성의 공간을 재편하던 때이다. 1925년 용산역사를 압도하는 르네상스풍의 경성역이 신축된 것은 경성이 일본과 대륙을 연결하는 한반도 도시 네트워크의 중심지로서 확고한 지위를 점하게 되었다는 의미이기도 하다.[1] 경성역은 제국 일본의 완성을 알리는 상징물과도 같은 건물인 것이다.

네 번째 외출에서 돌아왔을 때, "나는 내 눈으로는 절대로 보아서 안 될 것을 그만 딱 보아버리고" 만다. 이로 인해 아내는 '나'의 멱살을 잡고 심지어 "내 위에 덮치면서 내 살을 함부로 물어 뜯"기까지 한다. '나'

1 김백영, 『지배와 공간』, 문학과지성사, 2009, 381면.

1925년 완공된 경성역

는 그동안의 외출을 통해서도 아내를 온전히 이해하는데 실패한 것이다. 그 순간 마지막이 될 외출을 감행하고, 그 외출은 경성역을 지나 미쓰코시 백화점의 옥상으로 향한다. 본래 백화점은 상품에 대한 소비 욕망을 매개로 하여 인간을 자본주의적 소비의 주체로 호명해내는 근대 자본주의적 주체화의 핵심적 장치로 자리매김한다.[2] 따라서 백화점을 향하는 것은 자본주의의 심장을 향하는 것이기도 하다. 「날개」의 '내'가 분명하게 의식하지 못하면서 미쓰코시 백화점의 옥상에까지 향한 것은 아내의 분노가 큰 것에 비례하여 아주 간절하게 아내를 근대를 이해하고자 한 무의식적 욕망이 발현된 결과라고 할 수 있다.

1930년대 미쓰코시 백화점은 제국의 풍요로움과 선진 문명의 힘을 상징하는 건축물이었다. 일본의 미쓰이三井 재벌은 1926년 경성부청사가 현재의 서울시청 자리로 옮기자 그 공터에 백화점을 신축하여 1930

2 하쓰다 토오루, 이태문 역, 『백화점-도시문화의 근대』, 논형, 2003.

미쓰코시 백화점 옥상에서 바라본 경성의 풍경

년 10월에 개장하였다. 근처에 조지야 백화점, 미나카이 백화점, 히라다 백화점이 있었지만 대지 730평, 연건평 2300평, 종업원 360명을 거느린 조선과 만주 일대의 최대 백화점인 미쓰코시와는 비교가 되지 않았다. 미쓰코시 백화점은 고급백화점으로서 고객은 거의 일본인이었으며, 친일파가 주류인 조선의 상류층들이 출입하였다. 미쓰코시가 취급하던 상품은 당시 최고급이었고, 커피 한 잔에 25전하던 식당 겸 커피숍은 신사연하는 이들의 단골처이기도 했다. 백화점 옥상에는 르 코르뷔지에가 고대건축 역사에서 복사해온 옥상정원을 설치해 놓았다.

그 당시 가장 높은 건물 중의 하나였던 미쓰코시 백화점은 '나'에게 당시 서울의 근대자본주의가 작동하는 핵심을 바라볼 수 있는 조망적 시선을 선사하기도 한다. '경성의 센터'로 자리매김한 미쓰코시 일대는 식민지 조선에 왜식 또는 서양식 유행의 첫 바람을 일으키는 곳으로 혼부라(本ぶら, 도쿄의 번화가인 긴자를 어슬렁어슬렁(ぶらぶら) 거니는 긴부라(銀ぶら)를 패러디해서 경성의 번화가인 본정(혼마치) 거리를 구경 다니는 것을 지칭한 말)로 넘쳐나던 경성의 심장과 같은 곳이었다.

경성의 가장 높은 곳(백화점의 고도는 근대화의 고도를 의미하기도 한다)에서 바라본 경성 사람들의 삶은 "피곤한 생활이 똑 금붕어 지느러미처럼 흐늑흐늑 허비적거렸다. 눈에 보이지 않는 끈적끈적한 줄에 엉켜서 헤어나지들을 못한다"고 표현되는 고단하고 소외된 것이다. '나'는 이번에도 다시 한번 아내를 혹은 근대를 받아들일 것인지 말 것인지를 고민한다. 이 순간 뚜우 하고 정오의 사이렌이 울린다. 본래 근대란 시계에 의해 통제받는 사회라고 할 수 있으며, 그 시간이 정교할수록 근대화의 정도는 더욱 큰 것이다. 사이렌은 시계탑과는 달리 자발적인 의사와는 무관하게 모든 이에게 시간을 공지한다는 면에서 더욱 폭력적인 근대의 시간공지법이라고 할 수 있다. 그 사이렌의 소리와 더불어 경성의 중심은 "현란을 극한 정오"를 맞이하게 된다. 이 순간 '나'는 처음이자 마지막으로 '귀가'가 아닌 '비상'을 꿈꾼다. 그것은 너무도 간절하게 "날개야 다시 돋아라. / 날자. 날자. 날자. 한 번만 더 날자꾸나. / 한 번만 더 날아보자꾸나"라는 외침 아니 절규로 나타나는 것이다.

이러한 비상에의 외침이 의미하는 것은 '나'에게 혹은 이상에게 무엇이었을까? 한 가지 분명한 사실은, 이상이 도쿄로 가기 전에 마지막으로 발표한 소설이 「날개」였다는 점이다. 그러니까 이 작품이 발표되고 한 달여가 지나 이상은 식민지 본국의 수도인 도쿄로 간다. 그것은 미쓰코시 경성점이 아닌 미쓰코시 본점을 향한 것이기도 하면서, "인공의 날개"라는 말에서 알 수 있듯이 예술을 통한 자기 구원의 길이기도 하다. 이상의 짧았던 일본 체류와 그가 남긴 몇 편의 글, 그리고 그의 허망하기까지 한 죽음은 두 가지 시도에서 그가 결코 성공하지 못했음을 알려준다. 이상의 「날개」는 경성역과 미쓰코시라는 두 개의 고유명

사만으로 이제 막 근대 도시로 발돋움하던 경성의 화려함과 치사함, 나아가 냉혹한 자본의 질서 등을 형상화했다는 측면에서도, 결코 잊혀지지 않는 한국근대문학의 '날개'이다.

이상(1910~1937)

이상은 서울 토박이로 1910년 9월 23일(음력 8월 20일) 아버지 김연창과 어머니 박세창의 2남 1녀 중 장남으로 경성부 사직동에서 태어났다. 3세가 되었을 때 이상의 10대조부터 살아온 백부 김연필의 집(경성부 통인동 154번지)에 양자로 가서 그곳에서 24세까지 생활하였다. 1926년 보성고보를 졸업하고 경성고등공업학교(서울대 공대의 전신) 건축학과에 입학하였으며, 건축과의 유일한 한국인 학생으로 3년 동안 수석을 차지하였다. 1929년 경성고공을 졸업한 뒤 조선총독부 기수(技手)로 취직하였으며, 총독부 건축과 기관지인 『조선과 건축』 표지 현상 도안에 당선된다. 1930년 처녀작인 「12월 12일」을 『조선』에 발표하였고, 1931년 일문시 「이상한 가역반응」, 「조감도」 등을 『조선과 건축』에 발표하였다. 1933년 폐결핵으로 각혈을 하게 되자 총독부 기수직을 그만두고 요양차 간 황해도 배천온천에서 금홍을 만나 동거생활을 시작한다. 1934년 구인회에 가입하였으며 『조선중앙일보』에 시 「오감도」 연작을 발표하였으나 독자의 항의로 연재가 중단된다. 1935년 카페 '제비', '쓰루[鶴]', '69', '맥' 등의 경영에 실패하고, 한 달여 동안 평북 성천 등지를 여행한다. 1936년 변동림과 결혼하고 「날개」를 비롯한 시, 소설, 수필 등 다양한 작품을 발표하며 문단의 큰 주목을 받는다. 같은 해 10월경에 홀로 동경으로 갔다가 1937년 2월에 불령선인(不逞鮮人)이라는 죄목으로 니시간다[西神田] 경찰서에 구금되었다가 건강 악화로 3월 중순에 보석으로 풀려난다. 동경제대 부속병원에 입원하여 치료를 받다가 4월 17일 새벽 4시에 동경제대 부속병원에서 생을 마감하였다. 그의 아내 변동림이 유골을 가지고 5월 4일 귀국하였으며, 같은 해 사망한 김유정과 추도식을 한 후 6월 10일 미아리 공동묘지에 안장되었다.

(2016)

제4장

식민도시 경성, 이중도시 경성

유진오의 「김강사와 T교수」

「김강사와 T교수」는 일제 시기는 물론이고 현대문학사 전체로 확장해보아도 손꼽을 만한 지식인 소설이다. 일제 시기 하층민의 삶에 주목한 소설은 적지 않지만, 「김강사와 T교수」처럼 최상층 지식인의 고뇌를 다룬 소설은 드물다. 「김강사와 T교수」는 이상과 현실 사이에서 고민하는 지식인의 보편적 문제를 다룬 소설이면서, 동시에 식민지 지식인의 민족적 아픔을 담고 있는 작품이기도 하다. 식민지배자 일본인과 식민지인 조선인이라는 그 폭력적 위계는 이 작품에서 경성이라는 도시의 분리를 통해서 실감나게 드러난다. 「김강사와 T교수」는 크게 세 가지 판본(1935년 1월에 발표된 『신동아』판—이 판본은 1935년 3월의 『삼천리』판과 동일, 1937년 2월에 일본어로 발표된 『문학안내』판, 1939년 『유진오단편집』에 수록된 학예사판)이 존재하는데, 식민도시이자 이중도시로서의 경성이 지닌 특징은 1939년판 「김강사와 T교수」에 가장 선명하게 드러난다.

「김강사와 T교수」 이외에도 유진오의 소설에는 서울의 로컬리티가 풍부하게 드러난 경우가 많다. 서울의 빈한한 거리 풍경이 자세하게 드러난 「스리」(『조선지광』, 1927.5)나 「오월의 구직자」(『조선지과』, 1929.9), "거룩한 어머니의 손길"로 비유되는 향수로 삼종 증조부의 별장 창랑정(現 마포구 현석동에 위치)을 회고한 「창랑정기」(『동아일보』, 1938.4.19~5.4), 종로 뒷골목의 카페에서 일하는 여급 푸로라가 등장하는 「나비」(『문장』, 1939.7), 서울의 변두리였던 홍파동과 왕십리를 통해 전향 지식인의 소시민적 삶을 드러낸 「산울림」(『인문평론』 1941.1) 등을 들 수 있다. 이것은 "서울서 나서 서울서 자라난 나"라는 작가의 고백처럼, 서울 가회동에서 태어나 평생 4대문 밖을 벗어난 적이 없는 실제 삶에서 비롯된 것으로 볼 수 있다.

이 중에서도 「창랑정기」는 서울의 로컬리티와 관련하여 주목할 만한 작품이다. 1927년에 등단한 유진오는 처음 동반자 작가라고 불릴 만큼 사회주의적 의식을 드러낸 작품을 창작했지만, 1930년대 중반에 접어들면서 일제의 탄압으로 인해 더 이상 사회주의적 전망에 바탕한 작품활동을 하지 못한다. 1930년대 후반에는 과거의 사회주의적 의식을 지녔던 지식인들이 그 이념을 포기할 수밖에 없는 상황에서 겪는 여러 가지 생활상의 문제들을 성찰해가는 작품들을 창작하였다. 「창랑정기」는 "거룩한 어머니의 손길"로 비유되는 향수에 바탕해 자신의 유년시절을 회고하는 작품인 동시에, 식민지가 되기 전의 조선을 회고하는 작품이기도 하다. 30여 년의 거리를 둔 과거에 대한 회고 자체가 전망을 상실한 현재의 상황에서 비롯된 것이라고 할 수 있다.

「창랑정기」에서 낭만적으로 그려지고 있는 창랑정은 현재의 마포구 현석동 지역 한강가에 위치해 있었다. 이 작품은 대원군 시대에 이조

판서를 지낸 삼종 증조부 김종호가 창랑정에서 살고 있던 과거와 "하늘을 찌를 듯한 굴뚝으로 검은 연기를 토하"는 공장이 그 자리를 대신하고 있는 현재를 대비시키고 있다. 그러한 대비는 일제 시대 서울이 겪어낸 폭력적인 변화를 압축해서 보여준다. 작품은 최신식 여객기가 여의도 비행장을 활주하다가 하늘로 떠오르는 것으로 끝난다. 여의도 비행장은 1916년 일제에 의해 간이 비행장으로 만들어졌다가 1924년에 정식으로 승인되어서 군과 민간이 공동으로 사용되었던 일제 시대의 대표적인 공항이었다. 특히 여의도 비행장을 날아오르는 비행기를 "강을 넘고 산을 넘고 국경을 넘어 단숨에 대륙의 하늘을 무찌르려는 전금속제 최신식 여객기"라고 표현하고 있는 대목에서는, 본격적으로 중국을 침략하던 당시 일제의 강력한 힘을 감각적으로 보여주고 있다.

「김강사와 T교수」의 주요한 갈등은 제목에서 알 수 있듯이, 조선인 김만필과 일본인 T교수 사이에서 발생한다. 일제의 폭압이 맹위를 떨쳐 양심적 지식인의 활동이 위축되던 1930년대 중반이 배경인 이 작품에서, 과거 사회주의 운동에도 관여한 바 있는 김만필은 동경제대 독일문학과를 우수한 성적으로 졸업한 수재지만 일 년 반 동안 룸펜생활을 한다. 결국 그는 평소 경멸해오던 도쿄제대 교수, 조선총독부 과장, 전문학교 교장에게 부탁을 하고서야 강사 자리 하나를 얻어내는데 성공한다. 이러한 청탁의 연쇄고리보다 김만필을 더욱 고통스럽게 하는 것은 이 취업이 "정강이의 흠집"에 해당하는 경력, 즉 과거 사상 단체인 문화비판회 활동을 철저히 숨김으로써 가능했다는 사실이다.

그토록 힘들게 얻은 자리이지만, S학교에서의 생활은 결코 순탄하지 않다. 그곳에는 교활하기 이를 데 없는 일본인 교수 T가 버티고 있는 것이다. T는 늘 웃음을 띠우고 있는 외양과는 달리 교활하고 비겁한 인물로서, 어느 조직에나 있을 법한 전형적인 모사꾼이다. 도련님 또는 책상물림의 티가 뚝뚝 묻어나는 김강사와 닮고 닮은 T교수의 대비를 통하여 이 작품은 지식인의 이상과 현실의 간극을 날카롭게 형상화하고 있다. 더욱 중요한 것은 T교수가 이전에 사회주의 활동을 한 김강사의 일거수일투족을 "탐정견"이나 "셰퍼드"처럼 끊임없이 감시하며, 결국에는 김강사를 파멸시킨다는 점이다. 이러한 T교수는 일제의 간교함과 억압을 대표하는 인물로서의 전형성을 지닌다고 볼 수 있다.

강사와 교수를 주요인물로 내세운 소설답게 작품의 주요한 배경은 서울의 S전문학교이다. 이 학교는 유진오가 졸업했으며, 그 후에는 조수와 부수를 거쳐 예과 강사까지 역임했던 경성제대와 33년부터 강사로 활동했고 이후에는 교수로 재직했던 보성전문을 합쳐 놓은 것으로 보인다. S전문학교의 당당한 교사는 작품 발표 당시 유진오가 전임강사로 근무하던 보성전문의 본관을 닮아 있다. 이 본관은 1934년에 준공되었으며, 영국의 캐임브리지 대학과 미국의 예일 대학 본관을 모방하여 건축된 고딕풍의 호화찬란한 건물이었다. 그러나 구체적인 학교의 실상은 경성제대를 그대로 빼닮았다. 모든 교직원이 일본인으로 되어 있는 것이나 학생 역시도 일본인들 위주로 구성되어 있는 것이 경성제대의 특징에 부합하는 것이다.

S전문학교는 근대적 이성을 내세워 조선을 야만시하며 식민지 지배를 정당화했던 일제를 상징한다고 해도 과언이 아니다. 그것은 공간의 대비를 통해서도 분명하게 드러난다. "S전문학교의 당당한 철근 콘크리트 삼층 교사는 그 주위의 돼지우리같이 더러운 올망졸망한 집들을

경성제국대학

발밑에 짓밟고 있는 것같이 솟아 있는 것"이다. 김강사는 취임식을 앞두고, "아침을 먹고 나온 하숙집 풍경, 그 더러운 뒷골목 속에 허덕거리고 있는 함께 있는 사람들, 하숙료를 못 내고 담뱃값에 쩔쩔매는 영화감독, 일 년 열두 달 감시를 못 벗어나는 요시찰인인 잡지 기자, 아침부터 밤중까지 경상도 사투리로 푸성귀 장사, 밥값 못 낸 손님들을 붙들고 꽥꽥 소리를 지르는 하숙집 마나님"과 "이 당당한 건물, 가슴에 훈장을 빛낸 장교, 모닝의 교수들 사이"에는 도대체 무슨 관련이 있는 것인가라는 의문을 갖는다. 결론부터 말하자면, 두 세계 사이에 서 있던 김강사는 일본인들의 세계인 S전문학교에서 결국 더러운 뒷골목으로 표상되는 조선인들의 세계로 곤두박질치게 된다.

김만필의 시련은 일본인 교원만 가득한 S전문학교에서 본격적으로 시작된다. 조선인으로서 처음 교원이 된 김만필은 일본인들만 가득한 교관실에서 철저하게 홀로 남겨진다. 일본인 교원들은 신출내기이자 조선인인 김만필에게 아무런 말도 걸지 않는 것이다. 교관실에서는 노골적이고 맹목적인 식민주의적 담론이 공공연히 유통되기도 한다. T교수는 자신이 조선의 민속에 대해 연구를 했다며, 거짓말하는 여자한테는 똥을 먹인다거나, 조선 여자들이 살결이 고운 이유는 오줌으로 세수를 하기 때문이라는 식의 어처구니없는 망발을 내뱉는다. 동료 일본인 교원들이 모두 껄껄거리며 웃는 그 참담한 교관실에서, 조선인 김만필이 할 수 있는 일이라고는 "그런 풍속이 어데 있단 말씀이오, 나는 듣도 보도 못 했소"라는 말을 "겨우" 던지고는 교관실을 빠져나오는 것뿐이다.

결국 T교수의 감시와 일본인 교원들의 따돌림으로 김강사는 강박 관념에 쪼들리는 신경쇠약 환자같이 항상 마음의 위협을 느낀다. 이것은 조선인이며 과거에는 사회주의 활동에도 열심이었던 김강사에게는 "당초부터 정해진 운명"이었는지도 모른다. 이곳에서 김만필이 겪는 이 괴로움은 유진오의 실제 삶과 무관하다고 할 수 없다. 유진오 역시 누구보다 뛰어난 학자였지만 조선인이라는 이유로 끝내 경성제대 교수가 되지는 못한 것이다.

일본인 관리(교수)와 조선인 강사의 처지는 그들이 사는 집에서도 확연하게 구분된다. H과장의 집은 북악산 밑 관사촌이며, T교수의 집도 "훌륭한 문화주택"이다. 관사촌은 삼청동 일대로 짐작되는데, 삼청동은 조선 시대는 물론이고 일제 시대에도 아름다운 풍광과 총독관저나 조선총독부와의 근접성으로 인해 고급주택촌이 형성되어 있었다. 이에 반해 김강사는 근처의 "뒷골목 속 더러운 하숙"에서 지내며, 그는 하숙 온돌에 누워 "빈대 피 터진 벽"을 바라보고는 한다.

이러한 김강사와 T교수의 대비는 경성의 조선인과 일본인 전체로까지 확장해 볼 수 있다. 조선인 김강사와 일본인 T교수가 분명하게 구분되듯이, 1930년대 중반 서울은 일본인 거주지와 조선인 거주지가 선명하게 구분되었다. 실제로 식민지 시기 경성은 이중도시라고 할 만큼 많은 일본인이 조선인과 함께 살고 있었던 것이다. 「김강사와 T교수」가 처음 발표된 1935년 당시 서울의 총인구는 약 44만 명이었고, 그 중의 25% 이상이 일본인이었다. 그러나 조선인과 일본인의 거주구역은 조금 과장하자면 국경선이라고 부를 수 있을 만큼, 대략 청계천을 기준으로 하여 전통적인 조선인 거주지 북촌과 일본인 거주지인 남촌으로 구분되었다. 북촌을 대표하는 조선인의 공간이 종로라면 남촌을 대표하는 일본인의 공간이 혼마치本町(충무로 일대)이다. 혼마치를 중심으로 하여 오늘날의 남대문로에서 태평로, 회현동, 을지로, 명동 등에 일본인의 주요 거주지였던 남촌이 형성되었던 것이다. 이러한 공간상의 특징을 반영하듯 T교수가 김강사를 데리고 다니는 곳은 철저히 남촌에 한정되어 있다. 둘은 처음 동경 여자라는 모던 여성이 일하는 세르팡 술집에 갔다가, 이후에는 아사히마치旭町(지금의 회현동)에 있는 일본인 오뎅집으로 가서 술을 더 먹는다. 오뎅집을 나와서는 남촌의 상징인 미쓰코시 백화점 앞에서 택시를 타고 헤어지는 것이다.

일본인의 경성과 조선인의 경성은 매우 대조적으로 형상화된다. 연말을 맞이하여 일본인의 중심인 본정통은 매우 번잡하지만, 조선인들의 무대인 종로는 "일루미네이션만 헛되게 빛나고 세모 대매출의 붉은 깃발이 쓸쓸한 선달 대목 거리의 먼지에 퍼덕이고 있"을 뿐이다. 새해가 되어도 종로 거리에는 "장식 하나 없고 살을 에는 매운바람이 먼지를 불어 올릴 뿐"인 것이다. 이처럼 초라한 종로의 뒷골목에는 "김만필

1930년대 종로

식민지 시기 일본인 거리

과 비슷한 경우에 처해 있는" 젊은 사내들로 우글거린다. 일제 시기 "본정이 부유한 일본인의 상징이라면 종로는 빈곤한 조선인의 상징"(전우용, 「종로와 본정」, 『역사와 현실』, 2001, 189면)이라는 역사적 사실이, 「김강사와 T교수」에는 압축적으로 드러나 있는 것이다. 수백 년의 역사를 지닌 종로의 위축과 고작 수십 년의 역사를 지닌 본정의 융성은 식민지라는 조건과 떼어놓고 생각할 수 없다. 주요 고객인 조선인들의 빈곤화와 북촌의 슬럼화로 인해 종로는 몰락하지 않을 수 없었으며, 총독부의 각종 지원정책으로 인해 본정은 나날이 번화해지지 않을 수 없었던 것이다. 실제로 김강사가 S전문학교로 가는 도중에 전차 창으로 보이는 북촌의 풍경은 "더러운 바라크 집들이 톱니빨같이 불규칙하게 늘어서" 있다.

이중도시로서의 경성은 유진오의 「가을」(『문장』, 1939.5)에도 잘 나타나 있다. 유진오는 일제의 탄압이 극심해진 1930년대 후반에 "오늘의 정세하에서 섣불리 미숙한 철학을 내두르니보다는 편편한 시정市井의 사실 속으로 자신을 침체시키는 것이 훨씬 더 위대에의 첩경"[1]이라는

1 유진오, 「조선문학에 주어진 새길」, 『동아일보』, 1939.1.12.

'시정의 리얼리즘'을 내세운다. '시정市井의 리얼리즘'은 쉽게 말해 단장을 들고 거리로 나가 시정 사람들의 일상적인 생활을 살펴봄으로써 새로운 가능성을 탐색하는 것을 창작방법으로 내세운다. 「가을」은 주인공 기호의 산책이라는 행위를 통해 시정의 리얼리즘이 미학적으로 구현한 작품으로서, 시정 편력의 행위는 자연스럽게 1930년대 말의 서울 시내를 구석구석 드러내는 효과를 발휘한다. 주인공 기호는 본래 "뜨거운 피, 날카로운 의기"를 지닌 지식청년이었지만, 지금은 어떠한 과거의 이념도 견지하고 있지 못하다. 그러한 상황은 겨울을 앞둔 가을의 상황으로 비유되고 있다. 답답한 마음에 산보를 나온 기호는 혜화정(혜화동), 창경원(창경궁), 원남정(원남동)네거리, 종묘 뒤 큰 거리, 돈화문 앞 파출소, 운이정(운니동), 본정(충무로), 황금정(을지로), 안동 네거리, 창경원 정문 앞, 동소문을 지나는 것이다. 이 작품에서도 본정의 술집에서는 이랏샤이마시, 스깡히도다와네, 맛다꾸다요, 시마이나사이요, 마다 하지맛다 등의 일본어가 자연스럽게 울려 퍼진다. 비록 짧은 시간이었지만 서울의 거의 절반이 일본인과 일본어와 일본풍으로 채워져 있었다는 사실은 가슴 아프지만 묻어둘 수만은 없는 서울의 또 다른 얼굴이다.

유진오

유진오는 1906년 서울 종로구 가회동에서 태어났다. 기계 유씨(杞溪 兪氏)로서 『서유견문』(1895)을 쓴 유길준, 한국 최초로 『법학통론』(1905)을 쓴 유성준, 연희전문의 법학 교수 유억겸 등이 그의 친척이다. 부친 유치형도 관비유학생으로 게이오의숙과 주오대학에서 법학을 공부한 후 법률가, 교육자, 관리 등으로 활동하였다. 유진오는 1929년 경성제국대학 법문학부 법학과를 제1회로 졸업하였고, 이후 보성전문학교 강사를 거쳐 헌법 교수를 지내면서 조선의 토착 근대 사상을 대표하는 지식인이 된다. 1927년 「복수」, 「스리」 등을 발표하며 등단한 유진오의 소설 세계는 크게 두 시기로 나뉘어진다. 등단 직후인 1920년대 후반부터 1930년대 초반까지로 사회적 문제에 관심을 많이 기울인 시기이다. 이 시기의 작품들은 빈민 계층을 제재로 의미 있는 사회의식을 드러내었다. 1930년대 중반부터는 초기의 경향문학적 요소를 벗어나 시정의 리얼리즘을 주장하였다. 이 계열의 작품들은 구체적인 삶의 현장에 가서 어떠한 선입견도 없이 그것들을 관찰하고 기록한다는 정신의 산물이다. 식민지 시기를 대표하는 지식인으로서, 이 시기 평단으로부터 가장 많은 주목을 받았다. 해방 이후에는 창작 활동을 중단하고 다양한 사회활동을 벌였다. 헌법 기초위원, 고려대 총장, 한일회담 수석대표, 국회의원, 민중당 대통령 후보, 신민당 총재 등을 역임하고, 1987년 노환으로 별세하였다.

(2017)

제5장
1940년대 해방된 서울의 아픔

계용묵 「별을 헨다」

계용묵은 많은 작품을 남기지는 않았지만 「백치 아다다」(『조선문단』, 1935.5) 한 편만으로도 한국인의 마음속에 깊이 자리 잡고 있는 작가이다. 그는 평생 동안 성실한 작가적 자세로 힘없는 자들의 소박한 희망과 아픔을 단정하고 기품 있는 문장으로 형상화하였다. 이념의 광풍 시대였던 해방기에 계용묵은 좌・우익의 어느 쪽에도 속하지 않은 중간파의 입장에서 현실의 혼란과 그 속을 헤쳐 나가는 약한 자들의 삶을 생생하게 보여주었다. 계용묵이 거대하고 획일적인 이념으로부터 자유로웠던 것은 그가 보통 사람들의 일상의 세목을 더욱더 구체적으로 작품화할 수 있는 유리한 조건이 되었던 것으로 보인다.

「별을 헨다」(『동아일보』, 1946.12.24~31)는 "당시의 작품으로 해방직후 38선의 상황, 남북한의 경제적 어려움, 서울의 주택・물자난, 도덕적 타락과 무질서 등 많은 문제를 적은 분량으로 이만큼 적실하게 반영한 작품은 찾아내기 어렵다"[1]는 평가가 조금도 지나치지 않을 정도로

1 이주영, 「계용묵 소설 연구」, 『어문학』, 2005.3, 658면.

해방기에 쓰여진 어떠한 작품보다도 서울의 삶을 생생하게 드러낸 수작이다.

식민지 시기가 수많은 사람들이 고국을 떠날 수밖에 없다는 것을 의미한다면, 해방은 떠나간 사람들이 다시 고국으로 돌아온다는 것을 의미한다고 새겨볼 수 있다. 「별을 헨다」는 해방이 되어 조국에 돌아온 사람들이 다시 피난민이 될 수밖에 없는 비극적 상황을 담은 소설이다. 만주에서 살던 주인공은 안전을 이유로 육로가 아닌 배를 타고 인천에 내렸다가, 그 사이 삼팔선이 그어지는 바람에 이북에 있는 고향 대신 서울에 머문다. 만주에서 귀환한 주인공은 집이 없어 "가마니 한 겹으로 겨우 둘러싼 산경의 단칸 초막"에서 어머니와 살아가는 것이다. 산사태가 날지 모른다고 산 아래 마을 사람들이 성화를 부리는 바람에 이들은 낙엽조차 맘대로 긁어서 쓸 수 없을 지경이다. "한 칸의 집, 한 자리의 일터"도 얻을 수 없는 생활을 하며, 이들은 차라리 만주에서의 생활이 나았다고 생각할 정도이다. 제목인 '별을 헨다'는 최소한의 주거 환경도 마련되어 있지 않기에 잠자리에서 별을 헤야만 하는 적빈赤貧의 상태에서 비롯된 것이다.

이들 모자의 삶은 시대적 전형성을 지닌다. 해방 이후 주인공 모자처럼 만주에서 남북한으로 유입된 인구는 753,322명이고, 그 가운데 1947년 말까지 남한으로 귀환한 인구는 343,581명에 이르렀다.[2] 만주뿐만 아니라 일본이나 중국 러시아에서 돌아온 동포들과 북한에서 내려온 월남민들로, 해방 한 해 전인 1944년 약 1,656만 명이었던 남한

2 야마무로 신이치, 윤대석 역, 『키메라－만주국의 초상』, 소명출판, 2009, 341면.

인구는 「별이 헨다」가 쓰여진 1946년에는 약 1,937만 명으로 300만 명 가깝게 증가한다.[3] 해방이 되자 서울에는 주인공과 같은 수많은 귀환동포와 더불어 월남민들이 대규모로 밀려들었던 것이다. 집을 등지고 내려온 그들에게 집이 있을 리 없었고, 이들은 주로 서울의 산기슭 밑에 몰려들거나 한강 다리 밑에서 겨우 비바람을 막고 지낼 수밖에 없었다.

「별을 헨다」에 등장하는 판잣집의 수준에도 이르지 못한 원시적 움막은 이러한 시대적 상황을 반영한 결과이다. 비슷한 시기를 배경으로 한 김동리의 「혈거부족」(『백민』, 1947.3)에서도 서울 삼선교와 돈암교 사이 구릉 같은 산지일대의 방공호 속에서 살아가는 사람들의 이야기가 등장한다. 이 방공호는 서울의 동쪽 언덕에 해당하는 낙산 줄기에 위치해 있다. 해방이 되어서 조국으로 돌아온 귀환민들은 아무런 삶의 기반이 없기에, 일제 말기 일본인들이 파놓은 원시적 움막 같은 방공호에서 최소한의 생계만을 이어가고 있다. 「혈거부족」은 해방 이후 대량으로 발생한 귀환민들의 척박한 삶의 현실을 다룬 소설로서, 평안도와 경상도의 사투리가 어우러지는 방공호에서 살아가는 이들은 당시 생존의 최저한계선으로까지 내몰린 조선민족을 상징하기에 모자람이 없다. 흥미로운 것은 해방 이후 우익 문단의 대표적인 문인이었던 김동리의 정치의식에 걸맞게, 해방된 조국의 구성원에는 공산주의자가 배제된다는 점이다. 그러한 특징은 공산주의자인 윤서방을 애꾸눈으로 설정한다든가 그러한 윤서방이 순녀를 겁탈하려고 한다든가 하는 식으로 부

3 박상하, 『경성상계사』, 푸른길, 2015, 357면.

정적으로 형상화하는 것에서 선명하게 드러난다. 「별을 헨다」에서 주인공 모자를 구박하는 산 아래 마을 사람은 이들에게 방공호에 가서라도 살라고 몰아붙인다. 장춘단이 피난민 소굴이라는 말도 등장하는데, 실제로 해방 이후에는 장춘단에 귀환동포와 월남민들이 거주하던 천막촌이 실재했다고 한다.

사람으로 넘쳐나는 해방 이후의 거리에는 주인공처럼 작지만 단단한 윤리의식을 가슴에 품고 사는 사람도 있지만, "겨레도 모르고 양심에 눈 감은 무리들"도 넘쳐난다. 그러한 무리를 대표하는 것이 바로 주인공의 친구이다. 이 작품에 등장하는 남대문 시장은 "무서운 판"이자 "총소리 없는 전쟁 마당"으로서 그곳에서는 생존의 몸부림만으로 가득한 해방기의 풍경이 살벌하게 드러난다. 친구는 헐값을 주고는 스물다섯 살의 어리숙한 청년이 파는 가죽잠바를 빼앗는다. 청년의 잠바가 만주산인 것에서 알 수 있듯이, 그 청년 역시 귀환민으로서 살기 위해서 자신이 가지고 있는 물건을 가지고 무작정 시장에 나온 것이다. 주인공은 그 시장을 채운 모든 사람들이 "소리 없는 총들을 마음속에 깊이들 지니고 있는 것"이라고까지 생각한다.

조선 후기부터 이현시장(동대문시장), 시전과 더불어 서울의 3대 시장으로 손꼽혔던 남대문시장(조선시대 이름은 칠패시장)은 일제 강점기를 거쳐 지금까지 한국을 대표하는 시장이다. 남대문 시장은 우리 현대사에서 귀환동포나 월남민과 인연이 깊은 곳이다. 해방 직후 "서울로 유입된 많은 해외동포와 월남민 등이 무허가 시장과 노점으로 흘러들"[4]었

4 박은숙, 『서울의 시장』, 서울특별시사편찬위원회, 2007, 223면.

다고 하는데, 이 소설에서는 이러한 장면이 생생하게 나타나 있는 것이다. 6·25 이후에는 빈손으로 내려온 월남민들이 미군부대에서 나오는 군복과 담요, 시레이션박스C-ration Box 등의 물건을 닥치는 대로 팔면서 상권을 장악해 나갔으며, 이로 인해 남대문시장은 아버지 혹은 늙은이의 이북 방언인 '아바이'를 붙여 '아바이 시장'이라고 불리기도 하였다.[5] 만주에서 귀환한 청년이 살기 위해 자신의 잠바를 팔고, 그것을 또 만주에서 귀환한 다른 이가 거의 강제로 빼앗다시피 하던 적나라한 지옥도가 펼쳐지던 남대문 시장은, 2000년 3월에는 관광특구로 지정될 만큼 하루 수만 명의 외국상인과 관광객들이 몰려오는 세계적인 시장으로 성장하였다. 외부에서 들어온 귀환민과 월남민들에게 개방적이었던 남대문 시장의 전통은 오늘날 전 세계를 향해 그 너른 품을 열어 보이고 있는 것이다.

「별을 헨다」가 담아낸 해방기 풍경 중에 가장 인상적인 것은 일본인 재산 즉 적산가옥에 대한 부분이다. 해방될 때까지 이 땅에 살던 일본(인)이 소유하고 있던 재산, 즉 적산敵産(해방 당시 한국에 살던 일본인이 일본으로 돌아갈 때 한국에 두고 간 재산에 대해 미군정이 재산권을 미군정 산하로 귀속시킨다는 의미에서 歸屬財産이라고 불리기도 함)의 처리문제는 해방 직후 가장 중요한 사회적 문제 중 하나였다고 해도 과언이 아니다. 해방 당시 적산의 자산적 가치는 당시 조선이 보유한 총 국부의 무려 80~85%에 이를 정도의 엄청난 규모였다. 이러한 적산의 처리는 거의 전적으로 미군정의 손에 달려 있었는데, 군정법령 제2호(1945.9)와 고작 3개월 후

5 위의 책, 233면.

에 발표된 군정법령 제33호에서 사유재산의 처리방침이 완전히 상반될 정도로 미군정은 적산에 대한 분명한 입장도 정하지 못한 형편이었다. 이러한 미군정의 무원칙하고 철저하지 못한 관리방식은 결과적으로 적산의 소유자를 애매하게 만들어 놓아, 협잡배와 모리배들로 하여금 법도 원칙도 없이 귀중한 공적재산을 횡령/착복하거나 탈취/강점하게 만들었던 것이다. 어떤 이는 해방 직후 적산을 둘러싸고 벌어진 파렴치한 재산 쟁투전은 한국 현대사의 갖가지 부정부패를 구조화시킨 온상으로까지 보기도 한다.[6]

사실 적산은 감추고 싶은 상처처럼 우리 기억 속의 깊은 곳에 숨겨져 있었다고 해도 과언이 아니다. 학계에서도 적산에 대한 본격적인 연구는 최근에야 이루어지고 있는 실정이다. 문학의 경우에도 적산을 둘러싼 사회적 모습을 담은 경우는 많지 않은데, 계용묵의 「별을 헨다」는 적산과 관련된 풍경을 담고 있는 드문 예에 속한다. 도덕을 버리지 못하는 주인공과 이익만을 추구하는 친구의 실감나는 대비도 적산가옥을 두고 벌어진다. 친구는 진고개 너머 일본집에 수속 없이 사는 사람을 내쫓고, 주인공이 들어가 살 수 있도록 도와주겠다고 말한다. 그러나 처음 서울에 와서 역시나 일본집 다다미방 한 칸에 짐을 풀었다가 수속이 없다는 이유로 쫓겨난 바 있는 주인공은 친구의 그러한 제안을 끝내 거절한다. 주인공과 달리 친구는 후암동에 위치한 커다란 회사의 중역이 살던 반 서양식의 빨간 적산가옥을 얻어 떵떵거리며 살아간다. 적산가옥을 둘러싼 작품 속의 혼란과 부패는 실제 역사적 사실과 그리 멀다

6 이대근, 『귀속재산 연구』, 이숲, 2015, 347~440면.

고 볼 수 없다.

꼭 적산과 관련된 것은 아니더라도 해방 직후의 서울은 부패한 곳으로 형상화되고는 한다. 「소년은 자란다」(1972년에 발표되었지만, 실제 창작 연도는 1949년으로서 채만식이 마지막으로 창작한 소설)의 영호 가족은 일제 말기 만주에서 살다가 해방을 맞이하여 한반도로 귀환한다. 영호 가족은 해방 이후 만주로부터 귀환한 75만여 명의 귀환민을 대표한다고 볼 수 있다. 영호 가족은 만주에서 무작정 서울에 도착한 상태이다. 「소년은 자란다」에서 서울은 영호 가족이 유일하게 의지하는 오선생을 찾아 원호소를 나와 돈화문과 계동을 거쳐 삼청동을 찾아가는 장면에서 등장한다. 채만식이 그려낸 해방 이후 서울 풍경에서 인상적인 것은 두 가지이다. 첫 번째는 거의 '변소'라고 해도 될 만큼 똥오줌으로 거리가 가득하다는 점이다.[7] 두 번째는 빈부의 격차가 매우 심각하다는 점이다. 서울 거리는 '변소'로 비유될 만큼 온갖 대소변으로 뒤덮여 있다. 이것은 해방 직후의 실제 현실을 반영하는 것인 동시에 해방 직후의 혼란하고 부패한 사회상에 대한 일종의 비유라고 할 수 있다. 또한 계동 어귀에서 잘 차려 입은 사람들을 보며, 영호는 자신의 추레한 모습과 비교하며 그들과 자신들이 같은 조선 사람이 아니라고까지 여기게 된다. 해방 직후 더욱 선명해진 계급적 갈등을 날카롭게 응시한 대목이라고 할 수 있다. 이러한 두 가지 특징은 한국의 대표적인 리얼리스트인 채만식답게 당대 현실의 본질적인 국면을 생생하게 드러낸 것이다.

계용묵의 「별을 헨다」에는 대낮의 골목에서 갑자기 총소리가 나는

7 최정아, 「해방기 귀환소설 연구」, 『우리어문연구』 33집, 2009, 382~383면.

장면이 등장하기도 한다. 총소리 직후 미군 구급차가 경적 소리를 울리며 "서대문 쪽을 향하여 종로 한복판을 질풍같이 달리는"데, 이것은 해방 직후 송진우, 여운형, 장덕수 등이 암살당했던 것처럼 폭력이 난무하던 해방기의 한 전형적인 모습이라고 할 수 있다.

결국 산 아래 마을 사람들의 성화로 이들 모자는 야산의 초막에서도 살지 못하게 되어, 마지막 수단으로 고향이 있는 이북행을 결심한다. 하나 남은 담요에다 아버지의 유골을 덧말아 등에 진 아들과 냄비 두 개에 바가지 하나를 든 어머니가 서울역에 도착했을 때, 이들은 뜻밖에도 이제 막 월남한 고향 사람을 만난다. 이들 모자는 고향 사람을 통해 이북의 사정도 남한과 별반 다르지 않다는 소식을 듣고 망연자실해 한다. 그 순간 "물 쎈 바다같이" 갑자기 휑해진 대합실 안에는 한기만이 떠돌며 작품은 끝난다. 대합실은 '물이 다 빠진 바다'에 비유되고 있는 것인데, 이때 등장한 바다의 이미지는 이 작품의 독특한 공간 상징을 통해 이해해 볼 수 있다.

「별을 헨다」는 주인공이 산꼭대기에 올라가 까치발을 하여 "고향의 앞바다"를 보려고 애쓰는 모습으로 시작되었다. 그러나 앞산이 가로막아 "고향의 앞바다, 푸른 바다, 시원한 바다"는 끝내 보지 못한다. '고향의 바다 대 타향의 산'이라는 이분법이 성립하고 있으며, 이것은 '이상 대 현실' 혹은 '현재 대 미래로서의 과거'라는 이분법으로 그 의미를 확장시켜 볼 수 있다. 처음에는 그나마 볼 수는 없었지만 산 너머에 존재하고 있던 바닷물이, 작품의 마지막에는 아예 사라져 버린다. '총소리 없는 전쟁 마당'에서 친구처럼 '용사'가 될 수 없었던 주인공은 남・북한 어디에서도 별빛을 가려줄 집 한 칸을 마련할 수 없었던 것이다. 이러한 인식은 지나치게 단순한 것일 수도 있지만, 시대적 진실의 한 단면이 날카롭게 드러나 있다는 점에서 그 문학적 의의는 결코 가볍다고 볼 수 없다.

계용묵(1904~1961)

계용묵은 1904년 평안북도 선천군에서 계항교의 장남으로 태어났다. 전통적인 가정 환경 속에서 한학을 배웠으며, 1919년 삼봉공립보통학교를 졸업하였다. 이후 중동학교, 휘문고등보통학교, 도요[東洋] 대학 동양학과 등에서 수학하였다. 1925년에 『조선문단』에 「상환」을 '자아청년(自我靑年)'이라는 필명으로 발표하며 등단하였고, 이후 1950년까지 약 45편의 단편소설을 별다른 공백 없이 발표하였다. 계용묵은 기본적으로 문장과 기교를 중요시하였으며, 허무주의적인 인생관을 평생 유지하였다. 그의 문학세계는 무산자들의 계급적 차별과 빈곤 문제를 다룬 초기(등단부터 1930년대 전반까지), 현실보다는 삶의 근원적 비애와 슬픔을 세심하게 형상화한 중기(1930년대 중반부터 해방 이전까지), 해방 이후 민족이 겪은 비극의 모습을 중립적으로 묘파한 후기(해방 직후부터 1950년까지)로 나누어 볼 수 있다. 각각의 시기를 대표하는 작품으로는 「최서방」(『조선문단』, 1927.4), 「백치 아다다」(『조선문단』, 1935.5), 「별을 헨다」(『동아일보』, 1946.12.24~31) 등을 들 수 있다. 계용묵은 소외된 자들에 대한 따뜻한 관심과 문장 하나에도 정성을 기울이는 작가로서의 성실성을 평생 동안 유지하였다. 1961년 『현대문학』에 「설수집(屑穗集)」을 연재하던 중 성북구 정릉 자택에서 지병으로 별세하였으며, 망우리 묘지에 안장되었다.

(2016)

제6장

1950년대 서울의 방황과 모색

이범선의 「오발탄」

이범선의 「오발탄」(『현대문학』, 1959.10)은 "1950년대의 전후상황을 총체적으로 드러내어 증언하고 있는 대표적인 고발문학"[1]이라는 평가가 보여주듯이, 6·25전쟁 이후의 비참한 현실을 절규하듯이 고발하고 있는 소설이다. 북의 고향을 그리워하다 미쳐버린 어머니, 계리사(회계사) 사무실 서기로 전찻값도 벌지 못하는 무력한 가장 철호, 상이용사로서 직업 없이 방황하다 권총강도로 내몰린 동생 영호, 양공주로 삶의 진창을 헤쳐 나가는 여동생 명숙 등은 한국 전쟁 이후의 암담한 현실을 증언하는 대표적인 인간형이다. 이범선의 「오발탄」을 통해 추상적 무시간성 속에서 헤어나오지 못하던 전후 소설은 비로소 현실과의 접점을 조금씩 회복하게 된다.

철호가 사는 곳은 해방촌이다. 해방촌은 해방 이후 월남민과 피난민들을 구제하기 위하여 정부가 현재의 남산 서남 기슭 용산구 용산동 2가 일대의 국유림 42정보를 대부하여 이들의 정착지로 삼게 한 것에서

1 조건상, 「이범선의 「오발탄」과 전후문학적 성격」, 『반교어문연구』 13호, 2001, 361면.

해방촌 108계단

비롯되었다.[2] 남산의 남쪽 기슭에 위치한 해방촌은 일제 시기에는 전몰 장병들을 기념하는 일본신사神社만 위치한 산림지역이었다고 한다. 오늘날에도 해방촌에 남아 있는 하늘 계단(혹은 108계단이라고도 불림)은 신사로 올라가는 길이었다고 한다.

넓게 보자면 해방촌은 광복 이후 서울에 생겨나기 시작한 달동네들 중 하나라고 할 수 있다. 8·15광복과 한국전쟁 이후 서울의 인구는 급격히 증가했다. 해외에서 귀국한 동포들, 한국전쟁으로 인한 월남민과 피난민, 농촌의 피폐로 인한 이농민들의 유입 때문이었다. 이들은 하천변이나 산비탈에 무허가로 판잣집이나 천막집을 짓고 살았다. 이들은 일거리가 주로 도심에 있었기 때문에 도심에서 멀리 벗어날 수 없었으며, 이로 인해 도심 주변 지역에 달동네가 형성되었다.[3] 해방촌 역시 이러한 달동네 중의 하나이며, 강대진 감독의 「박서방」(1960), 「마부」

2 서울특별시사편찬위원회 편, 『대한민국 수도 서울의 출발』, 예맥 출판사, 2004, 418면.
3 심승희 외, 『서울스토리』, 청어람미디어, 2013, 35면.

(1961) 등에서처럼 "서울의 가난하고 어려운 이들의 삶을 압축해놓은 대표적인 공간으로 설정"[4]되고는 하였다.

「오발탄」의 배경인 해방촌은 일종의 난민촌에 가깝다. 해방촌은 본래 월남민들 중에서도 남한사회에 성공적으로 편입하지 못한 "중·하층 사람들의 마을"[5]이었다. 철호 가족의 삶이야말로 해방촌의 이러한 성격을 전형적으로 보여준다. 그곳은 최소한의 생활만이 가능한 생존의 공간이며, 전쟁으로 실성한 어머니의 '가자'라는 외침이 상징하듯이 분단의 상처를 고스란히 담고 있는 공간이기도 하다. "산등성이를 악착스레 깎아내고 거기에다 게딱지같은 판잣집을 다닥다닥 붙여놓은" 해방촌의 풍경은 작품 속에서 "레이션 곽을 뜯어 덮은 처마가 어깨를 스칠 만치 비좁은 골목이었다. 부엌에서들 아무데나 마구 버린 뜨물이 미끄러운 길에는 구공탄 재가 군데군데 헌데 더뎅이 모양 깔렸다. 저만치 골목 막다른 곳에, 누런 시멘트 부대 종이를 흰 실로 얼기설기 문살에 얽어맨 철호네 집 방문이 보였다"고 묘사된다.

철호의 집 안이라고 해서 그 남루함이 덜하지는 않다. "걸레 썩는 냄새"로 가득한 철호의 집은 흡사 움막과도 같으며 그곳은 어둠과 시체의 이미지가 가득하다. 달랑 칸막이 하나를 기준으로 윗방과 아랫방으로 나뉘어져 있으며, 윗방에서는 철호와 그의 아내 그리고 다섯 살 난 딸이 자고, 아랫방에서는 정신이상의 어머니와 장성한 영호 명숙 남매가 함께 잔다. 이 집을 밝히는 것은 오직 아랫방과 윗방 사이 문턱에 놓여서 "개똥벌레처럼 가물거리"는 "등잔" 뿐이다. 등잔불은 그 좁은 집에

4 변재란, 「유현목 영화에서의 도시 서울 읽기」, 『영화연구』 49호, 2011, 165면.
5 이신철, 「월남인 마을 '해방촌'(용산2가동) 연구」, 『서울학연구』, 2000, 115면.

수많은 그림자를 만들어 내며, 철호는 등잔불에 담뱃불을 붙이다가 머리카락을 태우기도 한다. 이 어두운 집안의 사람들은 모두 시체에 비유된다. 철호의 외모는 "송장", 어머니는 "솜 누더기에 싸놓은 미라", "해골 같은 몸", "시체", 만삭의 아내는 "몽유병자" 혹은 "무슨 둔한 동물", 심지어 다섯 살의 딸아이마저 "송장"에 비유되는 것이다.

「오발탄」의 해방촌은 역시 빼어난 소설답게 다른 공간과의 유기적인 연관 속에서 고유한 의미를 획득하고 있다. 수직의 선을 따라 밤하늘, 해방촌, 거리라는 세 가지 공간이 설정된다. 철호는 저녁을 먹으면 집 뒤 산등성이에 올라가 밤하늘을 쳐다보고는 한다. 밤하늘을 바라보며 철호는 고향 마을을 눈앞에 떠올리는 것이다. 그 순간에는 "고향마을의 좁은 길까지, 아니 그 길에 박혀 있던 돌 하나까지도" 선명하게 떠올릴 수 있다. 다음으로 사무실, 경찰서, 병원 등이 위치한 서울의 거리를 생각할 수 있다. 이 거리는 전후의 냉엄한 현실논리가 지배하는 곳이며, 이곳에서 철호는 패배자이다. 그러나 단편소설이라는 한계로 인해 서울 거리의 로컬리티가 풍부하게 드러나지는 않는다. 1961년 유현목 감독의 영화 〈오발탄〉은 영호를 핵심적인 인물로 부각시켜 서울 거리의 로컬리티를 풍부하게 살려내고 있다. 시끌벅적한 스탠드바 장면으로 시작된 영화는 공장, 철도, 현대식 주택 등이 다양한 촬영 기법을 통하여 흑백 화면을 풍성하게 채워주고 있는 것이다.

해방촌은 이상향으로서의 고향에 연결된 밤하늘과 냉엄한 현실 논리가 지배하는 서울 거리의 중간쯤에 위치한 곳이라고 할 수 있다. 그것은 현실과 이상, 윤리와 욕망이 각축장을 벌이는 곳이라고도 볼 수 있다. 등장인물과 관련시켜 보면, 밤하늘은 고향만을 그리워하다가 현실과의 연관을 잃어버린 어머니, 해방촌은 이상에의 지향과 현실에의 적응 사이에서 고민하는 철호, 서울거리는 욕망과 현실의 논리에 충실한 영호와 명숙에 대응된다.

「오발탄」에서 가장 중요한 갈등은 철호와 영호 사이에서 벌어진다. 철호는 이십오 환 전찻값이 없어서 종로에서 집까지 십 리 가까운 거리를 걸어다니지만 "가난하더라도 깨끗이 살자는" 인생관의 소유자이다. 철호와 달리 영호는 "양심이고, 윤리고, 관습이고, 법률"을 벗어던지고 폼나게 "한번 살아봅시다"라는 입장을 가지고 있다. 둘의 대조적이 인생관은 철호가 피우는 국산 담배 파랑새와 영호가 피우는 빨간색 양담배를 통해 감각적으로 드러난다. 파랑새는 전후의 상처를 극복하고 어떠한 시련에도 굴하지 않는 희망을 상징하는 의미에서 '파랑새'라는 이름을 달고 1955년에 출시된 담배였다.

그러나 철호와 영호의 대비가 뚜렷한 것은 아니다. 영호는 폼나게 살기 위해 권총강도짓을 벌이지만, 결국 범죄의 목격자를 살려두는 바람에 검거된다. 영호는 자신이 부정했던 "인정선人情線"에 걸리고 만 것이다. 나중에 철호가 의사들의 위험하다는 충고에도 불구하고 이빨을 두 개나 뽑아 혼절 상태에 이르는 것은 양심, 윤리, 관습, 법률만으로는 지탱될 수 없는 삶의 냉혹한 실상을 인정한 행동이라고 볼 수도 있다. 철호는 을지로 입구에서 명숙이 미군과 같은 지프차에 타고 있는 모습을 본 이후로 한마디 말도 명숙에게 건네지 않는다. 그러나 출산하다가 목숨이 위태로운 지경에 이른 아내를 찾아갈 때의 병원비는 결국 명숙의 주머니에서 나온다. 철호가 강조한 양심, 윤리, 관습, 법률은 결코 삶의 논리를 뛰어넘을 수는 없었던 것이다.

전쟁 이후 미군에게 몸을 팔아 사는 여인의 모습은 1950년대 다른 소설에서도 발견할 수 있다. 김광주의 「불효지서不孝之書」(『전시 한국문학선 소설편』, 1954)는 부산에서 피난 생활을 하는 남편이 자신이 본래 살던 서울에 2년 만에 올라와 여관방에 머물며, 부산에 있는 아내에게 편지를 쓰는 형식으로 되어 있다. 이 작품의 주인공은 병든 팔순 노모를 홀로 남겨두고 부산으로 피난을 간다. 어머니는 홀로 남겨진 서울에서 스스로 곡기를 끊어 자살하고, 그 어머니의 시신은 이웃인 순임 모녀에 의해 간신히 수습되었다. 이 작품의 주인공은 삼선교三仙橋를 지나 돈암동에 있던 자신의 집을 찾아간다. 2년 전에 살던 집은 순임이 모녀가 대문에 새파랗게 페인트칠을 하였고, 그 집에서 모녀는 미군을 상대로 매춘을 하며 살아간다. 서울에서 자식도 없이 죽어간 팔순 노모나, 미군 상대로 매춘을 해서 살아가는 순임 모녀는 전쟁이 서울 시민에게 얼마나 가혹한 재앙이었는지를 선명하게 보여준다. 또한 아무런 생계의 수단이 없던 전시에 젊은 여성이 미군들을 상대로 몸을 팔아 겨우 생존해 나가는 경우도 있었음을 확인할 수 있다.

「오발탄」에서 해방촌이라는 명칭은 너무도 분명한 아이러니를 담고 있다. 해방이라는 이름이 가지고 있는 본래의 의미와 달리 철호 가족이 살고 있는 해방촌은 분단과 전쟁으로 인하여 삶의 근거를 송두리째 빼앗긴 사람들의 보금자리이기 때문이다. "해방촌이 이름 그대로 해방촌解放村일 수는 없는 노릇"인 것이다. 그러나 그보다 더한 아이러니는 어머니와 철호가 내지르는 '가자'라는 말에서 발생한다. 실성한 어머니의 '가자'라는 외침은 이 단편소설 전체에서 23번이나 반복해 울려 퍼진다. '가자'라는 외침은 정신이상이 생기기 전부터 어머니가 입버릇처럼 되풀이하던 말이며, 이 말은 철호의 말마따나 "고향으로 돌아가자"와 "옛날로 되돌아가자"는 분명한 의미를 담고 있다. 마지막에 어금니를 두 개나 뽑아 와이셔츠를 흥건하게 피로 적신 철호는 어머니가 그랬듯이 택시 기사에게 '가자'라고 외친다. 그러나 정신 나간 어머니가 외치는 '가자'에는 분명한 지향점이 있지만, 정신이 온전한 철호가 외치는 '가자'에는 분명한 지향점이 없다. 철호의 '가자'라는 공허한 외침은 전후의 혼란과 그 속에서 삶의 작은 방향이라도 찾고자 하는 소시민의 처절한 비명이라고 할 수 있다.

어머니의 '가자' 소리와 온갖 빈곤의 풍경으로 가득했던 1950년대의 해방촌은 지금 새로운 모습으로 분주하게 탈바꿈을 하고 있다. 최근에는 지자체와 주민들의 자발적인 노력으로 예술마을, 빈집 주거공동체, 빈공작소, 종점 수다방, 해방촌 축제와 같은 새로운 지역 모델을 만들어 나가고 있는 중이다.[6] 또한 해방촌은 반포동 서래마을, 이촌동 리틀 도쿄, 가리봉동 연변거리 등처럼 특정한 국적의 사람들이 모이는 마을과는 달리 다양한 국적·종교·문화의 외국인들이 함께 어울리는 진정한 다문화 공간으로서의 성격을 보여주고 있다. 특히 이태원에서 해방촌으로 진입하는 '리틀 이태원 거리'에는 다양한 외국인과 이국적인 음식점이 가득하다. 그러고 보면 태생적으로 이주민에 의해 형성된 해방촌은 2016년 지금도 우리 사회의 또 다른 이주민들을 향해 그 품을 활짝 열어놓고 있다. 월남인들, 지방 출신의 서민들, 미군기지의 미국인들에 이어 비정규직 이주 노동자들이나 단기 체류자들처럼 경제적으

6 공윤경, 「해방촌의 문화 변화와 공간의 지속가능성」, 『한국사진지리학회지』, 2014, 26~35면.

로 풍족하지 않은 외국인들을 새로운 주민으로 맞아들이고 있는 것이다. 용산동 2가 해방촌은 아이러니로서의 '해방촌'이 아닌 고유성과 보편성이 공존하는 문자 그대로의 '해방촌'이 되어 가는 중이다.

이범선(1920~1982)

이범선은 1920년 평안남도 안주군에서 대지주인 아버지 이계하와 어머니 유심건의 5남 4녀 중 차남으로 태어났다. 1938년 진남포공립상업학교를 졸업하였으며, 해방 이후 월남하여 1949년 동국대학교 국문학과를 졸업하였다. 월남한 지주 계층으로서의 실향의식은 그의 작품 전반에 깊은 음영을 드리운다. 1951년에는 장승포의 거제고등학교에서 교사로 근무하였고, 1954년에는 대광고등학교에서 교사로 근무하였다. 1955년 단편 「암표」와 「일요일」이 김동리의 추천을 받아 『현대문학』에 발표되면서 등단하였다. 이후 「학마을 사람들」(1957)과 「오발탄」(1959)을 발표하며 50년대를 대표하는 작가로서의 위상을 확고히 하였다. 1982년 별세할 때까지 꾸준한 작품 활동으로 90편이 넘는 소설을 남겼다. 그는 전쟁이 남긴 상처와 그것의 극복이라는 과제를 집요하게 탐구하였으며, 서정적 인간형의 정밀한 묘사, 전통적 공동체에 대한 향수, 소시민의 애환과 윤리의식의 형상화, 날카로운 현실 고발이라는 고유한 개성을 지속적으로 작품화하였다. 1962년 외국어대학교에 교수로 취임하였고, 1981년에는 예술원 회원이 되었다. 1958년 「갈매기」로 제4회 현대문학상 신인상을, 1961년 「오발탄」으로 제5회 동인문학상을, 1981년 대한민국예술상 등을 수상하였다. 이듬해인 1982년 뇌일혈로 별세하였다.

(2016)

제7장

1960년대와 공동묘지

이문구의 「장한몽」

이문구는 작가생활 내내 농촌과 농민의 문제를 누구보다 진지하게 작품화한 작가이다. 특히 우리말 고유의 가락을 살려낸 예스러우면서도 해학적인 문장은 누구도 흉내낼 수 없는 한국현대소설사의 진경 중 하나이다. 이문구 삶에 대한 평전을 쓴다면, 그 자체로 한국문학사의 훌륭한 이면사가 그려질 것이라는 말이 있을 정도로 그는 문단과 사회활동에도 적극적으로 참여하였다.

이문구의 『장한몽』은 『창작과비평』에 1970년 겨울부터 1971년 가을까지 연재된 약 2,700매 분량의 장편소설이다. 1960년대 서대문구 신천동 산 5번지에 있는 공동묘지를 배경으로 하여, 닷새간에 걸쳐 2,000여 기의 무덤을 광주군 명주리로 옮기는 이장공사를 핵심적인 내용으로 삼고 있다. 땅주인인 브라운이 공동묘지 자리에 학교 부지를 조성하기 위해 이장공사를 시작하고 현장 감독으로 김상배가 부임하면서 소설은 시작된다. 이 작품은 이문구의 첫 번째 장편소설로서 그 어떤 작품보다도 작가의 실제 삶이 진하게 배어 있다. 6·25로 인해 졸지에 가족을 잃고 상경한 이문구는 마포와 신촌 일대에서 행상과 잡역부 생활을 오랫동안 해야만 했으며, 1965년 가을에는 동네 사람의 권고로 공동묘지를 파 옮기는 일을 두어달 동안 경험하였던 것이다. 「장한몽에 대한 짧은 꿈」이라는 산문에는 이때의 기억이 비교적 상세하게 기록되어 있으며, 그 기록은 소설 속의 기본적인 내용과도 거의 일치한다. 『장한몽』은 위의 산문에서 말한 것처럼 "사실事實을 사실査實한 대로 사실寫實하기로 작정"하고 쓰여진 소설인 것이다.

공동묘지 이외에도 이 소설에는 주인공 김상배와 10여 명의 인부들을 따라 그 어떤 소설보다도 세밀하게 1960년대 마포와 신촌 일대의 풍경이 빈번하게 등장한다. 작가의 직접적인 체험에서 비롯된 것이 분명한 실감에 바탕해, 와우산, 마포강(마포 앞의 한강), 신촌시장, 아현시장, 모래내, 염리동, 신촌 로터리, 노고산 일대, 동교동 골목, 이대 앞 대흥극장, 대한일보사 뒷골목, 신영극장, 신촌역전이 정밀하게 묘사되어 있는 것이다. 당시 서울의 변두리인 이들 공간은 산업화가 진행되던 당시 서민들의 소박한 삶과 많이 닮아 있다.

공동묘지 현장은 작품 속에서 '신천동 산 5번지'로 설정되어 있는데, 이곳은 연희초등학교 뒤편의 외국인 학교터 근처로 짐작된다. 실제로 이문구는 이곳에서 수천여 기에 이르는 묘를 이장한 경험이 있다고 증언한 바 있기 때문이다. 지금 이곳은 공동묘지와는 거리가 멀게 번화하고 세련된 곳이지만, 작품 속의 신천동 공동묘지는 불법적으로 조성된 이천여 기의 무덤과 무허가 판잣집들이 널려 있는 황량한 공간이다. 밤이 되면 공동묘지에서는 연희동 기독교 방송국 송신탑과 당인리 발전소 송전탑 적신호등만이 보일 뿐이다.

세계문학사에서도 유례를 찾기 어려운 공동묘지 배경의 소설이 탄생한 배경은 무엇일까? 그것은 작품 속 공동묘지의 성격을 통해 유추해볼 수 있다. 본래 백여 기 정도였던 조그만 공동묘지는 6·25가 낳은 수많은 죽음들로 하여 이천여 기가 넘는 공동묘지가 되었던 것이다. 공동묘지에 암매장된 시체들을 파내서 새로운 곳으로 옮겨 단장하는 일은 전쟁의 상처에 대한 애도 작업을 나타내는 비유로 적당해 보인다. 전쟁으로 죽은 시체들을 이장하는 작업은 자연스럽게 과거와의 대면과 그 극복이라는 문제를 끌어내기 때문이다. 실제로 인부 구본칠은 공동묘지에서 구두 한 짝을 신은 채 거꾸로 파묻힌 시체를 보고서는, 6·25 당시 자신의 부모를 죽게 한 앙갚음으로 자신이 살해해서 암매장한 황승로를 떠올린다.

누구보다 전쟁과 관련하여 가장 큰 상처를 지닌 인물은 현장의 감독인 김상배이다. 김상배는 장한몽長恨夢(오래도록 사무치어 잊을 수 없는 마음)을 지니고 있는 인물로서, "언제나 상대방에게 패배해야만 정상"이라 여기는 열패감과 무력감에 휩싸여 있다. 그렇기에 아내와 처가 식구들에게도 인정받지 못하고, 사회에서도 자기 자리를 확보하고 있지 못하다. 상배를 이해하기 위해서는 6·25가 그의 가족에게 가져온 엄청난 비극을 먼저 들여다봐야만 한다. 평범한 농민이었던 상배의 부친은 6·25 당시 만세를 잘못 불렀다가 경찰관들에게 총살당한다. 이후 상배의 형 상부는 아버지에 대한 복수심과 약혼녀의 영향으로 좌익 활동을 하다가 끔찍한 고문 끝에 살해당해 수장水葬당한다. 이 일로 상배는 사회의 온갖 차별과 억압에 고스란히 노출되어 성장한 것이다. 상배가 무력감과 결핍감, 불안과 음울함으로 가득한 사람이 된 것은 어찌보면 필연이라고 할 수 있다.

이문구가 자신의 첫 번째 장편소설을 공동묘지에서부터 시작할 수밖에 없었던 것은 바로 그 전쟁이 만들어 낸 그 무수한 죽음에 대한 애도를 어떤 식으로든 수행하지 않으면 안 되었던 실존적인 이유와 무관하지 않다. 전쟁으로 거의 모든 것을 잃어버린 상배야말로 다름 아닌 이문구의 모습이기 때문이다. 남로당에 연루되어 있던 이문구의 아버지는 전쟁 당시 예비검속되어 죽었고, 곧이어 두 명의 형도 좌익으로 몰려 생을 마감한다. 이 일로 할아버지와 어머니도 얼마 후에 세상을 떠난다. 시인 고은이 바다에 수장된 이문구의 가족을 염두에 두고 "대천 앞바다에 가면 생선이나 조개를 먹지 않을 일이다"라고 말한 것은 결코 과장이 아니었던 것이다. 이문구는 자신의 어린 시절을 회고하며 "어디를 가나 있어도 없는 듯하게 표가 안 나고 티가 안 나도록 아무 짓도 하지 않는 아이가 되었다"고 기술한 바 있는데, 이것은 상배의 무력한 모습에 그대로 연결된다. 전쟁의 상처를 극복하는 문제야말로 한국사회는 물론이고 작가 개인에게도 가장 절실한 문제였던 것이고, 이를 문학적으로 감각화하기에 "전쟁이 버린 숱한 목숨들을 함부로 내다버려" 만들어진 신천동 공동묘지는 그 어떤 공간보다도 적합했을 것이다.

이 공동묘지라는 무대에는 전쟁으로 죽은 시체들뿐만 아니라 무허가 판잣집에 살며 이장 작업을 하는 십여 명의 인부들도 등장한다. 이들은 그야말로 생존을 위한 악착스러움과 억척스러움으로 똘똘 뭉쳐진 인간들, 아니 차라리 짐승들이다. 이들은 운반이 쉽도록 덜 부패된 시체들의 살과 뼈를 추려내는 일, 쌀뜨물에 간장을 섞어 만든 물을 해골물로 속여 간질병자에게 파는 일, 짝사랑하는 여인에게 선물할 돈을 마련하려고 시체의 머리카락을 남몰래 모으는 일 등을 예사로 벌인다. 이러한 행위에 비한다면 무덤에서 나온 돼지저금통이나 사발 혹은 시체의 금니 등을 챙기는 것은 차라리 애교에 가깝다. 신천동의 공동묘지 이장 작업은 "일종의 황무지 개간 사업"에 해당하며, 우선 먹고 살아야 한다는 생존의 논리 앞에 망자에 대한 예의나 산자에 대한 체면 따위가 들어설 자리는 없다. 『장한몽』에서는 이상필이 인부들을 규합하여 김상배나 마길식에 맞서 자신들의 주거와 일자리 등을 보장받으려는 시도가 비중 있게 다루어지지만, 이러한 시도조차도 노동자나 민중의 숭고한 대의보다는 어떻게든 살아남아야 한다는 질긴 생존의지의 차원에서 읽혀질 정도이다.

처음 보통 사람에 비해 뭔가 결핍되어 있다고 느끼며, 보통 사람이 되고자 했던 상배는 인부들의 억척스러움과 악착스러움을 "실체와 실리에 주추를 댄 용기"나 "어느 누구의 논리보다도 고차적인 실천"처럼 높게 평가한다. 상배는 보통 사람의 모습을 인부에게서 발견하고, 그와 같이 되려고 노력했던 것으로 새겨볼 수도 있다. 여기서 한 가지 생각해야 할 것은 시체의 머리카락까지 잘라 파는 일이 사실은 "증산 · 수출 · 건설이 이 땅의 윤리"가 되어 있는 당시의 시대상황과 결코 무관하지 않다는 점이다. 전쟁의 상처로 모자란 자가 된 상배는 과연 생존의 논리, 시대의 논리에 그대로 복종하는 '보통 사람'이 됨으로써 온전한 인간이 될 수 있을까?

『장한몽』에서 상배는 '보통 사람'과는 다른 길을 향해 성큼 나아간다. 그것은 이장이 모두 끝난 신천동 공동묘지에서 상배가 최미실과 나누는 대화를 통해 확인할 수 있다. 미실은 이장 작업 내내 신천동 공동묘지를 헤매는데, 그 이유는 자신의 제웅을 찾기 위해서이다. 미실의 부모는 아들을 원하지만, 미실의 남동생들은 태어나자마자 죽는다. 이에 미실의 부모는 무당의 말에 따라 미실의 사망신고를 하고 미실의 제웅을 만들어 신천동 공동묘지에 묻었던 것이다. 이후 미실은 이미 죽은 남동생으로 행세하며 유령 아닌 유령으로 살아온 것이다. 상배와 미실은 이 사회로부터 배제된 유령이라는 점에서 서로의 거울상이라고 볼 수 있다. 공동묘지가 사라져 절망하는 미실에게 상배는 나름의 충고를 해주는데, 그것은 '나'를 잃어버리고 방황해 온 김상배 자신을 향한 것이기도 하다.

김상배는 '잃어버린 자기를 찾는 것'에서 나아가 '자기를 만들어 볼 것'을 제안한다. 그리고는 보통 사람이 되고자 했던 자신을 반성하며, 자기를 유령으로 만든 것은 바로 그 보통 사람들이라고 말한다. "그 보통 사람들이 하고 있는 짓이 얼마나 추악하고 악랄하며 비인간적인 행위인가도 발견하게 됐고, 이젠 당하기만 할 게 아니라 꺾어 이겨야 한다"고 선언하는 것이다. 이것이야말로 『장한몽』에서 김상배가 전쟁의 상처와 시대의 논리를 극복할 수 있는 방법으로 깨달은 최종적인 진실에 해당한다고 할 수 있다. 전쟁의 상처로 인해 언제까지 무력할 수는 없지만, 그렇다고 해서 생존의 논리에 함몰되어서도 안 된다는 것. 생존의 논리로 전쟁의 상처는 결코 치유되지 않으며, 어쩌면 전쟁은 바로 그 생존의 논리로부터 비롯되었을지도 모른다는 것. 이러한 상배의 깨달음은 어디에서 온 것일까?

이 작품에는 장마철의 잠시 스쳐가는 푸른 하늘처럼 상배가 말할 수 없는 행복감에 젖어드는 장면이 나온다. 상배는 명주리 공동묘지에 처음 갔을 때, 가을이 한창인 농촌의 풍경에서 풍성해지는 기분을 느끼며 자기뿐 아니라 모든 사람들의 고향은 농촌일 거라고 생각하는 것이다. 상배에게 농촌은 낙후된 곳이 아니라 오히려 상배가 서울에서 그토록 뼈저리게 익히고 있는 생존의 논리보다 더욱 중요한 삶의 가치를 담지하고 있는 성소聖所이다. 이문구의 농촌에 대한 그 형언할 수 없는 경의와 애정은 도시 변두리의 공동묘지를 배경으로 한 『장한몽』에도 강력하게 숨 쉬고 있는 것이다. 이문구에게 농촌은 본능적인 아름다움과 행복의 근원으로서, 그의 문학과 삶의 기원인 동시에 도달해야 할 지향점이기도 하다. 하늘과 이 대지가 무상으로 준 것을 이용해서 먹고 사는 농촌의 시각에서 보자면, 도시에서의 삶이란 "사람과 사람끼리 사람을 이용해 먹고자 하는 생리"에 바탕한 한스럽고 안타까운 것에 불과하다. 『장한몽』은 눈에 들어오는 모든 것과 눈에 보이지 않는 모든 것을 품으로 감싸 안는 "흙의 생명"을 찬양하는 것으로 시작되는데, 농촌이야말로 흙의 너그러움이 여전히 살아 있는 공간이었던 것이다. '흙의 생명'이야말로 공동묘지라는 죽음의 공간을 생명의 공간으로 변화시키는 근원적 빛이라고 할 수 있다.

이문구(1941~2003)

1941년 충청남도 보령시 대관동 갈머리[冠村]에서 4남으로 태어났다. 한국전쟁으로 인해 집안이 풍비박산 나자 중학을 마친 후 바로 상경하여 막벌이꾼으로 생계를 이어간다. 1963년 서라벌예술대학 문예창작과를 졸업하였고 대학 시절에는 소설가 박상륭 등과 교류한다. 1965년에는 「다갈라 불망비」를 1966년에는 「백결」을 스승 김동리의 추천으로 『현대문학』에 발표하여 등단하였다. 이문구는 작가생활 내내 농촌과 농민의 문제를 누구보다 진지하게 작품화한 작가이다. 특히 우리말 고유의 가락을 살려낸 예스러우면서도 해학적인 문장은 누구도 흉내 낼 수 없는 한국현대소설사의 진경 중 하나이다. 대표작으로는 『장한몽』을 비롯하여 연작소설 『관촌수필』(1977), 『우리 동네』(1981), 「유자소전」(1993) 등이 있다. 이문구 삶에 대한 평전을 쓴다면, 그 자체로 한국문학사의 훌륭한 이면사가 그려질 것이라는 말이 있을 정도로 그는 문단과 사회활동에도 적극적으로 참여하였다. 자유실천문인협의회 간사(1974~1984), 국제펜클럽 한국본부 이사(1977~1997), 한국소설가협회 상임이사(1995~1997), 민족문학작가회의 이사장(1999~2001) 등을 역임하였으며, 한국일보문학상(1972), 한국문학작가상(1978), 요산문학상(1990), 펜문학상(1991), 만해문학상(1993), 동인문학상(2000) 등을 수상했다. 2003년 지병인 위암으로 별세하였을 때, 문학역사상 최초로 문예 4단체(한국문인협회, 민족문학작가회의, 펜클럽, 소설가협회) 합동 문인장이 치러졌다.

(2017)

제8장

1970년대와 아파트 시대의 개막

최인호의 「타인의 방」

최인호의 「타인의 방」(『문학과지성』, 1971년 봄)은 도시화로 인해 본격화된 인간 소외의 문제를 작가의 빛나는 감성으로 형상화 한 작품이다. 동시에 그 당시 주거공간으로 일반화되기 시작한 아파트를 전면적인 배경으로 삼았기에 '아파트 소설'이라고 불려도 전혀 손색없는 작품이기도 하다.

2017년 지금, 특별한 감흥을 느끼기 힘들 정도로 아파트는 보편화되었다. 2000년 이후 새로 지어지는 주택 중 85% 이상이 아파트이며, 구입하고 싶은 주택유형의 70% 가까이가 아파트라는 통계도 있다. 문학에서도 배경으로 아파트가 나오는 소설을 찾는 것보다 아파트가 등장하지 않는 소설을 찾는 것이 더욱 쉬울 정도가 되었다. 아파트가 이토록 가파른 속도로 한국 주거문화의 중심이 된 이유는, 짧은 시간 동안 빨리 많이 지을 수 있다는 아파트 고유의 특성 때문일 것이다. 특히나 해방 이후 30여 년 만에 거의 10배가 증가한 서울의 인구(1945년 해방 직후 100만 명이 채 안 되었던 서울의 인구는 1970년대 말에는 무려 1,000만 명에

여의도 시범아파트

이르렀다)로 인한 주거난을 해소하기 위한 수단으로 아파트만큼 효과적인 것은 없었다. 주거 문제를 해결하기 위해 1962년 제1차 경제 개발 계획의 하나로 아파트 건축이 본격적으로 추진되었고, 그 대표적인 산물이 바로 한국 최초의 대규모 아파트 단지인 마포아파트(6층 높이의 총 642세대)이다.

최인호의 「타인의 방」이 쓰여진 1971년은 한국 아파트 역사에서 매우 중요한 해로 기억할 만하다. 이 해에는 12~13층으로서 당시 기준으로는 초고층 아파트였던 여의도 시범아파트가 완공되었으며, 여의도 시범아파트는 그 이전까지 주택난 해소를 위해 지어진 서민주택 정도로 경시되던 아파트가 중산층이 선호하는 고급스러운 주거 유형으로 인식되는 계기가 되었기 때문이다. 이후에도 아파트는 우리 삶에 더욱 깊이 파고들어 1975년에는 뉴타운의 시초라는 잠실 아파트 단지가 건설되었고, 1991년에는 분당 일산 등에 거대한 아파트 단지로 이루어진 신도시가 건설되기도 하였다.

최인호 이전에 아파트를 문학의 공간으로 끌어들인 작품이 한국문학사에 없는 것은 아니다. 일제 말기의 대표적인 전향소설(사회주의자였다가 그 신념을 포기한 작가의 작품 중에서 전향 문제를 다룬 작품)인 김남천의 「경영」(『문장』, 1940.10)과 「맥」(『춘추』, 1941.2) 연작에도 이미 아파트가 주요한 공간으로 등장한다.[1] 이 작품에는 자신의 신념에 바탕해 전향을 한 오시형, 오시형의 연인으로 그의 옥바라지까지 했지만 배신당하는 최무

---

1 「경영」에는 특이하게 위장전향이 아니라 나름의 신념에 바탕해 전향을 한 오시형이라는 완전 전향자가 등장한다. 오시형은 자신이 감옥에 가 있는 2년 동안, 온갖 뒷바라지를 도맡아 한 최무경을 버리고 아버지가 소개한 도지사의 딸을 선택한다. 오시형은 식민지 말기 동아시아 지역에서 일본 제국주의의 패권을 합리화하는 이데올로기였던 다원사관(동양문화론)에 바탕해 사회주의와 결별하고 동양주의로 향하게 된다. 최무경의 시각으로 서사가 진행되는 이 작품에서 오시형은 기본적으로 부정적인 인물로 형상화되고 있다. 「경영」에 이어지는 「맥」에서는 최무경과 오시형 이외에 주요인물로 제국대학 강사였던 이관형이라는 인물이 새롭게 등장한다. 이관형은 오시형이 전향의 논리로 내세운 동양학의 건설과 동양인으로서의 자각에 대하여 회의적인 태도를 지니고 있다. 이관형은 최무경과의 문답을 통해 다원사관과 동양학이란 성립될 수 없다는 입장을 보여준다. 작가 김남천은 오시형, 이관형, 최무경이라는 세 명의 인물 중에서 최무경을 통해 자신의 기본적인 사상과 관점을 피력하고 있다. 그것은 최무경과 이관형이 나누는 그 유명한 보리 이야기에 압축되어 있다. 그 대화에서는 세 가지 보리, 즉 '갈려서 빵이 되는 보리', '땅 속에 묻히는 보리', '흙에 묻혀 꽃을 피우는 보리'가 등장하는데, 각각의 보리는 순서대로 오시형, 이관형, 최무경을 의미한다. 작가는 이 중에서 '보리'와 '빵'의 성격을 모두 보유한 최무경의 '보리'를 그 엄혹한 일제 말기의 가장 이상적인 삶의 자세로 제시하고 있다는 점에서 인상적이다. '빵'은 보리로서의 가치를 잊어버리고 현재의 쓰임새에만 신경 쓰는 모습에 해당한다고 할 수 있으며, 프로이트적인 의미의 애도에 해당한다. '보리'는 과거의 가치만을 그대로 묵수하는 태도로 과거를 현재와 분리시키는 방식의 애도(프로이트에게는 우울증)에 해당한다. '꽃'이야말로 '보리'와 '빵'의 성격을 모두 보유한 가장 이상적인 모습의 애도에 해당한다. 이때의 꽃은 '보리이고 꽃'이며 '꽃이며 보리'인 것이다. 「맥」에서는 오시형과 이관형이라는 지식인이 과거의 이념에 대하여 애도의 각기 다른 한 측면만을 보여주고 있을 뿐이다. 이 작품에서 내사(introjection)와 합체(incorporation)가 결합된 애도의 가능성은 처음부터 생활인이었던 최무경을 통해 이루어지고 있다. 「맥」 연작에서 삶의 새로운 가능성은 애도와는 무관한, 처음부터 생활인이었던 최무경에게 주어지고 있는 것이다. 애당초 이념을 가져본 바 없는 그녀는 "능동적인 체관(諦觀)"(290)에 바탕하여 자신의 생활에 충실할 것을 다짐한다. 최무경의 모습 속에는 일제 말기라는 암흑공간에서 작은 빛이라도 보기 위해 몸부림 친 김남천의 처절한 고투의 흔적이 고스란히 담겨져 있다.

경, 제국대학 영문과 강사였던 이관형이 등장한다. 이때 주인공 최무경이 사무원으로 일하는 곳이 바로 아파트인 까닭에, 아파트는 자연스럽게 주요한 문학적 공간으로 기능한다. 작품 속에서 그것은 "죽첨정에 있는 야마토 아파트"로 설명되는데, '죽첨정竹添町은 1884년 갑신정변 때 일본공사였던 다케조에 신이치로竹添進一郎의 성을 따서 붙인 '충정로'의 일제 시기 명칭이다. 김정동 교수의 견해에 따르면, 이 야마토 아파트는 죽첨정 3가에 있는 경성대화숙京城大和塾을 모델로 했다고 한다.[2]

흥미로운 것은 작품 속의 야마토 아파트가 호텔식이라는 사실이다. 독신용이 36세대에 가족용은 25세대이며, 아래층에는 사물실, 구내식당, 목욕탕 등이 자리 잡고 있다. 등장인물들은 공동식당에서 함께 식사를 하기도 한다. 이러한 호텔식 아파트는 당시 일본에서 유행하던 형태를 가져온 결과이다. 야마토 아파트가 있던 충정로에는 일본인에 의해 지어진 것이기는 하지만 한국에서 가장 오래된 아파트인 도요다 아파트(1930년대 준공)도 있었다. 아파트 소유주인 도요다 다네요豊田種松의 이름을 따서 지은 이 아파트는 지하 1층, 지상 4층에 연면적 1,050평의 철근 콘크리트 건물로 건립 당시에는 서울을 대표할 만한 첨단의 대형 건물이었다. 이후 유림이라는 이름을 거쳐 현재까지 충정아파트라는 이름으로 남아 있다.

이후 아파트는 실제 역사적 사실을 반영하여 1970년대부터 문학의 공간으로 자주 등장한다. 이때의 아파트는 조정래의 『비탈진 음지』(1973)에서처럼 상경민의 시선이나 조세희의 『난장이가 쏘아올린 작은

2 김정동, 『문학 속 우리 도시 기행』 2, 푸른역사, 2005, 125면.

공』(1978)이나 윤흥길의 『아홉 켤레의 구두로 남은 사내』(1977)에서처럼 영세민이나 철거민의 시각에서 그려졌다. 『비탈진 음지』에서 이제 막 상경한 촌사람의 눈에 아파트는 "머리 위에서 불을 때고 그 머리 위에서 또 불을 때고, 오줌똥을 싸고, 그 아래에서 밥을 먹고, 그러면서 자식을 키우고 또 자식을 낳고, 사람이 사람 위에 포개지고 그 위에 또 얹혀서 살림을 하고 살아"가는 곳으로서, "징상스러운 인종들"에게나 어울리는 곳이다. 그러나 그곳은 "상상할 수조차 없도록 비싼 것"으로서 이제 막 상경한 촌놈은 감히 소유해 볼 엄두도 낼 수 없는 고가의 물건이기도 하다.

최인호는 상경민이나 철거민이 아닌 아파트에 사는 내부자의 시선으로 아파트의 속살을 그려낸 최초의 작가라고 할 수 있다. 최인호는 「타인의 방」을 통해서 아파트를 단절과 소외의 대표적인 공간으로 파악하였다. 이제 막 아파트가 퍼져나가던 시점에 그 치명적인 매력과 어둠을 예민한 작가적 감성으로 형상화한 것이다. 출장에서 다녀온 그는 아내도 없는 빈 아파트에서 무력감과 우울함에 시달리다가 물건을 거쳐 결국 잡동사니로 전락해간다.

「타인의 방」에 등장하는 아파트는 이상의 「날개」에 등장하는 방처럼 소외되고 단절된 공간이다. 그러나 「날개」의 주인공이 경성 시내를 향해 수차례의 외출을 시도하고 나중에 비상에의 의지까지 보여준 것과 달리 「타인의 방」의 그는 결국 사물이 되어 주저앉고 만다. 작품 속의 아파트는 '나의 방'이 아닌 '타인의 방'이며, 거짓으로 그를 따돌리는 아내마저도 이 공간에서는 '나의 아내'가 아닌 '타인의 아내'일 수밖에 없다. 방의 주인인 그가 사물이 되는 것은 결국 이 공간에서는 그조차 그 자신이 될 수 없음을 의미한다. 이 아파트의 주인공은 인간이 아니라 거울, 소켓, 옷, 샤워기, 성냥개비, 크레용, 트랜지스터 등의 사물들이다. 방의 주인은 사물이 되고 사물은 살아서 주인 노릇을 하는 이 통렬한 아이러니 속에는, 자신을 행위의 주체로 느끼지 못하고 오히려 이질적인 존재로서 경험하는 현대인의 소외가 섬뜩하게 아로새겨져 있다.

"그는 아파트 계단을 천천히 올라서 자기 방까지 왔다"나 "그는 화가 나서 투덜거리면서 방문 열쇠 구멍에 열쇠를 들이밀었다"라는 문장에서처럼, 이 아파트는 그에게 시종일관 '집'이 아닌 '방'으로 인식된다. 집이란 여러 방을 아우르는 공간으로서 거기에는 타인이 스며들 최소한의 여유가 있다. 그러나 방에는 오직 '나' 혹은 기껏해야 '아내'만을 허용할 수 있을 뿐이다. 처음 그가 "너무 피로해서 쓰러져버릴 것 같"은 거리에서 돌아와 "자기 방"(아파트)으로 향할 때, 그의 머리를 채우는 것은 오직 문을 열어주고 자신에게 따뜻한 음식을 대접해 줄 아내뿐이다. 그는 열쇠가 있음에도 불구하고, 오 분 동안이나 초인종을 누르고 거의 부숴버릴 듯이 문을 두들겨대며 애타게 아내를 찾는다. 그러나 아내는 결코 나오지 않고, 대신 아파트의 이웃들이 나타난다. 그러나 이들은 삼년이 지나도록 서로 얼굴조차 마주친 적이 없는 머나먼 타인들일 뿐이다. 방으로 표현되는 아파트란 본래 핵가족을 위해 설계된 것이며, 그 공간에서 아내가 아닌 옆집 사람은 불청객일 뿐이다. 그렇기에 그는 수많은 이웃을 옆에 두고도 아내가 없다는 이유로 감당할 수 없는 우울과 무력감에 빠지는 것이다.

아파트란 아이러니한 공간이다. 어떠한 주거시설보다 일정한 공간 안에 많은 사람들을 모아놓지만, 그 안에 살아가는 사람들의 외로움과 단절감의 정도는 오히려 더욱 심해진다. 그것은 일차적으로 아파트가 단지 외부와 분리되는 것에서 비롯되며, 이차적으로는 수백 혹은 수천 세대가 똑같은 형태의 공간에서 비슷하게 가구를 배치하고 유사한 동선을 그리며 살아가는 것과 관련된다. 아파트는 그 외형뿐만 아니라 그 안에서의 경험까지 동질화될 수밖에 없는 구조이며, 그로 인해 사람들은 자신만의 고유한 개성과 의미를 발견하기가 어려운 것이다. 전제적인 하나의 지배 속에서 인간은 단조롭고 창백한 실존을 영위하는 왜소한 존재가 될 가능성이 높아진다.

최인호의 「타인의 방」이 창작된 때로부터 약 45년이 지났지만 단절과 불통의 상징과도 같았던 작품 속 아파트의 성격은 크게 변하지 않았다. 주변과 조화되지 못한 채 망망대해의 섬처럼 고립된 아파트 단지의 모습이나 개성 없이 규격화된 형태의 내부 모습은, 외부와 단절된 채 '외로운 사업'에 골몰하는 현대인의 소외된 모습과 닮아 있다. 거기에 더해 아파트는 한국 사회에서 자신의 존재감을 드러내는(구별짓는) 가장 핵심적인 상징적 기호가 되었다고 해도 과언이 아니다. 오늘날 아파트는 부의 척도를 넘어서 자존의 근거로 작동하기에, '나'와 가족이 살아가는 수단이 아니라, '나'와 가족이 쟁취해야 하는 목적이 되어 버렸다.

이홍의 단편소설 「삼인구성의 가정식 레시피」(2011)에서는 아파트 값을 올리기 위해 교육센터를 유치하려는 일반 주민들의 뜻에 반대하는 한 여성이 불에 탄 주검으로 발견된다. 그리고 이 죽음에는 아파트 값을 올리기 위해 반상회 활동에 열성인 주인공의 아내가 개입되었을 가능성이 강하게 암시된다. 아파트란 이웃의 목숨보다도 중요한 우리 시대의 물신物神이 되어가고 있는 것이다. 그래서일까? 이번 달에 발표된 조남주의 Flash Fiction(분량이 매우 짧은 소설) 「운수 좋은 날」(2017)에서 민정은 아파트 모델하우스에 갔을 때, 그곳의 과장이 "이건 27평형인데, 34평하고 구조는 똑같으세요, 작은 방 두 개를 터서 오픈형 책장을 가벽 대신 설치하신 거고요, 안방 베란다 말고는 다 확장하신 거예요. 구조가 워낙 좋으셔서 세 식구면 사실 27평으로 충분하세요"라며 아파트를 향해 극존칭을 사용하는 장면과 조우하기도 한다.

그러나 아파트는 한탄이나 비판만 하며 외면할 수 있는 대상이 아니다. 인구밀도 최고 수준인 우리에게는 미우나 고우나 함께 동고동락해야만 하는 주거공간이기 때문이다. 이미 건설된 주택의 절반 이상이 아파트이며 새로 지어지는 주택의 80% 이상이 아파트인 상황에서, 대부분의 한국인은 아파트에서 태어나 아파트에서 사랑을 배우고 아파트에서 죽어갈 수밖에 없는 운명이다. 실제로 최근에 아파트에서 유년기를 보낸 아파트 키드들이 자신이 살던 아파트에 지대한 관심을 보이며 책(『안녕, 둔촌주공아파트』, 『과천주공아파트 101동 102호』, 『고덕주공, 마지막 시간들』)까지 발간하는 현상이 곳곳에서 목격되고 있다. 이것은 1980년대 이후 태어난 이들에게 아파트는 성냥갑이 차곡차곡 쌓여진 모습의 회색 물신이 아니라 안정감과 정체성의 원천으로 기능하는 특별한 장소(고향)가 되었음을 의미한다. 45년 전 최인호가 날카로운 작가적 감성으로 그려낸 고독과 우울의 아파트를 새로운 나눔과 소통의 진정한 삶터로 바꾸어나가는 일이야말로 우리들에게 남겨진 과제라고 할 수 있다.

최인호(1945~2013)

1945년 서울에서 출생해 서울고등학교와 연세대학교 영문학과를 졸업하였다. 1963년 고등학교 2학년 때 단편 「벽구멍으로」가 『한국일보』 신춘문예에 입선할 정도로 조숙한 천재의 면모를 보였으며, 1967년 단편 「견습환자」가 『조선일보』 신춘문예에 당선되어 등단하였다. 1970년대 청년문화의 감수성을 대표하는 최인호는, 요즘 유행하는 말로 1970년대 아이돌(Idol)이었다고 해도 과언이 아니다. 그가 쓰는 연재소설(『별들의 고향』, 『바보들의 행진』 등)은 발표되는 대로 장안의 지가(紙價)를 올렸으며, 속속 영화로도 만들어져 소설 이상의 흥행을 하고는 했다. 뜨거운 대중적 인기로 오히려 손해를 본 측면이 있지만, 그의 작품이 지닌 문학성은 결코 가볍지 않다. 그는 1970년대의 본격적인 도시화로 인한 인간 소외의 문제를, 이 시기 문단의 지배적인 경향이었던 리얼리즘과는 다른 감각과 문체로 날카롭게 형상화였다. 서울에서 나고 자란 서울내기답게 누구보다 민감하고 전위적인 감각으로 1970년대 본격화된 모더니티에 문학적으로 반응하였던 것이다. 이후에는 장편 『잃어버린 왕국』을 시작으로 하여 『왕도의 비밀』, 『길 없는 길』, 『상도』 등의 역사소설을 연이어 발표하며 이야기꾼으로서의 재능을 맘껏 발휘하였다. 써야 할 글이 한참 남아 있었을 2013년, 평소 앓던 침샘암으로 별세하였다.

(2017)

제4부

인천과 한국 현대문학

한국근대소설에 나타난 인천
해안가 빈민촌을 중심으로

2000년대 소설에 나타난 인천
김미월과 김금희를 중심으로

인천의 대표적인 장소들

근대 최초最初 혹은 최고最古의 거리

제1장

한국근대소설에 나타난 인천

해안가 빈민촌을 중심으로

1. 서론

인천은 실로 다양한 얼굴을 지니고 있다. 인천의 다양성은 메트로폴리스가 되어버린 보통의 도시가 가질 수 있는 정도의 다양성을 뛰어 넘는다. 이러한 다양성은 개항, 식민지, 분단, 전쟁, 산업화로 이어지는 과정에서 인천이 겪은 엄청난 속도의 변화 때문이라고 할 수 있다. 더군다나 바다와 육지, 공장과 농촌, 도심과 변두리, 국제도시와 산동네, 유원지와 공단 등의 다양성까지 아우르는 것이 인천이라고 한다면, 인천은 그야말로 거대한 잡종이라고 밖에는 달리 표현할 길이 없다.

우리 문학에서도 인천의 얼굴은 실로 다양하다. 인천이 한국문학에서 주요한 배경으로 등장한 것은 근대에 들어오면서부터이다. 인천은 1883년 1월 부산, 원산에 이어 세 번째로 개항하였다. 이후 인천은 서울의 인후咽喉라는 지정학적 특징까지 더해져 서구의 근대문물이 들어오는 관문이자 제국주의 국가들의 침략 거점으로 자리 잡게 된다. 개항과 더불어 인천은 한국을 대표하는 근대적인 도시로 변모하였고, 이러한 상황은 자연스럽게 인천을 한국근대문학사의 중심적인 장소로 만들었던 것이다. 그리하여 최초의 신소설인 「혈의 누」에서부터 인천은 주요한 장소로 등장한다. 청일전쟁의 혼란 중에 옥련을 도와준 일본 군의관 이노우에는 옥련을 자신의 집이 있는 일본의 오사카(大阪)로 보내는데, 이때 옥련이 어용선을 타는 곳이 다름 아닌 인천이다.[1]

이 글은 한국근대소설에서 인천이라는 지역이 어떻게 표상되었는지를 살펴보고자 한다. 지역이 문학에 등장할 경우 그것은 하나의 색인 기능에 그치는 경우도 많다. 구체적인 공간들은 단순한 장식이나 지명이 가지는 고유성으로 작품에 삽입되는 경우가 많은 것이다. 이러한 지명으로서의 공간은 지역의 구체적 삶과 생활양식이라는 맥락으로 연결되지 못하는 한계를 지닌다.[2] 본고에서는 인천이 단순한 지명으로 등장하는 경우는 제외하고, 인천이 '경험으로서의 공간'으로 등장하는 작품들을 집중적으로 살펴보고자 한다. 인천에 대한 문학적 표상을 논의한

1 이경훈의 『한국근대문학풍속사전』에 의하면 1905년부터 1919년에 걸쳐 발표된 소설 중에서 인천을 언급한 작품은 17편에 이른다. 그 목록을 나열하면 다음과 같다. 『혈의 누』, 『빈상설』, 『송뢰금』, 『모란병』, 『월하가인』, 『박연폭포』, 『쌍옥루』, 『해안』, 『모란봉』, 『주』, 『봉선화』, 『도화원』, 『구의산』, 『쌍옥적』, 『고목화』, 『홍도화』, 『서해풍파』 등이다.

2 대표적으로 신소설에 등장하는 인천을 들 수 있다. 인천은 여러 신소설에 등장하는데, 이때의 인천은 단순한 지명으로 존재할 뿐이다. 이현식은 "20세기 초창기 소설들에서 인천은 서울을 제외하고는 한국의 어느 도시보다 소설 속에 자주 등장하지만 그것은 허상의 근대를 향한 통로에 그칠 뿐이었다. 작가들은 인천 자체에 주목하기보다 일본으로 가는 통로로서 인천을 끼워 넣은 것일 따름이지 인천이라는 도시 공간과 거기에서 살아가는 사람들의 삶의 문제를 서사의 대상으로 삼지는 못했다"(이현식, 「항구와 공장의 근대성」, 『한국문학연구』 38집, 2010, 182면)고 날카롭게 지적한 바 있다.

선행연구로는 이현식의 「항구와 공장의 근대성」을 들 수 있다. 이 글은 강경애의 「인간문제」, 현덕의 「남생이」, 한남규의 「바닷가 소년」, 오정희의 「중국인 거리」를 분석한 후, 항구도시이자 공업도시인 인천이 한국소설에서 표상되는 방식은 "한국적 근대의 모습을 되돌아보는 일이기도 하며 한국 문학이 근대의 문제를 어떻게 내면화하고 있는지를 따져보는 구체적 지점"[3]이라는 결론을 내리고 있다. 본고에서는 기존 논의에서 다루어지지 않은 작품들까지 대상으로 하여 인천의 해안가 빈민촌이 작품 속에 표상되는 방식에 대하여 살펴볼 것이다. 해안가 빈민촌이야말로 인천의 고유한 로컬리티가 가장 잘 드러난 공간이라고 판단되기 때문이다.

2. 식민지 시기 인천의 모습

1) 인천 표상의 원형

엄흥섭[4]의 「새벽바다」(『조광』, 1935년 겨울)는 인천을 본격적으로 작품

3 위의 글, 182면.

4 엄흥섭은 1906년 충남 논산에서 출생하였다. 어린 나이에 부모를 잃고 소학교 5학년 때 진주로 돌아와 숙부 밑에서 자랐다. 1926년 도립사범학교를 졸업하고, 학교의 교원으로 취직한다. 1928년 『조선일보』에 평론 「문단전망-'조선문단' 이후」를, 1929년 『조선문예』에 시 「세거리로」를, 1930년 『조선지광』에 소설 「흘러간 마음」을 발표하며 문단에 데뷔하였다. 1929년 카프에 가입하였고, 1931년 『군기』 사건으로 카프에서 제명되었다.

화한 최초의 소설이라고 할 수 있다. 이 작품에서 주인공 최 서방은 인천 축항에서 지게로 물건을 날라주는 날품팔이 부두노동자이다. 현덕의 「남생이」에서 노마 아버지가 병이 들기 전까지 하던 일을 최서방이 하고 있는 것이다. 최서방은 힘들게 몇 푼 벌어봤자 기본적인 식사비와 치료비를 제하고 나면 남는 것이 없다. 더군다나 축항은 석탄가루가 날리고 작업 환경도 매우 열악해서, 최서방은 얼마 전에도 선창에서 한 푼이라도 더 벌 욕심에 석유통 네 개를 한 번에 지다가 허리를 다치기도 하였다. 최 서방 가족들의 삶 역시 척박하기 이를 데 없다. 작품의 많은 부분은 이들 가족이 처한 어려운 상황을 설명하는 데 사용되고 있다.

「새벽바다」는 '화려한 거리 / 지옥 같은 빈민굴'이라는 공간상의 선명한 이분법을 보여준다. 이러한 이분법은 근대도시로 흥성거리던 인천의 일면을 보여주는 동시에, 작가의 확고한 계급주의적 시각을 반영한 결과이다.

> 거리에는 어느 틈에 감빛 같은 전등불이 피였다.
>
> 레코-드 소리가 요란스럽게 들린다.
>
> 극장 앞에는 발서부터 기생, 여학생, 트레머리, 들이 사각모, 양복쟁이들 사이에 뒤섞이여 표들을 사느라고 야단이다.
>
> 최서방은 힐긋 한번 극장편을 훑으면서 다리에 힘을 올리였다.

한국전쟁 중 월북하여 오랫동안 문단활동을 하였다. 엄흥섭과 인천의 인연은 1927년 2월 1일 인천에서 창간된 순문예지 『습작시대』로부터 시작된다. 『습작시대』는 인천의 진우촌을 중심으로 한 문학청년들의 동인활동을 통해 발간한 인천 지역 최초의 순문예 잡지이다. 이 잡지의 창간호에 엄흥섭은 시 「내 마음 사는 곳」을 발표하였다. 1937년에도 인천에서 발행된 『월미』에 참여하였고, 해방 후에는 인천에 살면서 활발한 사회 활동을 전개하였다.(이희환, 『문학으로 인천을 읽다』, 작가들, 2010, 103~120면 참조)

> 평평하고 대설대같이 곧은 상점가(商店街)를 한참 지나고 난 뒤에는 바다바람이 선선하게도 불어치는 숲이 욱어진 낮은 언덕의 욹읏붉읏한 문화주택을 모주리 뒤에 두고 한참만에야 시외로 나왔다.[5]

온갖 근대문물이 넘쳐 나는 거리와는 달리 최 서방이 사는 M동의 빈민굴은 적나라한 생존만이 문제시되는 공간이다. 화려한 거리와 딱지 같은 오륙백 호의 집들로 이루어진 M동의 빈민굴을 가르는 첫 번째 장벽은 바로 냄새다. 빈민굴에서는 "고무쪽 타는 냄새", "헝겊 태우는 냄새", "종이부스럭지 태우는 내암새", "머리카락 타는 냄새"(106) 등이 가득하다. 최 서방의 집은 그 냄새들을 맡으며 산길을 한참 올라간 후에야 나타나는 사립문도 없는 조그만 집이다. 최 서방의 부인은 식모살이를 하고, 어린 돌이는 아무의 돌봄도 받지 못한 채 온종일 문고리에 묶여 있다. 16~7세의 딸은 새벽 다섯 시에 나가서 밤 일곱 시에 일터에서 돌아와 밥도 제대로 못 먹지만, 세상을 알려는 생각에 야학에 다닌다. 최 서방은 부두에서 지게꾼 노릇을 끝내고 집에 와서도 쉴 수 없다. 밤에는 묘지에 가서 말뚝을 훔쳐와야만 땔감을 마련할 수 있기 때문이다. 최 서방은 식모로 일하는 아내가 주인 사내에게 겁탈당하는 꿈을 꾼다. 이것은 꿈이기는 하지만 최 서방이 처한 상황을 무엇보다 선명하게 드러내는 심리적 실재에 해당한다.

엄흥섭의 「새벽바다」는 본격적으로 인천을 작품의 공간적 배경으로 삼은 근대소설이라 할 수 있다. 이 작품은 해안가를 배경으로 하여 그

---

5 『조광』, 1935년 겨울, 106면.

곳에 사는 가난한 사람들의 삶을 핍진하게 드러내고 있는 것이다.[6] 가난은 이 글에서 다루려고 하는 「남생이」, 「층」, 「바닷가 소년」, 「중국인 거리」, 『괭이부리말 아이들』의 핵심적인 의미소로 이어진다.

2) 아동 인물 표상과 그 의미

현덕[7]의 「남생이」는 1938년 『조선일보』 신춘문예 당선작으로서, 인천 문학을 떠올릴 때 늘 첫 번째로 거론되는 작품이다. 이 작품의 서두는 인천의 해안가 빈민촌을 묘사하는 것으로 되어 있다.

> 호두형으로 조그만 항구 한쪽 끝을 향해 머리를 들고 앉은 언덕, 그 서남면 일대는 물미가 밋밋한 비탈을 감아 내리며, 거적문 토담집이 악착스럽게 닥지닥지 붙었다. 거의 방 하나에 부엌이 한 칸, 마당이라 것이 곧 길이 되고,

---

6 엄흥섭의 「새벽바다」의 주인공 최 서방은 가난한 노동자이기도 하다. 인천을 무대로 한 노동자의 삶은 강경애의 「인간문제」(1934)를 거쳐, 해방 이후에는 정화진의 「쇳물처럼」, 「규찰을 서며」, 「양지를 찾아서」와 방현석의 「새벽출정」, 「내일을 여는 집」, 「또 하나의 선택」에서 본격적으로 다루어진다.

7 서울 삼청동에서 태어난 현덕이 인천과 인연을 맺게 된 직접적인 계기는 불우했던 유년기의 가정형편으로 인해 자주 몸을 의탁했던 당숙의 집이 인천에 있었기 때문이다. 현덕이 『조선일보』 신춘문예로 등단할 당시의 주소(인천 용강정 78번지)도 당숙 집의 주소로 되어 있다. 현덕은 대부도 당숙 집에서 보통학교를 다니고 서울 집으로 옮겨 고보를 다닌 후에도 한동안은 인천 당숙의 집을 오가며 생활했다. 「신진작가좌담회」(『조광』, 1939.1)에서 현덕은 『남생이』가 인천에 있을 때 『조선일보』 신춘문예모집이란 사고를 보고 자신의 역량을 시험해보기 위해 창작한 것이라고 발언하고 있다. 안회남은 "朴泰遠氏는 京城市內의 淸溪川 川邊風景을 맛고 「남생이」作者 玄德氏는 仁川 海岸의 貧民 生活을 차지해도 괜찬흘 것"(「현문단의 최고수준」, 『조선일보』, 1938.2.6)이라고 하여, 「남생이」의 무대가 인천 해안의 빈민촌임을 말한 바 있다.

대문이자 방문이다. 개미집 같은 길이 이리 굽고 저리 굽은 군데군데 꺼먼 잿더미가 쌓이고, 무시로 매캐한 가루를 날린다. 깨어진 사기요강이 굴러 있는 토담 양지쪽에 누더기가 널려 한종일 퍼덕인다.[8]

현덕의 소설 중에서 인천을 배경으로 한 소설로는 「남생이」와 「층」이 있다. 「층」은 사팔뜨기이며 다리에 장애가 있는 여자아이가 부잣집 아들을 짝사랑하는 이야기이다. 그런데 이 작품은 여러 가지 측면에서 「남생이」와 유사한 면을 보여주고 있다. 소녀의 집은 "남향해 바다를 내려다보고 안젔는 언덕 위 토막집이 닥지닥지 부튼"[9] 동네로 「남생이」와 일치하며, 이곳에 살게 된 이유도 「남생이」와 마찬가지로 시골에서 도저히 살 수가 없었기 때문이다. 더군다나 소녀는 늙은 할머니와 병든 아버지의 생계를 구걸로 꾸려 나가야 하는 비참한 상태이다. 이것은 농촌에서 소작을 다 떼이고 도시로 나왔으나 아버지는 병이 들어 죽고, 어머니는 다른 남자와 살림을 차려 나간 노마의 처지와 거의 흡사하다.

「남생이」와 「층」의 아동들은 가정과 학교 모두로부터 소외되어 있다. 「남생이」에서 노마의 아버지는 중병이 들어 가장의 역할을 전혀 하지 못한다. 가장의 몫은 고스란히 어머니가 짊어지고 있는데, 그녀는 항구의 들병이가 되어 이미 도덕적으로 회복할 수 없는 상태로 전락하고 만다. 그녀는 오히려 자신의 부정을 어쩔 수 없이 목격하게 되는 노마에게 화를 내고, 경우에 따라서는 아들을 모른 척 할 정도이다. 이미 어머니로서의 역할은 포기한 것이다. 이런 상황에서 노마에게 학생모

---

8 권영민 · 이주형 · 권호웅 편, 『한국근대단편소설대계』, 태학사, 1989, 55면.
9 「층」, 『조선일보』, 1938.6.17.

자 하나를 사주겠다는 아버지의 꿈은 실현 불가능하다. 이처럼 가정과 학교, 모두로부터 소외된 노마는 어른들의 세계에 무방비로 노출된다. 노마가 경험하는 인천은 이미 정감 어린 세계와는 거리가 먼 어머니, 털보, 바가지의 온갖 비루한 욕망과 애욕이 들끓는 타락한 세상이다. 「층」의 사팔뜨기이며 다리에 장애가 있는 여자아이 역시 늙은 할머니와 병든 아버지의 생계를 구걸로 꾸려 나가야 한다는 처지에서 볼 때, 「남생이」의 노마와 상황은 크게 다르지 않다.

「남생이」에서 노마의 시각은 현실의 암울함과 세상의 부도덕함을 바라보는 중요한 통로가 되고 있다. 어머니가 인부들과 희롱하는 모습을 보면서 나타내는 노마의 반응이나, 노마 어머니를 짝사랑하는 바가지가 노마에게 어머니가 털보와 딴살림을 차릴지도 모른다는 말을 할 때의 반응은 성인 인물은 상상하기 힘든, 아동 인물이기에 가능한 의식과 행동들이다. 노마의 천진무구한 반응은 그러한 반응을 낳는 비참한 현실의 어두움과 극단적으로 대비되어 결국에는 그 어둠의 농도를 더욱 짙게 하는 기능을 한다. 더 나아가 소년 인물은 어른들의 세계가 얼마나 훼손된 가치의 세계이며 사악한 것인지를 간접적으로 비판하기도 한다. 아버지의 죽음 앞에서 곡을 하는 어머니를 보며, "모두 거짓부렁이다. 참 설음에서 우러나오는 울음이고야 목청만이 노래 부르듯 청승맞을 수 없다"[10]라고 생각한다. 이처럼 소년 인물의 설정은 현실의 비극성을 더욱 강화시키는 작용을 하며, 어른들의 세계를 비판하는 데에까지 이르고 있다.

---

10 권영민 · 이주형 · 권호웅 편, 『한국근대단편소설대계』, 태학사, 1989, 99면.

개항 무렵 인천 해안가의 노점

경인철도 개통(1899) 당시의 인천역 전경

3. 전쟁과 분단이 낳은 상처의 현장

1) 피란민의 한 맺힌 삶의 공간

한남규[11]의 「바닷가 소년」(1963)은 「남생이」의 해방 이후 버전이라고 할 수 있다. 부둣가 마을에 사는 소년은 부모 없이 할머니와 단둘이서 살아간다. 아침이 되어 할머니가 행상 보따리를 들고 장사를 나가면, 아침밥을 혼자 챙겨 먹은 소년은 성인들의 보호나 관심을 전혀 받지 못한 채 하루하루를 지낸다. 이 마을 주민들은 대부분 피란민들로서,[12] 피로 탓인지 하나같이 풀기가 없고 한숨이나 내뿜는다. 그들은 북쪽 하늘을 바라보며 "그곳에, 힘없이 푸른 그 하늘 아래 고향이 있다"[13]고 말하고는 하는 것이다.

이 소년을 그나마 돌봐주는 이는 여름철이면 부둣가에 쌓아 놓은 가마

---

11 한남규(韓南圭)의 필명은 한남철(韓南哲)이다. 1937년 인천에서 태어나 인천고등학교를 졸업하고 서울대 철학과에 입학하였다. 1958년 10월에 소설 「실의」를 『사상계』에 발표하면서 등단하였고, 이후 학업을 그만두었다. 평생 33편의 단편을 발표하였고, 1993년 지병으로 별세하였다. 한남규의 작품세계는 「실의」, 「강설」, 「음지부조」, 「원색인형」, 「함정」과 같이 전후의 암울한 현실을 드러낸 작품들과 「바닷가 소년」, 「어둠의 숲」, 「연기」, 「지붕 밑의 한낮」, 「강 건너 저쪽에서」 등과 같이 "섬세한 감성과 인간의 생명활동에 대한 원천적 긍정과 역사적 현실에 대한 예민한 감응력에 의해 작가 자신의 인생역정의 배경인 강화도와 인천과 서울의 가난한 서민생활을 더할 수 없이 실감 있게 부각"(염무웅, 「이 작가를 보라! – 한남규의 인간과 문학」, 『바닷가 소년』, 창작과비평사, 1992, 320면)시킨 작품들로 나뉘어진다.

12 실제로 전쟁 직후 인천의 해안가에는 많은 피란민들이 살았는데, 이들은 대부분 인천과 지리적으로 가까운 황해도 출신들이었다. 전쟁 직후인 1955년의 인구조사를 보면, 전입인구 41,934명 중에 북한에서 이주한 인구는 39,722명으로 전체 전입자의 94.7%를 차지했다.(이준한 · 전영우, 『인천인구사』, 인천대 인천학연구원, 2007, 149면)

13 한남규, 『바닷가 소년』, 창작과비평, 1992, 278면.

니 무더기가 집인 최 노인뿐이다. 최 노인과 소년은 누군가 말리기 위해 널어놓은 고기를 훔치기도 한다. 소년은 늘 심심함을 느끼는데, 꿈속에서만 오직 그 심심함에서 벗어날 수 있다. 고향에 대한 꿈의 내용은 항상 동일했으나 소년은 언제고 지루함을 느끼지 않았던 것이다. 어느새 소년은 "할머니가 늘 그러듯 고향 쪽의 하늘을 바라다보는 습관이 생"(297)긴다. 그리고 매일 밤 할머니가 고향을 그리워하며 울듯이, 소년의 뺨으로도 눈물이 흐르기 시작한다. 결국 「남생이」의 마지막에 노마만 홀로 남겨졌듯이, 「바닷가 소년」에서도 할머니는 죽고, 소년은 혼자 남겨진다.

분단과 전쟁의 상처는 한남규의 인천 표상에서 핵심적인 의미소로 등장한다. 「지붕 밑의 한낮」(『현대문학』, 1981.6)[14]에서 광철이가 학교를 오가는 길가나 골목길의 전신주에서 자주 발견하는 삐라에는 "민족반역자를 몰아내라! 간상모리배를 처단하라!"(37)와 같은 말이 쓰여 있다. 마을의 공터에는 청년단 사무실이 있는데, 그곳의 청년단장은 "내가 세 사람까지는 곤란하지만, 두 명쯤은 마음대로 죽일 수가 있소. 그러니 죽어야 마땅한 사람이 있으면 항상 말들을 해요"(38)라고 말한다. 얼마 후에 청년단 사무실은 불타버리고, 청년단장의 모습은 사라진다. 「강 건너 저쪽에서」(1991)의 '나'는 가끔씩 대로를 차단하고 군용트럭이 남자들을 무작정 노무자로 싣고 가는 살벌한 풍경이 벌어지는 한국전쟁 중에 큰어머니와 작은 삼촌을 잃어버린다. 할머니는 '나'에게 한

14 「지붕 밑의 한낮」(『현대문학』, 1981.6)은 인천의 지리적 공간을 가장 사실적으로 형상화한 작품이다. 축후소, 오정포산, 만국공원, 평화각, 뾰족 성당, 공설운동장, 상인천 역사, 배다리, 철다리, 월미도, 홍여문, 괭이부리, 수도국산, 송현동, 송림동, 청관, 수인선, 도깝다리, 주안, 내동, 하인천, 신포동, 답동, 축항, 학익동, 용동 등등이 등장한다. 초점화자인 소년 광철은 수도국산 겨드랑이의 송현동 일대에 살고 있다.

국전쟁 중에 부역을 한 이유로 건너편 집에 살던 강 씨가 맞아죽은 이야기와 아이까지 안은 여자를 동네 사람들이 지붕 꼭대기에 올려놓고 불을 지른 이야기를 해준다. 한남규는 전쟁과 분단의 한복판에 놓여 있었던 인천의 비극을 작품화한 대표적인 작가라고 할 수 있다.

2) 인종적 혼종성의 공간

오정희의 「중국인 거리」(1979)가 발표되기 이전에, 이 작품만큼 구체적인 인천의 거리와 풍물이 상세히 반영된 소설은 찾아보기 힘들다. 제분 공장, 공원, 장군의 동상, 중국인 상점, 화차, 저탄장, 항만 등이 눈에 잡히듯 생생하다. 어린 소녀의 눈을 통해 포착된 인천은 같은 모양의 목조 이층집들이 늘어선 초라하고 지저분한 곳이다. 역의 저탄장에서 날아오는 석탄가루 때문에 빨래도 말릴 수 없고 이상한 냄새가 대기에 가득하다.

오정희의 「중국인 거리」 역시 한남규의 「바닷가 소년」처럼 분단의 문제를 보여준다. 소녀의 가족은 전쟁을 피하기 위해 해안촌으로도 불리는 중국인 거리로 이사를 오게 된다. 「중국인 거리」에서 전쟁의 상처는 여전히 현재진행형이다. 주인공이 이곳까지 흘러온 이유부터가 한국전쟁 때문이고, 중국인 거리에 빈민촌이 형성된 것도 전쟁 때문이다. 중국인 거리를 차지하는 외국인은 중국인과 미군들인데, 미군들은 모두 전쟁 때문에 이곳에 머물게 된 것이다.[15] 특히 집세가 싸고 지저분한 중국인 거리는 중국인들뿐만 아니라 양공주와 난민들이 뒤섞여 사는 빈민촌이다. 거리에는 전쟁의 흔적으로 드문드문 포격에 무너진 건물의 형해가 널려 있고, 시의 동쪽 공설운동장에서는 공산국가를 규탄하는 궐기대회가 열린다.

전쟁의 상흔은 무엇보다도 이 작품에서 매춘을 통해 가장 가슴 아프게 드러난다. 소녀의 집만 제외하고는 적산 가옥 모두가 양갈보에게 세를 주었을 정도로 미군 상대의 매춘은 널리 퍼져 있다. 양갈보를 대표하는 형상은 치옥이네 위층에 사는 매기언니이다. 다섯 살짜리 백인 혼혈의 딸 제니를 가진 매기 언니는 흑인 병사와 동거하며 미국에 갈 것을 꿈꾼다. 그러나 매기는 자신을 미국에 데려다 줄 거라고 믿었던 바로 그 흑인에게 잔인하게 살해되고, 딸 제니는 고아원에 맡겨진다. 이 끔찍한 사건이 아무런 감정이 느껴지지 않는 단문으로 전달되는데, 그러한 건조함은 사건의 비극성을 더욱 고조시킨다.

이러한 상황에서 「중국인 거리」의 아이들도 세상의 추악함에 그대로 노출된다. 아홉 살짜리 소녀도 제분공장에서 밀을 훔쳐 먹고, 화차에서 석탄을 훔쳐서 상인들에게 판다. 동요 대신 어른들의 노래를 능청스럽게 부르고, 양공주의 생활을 동경하기도 하며, 어른들을 골려 먹기도 한다. 아기가 여자의 벌거벗은 두 다리 사이에서 비명을 지르며 나온다는 것도 일찌감치 안다. 소녀는 중국인 거리에서 너무 빨리 영악한 어른이 되어 가는 것이다. 이러한 특징을 가장 잘 보여주는 것은 '나'의 친구인 치옥이다. 의붓어머니 밑에서 자라는 치옥은 처음에 미용사를 꿈꾸지만 나중에는 매기 언니와 같은 양갈보가 되기를 꿈꾼다. '치옥'

15 실제로 전쟁 직후의 인천은 피란민들이 몰려와 빈민촌을 형성했고 미군 부대가 주둔했다.

이라는 이름은 사실 '치욕'의 오기인지도 모른다.

이 작품에서 중국인은 그야말로 미지의 존재인 타자로서 그려진다. 그것은 시종일관 신비하게 묘사되는 중국인 남자의 야릇한 눈길을 통해 은은하지만 집중적으로 드러난다. 가끔 중국인 남자는 매혹적으로 다가오기도 하지만, 그들은 기본적으로 베일 속에 감추어진 존재로 그려질 뿐이다. 더군다나 그 중국인 남자의 시선이 아직 어린 소녀를 향한다는 점에서 그 부정적 속성을 더욱 지워버리기 힘들다. 한남규의 「지붕 밑의 한낮」(『현대문학』, 1981.6)에도 "까만 홀태바지를 입은 중국 여자가 귀에는 굴렁쇠 같은 귀걸이를 달고 어린애보다 더 작은 조그만 발로 아기뚱거리며 걸어가는"[16] 모습이 등장한다.[17]

하지만 한남규는 보다 객관적인 시각에서 주류 사회로부터 고통 받는 중국인의 모습을 그려내고 있다. 「어느 날 잠든 채로」(『한국문학』, 1979.10)의 '나'는 학교가 끝나면 만석동 바닷가에 있는 석탄회사에 놀러간다. 큰아버지가 일하는 그 회사에는 중국 노동자가 많다. 그 회사 사람 중의 하나인 용덕이 아저씨는 중국인들에게 무조건 반말을 하며 그들로부터 빵을 빼앗아 먹고는 한다. 그러한 모습을 지켜보며 '나'는 "그들의 사는 형편은 그 어린 내 눈으로 보기에도 짐승우리처럼 처참했다"(101)는 인식을 보여준다. 이 처참함은 「중국인 거리」에서 느껴지는 타자화와는 달리, 이국에 와서 그곳의 힘없는 노동자에게도 고통을 당할 수밖에 없는 중국인의 실상을 진솔하게 드러낸 것이라고 할 수 있다.

16 오정희, 「중국인 거리」, 『문학과지성』, 1979년 봄, 44면.

17 인천을 배경으로 한 소설 중에서, 중국인에 대한 타자의식을 지워낸 소설은 최근에야 발견할 수 있다. 김미월의 「중국어 수업」(『한국문학』, 2009년 겨울)에서는 한국인 강사 수와 중국인 학생 쓰엉 사이에 보편성에 바탕한 관계의 형식이 나타나고 있다.

4. 새로운 가능성의 공간

『괭이부리말 아이들』[18]은 처음부터 인천의 지역성을 선명하게 드러내며 시작된다. 1장은 표제가 '괭이부리말'로 되어 있으며, 소설의 배경이 되는 괭이부리말의 지리적・역사적 특성을 상세하게 설명하고 있다. 괭이부리말의 유래, 지형적 특성, 역사적 기원, 구체적인 삶의 모습 등은 작품의 다른 부분에서도 생생하게 드러나 있다. 부두 쪽에 있는 유리 공장이 밤낮으로 공해를 내뿜어 호흡기병이 많은 환경, 마지막 희망으로서 일본에 불법 취업하는 사람들의 모습, 쪼그려 앉은 채 여름에는 마늘을 까고 가을부터 이듬해 봄까지는 굴을 까기 때문에 다리에 병을 지니고 사는 사람들의 모습 등이 대표적인 예이다. 또한 주요한 배경인 괭이부리말은 물론이고,[19] 그 주변의 똥바다, 북성포구, 헌책방 거리, 동인천, 송현시장, 수도국산, 화도진 공원, 월미도, 영종도, 중국인 마을, 자유공원, 인천역, 인천항, 송도유원지, 연수동, 서해안 고속도로, 학익동 구치소 등이 실제에 가까운 정확성을 가지고 작품 속에 묘사되어 있다. 이러한 정확성은 저자인 김중미가 실제로 1987년부터 인

18 김중미의 『괭이부리말 아이들』에 대한 본격적인 논문으로는 임성규의 「가난 체험을 통한 현실주의 동화 읽기의 방법 탐구―김중미의 『괭이부리말 아이들』을 중심으로」(『국어교육』 120호, 2006.6)가 있다. 이 글에서 임성규는 "『괭이부리말 아이들』은 현실적 아픔을 그리는 리얼리즘 계열의 소년소설로서 장편 개척의 가능성을 보여줌과 동시에 숙자의 자아 성장과 김명희 선생님의 의식 변화 및 실천적 행동을 통해 소시민성을 넘어서는 질적 변모를 보여준 것"(385면)으로 평가하고 있다.

19 인천의 대표적 판자촌으로 손꼽히던 괭이부리말의 정확한 주소는 인천시 동구 만석동 9번지이다.

천 만석동 괭이부리말에 살면서 도시 빈민 지역 어린이들을 위한 공부방을 운영한 이력에서 비롯된 것으로 보인다.[20]

이 작품에는 괭이부리말이 형성되는 과정이 잘 드러나 있는데, 그 과정은 조금 확장시켜 보자면 인천의 형성과정이라고 볼 수도 있다. 작가는 개항 직후에는 외국인에게 삶의 터전을 빼앗긴 철거민들이, 일제 시대에는 공장에 일자리를 찾으러 온 노동자들이,[21] 6·25전쟁 뒤에는 피란민들이, 산업화 시대에는 이농민들이 꾸역꾸역 괭이부리말을 채워 온 것으로 설명하고 있다.[22] 괭이부리말은 "어디선가 떠밀려 온 사람들의 마을"로서, "가난하고 힘없는 사람들"[23]의 마을인 것이다. 세월이 지나서 많은 사람들이 떠난 후에도, 여전히 '가난한 사람들'만이 괭이부리말에서 살아간다.

가족 구성원의 부재야말로 괭이부리말에 살 수 있는 자격 증명서라고 할 정도로, 괭이부리말 아이들은 모두 결손가정에서 살아간다. 쌍둥이 자매인 숙자와 숙희의 어머니는 남편의 지나친 음주와 위험한 오토바이 운전 때문에 가출한다. 그 사이에 숙자와 숙희는 거의 방치된 상태에 놓인다. 나중에 엄마는 임신한 몸으로 돌아오지만, 이번에는 아버

20 박숙경, 「쓰레기로 메운 갯벌, 깡통과 떠나는 여행」, 『황해문화』, 2001년 봄, 396면.
21 강경애의 「인간문제」에는 천석정에 있는 대동방적이란 회사에 취직한 여성들이 주인공으로 등장한다. 천석정은 만석동, 대동방적은 당시 동양방적(현 동일방직)을 가리킨다.
22 숙자 자매의 아버지는 중학교만 졸업한 후 돈도 벌고 학교도 가려는 마음에 당진에서 인천으로 이주하였고, 어머니는 강원도에서 고등학교 다니다가 돈을 벌기 위해 인천으로 이주하였다. 숙자 자매의 부모 세대는 산업화에 따른 이농민들이라고 할 수 있다. 영호의 부모는 숙자의 부모보다 한 세대 위에 속하는 괭이부리말 주민이라 할 수 있다. 영호의 어머니는 괭이부리말이 "맨 갯벌 천지인 데를 동네 사람들이 굴 껍데기랑 돌이랑 쓰레기 갖다가 메워 만든 땅"(40)이라는 증언을 한다.
23 김중미, 『괭이부리말 아이들』, 창작과비평사, 2001, 14면.

지가 사고로 죽고 만다. 동수와 동준이 형제의 어머니도 먼저 집을 나갔고 곧이어 돈벌이가 없던 아버지마저 집을 나간다. 동준이는 학교에서 먹는 점심 급식이 하루 끼니의 전부일 정도로 방치된 상태이고, 동수는 학교도 나가지 않고 다락방에서 본드를 부는 불량청소년이다. 동수의 친구인 허명환 역시 결손가정에서 성장하고 있다. 명환의 아버지는 아들에게 엄청난 폭력을 행사하고, 영호의 전화에 아버지는 "그런 아이 모른다"(95)고 말할 정도이다. 이들의 보호자 역할을 하는 박영호조차도 유일한 가족인 엄마를 암으로 잃은 사람이다.

영호는 동수와 동준이 둘이서만 살아가는 열악한 환경의 집을 보고서는 자기 집으로 동수와 동준이를 데리고 와 함께 산다. 영호는 비디오 가게를 운영하느라 아이를 돌보는데 소홀한 숙자 어머니를 대신해, 숙자와 숙희를 돌보기도 한다. 이러한 따뜻한 보살핌 속에서 동수는 물론이고 동준이, 숙자, 숙희 등은 모두 따뜻한 사람으로 곧게 성장한다. 그들이 보여주는 성장의 지표는 자신들보다도 더 어려운 이웃들을 향해 따뜻한 손길을 내미는 행동으로 나타난다. 영호, 동준 형제, 숙자 자매로 이루어진 이 유사가족에 김명희 선생님과 한 남성이 일본으로 돈벌러 가며 맡긴 천호용이라는 아이가 합류한다. 이 유사가족 안에서 영호는 절대로 일방적인 시혜자가 아니며, 그 가족으로부터 누구보다 많은 것을 얻는다. 어머니의 죽음으로 혼자가 된 영호는, "동준이와 동수를 깨워 밥상 앞에 앉으면 어머니가 살아 있을 때처럼 마음이 따뜻해졌다"(86)거나 "아이들이 없었다면 혼자 외로움을 견딜 수 없었을 거라는 생각이 들었다"(107)고 생각하는 것이다. 결국 "아이들한테 내가 필요한 게 아니라 나한테 아이들이 필요해"(179)라고 생각하는 단계에까지 이른다.

김명희 선생님이 유사가족에 합류한 것은 이 유사가족이 공동체로서의 충분한 가치가 있음을 인정받는 중요한 계기라고 할 수 있다. 어린 시절 원치 않게 괭이부리말에 살게 된 김명희 선생님의 가족은 괭이부리말을 벗어나기 위해 혼신의 노력을 기울였다. 그 결과 김명희는 선생님이 될 수 있었고 가족은 괭이부리말을 벗어나 연수동으로 이사 갈 수 있었다. 교사가 되어서도 김명희 선생님은 '다'급지인 괭이부리말의 학교를 떠나기 위해 노력한다. 괭이부리말 애들은 안 된다는 생각이 머릿속에 박혀 있는 김명희 선생님은 이 학교 아이들하고 깊이 만나고 싶지 않은 것이다. 김명희는 영호의 부탁으로 동수를 상담하면서, 괭이부리말에 조금씩 정을 붙이기 시작한다. 그것은 "좋은 아버지가 되고, 듬직한 형이 되는 것"(228)과 "착한 사람으로 사는"(228) 것이 가치 있다는 것을 깨닫는 과정이기도 하다. 마지막에 동수는 봄을 맞이한 공장에서 숙자, 숙희, 동준, 명환, 영호 삼촌, 숙자 어머니, 김명희 선생님, 숙자 어머니가 낳은 갓난아이, 호용이를 떠올리고는, 그들을 "식구"(274)라고 부른다. 이 사랑과 우애로 탄생한 유사가족이야말로 지난 100여 년 동안 인천의 해안가 빈민촌이 찾아낸 거의 유일한 대안 공간이라고 할 수 있다.[24]

24 『괭이부리말 아이들』은 해안가를 배경으로 한 소설 중에서 유일하게 행복한 결말을 보여준다. 이것은 이 작품이 하나의 대안 가족을 만들어 냄으로써 가능해진 것이다. 이 작품에서 혈연에 바탕한 실제 가족은 사실상 아무런 역할도 하지 못한다. 이러한 특징은 숙자 아버지가 사고로 죽었을 때, 평소에는 아무런 도움도 주지 않던 숙자 할머니와 큰아버지 큰어머니들이 오히려 행패를 부리는 모습에서 잘 나타난다.

5. 결론

해안가를 배경으로 하여 그야말로 '경험으로서의 공간'이라고 할 수 있는 인천을 다룬 작품들을 살펴보았다. 이들 작품은 공통적으로 어린이를 주인공으로 내세운다는 공통점이 있다. 이러한 어린이 표상은 다음과 같은 인천에 대한 심상지리를 형성한다. 어린이가 초점화자로 등장하는 「남생이」, 「바닷가 소년」, 「중국인 거리」, 『괭이부리말 아이들』은 말할 것도 없고,[25] 엄흥섭의 「새벽바다」에서도 어린이는 적지 않은 비중을 차지한다. 최 서방의 자식 돌이는 돌봐줄 사람이 없어, 최 서방은 일을 나갈 때 돌이를 문고리에 묶어 놓는다.[26] 이러한 어린이 표상은 첫 번째로 인천이 짧은 역사를 가진 새로운 도시라는 인식을 준다. 다음으로 이들 소설의 어린이들은 성인들의 별다른 보호도 없이 거의 내팽개쳐지다시피 한 존재들로서, 별다른 준비 없이 근대라는 괴물과 맞부딪쳐야 했던 곳이라는 인천의 심상지리를 형성하게 한다. 아동들은 자신들의 직접적인 책임 없이 냉혹한 현실 속에 던져진다는 점에서, 윤리적 비판으로부터 성인에 비해 자유로울 수밖에 없다. 세상에 수동적으로 던져졌기에 보호받아야만 하는 약자들이 바로 아동들인 것이다. 그럼에도 세상에 내동댕이쳐질 수밖에 없는 아이들의 모습은 당대

25 한남규의 「어느 날 잠든 채로」, 「지붕 밑의 한낮」, 「강 건너 저쪽에서」는 모두 자전소설이라는 공통점을 보이고 있다. 이들 소설에서 서술자아는 성인이지만, 경험자아는 아동이라는 공통점이 있다.

26 한남규의 「지붕 밑의 한낮」(『현대문학』, 1981.6)에서도 혼자 아이를 키우는 영권이는 물 길러 일을 나갈 때는 아이의 허리를 문고리에 묶어놓고 나간다.

의 비극을 무엇보다도 효과적으로 그려낼 수 있었던 설정으로 보인다.

두 번째로 인천은 민족적으로 혼종적인 공간으로 표상된다. 한남규의 「바닷가 소년」에서는 "외국군이 주둔한 관계로 도저히 드나들 수가 없는 부두"(281)에서는 웅웅 소리가 계속해서 나는데, 그 소리는 그치는 경우가 없어 마치 "배어버린 것 같"(281)은 느낌을 준다. 「지붕 밑의 한낮」에서도 월미도에서 만난 미군들은 껌하고 초콜릿을 흔들면서 소년들에게 "색씨 오케? 시비시비 오케?"(43)라고 말한다. 한남규는 「지붕 밑의 한낮」과 「어느 날 잠든 채로」를 통해서는 인천에서 살아가는 중국인의 모습을 사실적으로 형상화하였다. 오정희의 「중국인 거리」에서는 중국인이 그 거리를 구성하는 핵심적인 구성원으로서 존재하고 있으며, 미군들의 존재 역시도 적지 않은 비중을 차지하고 있다. 개항을 통해 성장한 인천은 태생부터가 민족적으로 혼종적인 성격을 지니고 있었다. 1910년 인천의 인구 31,011명 중 일본인은 13,315명, 중국인 2,806명, 기타 외국인 70명 등 총 16,191명으로, 인천 전체 인구 가운데 외국인이 차지하는 비율은 52%를 넘었다고 한다.[27] 오늘날에도 그 비율은 줄었지만 인천은 대표적으로 외국인들이 많이 거주하는 도시이다. 인천 거주 외국인의 인구는 49,253명으로 전체 인구 대비 외국인 비중이 전국에서 세 번째로 많은 도시이다.[28]

세 번째로 인천은 외국으로 나가는 관문의 역할을 하는 곳으로 표상된다. 엄흥섭의 「새벽바다」에서 최 서방이 한 일이 "대련으로 팔려가는 경상도 계집애들 고리짝"[29]을 날라주는 일을 했다는 것이다. 그리고 "내

27 이준한 · 전영우, 앞의 책, 40~55면.
28 신성희, 『인천시 다문화 분포의 공간적 특성에 관한 연구』, 인천발전연구원, 2009.

일은 또 어디로 팔려가는 계집애들의 짐을 저다줄 것인가도 어느 누구의 주동이로 들어갈 술독을 저다줄 것인가"(116) 고민한다.[30] 시인 박팔양은 1928년에 이미 「인천항」[31]이라는 시를 통해, 국제도시로서의 인천을 표현하는 데 성공하였다. 박팔양의 이 시에는 경상도 사내와 산동성 사내가 함께 짐을 나르고, 카페에서는 향수로 가득 찬 불란서 수병의 노랫소리가 들린다. 제물포 부두를 이용하는 사람은 중국인도 일본인도 그렇다고 한국인도 아닌, "어제는 Hongkong, 오늘은 Chemulpo, 또 내일은 Yokohama로 / 세계를 유랑하는 코즈모폴리턴"이다. 이 시가 더욱 흥미로운 것은 제물포를 떠나는 배가 '유랑과 추방과 망명의 많은 목숨'을 싣고 떠난다는 것이다. 이 시는 단순하게 인천의 이국적인 풍경을 담고 있는 것에서 그치는 것이 아니라 '유랑과 추방과 망명'이라는 단어가 강하게 환기시키는 현실의 아픔을 은근하게 강조하고 있다.

29 『조광』, 1935년 겨울, 105면.

30 주요섭의 『구름을 잡으려고』(『동아일보』, 1935.2.17~8.4)는 1902년 12월 22일 104명의 조선인들이 하와이로 노동이민을 떠나서 겪은 이주노동의 역사를 기록한 소설이다. 이 소설에서 이들이 외국으로 떠나는 곳이 바로 제물포항이다. 김영하의 『검은 꽃』(문학동네, 2003)에서 1,033명의 조선인을 실은 일포드호가 멕시코로 떠나는 곳도 바로 제물포이다.

31 「인천항」의 전문을 옮겨보면 다음과 같다. "조선의 서편항구 제물포부두 / 세관의 기는 바닷바람에 퍼덕거린다 / 젖빛 하늘, 푸른 물결 조수 내음새 / 오오 잊을 수 없는 이 항구의 정경이여 // 상해로 가는 배가 떠난다. / 저음의 기적, 그 여운을 길게 남기고 / 유랑과 추방과 방명의 / 많은 목숨을 싣고 떠나는 배다. // 어제는 Hongkong, 오늘은 Chemulpo, 또 내일은 Yokohama로 / 세계를 유랑하는 코스모폴리턴 / 모자 삐딱하게 쓰고 이 부두에 발을 나릴제, // 축항 카페에로부터는 / 술 취한 불란서 수병의 노래 / "오! 말세이유! 말세이유!" / 멀리 두고 와 잊을 수 없는 고향의 노래를 부른다. // 부두에 산같이 쌓인 짐을 / 이리저리 옮기는 노동자들 / 당신네들 고향은 어데시오? / "우리는 경상도" "우리는 산동성" / 대답은 그것뿐으로 족하다. // 월미도와 영종도 그 사이로 / 물결을 헤치며 나가는 배의 / 높디높은 마스트 위로 부는 바람 / 共同丸의 깃발이 저렇게 퍼덕거린다. // 오 제물포! 제물포! / 잊을 수 없는 이 항구의 정경이여."

마지막으로 인천은 토박이들보다 외부에서 이주해 온 사람들이 중심이 된 도시로 표상된다. 현덕의 소설에서 아이들의 부모는 모두 소작을 떼이는 등의 일을 겪고, 살아보겠다는 생각으로 인천에 이주해 온 사람들이다. 오정희의 「중국인 거리」에서도 소녀의 가족 역시 자신들의 뜻과는 무관하게 전란을 피해 인천의 해안가로 밀려들어 온다. 한남규의 경우에도 마찬가지이다. 그의 자전적인 소설 「강 건너 저쪽에서」와 「어느 날 잠든 채로」에서 '나'의 가족은 본래 강화에 살았지만, 할아버지가 중선을 부린다고 조기 떼를 쫓아다니다 배를 가라앉히고 망하는 바람에 도망치듯 인천으로 이주해 온 것이다. 『괭이부리말 아이들』은 이주민들의 도시로서 인천이 가지는 사회 역사적 배경이 가장 정밀하게 드러나고 있는 작품이다. 한국현대사의 격변기마다 나라 각지의 어려운 사람들은 인천으로 밀려든다. 개항 직후에는 외국인에게 삶의 터전을 빼앗긴 철거민들이, 일제 시대에는 공장에 일자리를 찾으러 온 노동자들이, 6·25전쟁 뒤에는 피란민들이, 산업화가 본격화된 시대에는 이농민들이 꾸역꾸역 괭이부리말을 채워온 것으로 설명하고 있다. 괭이부리말은 "어디선가 떠밀려 온 사람들의 마을"(14)로서 "가난하고 힘없는 사람들"(14)의 마을이라고 이야기되는데, 이것은 인천의 중요한 특징이라고 해도 큰 무리는 없을 것이다.[32]

(2014)

---

32 흥미로운 것은 그렇게 이주해 온 사람들은 곧 다른 곳(주로 서울)으로 떠난다는 사실이다. 한남규의 「강 건너 저쪽에서」와 「어느 날 잠든 채로」의 가족은 힘들게 정착한 인천에서도 오래 살지 못 하고, 이번에는 아버지가 중선을 부린다고 연평도로 배를 띄웠다가 망하는 바람에 야반도주하듯이 서울로 이주한다. 『괭이부리말 아이들』에서도 "가난한 사람들"(14)은 여전히 괭이부리말에 남아 있지만, 많은 사람들은 떠나간 것으로 이야기된다.

제2장

2000년대 소설에 나타난 인천

김미월과 김금희를 중심으로

1. 해안가와 공장

이 글에서는 2000년대 소설에서 인천이라는 지역이 어떻게 표상되었는지를 살펴보고자 한다. 인천의 문학적 표상을 논의한 선행연구로는 이현식의 「항구와 공장의 근대성」을 들 수 있다. 이 글은 강경애의 「인간문제」, 현덕의 「남생이」, 한남규의 「바닷가 소년」, 오정희의 「중국인 거리」를 분석한 후, 항구도시이자 공업도시인 인천이 한국소설에서 표상화하고 있는지를 따져보는 구체적 지점"[1]이라는 결론을 내리고 있다. 다음으로 주목할 것은 이희환의 『문학으로 인천을 읽다』(작가들, 2010)이다. 인천을 배경으로 한 작품들(시, 소설, 희곡 등)과 인천 출신 문인들에 대한 거의 모든 것을 담고 있는 이 저서는 '20세기 인천과 문학'에 대한 기념비적인 집대성이라고 할 수 있다.

1 이현식, 「항구와 공장의 근대성」, 『한국문학연구』 38집, 2010, 182면.

필자는 이러한 선행연구를 바탕으로 하여, 한국근대소설에 나타난 인천 표상에 대하여 살펴본 바 있다.[2] 인천을 배경으로 한 작품들은 네 가지 특징을 지니고 있었다. 첫째는 이들 작품이 공통적으로 어린이를 주인공으로 내세우고 있다는 점이다. 이러한 어린이 표상은 첫 번째로 인천이 짧은 역사를 가진 새로운 도시라는 인식을 준다. 다음으로 이들 소설의 어린이들은 성인들의 별다른 보호도 없이 거의 내팽개쳐지다시피 한 존재들로서, 별다른 준비 없이 근대라는 괴물과 맞부딪쳐야 했던 곳이라는 인천의 심상지리를 형성하게 한다. 두 번째로 인천은 민족적으로 혼종적인 공간으로 표상된다. 세 번째로 인천은 외국으로 나가는 관문의 역할을 하는 곳으로 표상된다. 주요섭의 『구름을 잡으려고』(『동아일보』, 1935.2.17~8.4)는 1902년 12월 22일 104명의 조선인들이 하와이로 노동이민을 떠나서 겪은 이주노동의 역사를 기록한 소설이다. 이 소설에서 조선인들이 외국으로 떠나는 곳이 바로 제물포항이다. 김영하의 『검은 꽃』(문학동네, 2003)에서 1,033명의 조선인을 실은 일포드호가 멕시코로 떠나는 곳도 제물포이다. 마지막으로 인천은 토박이들보다 외부에서 이주해 온 사람들이 중심이 된 도시로 표상된다.

또한 인천은 문학작품 속에서 공업지대로서 자주 등장한다. 그 선구가 된 작품은 강경애(1906~1944)의 『인간문제』로서, 1934년 8월 1일부터 같은 해 12월 22일까지 『동아일보』에 연재되었다. 식민지 시기 조선 현실을 반영한 소설로서 『인간문제』와 어깨를 나란히 할 수 있는 작품으로는 염상섭의 『삼대』, 채만식의 『탁류』, 이기영의 『고향』, 한설

2 이경재, 「한국근대소설에 나타난 인천 표상」, 『한국 현대문학연구』 42집, 2014.4, 327~352면.

야의 『황혼』 정도를 꼽을 수 있을 뿐이다. 더군다나 그 서사가 담고 있는 문제의식의 폭과 깊이를 고려한다면, 강경애의 『인간문제』는 한국 근대사의 걸작이라 불러 무방할 것이다. 이러한 성취의 한복판에 식민지적 근대화의 한 상징으로서 인천이 놓여 있다. 강경애의 『인간문제』는 한국소설사에서 가장 정밀하고 의미 있게 인천을 다룬 사례 중 하나이다. 본격적으로 『인간문제』를 논의하기 전에, 작품의 기본적인 문제의식을 비교적 선명하게 보여주는 '작가의 말'부터 살펴보자.

> 인간 사회에는 늘 새로운 문제가 생기며 인간은 이 문제를 해결하기 위하여 투쟁함으로써 발전할 것입니다. 대개 인간 문제라면 근본 문제와 지엽적 문제로 나누어볼 수가 있으니, 나는 이 작품에서 이 시대에 있어서의 근본문제를 포착하여 이 문제를 해결할 요소와 힘을 구비한 인간이 누구이며 또 그 인간으로서의 나아갈 길을 지적하려고 하였습니다.[3]

이 작품은 '인간문제'를 다루었는데, 이때 중요한 것은 지엽적인 인간 문제가 아니라 근본적인 인간 문제를 대상으로 했다는 점이다. 강경애의 『인간문제』에서 근본적인 인간문제는 인간 생존의 문제이고, 그것은 인간 노동을 둘러싼 생산관계의 문제로서 나타난다. 이러한 문제의식은 인천을 다룸에 있어서도 마찬가지이다. 이 작품은 인천을 다루었으되, 그것은 어디까지나 인천을 둘러싼 노동과 생산관계의 문제를 중심으로 해서이다. 인간의 문제를 근본과 지엽으로 나눈다는 것 자체가 오늘의 시각에서는 구식으로 보이기도 하지만, 강경애가 지닌 문제

3 강경애, 「신 연재소설 예고, 작가의 말」, 『동아일보』, 1934.7.31.

의식의 시대적 진정성만큼은 높이 살만하다.

『인간문제』의 공간적 배경은 농촌(황해도 용연)과 도시로 나뉘어 있고, 도시는 다시 서울과 인천으로 나누어진다. 1회부터 56회까지는 용연, 57회부터 68회까지는 서울, 69회부터 76회까지는 용연, 77회부터 81회까지는 서울, 82회부터 89회까지는 인천, 90회부터 91회까지는 서울, 92회부터 111회까지는 인천, 112회부터 115회까지는 서울, 116회부터 120회까지는 인천으로 되어 있다. 전체적인 서사의 흐름을 정리한다면, 용연에서 출발한 서사는 서울을 거쳐 인천에서 종결된다고 말할 수 있다. 이 작품은 노동자의 각성 과정을 그리고 있는데, 용연이라는 농촌 공간이 민초들의 즉자적 상태를 그렸다면, 인천은 깨어 있는 노동자들의 대자적 의식을 바탕으로 했다고 말할 수 있다.

황해도 장연은 농촌 사회의 봉건적인 모순과 소작관계의 문제를 전면에 드러낸다. 용연 마을은 오직 가진 자들과 남성들만을 위한 사회적 질서와 낡은 관념만이 지배하는 곳이다. 이곳에서 생존하는 방법은 오직 지주의 횡포에 순응하는 것뿐이다. 새로운 삶은 오직 그곳으로부터 벗어나는 것을 통해서만 가능하다. 지주 정덕호에게 정조를 빼앗겼던 간난이와 선비가 농촌을 떠나는 것은 용연이라는 시공에서 가능한 가장 저항적인 행위라고 할 수 있다. 다음으로 이들이 서울과 인천, 그중에서도 인천에서 겪는 고통은 본격적인 임노동을 둘러싼 자본주의 사회의 근본 문제에서 비롯된다. 이러한 과정에서 노동자들은 자연스럽게 각성된 인간들로 새롭게 태어나는데, 이러한 과정이 강경애의 『인간문제』에는 비교적 자연스럽게 그려지고 있다. 일본인 공장주와 감독의 횡포 등이 그들을 필연적으로 사회의식에 눈 뜬 각성한 노동자로 만들어 내는 것이다. 이 작품에서는 식민지 시기 억압의 가장 큰 근원이 라고 할 수 있는 일제의 존재 역시 여러 가지 방식을 통해 드러나 있다.

『인간문제』가 인천을 배경으로 하면서, 가장 중요하게 삼는 장소는 바로 대동방적이다. 대동방적 공장은 일본 동양방적 인천공장을 모델로 한 것이다. 만석정 매립지에 소재한 공장은 1933년 말에 완공, 이듬해부터 조업을 시작했다.[4] 강경애는 이 공장의 소재지를 '만석정萬石町(현 만석동)'에서 '천석정'으로, 이름은 '동양방적'에서 '대동방적'으로 변형했다. 1882년 일본 근대산업의 아버지로 일컬어지는 시부자와 에이이치에 의해 창립된 오사카 보세키大阪紡績를 모체로 하는 동양방적은 만주사변 이후 일본 독점 자본의 식민지 진출 물결 속에 인천 공장을 신축했던 것이다. 주로 군복을 비롯한 군수품과 관수용품 공급을 겨냥한 저급 면직물의 대량 공급에 이바지한 동양방적은 해방 이후에도 한국의 대표적인 방직공장으로 자리 잡았으니, 1978년 노조 탄압을 둘러싼 여공들의 투쟁으로 유명한 동일방직이 그 후신이다.[5]

강경애는 식민지 조선의 가장 산업화된 도시로서 인천을 선택하고 있다. 그리고 그 속에서 식민지의 고통과 모순을 꿰뚫어 나갈 수 있는 희미한 가능성이라도 열어 놓고자 안간힘을 썼다. 인천은 식민지 시기는 물론이고 해방 이후에도 산업화의 동력으로서, 한국을 대표하는 공업도시로서의 면모를 보여주었다. 그리하여 해방 이후에는 정화진의 「쇳물처럼」, 「규찰을 서며」, 「양지를 찾아서」와 방현석의 「새벽출정」,

4 이상경, 『강경애』, 건국대 출판부, 1997, 122면.
5 최원식, 「『인간문제』, 사회주의리얼리즘의 성과와 한계」, 『인간문제』, 문학과지성사, 2006, 404면.

「내일을 여는 집」, 「또 하나의 선택」으로 이어지는 작품들이 인천을 배경으로 하여 창작되었다. 이들 소설에서 인천은 중요한 공업의 도시, 노동자의 도시로 그려지고는 했다. 특히 인천을 배경으로 한 방현석의 소설들은 노동자의 계급의식과 분할 논리의 중지와 보편성의 구성으로서의 민주주의에 대한 열망으로 채워져 있었다. 이러한 방현석의 작품에서 인천은 거의 실명 그대로 등장한다. 이것은 방현석이 인천에서 10여 년이 넘게 노동현장에서 활동한 이력을 반영한 결과이기도 하다.[6]

이 글에서는 21세기에 창작된 작품에 등장하는 인천의 모습에 대하여 살펴보고자 한다. 이 글에서 핵심적으로 살펴볼 작가는 김금희와 김미월이다. 무엇보다 두 작가의 작품에는 인천의 지역성이 가장 선명하게 드러나 있다. 또한 두 작품은 인천의 지역성을 드러내는 대조적인 방식을 대표한다는 점에서, 서로가 서로의 작품을 비춰보는 하나의 거울이 될 수도 있을 것이다.

2. 지금 그녀의 목적지는 서울

김미월의 「중국어 수업」(『한국문학』, 2009년 겨울)은 철저하게 다른 지역과의 연관성을 중심으로 인천의 지역성을 파악하고 있다. 인천의 다

6 방현석 소설과 인천의 관련성은 「한국 근대소설에 나타난 인천」(이경재, 『문학 속의 인천, 인천의 문학』(인하대 한국학연구소 편), 글로벌콘텐츠, 2014, 50~58면)을 참조할 것.

른 한 쪽에는 서울이라는 한국의 수도가 있고, 다른 한편에는 중국 동북의 여러 도시들이 있다.

연안부두 근처에 있는 전문대학의 부설 한국어학원에서 한국어를 가르치는 수는 하루에만 왕복 세 시간을 들여 서울에서 인천을 오고 간다. 이 한국어학원에는 베트남인이나 우즈베크인, 몽골인도 있지만 대부분은 중국인들이다. 수는 학생들에게 한국어를 가르치기 위해 이곳에 왔지만 청도나 대련, 천진 등에서 온 중국인들은 한국어를 배우러 온 것이 아니라 취업을 위한 학생 비자를 얻기 위해 온 것이다. 학생들도 공부에는 별다른 관심이 없고, 어학원도 인원 확보와 재정 충당에만 급급하기 때문에 학생들의 이탈률은 무려 팔십 퍼센트에 이른다. 중국에서 여섯 달 일하고 받는 급여와 한국에서 한 달 아르바이트하고 받는 급여가 비슷하기에, 중국인들은 갚는 데만 꼬박 일 년이 걸리는 큰 빚을 지고 한국으로 들어오는 것이다. 남학생들은 주로 택배회사에서 일하며 여학생들은 주로 공단지역 식당에서 서빙을 하거나 인터넷 쇼핑몰의 상품 포장 일을 한다. 그들이 한국인 못지않게 능숙하게 구사하는 낱말들은 "씨발. 개새끼. 병신"[7] 같은 것들인 것에서 알 수 있듯이, 이들이 한국(인천)에서 겪는 삶은 무척이나 고단한 것이다.

주목해야 할 것은, 이 작품의 주인공인 수 역시 중국에서 온 학생들보다 나을 것이 없는 처지라는 점이다. 수는 어학원에서 턱없이 낮은 월급을 받는 것은 말할 것도 없고 석 달 단위로 고용 계약을 갱신해야 하는 비정규직 노동자 신분이다. 수는 스스로 이곳에서 적당히 경력을

7 김미월, 「중국어 수업」, 『아무도 펼쳐보지 않는 책』, 창비, 2011, 97면. 앞으로의 인용시 본문 중에 면수만 기록하기로 한다.

쌓으면, 그것을 발판으로 "서울 시내의 제대로 된 어학원에서 제대로 된 학생들에게 제대로 된 강의를 할 거"(95)라고 다짐하며, 인천에서의 날들을 간신히 견뎌내고 있다. 수는 자신이 가르치는 학생 중에 최장기 결석자인 쓰엉을 인천의 옐로하우스에서 우연히 만나 술잔을 나눈다. 이때 수는 쓰엉에게 "이렇게 메마른 바다"(99)를 본적이 있느냐고 말한다. 이것은 물론 수의 내면을 통과한 인천의 바다일 것이다.

> 인천의 바다는 늘 거대한 선박이며, 컨테이너박스 따위를 나르는 크레인들이 분주하게 움직이는 곳이었다. 가까이 다가가면 갯내보다 기름 냄새가 더 진하게 코를 찌르는 곳이기도 했다. 언제 어느 쪽에서 바라보아도 희미하기만 한 수평선. 시멘트 부두에 부딪혀 출렁이는 파도는 푸른빛이 아니라 잿빛이었다.(99)

위의 인용에서, 수는 인천의 바다가 '메마른 바다'로서 다른 바다와는 달리 "아무 위안도 주지 못해"(100)라고 단정적으로 말한다. 수는 열차가 서울권으로 접어들자 "승객들 사이에 아연 활기가 돌기 시작"(104)하며, "공기의 질감도 미묘하게 달라지는 것 같다"(104)고 느끼며, "다들 그렇게 인천 땅을 빨리 벗어나고 싶어 조바심냈던 것일까"(105)라고 생각하기까지 한다. 이것은 인천을 철저하게 타자화하는 외부자의 시선이라고 말할 수 있다.

「중국어 수업」에서 인천은 중국 동북 지역에서 취업을 위해 온 중국인과 서울에서 역시나 돈벌이를 위해 온 한국인의 시각으로 파악되고 있다. 두 명의 외부자를 통해서 인천이 지닌 관계적 공간성은 선명하게 드러난다.[8] '중국의 도시-인천-서울'로 이어지는 구도 속에서 인천은 선망과 질시의 대상이자 동시에 선망과 질시의 주체라는 이중적 위상을 확보하게 된다. 수에게 인천이 비루한 현실이고 서울이 지향해야 할 미래라면, 쓰엉에게 현실은 자신이 떠나온 중국 동북의 도시이며 지향해야 할 미래는 인천인 것이다.

그러나 「중국어 수업」에는 또 하나의 시선이 바탕에 깔려 있다. 서울에 대한 맹목 이면에 놓인 보다 본질적인 문제에 대한 예민한 촉수가 번뜩이는 것이다. 이것을 통해 이 작품은 한 단계 깊어지며 사회를 바라보는 사유의 고도도 확보하게 된다. 그러나 그토록 원하는 한국에 왔지만 쓰엉은 오히려 애인만 빼앗기고 어떠한 행복도 얻지 못한다. 그에게 여전히 고향은 배로 스물네 시간이 걸리는 중국의 동북일 수밖에 없는 것이다. 쓰엉은 자신의 애인이었던 멍나의 살림집에 무단으로 침입했다가 강제 출국을 당한다. 수는 구치소에서 만난 쓰엉이 다시 한국에 올 것이라고 말하자, "네가 다시 한국에 왔을 땐 몇 배로 불어날 빚과 남의 아이 엄마가 돼 있는 멍나밖에 없을 거"(112)라며 쓰엉에게 돌아오지 말라고 말한다. 그러나 사실 이 '돌아오지 말라'는 당부는 수 자신을 향한 것이기도 하다. 수는 "어찌어찌하여 '나중'에 요행 서울로 돌아간다고 치자. 그다음에는?"(106)이라고 생각하는 것처럼, 서울 역시 그에게 뚜렷한 해답이 될 수 없음을 알고 있는 것이다. 쓰엉이 한국에 왔지만 아무런 인생의 답도 얻을 수 없었던 것처럼, 서울이 근본적인 해

8 장소가 안전, 안정, 영속의 자질을 강하게 지닌 구획되고 인간화된 공간이라면, 공간은 개방성 유동성, 광대함이란 자질을 강하게 지닌 추상적인 개념이다.(이-푸 투안, 구동회·심승희 역, 『공간과 장소』, 대윤, 2007, 19~20면)

결책은 될 수 없는 것이다. 이미 한국은 나아가 세계는 동일한 사회경제체제에 의해 비인간적 다림질이 깨끗하게 이루어진 상태이기 때문이다. 서울은 다만 "지금 그녀의 목적지"(112)일 뿐이다.

김미월의 「중국어 수업」은 인천과 관련해 중요한 두 가지 특징과 연관을 맺고 있다. 앞에서 인천이 문학 속에 드러나는 중요한 특징 네 가지를 정리한 바 있다. 어린이를 주인공으로 내세운다는 것, 민족적으로 혼종적인 공간으로 표상된다는 것, 외국으로 나가는 관문 역할을 한다는 것, 외부에서 이주해 온 사람들의 도시라는 것이 그것이다. 「중국어 수업」은 이 중에서 두 번째와 마지막 특징을 공유하고 있다.

두 번째 특징은 오늘날에도 인천이 여전히 외국인들이 많이 거주하는 도시라는 점을 생각할 때, 인천을 다루는 소설들의 핵심적인 특징으로 계속해서 남을 가능성이 크다. 인천 거주 외국인의 인구는 49,253명으로 전체 인구 대비 외국인 비중이 전국에서 세 번째로 많다.[9] 「중국어 수업」의 중요한 축은 쓰엉으로 대표되는 이주 중국인의 삶과 시각이다. 인천에 사는 중국인은 오래전부터 문학적 소재가 되어 왔으며, 이를 대표하는 작품은 오정희의 「중국인 거리」이다. 그러나 「중국인 거리」에서 알 수 있듯이, 인천에 사는 중국인이 주로 화교라는 고유한 미지의 타자로서 표상되었다면, 「중국어 수업」의 중국인은 신자유주의 시대의 불안정한 노동자라는 사회적 맥락에서 형상화되고 있음을 확인할 수 있다. 불안정한 노동자라는 측면에서는 한국인인 수나 중국인인 쓰엉이나 다를 바가 없다. 사회적 보편성을 공유한 존재로서 중국인과

9 신성희, 『인천시 다문화 분포의 공간적 특성에 관한 연구』, 인천발전연구원, 2009.

한국인이 나란히 존재한다는 점은, 「중국어 수업」이 보여준 이전 소설과의 차별점이라고 할 수 있다.

다음으로 이주민들의 도시라는 인천의 특징은 다음의 인용에 잘 나타나 있다.

> 수는 근 일 년을 내리 출퇴근했지만 인천에는 좀처럼 정이 들지 않는다. 동료 강사가 말했던가. 인천은 토박이보다 외지인이 더 많은 도시라고. 남쪽에서 서울로 올라가던 이들이 도중에 주저앉거나 서울에서 견디다 못해 지방으로 내려가던 이들이 문득 발길을 멈춘 곳이라고. 그래서 살갑게 정붙이고 살아가는 사람이 드물다고 말이다. 하긴 어학원 강사들만 해도 그렇다. 그중에 인천 사람은 한 명도 없다. 제각기 다른 고장에서 모여든 그들은 하나같이 서울로 가고 싶어 한다. 하나같이 인천을 마지못해 잠시 머무르는 곳쯤으로만 생각하는 것이다.(105)

'잠시 머무르는 곳'으로서의 인천이라는 특징은 김미월의 「중국어 수업」에도 그 발자취를 뚜렷하게 남기고 있는 것이다. 이 작품은 무엇보다도 인천이 다른 도시와 맺고 있는 관계적 공간성을 드러냈다는 점에서 그 의미를 찾을 수 있다. 그러한 공간성은 중국 동북도시와의 연관성까지 아우르는 국제적 수준에서의 성찰이기에 그 의미가 더욱 크다.

3. 성장의 정체(正體)

김금희의 등단작인 「너의 도큐먼트」(2009년 『한국일보』 신춘문예 당선작), 「아이들」(『창작과비평』, 2009년 여름), 「장글숲을 헤쳐서 가면」(『황해문화』, 2009년 겨울)은 인천 3부작이라고 할 수 있다. 이들 작품은 드물게도 인천을 작품의 시공간으로 하고 있으며, 소설의 기본 구조나 등장인물의 성격까지도 서로 밀접하게 닮아 있다. 주인공들은 모두 사회생활을 막 시작했거나 시작하려고 하는 젊은 나이의 여성들이다. 김미월의 「중국어 수업」이 주로 인천의 '관계적 공간성'을 집중적으로 드러냈다면, 김금희의 인천 3부작은 인천의 '일상적 장소성'을 집중적으로 드러낸 경우라고 할 수 있다. 성장통을 앓는 주인공들에게 인천은 결코 부정이나 벗어남의 대상이 아니다. 인천은 이들에게 이 사회의 전부, 조금 과장하자면 사유와 상상력의 우주라고 부를 수 있다. 표사에서 최원식이 말하고 있는 인천이라는 '장소의 혼'이 김금희의 소설에는 숨 쉬고 있는 것이다.

등단작인 「너의 도큐먼트」에서부터 인천 지역의 세부가 생생하게 펼쳐지고 있다. 이 작품의 기본적인 동선은 인천 지도를 따라 펼쳐지는데, 이 지도야말로 김금희의 소설을 낳는 하나의 모체matrix이다. 사업에 실패하고 가출한 아버지를 찾기 위해 인천시 전역이 그려진 지도 하나가 등장한다. 엄마와 '나'는 하루씩 교대로 아버지를 찾아 시내 곳곳을 돌아다닌다. 그 결과 「너의 도큐먼트」에는 차이나타운이나 신포동과 같이 이전의 소설에서도 자주 등장하던 배경들과 더불어 계양산, 철마산, 주안역, 시민회관, 갈산, 계산, 계양동 등과 같은 여타의 인천 지명들도 거의 모두 등장한다. 아버지를 찾아다니는 것과 병행하여 지도 위에는 "항구와 놀이공원, 전철역과 도서관, 백화점과 산, 달동네 박물관과 가게, 약수터를 모두 통과한 선"[10]이 그려지게 된다. 이 선은 인천이 지닌 복합적인 지리적 성격을 있는 그대로 잘 드러내준다. 이 작품에서 아버지를 찾는 일이 아니더라도 '나'의 동선은 철저하게 인천에 한정되어 있다.

「아이들」에서는 아버지의 직장이 있던 마루 공장, 창호 공장, 가구 공장, 합판 공장, 악기 공장, 정유 공장, 목공소들이 즐비한 북항 주변 일대가 잘 나타나 있다. 「장글숲을 헤쳐 나가면」은 인천의 지리적 특징뿐만 아니라 역사성도 함께 드러내고 있다. 월남촌과 사학재단에 대한 이야기가 특히 그러하다. 월남촌은 군수물자를 싣고 베트남과 인천항을 오가며 어마어마한 달러를 벌어들이던 운수기업의 직원들이 새집을 짓고 살던 곳이다. 아버지도 전쟁터에서 벌어온 돈에다 빚을 져서 지금의 집을 샀던 것이다. 그러나 지금 월남촌에는 베트남의 기억을 간직한 사람들도 거의 사라지고 가난한 사람들만 남았다. 월남촌은 인천의 실존하는 마을로서 인천이 월남전 당시 수행했던 고유한 역사를 잘 드러내준다. 사학재단은 초등학교에서 대학까지 열 개의 학교를 운영하다가 온갖 비리를 저지르고 결국 몇 년 전에 재단이 시립화되는 것으로 그려지는데, 이것 역시도 인천의 대표적 사학이었던 선인재단의 실제 역사를 거의 그대로 보여준 것이라고 할 수 있다.

10 김금희, 『센티멘털도 하루 이틀』, 창비, 2014, 48면.

김금희의 '인천 3부작'에서 유일하게 다른 도시가 등장하는 소설은 「아이들」이다. 이 작품에는 부산과 성남이 등장한다. 아버지는 부산 토박이였고 거기서 1980년까지 합판 공장에 다녔으나 회사가 국가에 몰수되는 바람에 비슷한 직종을 찾아 인천으로 흘러든 것이다. 아버지에게 부산은 그리움의 대상이다.[11] 아버지가 목재공장을 다니며 나무 토막으로 만든 최초의 것은 부산의 옛날 집이다. 부모님은 "만지고 보고 냄새 맡는 실물에 관한 말들"(132)에 있어서만은 사투리를 버리지 못한다.

아버지에게 부산은 물질적 공간일 수만은 없다. 그것은 그리움이고 추억이며 하나의 육친이라고 말할 수 있는 성격의 것이다. 「아이들」의 '나'에게 인천 역시 그러하다. 아버지가 부산을 추억하며, "그 집 앞에 바다가 있어서 어릴 때 수영을 하거나 조개를 잡으며 놀았다는 이야기"를 하자, '나'는 "눈앞이 환히 열리는" 느낌을 받는다 그리고는 "여기도 바다 있어. 버스로 열 정거장 가면 목재단지가 나오고 그 뒤에 항구가 있지"(120)라고 신나게 말하는 것이다. 김미월의 「중국어 수업」에서 수가 바라본 아무런 위안도 주지 못하는 메마른 잿빛 바다와는 무척이나 다른 바다임을 알 수 있다. 모든 인간이 마음 깊은 곳에 간직한 바다가 김금희에게는 바로 인천 앞바다인 것이다. 그 심중의 바다가 아버지에게는 부산에 존재한다면, '나'에게는 인천에 존재할 뿐이다. 그렇기에 김금희에게 인천은 일종의 '조시祖市'라고 말할 수 있다. 이 작품에서

11 이 작품에서는 부산이 아버지에게 차지하는 의미가 상당히 크게 부각되고 있다. 부산은 곧 아버지에게는 육친의 확장이기도 한 것이다. 부산의 조카가 결혼한다는 소식에 엄마는 이십만 원 할지 삼십만 원 할지를 고민하지만, 아버지는 병원비로 봄에 이십만 원이 올라왔고 자신이 "장남"(121)이라는 이유로 오십만 원을 보내야 한다고 이야기한다.

인천과 부산은 「중국어 수업」에서 인천과 서울과 같은, 근대적인 의미의 중심과 주변이라는 식의 위계를 형성하지 않는다.

「아이들」에는 부산과 함께 성남도 등장한다. 고등학교를 졸업하고 쏘켓 공장 경리로 일하던 '나'는 오랜만에 영주의 전화를 받고 다단계 회사에 간다. 그 다단계 회사가 위치한 곳이 바로 성남인 것이다. 다단계 회사가 인간의 영혼을 어떻게 파괴하는지는 꼭 이 작품이 아니더라도 이미 다른 작품(대표적으로 김애란의 「서른」)에서도 여러 번 보아온 사실이다. 이 작품에서 성남은 아버지의 부산과 '나'의 인천이 지닌 인간적 성격을 강조하는 대타항으로서의 근대적 악마성을 드러낼 뿐이다. 따라서 성남 역시 근대적 로컬리티가 지니게 마련인 관계적 공간성과는 무관하다. 또한 성남은 한 인간의 고유한 영혼의 인장이 새겨진 장소성과도 무관한 그야말로 하나의 지명에 불과하다고 말할 수 있다.

김금희의 인천 3부작은 인천을 다룬 기존 소설들의 주요한 특징과 나름의 연관성을 지닌다. 그것은 '어린이를 주인공으로 내세운다'는 전통에 이어지는 것이다. 물론 스물여섯 살(「너의 도큐먼트」), 서른 살(「아이들」), 고3 수험생(「장글숲을 헤쳐 나가면」)을 어린이라고 말할 수는 없지만, 이들은 '성인들의 별다른 보호 없이 거의 내팽개쳐진 채 근대라는 괴물과 맞서 싸워야 하는 존재들이라는 점에서는, 이전 인천 배경 소설의 어린이들과 유사한 특징을 공유한다.

소설 속 주인공들을 사회로 이끌어 줄 존재는 모두가 심각한 기능부전에 빠져 있는 것이다. 아버지는 존재하나 사회적으로는 이미 그 시효를 상실한 존재들이다. 「너의 도큐먼트」에서 아버지는 사업에 실패하자 "뤼빵"(38)이 되어 이삼 개월에 한 번씩 집에 들어오다가 나중에는 아예 들어오지 않는다. 어머니와 '나'는 아버지를 찾아 인천 시내를 돌아다니고, 결국에는 찾아낸다. 그렇지만 아버지가 이전의 자리로 돌아오는 것은 결코 쉬운 일이 아니다. 애당초 아버지는 길을 몰라 집을 돌아오지 못하는 미아가 아니었던 것이다. 아버지가 "주민등록과 의료보험, 국민연금과 보험증권, 은행통장이 있어야 하는 일상"(52)으로 돌아오는 일은, 동시에 "파산한 가장으로, 갚을 수 없는 빚 그리고 뒤뺑처럼 몰래 집을 오가야 하는 피로감으로 돌아와야 한다"(52)는 의미이기 때문이다.[12] 「아이들」에서 아버지도 상상할 수 없는 어린 나이부터 성실하게 공장에서 일을 했지만, 지금은 오랜 중환자실 생활을 거쳐 한 쪽 다리까지 절단하는 참경에 이른다.

「장글숲을 헤쳐 나가면」은 시대착오적이고 무력한 아버지의 형상을 집중적으로 드러낸 작품이다. 월남전 참전 용사인 아버지는 지금도 베트남의 정글숲에서 벗어나지 못하고 있다.[13] "육척장신 미군들보다 더 잘 싸웠고 달러를 벌어와 고속도로를 깔았으니깐"(203)이라고 자랑하는 아버지는, "너무 낡은 나침반"(198)을 쥔 채 인생을 살아가고 있는 것이다. 지금도 아버지는 베트남에 살고 있는 전우 김하사와 여행사를 차릴 계획을 세우지만, 결국에는 집을 담보로 해서 빌린 돈과 공할머니가 맡긴 돈까지 사기당하고 만다. 아버지는 월남전으로 상징되는 과거의 이데올로기에 고착되어서, 현실에서는 아무런 힘도 발휘하지 못하

12 "거리 곳곳에서 아버지와 비슷한 뒷모습을 만났다"(46)는 문장에서 확인할 수 있듯이, 이 작품의 아버지는 시대적 대표성을 지닌다고 볼 수 있다.

13 아버지는 스물두 살의 나이로 월남전에 참전한 것과 더불어 한국전쟁 때 유명 장군이 세운 사학재단의 교직원으로 근무했던 시절도 인생의 전성기로 기억한다. 재단 이사장인 장군이 "참전 경험이 고등학교 졸업장보다 못할 것 없다며 학력 미달인 아버지를 직원으로 뽑"(197)았다는 것에서 알 수 있듯이, 교직원 경험 역시 월남전에 연결된다.

는 것이다.[14]

또한 김금희의 인천 3부작에서는 통칭하여 80년대적 이데올로기라 부를 만한 것도 기능부전에 빠져 있다. 「너의 도큐먼트」에 등장하는 '나'의 친구 여미는 "80년대 운동권 여학생"(41) 같은 모습으로 생활한다. 야학 동아리에서 활동하고, 풍물패에서 장구를 치며, 노래라도 부를라치면 "산다는 것이 얼마나 위대한가를"(41)을 열창하는 종류의 인간인 것이다. '나'는 그런 여미를 좋아하지만, 여미는 심장마비로 허망하게 생을 마감한다. 「장글숲을 헤쳐 나가면」에서 지방대에 다니던 오빠는 뉴스에까지 등장하는 데모에 참여했다가 집에 끌려와 4수를 준비한다.[15] 그런 오빠는 여미의 죽음만큼이나 허망하게도 수험서를 헌책방에 팔고 수능날에 군대에 간다. 학교 역시도 정답이 되지 않기는 마찬가지인 것이다. 「장글숲을 헤쳐 나가면」의 새로 부임한 담임은 처음에 모든 문제를 대화로 풀고 졸업앨범과 관련해서도 뇌물을 받지 않는 이상적인 모습을 보여준다. 그러나 곧 기존 학교 질서에 편입되어, 생활벌점제를 시행하고 나무막대를 휘두른다. 나중에는 라영과 키스했다는 소문까지 널리 퍼지고, 학생들 보는 앞에서 라영에게 사소한 오해로 발길질을 하는 모습까지 보여준다.

상황이 이렇다면, 김금희 소설의 주인공들을 인천 배경 소설에 등장하던 어린이 인물의 전통에 연결시키는 것이 무리가 아님은 어느 정도

14 공씨 할머니의 아들은 베트남 전쟁 때 하역 일을 하러 갔다가 꾸이년 항에서 크레인에 깔려 죽었다. 공씨 할머니 역시 베트남에 고착되어 있기는 마찬가지이다. 공씨 할머니는 한 명의 자식도 찾아오지 않는데 정성을 다해 베트남에서 죽은 아들의 제사를 지낸다.

15 오빠가 데모하던 현장을 생중계하며 기자는 "마치 전쟁터를 방불케 하고 있습니다"(200)라는 말을 몇 번이나 반복하는데, 어쩌면 오빠에게는 더운 여름 한 대학에서 있었던 체험이 자신의 '정글'이 될지도 모른다.

밝혀졌을 것이다. 한마디로 이들에게는 세상을 헤쳐나갈 지도가 없는 것이다. 김금희 소설은 그들이 믿고 있던 지도가 실제로는 아무런 기능도 하지 못한다는 것을 가슴 아프게 인정하는 과정이라고 할 수 있다. 그리해서 상징적인 방식이기는 하지만, 「너의 도큐먼트」의 주인공은 지도를 찢어 버리고, 「장글숲을 헤쳐서 가면」에서도 오빠는 벽에서 지도를 떼어내어 비행기를 접어 날린다.

따라서 이들 주인공에게는 성장이라는 절대적인 과제가 주어진 셈이다. 그것은 김금희의 소설에서 거의 육친화된 조시祖市 인천에서 벗어나는 것이다. 「너의 도큐먼트」에서 '나'는 힘겨운 과정을 거쳐 노숙자를 위한 자활센터에 머물고 있는 아버지를 찾아낸다. 세 시간이 넘게 기다려 아버지를 만난 '나'는 아버지와 함께 축제 중인 차이나타운을 지나 중구청으로 내려간다. 그러다가 아버지와 '나'는 길 하나를 사이에 두고 마주보게 된다. 결국 '나'는 버스에 오르고는 지도를 찢어 버린다. 그리고 작품은 "이제 남은 이 텅 빈 도큐먼트야말로 네 것이라고. 어떠한 망설임도 없이, 더할 나위 없이 냉정하게"(57)라는 속삭임을 듣는 것으로 끝난다. 인천의 거의 모든 지역이 빨간펜으로 표시가 된 지도를 찢어 버리는 것은, 성장을 위해 반드시 치러야만 하는 모성과의 결별을 의미한다고도 할 수 있다.

「아이들」에서는 바다 위에 떠 있는 원목(나무)이 하나의 화두처럼 놓여 있다. 이때의 원목은 신자유주의 시대의 인간과 동일시되는데, 원목이 바다 위를 뗏목처럼 옮겨져도 가라앉지 않는 것은 어느 정도 물을 흡수하면 더는 젖지 않는 함수율 때문이다. 아버지 역시 "어디론가 이동 중인 사람들, 앞으로 펼쳐질 일들을 예상할 수 없는 사람들"(133) 중의 하나라고 할 수 있다. '나'는 마지막에 이르러 아버지의 "이곳(인천-인용자)에 정주하지 않겠다는 다짐이 오히려 타지에서의 삼십년을 견디게 했음을, 정주와 이주 사이의 그 아슬아슬함이 생의 부력이었음을"(135) 깨닫는다. '나'의 성장이란 곧 인천만이 이 세상의 전부는 아니라는 것, 아버지의 '인천'을 자기 역시 발견해야 한다는 점을 깨닫는 일이라고 할 수 있다. 그 다짐 속에서 결코 가라앉지 않을 자기를 발견하며 소설은 다음과 같이 끝난다.

> 그때마다 완전히 가라앉지는 않을 것이다, 자신도 없으면서 그렇게 말했다. 빠지지 않으려고 버둥댈 때나 파도에 몸을 맡겨 둥둥 떠다닐 때나 늘 저편에는 항구가 보였다. 남쪽이든 북쪽이든 열대림이든, 그곳에서는 언제나 바람이 불어왔다.(135)

「장글숲을 헤쳐서 가면」의 마지막 역시 아버지가 월남에서 가져왔다는 귀국 박스[16]에 '내'가 들어가는 것이다. 그 박스 속에서 '나'는 "망망대해를 떠도는 기분"(210)을 느끼는데, '나'는 "이 길 끝에 엘도라도가 나타날지 알 수 없었지만, 적어도 천구백구십칠 년 겨울에는 더 이상 궁금하지 않았다"(210)고 고백한다. 항해 그 자체야말로 '나'의 엘도라도였던 것이다.

16 귀국 박스는 "트랜지스터라디오, 카메라, 조명탄과 탄피까지 다양한 물건들"(208)이 들어있던 아버지의 보물상자였다.

4. 공간과 장소

김미월과 김금희는 똑같이 인천을 배경으로 하고 있지만, 그 인식의 각도는 매우 이질적이다. 그것은 외부인과 토박이의 차이에서 비롯된다고도 정리할 수 있는데, 김미월이 끊임없이 인천을 대타화하며 인천이 놓여 있는 관계적 공간성에 천착한다면, 김금희는 인천의 속살을 더듬으며 모체로서의 인천이 지닌 일상적 장소성을 파고든다.

김미월의 「중국어 수업」에서 인천은 중국 동북 지역에서 취업을 위해 온 중국인과 서울에서 역시나 돈벌이를 위해 온 한국인의 시각으로 파악되고 있다. 두 명의 외부자를 통해서 인천이 지닌 관계적 공간성은 선명하게 드러난다. '중국의 도시-인천-서울'로 이어지는 구도 속에서 인천은 선망과 질시의 대상이자 동시에 선망과 질시의 주체라는 이중적 위상을 확보하게 된다. 수에게 인천이 비루한 현실이고 서울이 지향해야 할 미래라면, 쓰엉에게 현실은 자신이 떠나온 중국 동북의 도시이며 지향해야 할 미래는 인천인 것이다. 본래 로컬local이 "국가 중앙 글로벌이라는 각종 층위의 공간 단위가 부단히 개입하면서 실천적으로 작동하고 있는 현장이며 다양한 질서들이 중층적으로 얽히면서 복합적인 갈등을 직조해내는 공간"[17]이라는 점을 염두에 둔다면, 김미월의 이러한 작업은 인천을 탐구하는 매우 의미 있는 시선이라고 말할 수 있다.

17 부산대 한국민족문화연구소 편, 『선망과 질시의 로컬리티』, 소명출판, 2013, 3면.

김금희의 등단작인 「너의 도큐먼트」, 「아이들」, 「장글숲을 헤쳐서 가면」의 인천 3부작은 인천의 '일상적 장소성'을 집중적으로 드러낸 경우라고 할 수 있다. 성장통을 앓는 주인공들에게 인천은 결코 부정이나 벗어남의 대상이 아니다. 인천은 이들에게 이 사회의 전부, 조금 과장하자면 사유와 상상력의 우주라고 부를 수 있다. 김미월의 「중국어 수업」에서 수가 바라본 인천 앞바다가 단순히 메마른 잿빛 바다였다면, 김금희의 인천 3부작에서 '내'가 바라보는 인천 앞바다는 모든 인간의 마음 깊은 곳에 자리한 원형으로서의 바다이다. 그 심중의 바다가 아버지에게는 부산에 존재한다면, '나'에게는 인천에 존재할 뿐이다. 그렇기에 김금희에게 인천은 일종의 '조시祖市'라고 말할 수 있다. 이 작품에서 인천과 부산은 「중국어 수업」에서 인천과 서울과 같은, 근대적인 의미의 중심과 주변이라는 식의 위계를 형성하지 않는다. 선망과 질시는 비록 부인할 수 없는 로컬인의 감정이기는 하지만 로컬인을 주체로 호명하기 위해 이용된 도구적 감정인 동시에 선조적인 질서를 긍정하게 만드는 기제라는 점을 생각한다면, 인천을 '조시祖市'로 느끼는 김금희의 감성은 그 자체로 지금의 비인간적인 세계체제에 대한 저항의 거점이 될 수도 있을 것이다.

김미월의 「중국어 수업」은 인천의 문학적 표상과 관련해 '혼종적인 공간이라는 것'과 '외부에서 이주해온 사람들의 도시'라는 특징을 공유하고 있다. 김금희의 인천 3부작은 '어린이를 주인공으로 내세운다'는 전통에 이어진다. 물론 스물여섯 살(「너의 도큐먼트」), 서른 살(「아이들」), 고3 수험생(「장글숲을 헤쳐 나가면」)을 어린이라고 말할 수는 없지만, 이들은 '성인들의 별다른 보호 없이 거의 내팽개쳐진 채 근대라는 괴물과 맞서 싸워야 하는 존재들이라는 점에서는, 이전 인천 배경 소설의 어린 이들과 유사한 특징을 공유한다고 볼 수 있다. 따라서 이들 주인공에게는 성장이라는 절대적인 과제가 주어진 셈이다. 그것은 김금희의 소설에서 거의 육친화된 장소인 인천을 상대화하는 일로서 나타나고는 한다. 김미월과 김금희의 소설은 21세기 인천을 바라보는 대조적인 두 개의 눈이다.

(2014)

제3장
인천의 대표적인 장소들

1. 차이나타운

인천역을 나오면 정면에 중화가의 패루가 보인다. 여기서부터 전 국민의 소울푸드soul food인 짜장면의 발생지이자 화교들의 본거지라고 할 수 있는 차이나타운이 시작된다. 차이나타운은 혼종성의 공간인 인천의 도시적 특성을 압축해서 보여주는 장소라고 할 수 있다. 1883년 개항을 통해 성장한 인천은 태생부터가 혼종적인 성격을 지니고 있었다. 1910년 인천의 인구 31,011명 중 일본인은 13,315명, 중국인은 2,806명, 기타 외국인 70명 등 총 16,190명으로, 인천 전체 인구 가운데 외국인이 차지하는 비율은 절반을 넘었다. 오늘날에도 인천시 거주 외국인 비율은 서울과 경기도에 이어 세 번째로 높다. 인천 차이나타운은 이질적인 외국 문화가 공간적으로 가시화되어 인천의 혼종적 특성을 드러내는 독특한 장소이다. 화교華僑들은 임오군란(1882) 시기에 본격적으로 인천에 이주해 왔다고 한다. 인천이 1883년 개항과 함께 비약적으로 성장한 도시라는 점을 생각하면, 화교들은 인천의 이방인이라기보다는 근대 인천의 어엿한 주인공 중 하나라고 해도 과언이 아니다. 정재은 감독의 〈고양이를 부탁해〉(2001)는 10대 후반의 인천 소녀들을 주인공으로 내세워 인천의 로컬리티를 매우 정밀하고 풍부하게 드러낸 영화이다. 이 영화에서 흥미로운 것은 인천 출신의 혜주, 지영, 태희 등이 결국에는 모두 인천을 떠나지만 마지막까지 인천에 남아 고양이까지 떠맡는 존재는 다름 아닌 화교출신의 쌍둥이 자매 비류와 온조라는 사실이다. 최근에 들어 차이나타운에는 『삼국지』의 주요 장면들을 묘사한 벽화가 새롭게 그려지고, 자유공원으로 올라가는 길에도 공자상이 세워지는 등, 차이나타운만의 이국적인 분위기가 더욱 강조되고 있다.

2. 경인선

인천이 여타의 도시와 구별되는 특이점은 도시의 상징적 중심 공간이 없다는 것과 도시가 선형적線型的으로 발달했다는 점이다. 이것은 인천의 바로 옆에 서울이라는 대한민국의 수도가 위치한 지리적 특성과 무관할 수 없다. 6대 광역시 중에서 유일하게 주간인구지수가 100이하인 것도 수많은 인구가 서울에서 생업이나 학업을 이어간다는 것을 의미한다. 인천이 한국을 대표하는 근대도시로 성장하게 된 결정적인 계기는 경인선이 놓여진 것에서 찾을 수 있다. 경인철도는 1899년 9월 18일 노량진과 인천 사이에서 처음으로 운행을 시작했는데, 이 철도로 인해 꼬박 하루가 걸리던 먼 길을 사람들은 불과 1시간 40분 만에 오가게 되었다. 이것은 그야말로 시공을 획기적으로 단축시킨 현대판 축지법으로 사람들에게 받아들여졌다. 인천은 항구를 통해 발달된 외국의 문물을 가장 빨리 수용할 수 있었으며, 경인선을 통해 그 문물을 서울에 전파하고 또 수도 서울의 문화적 추이를 가장 빨리 받아들일 수 있었다. 인천 근대 문학이 인천에서 서울 소재 학교로 통학하던 학생들의 모임인 '경인기차통학생 친목회'에서 시작되었다는 것도 경인선이 인천 사람들의 삶에서 차지하고 있는 고유한 몫을 잘 보여준다. 1920년에 한용단漢勇團이라는 야구팀의 구성원들도 경인선 기차를 타고 서울의 배재, 중앙, 휘문 등으로 통학하며 매일 서너 시간을 함께 보내던 인천의 소년들이었다. 수많은 인천 젊은이들의 꿈을 안고 한강다리를 건너던 경인선은 오늘도 힘차게 달리고 있다.

3. 괭이부리말(마을)

인천 동구 만석동의 괭이부리말은 항구도시 인천의 지역성을 가장 선명하게 나타내는 해안가 마을이다. 괭이부리말이라는 특이한 이름은 만석동 앞바다에 있었던 묘도(고양이섬)라는 작은 섬의 이름에서 유래했다는 것이 정설이고, 일부에서는 괭이부리갈매기의 이름에서 유래했다고 주장하기도 한다. 인천의 여느 해안가 마을처럼 개항 전까지는 한적한 어촌 마을이었지만, 1905년 이나다 가쓰히코稻田勝彦라는 일본인 사업가가 갯벌을 매립한 뒤 여러 기업을 들여오면서 본격적인 개발이 이루어졌다. 괭이부리말의 형성과정은 인천의 형성과정이라고도 말할 수 있는데, 개항 직후에는 외국인에게 삶의 터전을 빼앗긴 철거민들이, 일제 시대에는 공장에 일자리를 찾으러 온 노동자들이, 6·25 전쟁 뒤에는 황해도에서 밀려온 피난민들이, 산업화 시대에는 이농민들이 괭이부리말을 채워왔다. 일제 시대에 있었던 동양방적은 강경애의 명작 『인간문제』(『동아일보』, 1934.8.1~12.22)의 직접적인 배경이 되었으며, 1987년부터 이곳에서 공부방을 운영한 김중미의 『괭이부리말 아이들』(창비, 2001)은 베스트셀러가 되어 괭이부리말을 외부에 널리 알렸다. 괭이부리말은 인천 서민들의 고단한 삶과 애환이 고스란히 묻어 있는 대표적인 빈민촌이었으나, 최근에는 주거 안정과 공동체 회복이라는 두 가지 목표를 동시에 추구하는 '도시 재생' 실험이 진행 중이다.

4. 월미도

인천은 산문적인 도시이다. 인천은 자연의 멋과 낭만보다는 고단한 삶의 진한 땀냄새와 거친 호흡이 먼저 느껴지는 도시이다. 근대화와 산업화라는 절박한 과제를 위해 인천은 그 아름다운 몸뚱이 전체를 국가에 바쳤다고 해도 과언이 아니다. 인천은 바닷가의 항구도시이지만 손바닥만 한 모래사장 하나 남아 있지 않다. 오죽하면 인천의 바다를 '똥바다'라고 부르겠는가? 이 말 속에는 급격한 산업화 속에서 잃어버린 인천의 아름다운 자연에 대한 인천 사람들의 깊은 냉소와 회한이 진하게 배어 있다. 그러나 사람 사는 곳에 멋과 낭만이 없을 수는 없는 법, 갈매기의 유려한 몸짓과 석양의 은근한 서정으로 사람들을 유혹하는 인천의 대표적인 관광 명소가 있다. 그곳은 한국 사람이라면 누구나 한 번쯤 들어봤을 월미도이다. 식민지 조선의 관광명소 중 4위로 기록될 만큼 월미도는 본래부터 그 빼어난 풍경을 자랑하는 곳이었다. 어려서는 부모님과 함께, 중고등학교 시절에는 친구들과 함께, 성인이 되어서는 연인과 함께 월미도를 걸어보지 않은 인천 시민은 아마도 없을 것이다. 서울에서 바다를 볼 수 있는 가장 가까운 곳이라는 이유로, 수도권에서도 월미도는 대표적인 당일치기 관광코스로 유명하다. 최근에는 월미 관광 특구로 지정되어 카페, 놀이공원, 술집 들이 내뿜는 활기에 더해 문화와 예술을 관광과 결합시켜 품위 있는 생활의 휴식과 삶의 고양을 동시에 안겨줄 수 있는 곳으로의 변모를 시도하고 있다.

5. 한국지엠 부평공장

인천은 항구도시로만 널리 알려져 있지만, 사실 도시의 절반은 내륙이라고 말할 수 있다. 인천의 한 가운데로는 계양산, 철마산, 원적산, 만월산, 만수산으로 이어지는 한남정맥이 지나고 있다. 이 조그마한 산맥을 기준으로 서울 방면인 부평은 아주 오랜 동안 인천과는 구분되는 행정구역을 유지했으며, 드넓은 평야지대의 특징으로 인해 해양지대와는 다른 문화와 풍습을 발전시켜 왔다. 일제가 군수공장과 육군 조병창을 세운 것을 시작으로 해서, 드넓은 부평 평야는 대한민국을 대표하는 공업지대로서의 변모를 시작하게 된다. 평야라는 지형적 조건, 서울을 비롯한 공항·항구와의 인접성, 풍부한 노동력 등을 바탕으로 1960년대 이후 한국의 산업화를 대표하는 지역이 되었다. 1960년대에는 소위 '부평공단'이라 불리는 한국수출산업 제4공단이 설립되었고, 이는 주안염전 자리에 위치한 제5·6 공단과 남동공단의 기원이기도 하다. 이러한 공단들은 산업화의 중추적인 기능을 수행한 동시에 노동운동과 노동문학의 중심지 역할을 하기도 하였다. 인천시 부평구 청천동 199-1에 위치한 한국지엠GM은 부평공단을 대표하는 하나의 랜드마크라고 할 수 있다. 한국지엠은 2011년 3월 이후부터의 명칭이고, 그 뿌리를 찾아보자면 1937년에 세워진 신진공업사에까지 거슬러 올라간다. 이후 신진자동차(1965), 새한자동차(1973), 대우자동차(1983), 지엠대우(2002) 등으로 이름과 주인을 바꿔가며 자동차 산업의 중심지라는 면모를 이어오고 있다.

6. 인천아시아드주경기장

2014년 9월 19일부터 10월 4일까지 40억 아시아인의 축제인 '2014 인천아시아게임'이 펼쳐진다. 아시아의 친선과 화합을 도모하는 아시아인의 축제가 인천에서 열린다는 것은 동아시아의 근·현대사를 생각할 때 매우 뜻 깊은 일이다. 인천은 서울의 인후咽喉인 동시에 중국의 무역항과 서구 열강들의 아시아 진출 전진기지들이 모여 있던 산둥반도, 상하이, 톈진 등과 마주보는 곳이다. 이런 이유로 근대에 들어 동아시아 분쟁의 중심에 늘 인천이 있었다. 올해는 청일전쟁 120주년, 러일전쟁 110주년이 되는 해인데, 동북아시아의 패권을 놓고 당대의 강대국들이 벌인 두 전쟁의 주 무대가 다름 아닌 인천이었던 것이다. 청일전쟁은 청군에 대응하기 위해 일본군이 인천에 상륙하면서 시작되었고, 러일전쟁은 인천항에 정박 중이던 러시아의 순양함 바랴크호를 일본이 공격하면서 시작되었다. 지난 시절 아시아의 갈등과 상처의 생생한 현장이 바로 인천이었던 것이다. 동시에 인천은 한국전쟁 당시 인천상륙작전이 펼쳐져, 한국전의 전세가 일거에 반전된 계기가 만들어진 곳이기도 하다. 오늘날 천안함 사건이나 연평도 포격 사건 등이 일어난 곳도 바로 인천 앞바다이다. 동아시아 갈등의 역사가 생생히 새겨진 곳인 동시에 남북한 갈등의 첨예한 현장인 인천에서 열리는 아시안 게임에 북한 선수단을 포함한 45개 아시아 국가의 선수단이 참여한다면, 그야말로 한반도의 축제이자 아시아의 축제가 될 것이다.

7. 송도국제도시

인천시 연수구 동춘동에서 남동구의 고잔동, 논현동으로 이어지는 개펄을 매립하여 조성한 땅에 마천루로 가득한 송도국제도시가 있다. 53.4km^2(1,615만 평)의 땅에 사업비 21조 5,442억 원이 투입되어 2020년 완공을 목표로 국제도시가 건설되고 있는 것이다. 송도국제도시는 인천국제공항이 위치한 영종도와 인천경제자유구역인 송도국제도시를 잇는 6차로의 길이 18.38km의 인천대교가 2009년에 완공됨으로써 국제도시의 면모를 확실히 갖추게 되었다. 국내에서 가장 크고 긴 인천대교는 그 자체로 볼거리를 제공할 뿐만 아니라 아시아 최고의 공항을 지향하는 인천국제공항과의 접근성을 10여 분으로 단축시켰다. 한동안 외국인과 자본의 유치에 어려움을 겪었으나 2012년 10월 19일 유엔 녹색기후자금GCF 사무국의 인천 유치가 결정되면서 송도국제도시는 그 가능성을 새롭게 인정받고 있다. 인천은 1883년 개항과 함께 성장한 도시이다. 19세기 말의 개항이 타의에 의한 준비되지 않은 개항이었다면 송도국제도시는 인천이 미래로 나아가기 위한 자발적인 제2의 개항이라고 할 수 있다. 20세기 대표적인 공업 도시였던 인천은 친환경 기술집약적인 신산업을 비롯해 물류와 관광 산업, 금융과 문화 산업을 중심으로 하여 한국과 동아시아를 이끌어 갈 21세기형 도시로 나아가려고 한다. 한국에서 가장 먼저 근대화를 받아들인 인천은 이제 가장 먼저 근대 이후를 향해 나아가고 있다. 그리고 그 한복판에 송도국제도시가 놓여 있다.

(2014)

제4장

근대 최초最初 혹은 최고最古의 거리

여기서 소개하고자 하는 인천의 개항장 거리는 크게 근대 문물의 유입지이자 근대건축물이 산재한 근대역사문화타운과 짜장면의 발상지이자 지금도 화교들의 중국요리점이 즐비한 차이나타운으로 나누어 볼 수 있다. 개항장 거리는 명칭에서 알 수 있듯이 1883년의 인천(제물포) 개항으로부터 생긴 것이고, 근대역사문화타운과 차이나타운은 각각 개항기에 일본 조계와 청국 조계였던 곳이다. 청일조계지계단을 기준으로 하여 왼편의 차이나타운과 오른편의 근대역사문화타운이 확연히 나뉘어지는데, 왼편의 건물이 중국식이라면 오른쪽은 일본식으로 구분된다.

이 거리를 체험하는 방식은 보통 두 가지이다. 동인천역에서 출발해 신포시장을 거쳐 근대역사문화타운과 차이나타운을 순서대로 구경하는 방식이 있고, 두 번째로는 인천역에서 시작해 거꾸로 그 여정을 밟아 나가는 방법이 있다. 내가 즐겨 걷는 방식은 두 번째이다.

오늘 다시 인천역에 내린다. 인천 사람들에게는 하인천역으로 더 익숙한 곳이다. 분명한 이유는 모르겠지만, 젊은 시절 한동안 나는 '하인천'이라는 말 속에서 끝에 도달한 자의 적막함 혹은 막연함 같은 것을 느끼고는 했다. 오정희는 소설 「중국인 거리」에서 이 거리에서 '해인초 끓이는 냄새'가 난다고 했지만, 나에게 이 거리를 채우는 냄새는 무엇보다도 아버지와 어머니의 땀내이다.

내가 이곳을 드나들게 된 이유는 아버지의 직장이 인천역 근처에 있었기 때문이다. 부지런함을 이목구비처럼 타고난 아버지는 그 힘든 노동의 시간 틈틈이 배추나 열무 등을 키웠고, 그것이 자라서 사람 입에 들어갈 때가 되면 어머니와 나는 그것을 가지러 하인천역이나 아버지의 일터로 가고는 했던 것이다. 그때 아버지가 입고 있던 작업복의 빛깔은 바다빛보다도 푸르고 싱싱했다. 대개 그 채소들은 누나들과 나의 입속에 들어갔지만, 때로 어머니는 그 채소 더미를 머리에 이고 주변 식당에 팔고는 했다. 그때 주로 찾아갔던 곳이 지금은 너무도 화려하게 단장한 차이나타운이다. 새롭게 단장하기 이전이어서 겉모양만 봐서는 여느 중국집과 그렇게 차이나는 것은 없던 시절이었다. 그럼에도 중국말을 하는 사람들이 짜장면을 파는 식당이 동네 가득 있다는 것은 어린 아이의 눈에도 무척이나 신기하게 느껴졌다. 채소가 다 팔리는 날이면 어머니가 짜장면을 한 그릇 사주고는 했는데, 그때 짜장면에서 느껴지던 짠맛의 절반은 어쩌면 어머니의 눈물 때문이었는지도 모르겠다.

배추와 열무를 머리에 인 어머니와 손을 잡고 차이나타운을 걷던 코흘리개가 이제 나이 사십이 되어 혼자 그 길을 걷는다. 이제 이 거리에는 부모님의 땀내나 적막함 대신 관광객의 왁자지껄함과 한껏 단장한 이국적 풍물들이 가득하다. 짜장면박물관(舊공화춘)과 150m 길이의 대형 벽화가 그려진 삼국지 벽화거리를 구경하고 '상원'이라는 중국음식점에 들른다. 이 집은 맛도 맛이지만 이층 창밖으로 펼쳐진 인천앞바다가 무엇보다 매력적이다. 나는 한동안 이 거리를 찾지 못하다가 문단에 나온 이후부터 본격적으로 다시 찾게 되었다. 내가 관여하던 잡지의 편집회의를 자주 이 방에서 하고는 했던 것이다. 여러 선생님들을 모시고 그 방에서 잡지를 기획하는 일은 나에게 잊었던 거리를 다시 온몸으로 체험하는 일이기도 했다.

청일 조계지 계단을 지나 발걸음을 재촉한다. 이곳은 과거 일본 조계였던 곳으로 구舊일본제1은행, 구舊일본제18은행 등의 건물이 남아 있다. 구舊일본제1은행, 구舊일본제18은행은 오늘날 각각 인천개항박물관과 인천개항장 근대건축전시관으로 운영되고 있는데, 이곳에서는 각각 개항기 최초 최고 유일의 근대문물과 개항기 최초의 도시계획과 건축물 등을 확인할 수 있다. 개항장에는 한중문화관, 짜장면박물관, 인천개항박물관, 인천개항장 근대건축전시관, 인천근대문학관, 제물포구락부, 한국이민사박물관, 해명단청박물관 등 테마박물관만 10여 개가 존재한다. 이 거리를 좀 더 아름답고 의미 있게 만들기 위해 쏟은 인천시민들의 땀과 정성이 결코 만만치 않음을 확인할 수 있다.

인천개항박물관에서 바다 쪽으로 한 블록 내려오면 인천아트 플랫폼이 나온다. 인천아트플랫폼은 개항기와 식민지 시대 창고건물을 리모델링하여 개관한 복합문화공간으로서, 도시의 역사성과 현재성이 절묘하게 조화를 이룬 곳이다. 이곳에서는 2013년까지만 해도 '인천AALA문학포럼'이 개최되었다. 아시아, 아프리카, 라틴아메리카의 작가들과 한국의 작가들이 어우러져 전지구적 평화와 연대를 모색하던 큰 문화적 축제였다. 여기서 만났던 수많은 작가들의 빛나던 개성과 순수했던 우의들, 그리고 이어지는 술자리의 따뜻했던 말의 잔치가 너무나도 그립게 떠오른다.

이제 발걸음은 신포동을 향한다. 개항장 거리가 낮의 거리라면, 옆에 붙어 있는 신포동은 밤의 거리라고 부를 만한 곳이다. 과거의 명성에 비해서는 많이 활기를 잃었지만, 항구도시 특유의 맛과 멋을 즐기기에는 아무런 문제가 없다. 여름이면 지나칠 수 없는 민어회가 맛있는 신포횟집, 박대구이, 병어조림, 굴물회 같은 바다음식을 파는 마냥집과 뽀빠이 구이, 한참을 줄서야 겨우 차례가 돌아오는 닭강정집 등이 자기만의 실력을 뽐내며 웅거하고 있다. 그중에서도 홍예문 아래 위치한 카페 팜트리와는 참으로 인연이 깊다. 이곳은 천둥벌거숭이에 불과한 필자의 어리광을 참 많이도 받아 주신 김윤식 선생님의 단골집 중에서도 단골집이다. 이제와 고백하자면, 선생님과 나누었던 이야기는 인생을 버텨나갈 고백이고 다짐이었음을 말씀드리고 싶다.

얼추 한나절을 걷자 이 거리와 내가 맺었던 인연의 실타래도 어느 정도는 풀어진 것 같다. 볼 만한 것은 다 찾아가 보고, 맛볼 만한 것은 웬만큼 맛보았는데도 이 가시지 않는 허기는 무엇 때문일까? 이제는 더 이상 맡을 수 없는 부모님의 체취 때문일까? 한동안 보지 못한 이국의 문인들 때문일까? 그것도 아니면 어느새 내가 이 거리와 너무 멀어져서일까? 어쩌면 이 채워지지 않는 허기야말로 이 거리의 본질인지도 모르겠다. 나라는 그릇으로는 담고 담아도 또 넘쳐날 수밖에 없는 역사와 문화가 숨 쉬는 곳. 이곳이 바로 개항장 거리이다.

(2015)

개항장 거리에 새롭게 복원된 일본인 가옥

개항장 거리는 청일조계지 계단을 기준으로 왼편에 차이나타운과 오른편에 근대역사문화타운이 자리잡고 있다.

차이나타운의 중국인 가옥

청일 조계지 경계계단에서 바라본 인천 앞바다

차이나타운의 패루

새롭게 단장한 차이나타운의 삼국지벽화거리

구한말 인천거주 외국인들의 사교장인 제물포구락부(1901년 건축)

일본 제1은행 인천지점(1899년 건축)

제5부

공간체험의 변화
무장소성의 등장

공간과 장소를 사유하는 두 가지 태도
김사과와 이기호를 중심으로

풍부한 공간성, 빈약한 장소성
해이수의 경우

제1장
공간과 장소를 사유하는 두 가지 태도

김사과와 이기호를 중심으로

1. 공간과 장소

현상학적 지리학의 선구자인 에드워드 렐프에 따르면, 장소란 인간의 실존에 내재하는 것으로서, 가장 본원적인 정체성을 제공한다. 장소는 "개인이나 집단에게 있어 안정과 정체성의 원천"[1]인 것이다. 인간은 장소에 뿌리를 내리고 그곳을 중심으로 세계를 바라보고 세계와 관계를 맺음으로써 살아가는 존재라고 할 수 있다.

소설 역시 하나의 서사로서 그것이 성립하기 위해서는 일정한 배경을 필요로 한다. 레너드 데이비스 같은 사람은 "하나의 인물과 플롯을 창조하기 전에 소설가가 해야 할 중요한 일의 하나는 인물들이 행동해야 할 하나의 장소 또는 일련의 장소들을 설정하는 것"이라고 하여 배경설정의 중요성을 강조하였다.[2] 동시에 소설의 특정한 배경에는 고유

1 Edward Relph, 김덕현 · 김현주 · 심승희 역, 『장소와 장소상실』, 논형, 2005, 34면.

한 의미와 사상, 이념 등이 새겨져 있다. 그리하여 특정한 시기에 자주 나타나거나 특정한 작가가 애용하는 배경만을 깊이 추려보아도 그 시대나 그 작가의 기본적인 특징 등을 파악할 수 있다. 2000년대 김애란과 박민규가 작중 배경으로 즐겨 사용한 '방'이나 '우주' 등을 구체적인 사례로 들 수 있다.

최근 소설에서는 작중 배경으로서의 공간이나 장소가 아니라 현대사회에서 공간과 장소를 경험하는 방식과 그 의미에 대한 직접적인 통찰을 보여주는 작품들이 창작되고 있다. 이것은 자본주의의 전면화가 가져온 장소성의 파괴와 공간체험의 변화를 반영한 것이다. 이러한 작품들은 그 자체로 현대적 삶에 대한 충실한 반응인 동시에, 소설의 근원적 변화를 보여주는 하나의 통로라고 할 수 있다. 이기호의 『차남들의 세계사』(민음사, 2014)와 김사과의 『천국에서』(창비, 2013)는 장소를 잃어버린 현대인의 삶과 그로부터 벗어나려는 진지한 모색을 담고 있는 작품들이다.

2. 뿌리를 박탈당한 자

최근 소설들이 공간적 배경으로 지구촌 곳곳을 활용하며, 심지어는 우주로까지 뻗어나가고 있는 것과는 달리 이기호의 『차남들의 세계

2 조남현, 『소설신론』, 서울대 출판부, 2004, 150면에서 재인용.

사』는 한국 그중에서도 원주라는 지방도시로 작품의 배경이 제한되어 있다.

1982년 3월 18일에 발생한 부산 미문화원 방화 사건의 주도자인 문부식과 김은숙은 원주 교구의 지학순 주교를 찾아 원주에 오고, 4월 1일에 원주 가톨릭 문화관에서 최기식 신부의 권유를 받아들여 자수한다. 이 사건에 택시기사 나복만이 얽혀 들면서 이야기는 시작된다. 새벽에 가벼운 접촉사고를 낸 택시기사 나복만은 경찰서에 가서 신고를 하는데, 문제는 그가 원주경찰서 교통과가 아닌 정보과로 갔다는 것이다. 직원의 실수 등이 겹쳐 나복만은 정보과 브리핑 자료에 이름이 올라가고, 거기에 "'남의 일 간섭'하는 것을 거의 일생의 사명"(47)으로 알고 있는 동료 택시기사까지 끼어들어 문제는 복잡해진다.

1980년대의 이야기는 어지간히 한국소설에 등장했다. 『차남들의 세계사』가 다른 소설들과 구분되는 지점은 '차남' 중에서도 '차남'이라고 할 수 있는 나복만이라는 인물을 통해 1980년대를 바라보았다는 것이다. 월북한 국어교사의 외아들로 태어난 나복만은, 일곱 살이 되던 해 어머니가 재혼하는 바람에 원주에 있는 고아원 '형제의 집'에서 10년 가까이 살았다. 국민학교 졸업이 최종학력인 나복만은 열일곱 살이 되던 해 독립하여 오랜 고생 끝에 택시기사가 된다. "작은 일에도 깜짝깜짝 놀라고 쉽게 불안에 떠는"(133) 나복만은 "오로지 자신의 택시 운전과, 김순희와, 불란서풍 주택 내의 네 평짜리 단칸방만을 지키고자 애썼던 사람"(134)이며, 그것만이 "선택의 기준이었고, 그것만이 유일한, 그가 지킬 만한 가치"(134)였던 사람이다. 이 소설의 상당 부분은 나복만이 지닌 약소자로서의 특징을 드러내는데 바쳐져 있으며, 이것은 자연스럽게 그 소소한 삶마저 허락하지 않은 당대 국가폭력의 문제점을 드러내게 된다.

나복만은, 선배 안기부 요원이 정남운에게 조직 사건을 만들어 내는 데 "노다지"(201)가 될 거라고 말한 한국전쟁의 고아이다. 나복만은 안기부 원주 지부에서 월북한 아버지 나성국의 지령과 사주를 받아 활동했으며 북한에까지 가서 교육받은 것으로 꾸며진다. 실제로 나복만과 함께 생활했던 '형제의 집' 출신들 여러 명은 안기부 원주 지부에 끌려와 고문당하고, 그들 중 두 명은 각각 6개월 후와 2년 후에 정신착란 증세로 입원하며, 그들 중 한 명은 자살로 생을 마감한다.

나복만은 "숙련된 냉장고 AS기사처럼 매뉴얼대로 움직이는 사람들"(235)에 의해 "배터리 속 전해액이 남김없이 사라"(240)지도록 열흘 동안 고문을 당한다. 그는 정남운이 적어준 대로 진술서 쓰기를 거부했기 때문이다. 나중에 나복만은 정과장에게 "저는…… 글을 읽을 줄도…… 쓸 줄도 몰라요……"(274)라고 고백한다. 나복만은 문맹이었던 것이다. 그러고 보면 처음 원주경찰서 교통과가 아닌 정보과로 찾아간 것도 그가 문맹이었기 때문에 벌어진 일이다. 정남운은 이 말을 듣고 바로 "에이, 겨우 그것 때문에 그런 거였어요?"(276)라고 말하지만, 나복만은 '겨우 그것'을 '오직 전부'로 받아들이는 자이다. 그에게는 애당초 '서발턴subaltern은 말할 수 있는가'라는 식의 문제의식은 성립할 수도 없다. 그는 읽고 쓸 줄조차 모르는 고아이기 때문이다. 이기호는 바로 나복만을 통해 1980년대라는 역사의 격변기를 바라보고자 했던 것이고, 그것은 공간적으로는 원주라는 지방 소도시에 한정되어 있다.

나복만 혹은 원주를 통해 1980년대를 바라보려는 작가의 의도는

『차남들의 세계사』에서 화자의 기본적인 성격도 결정짓게 된다. 각각의 장면 앞에서 서술자는 "자, 이것을 세탁기라도 한 번 돌리고 와서 계속 들어 보아라"(102)나 "자, 이것을 누군가에게 사과 받는 심정으로 한 번 들어 보아라"(302)라는 식으로 개입한다. 또한 중간 중간에 괄호 속의 말들을 통해 끊임없이 간섭하고 논평한다. 그러나 그것 역시 근엄한 전지자적 시선과는 거리가 멀다. "A형이었을까? 글쎄, 그의 혈액형까지는 미처 알아보지 못했다. 그냥 A형이라고 생각하고 넘어가자"(30)나 "이건 그저 개인적인 추측일 뿐이다"(35)는 부분에서 알 수 있듯이, 독자와 대등하거나 조금 앞서는 수준의 인간적 서술자에 불과하다. 서술자는 전두환이 정권을 잡고 그것을 폭력적으로 유지하던 1980년대 전반의 정치 상황(조지 부시의 방한, 우범곤의 총기 난사 사건, 장영자 이철희 사건 등등)에 대하여 설명을 하기도 하지만, 그것은 권위나 객관성을 내세우는 방식으로 이루어지지 않는다. 주인공 나복만 정도가 이해할 수 있는 정도로 희화화되고 간소화된 수준에서 시대 상황이 진술될 뿐이다.

대표적으로 1980년대 주요한 운동권 이론 중의 하나였던 종속이론에 대해 설명하는 것을 보자. 박형사는 조직폭력배의 장부에서 '자본운동의 원리'라는 제목 아래 "무상 원조→유상 원조→공공 차관→민간 차관→간접 투자→직접 투자(종속 완성). 단, 자원과 원료의 부재 시 매판적 가공이나 노동력을 통한 수탈→종속 구조 심화"(97)라고 써 있는 메모를 발견한다. 어느새 "종속이론"(98)은 지구적 해방이론이 아니라 조폭이 당구장을 배경으로 하여 동생들을 관리하는 나름의 사업방식으로 실감나게 설명되는 것이다. 이 작품에서는 '전두환'과 '그의 정권찬탈사'가 각각 '느와르의 주인공'과 '느와르'에 비유되기도 한다.

원주를 벗어난 적이 없는 나복만이 바라본 1980년대는 '차남들의 세계'라고 할 수 있다. 그것은 "아무것도 읽지 못하고, 아무것도 읽을 수도 없는 세계. 눈앞에 있는 것도 외면하고 다른 것을 말해 버리는 세계"(179)이다. 문맹, 즉 '아무것도 읽지 못하고, 아무것도 읽을 수 없는 사람'인 나복만은 '차남'이 될 수밖에 없는 존재라고 할 수 있다. 그러나 나복만은 나성국의 지령을 받아 작성한 자신의 편지를 주교 보좌신부에게 전달해주는, 즉 정남운의 시나리오 마지막 부분을 거부함으로써 자신이 '진짜 차남'은 아님을 증명한다.

나복만은 자신이 운전하는 차로 전봇대를 들이받아 정남운을 식물인간 상태에 빠뜨리는 것이다. 그 후 그는 긴긴 수배 생활을 하게 된다. 공간과 장소라는 측면에서 보았을 때, 『차남들의 세계사』는 자신이 터잡고 살던 장소를 벗어나 한평생 떠돌아야만 하는 한 인간에 대한 이야기로 읽을 수 있다. 나복만이 자신에게 처음으로 존댓말을 했다는 이유로 사랑하게 된 김순희 역시도, "고아원 시절부터 쭉 자라 왔던 원주를 떠나"(126) 다른 곳에서 살게 된다.

『차남들의 세계사』는 원주라는 구체적 로컬리티를 너무도 선명하게 보여준다. 직접적으로 원주의료원, 원주기독병원, 원주중학교, 원주초등학교, 우산동 시외버스터미널, 관설동 우체국, 학성동 사창가, 캠프롱, 캠프 이글, 봉산동 파출소, 원주초등학교, 원주경찰서, 상지대, 원동성당, 상지여중, 태장동, 개운동, 단계동, 단구동, 일산동, 원인동 등이 등장하는 것이다. 이것은 나복만이 원주시를 온몸으로 직접 체험하는 택시 기사인 것과도 무관하지 않다. 나복만은 온몸으로 원주라는 지역을 느끼는 자이다. 이것은 결코 비유가 아니다. 나복만은 양복 윗도리에 얼굴이 가리워진 채 안기부 원주 지부로 끌려가면서, 발밑에서 느껴지는 엔진의 떨림과 코너를 돌 때마다 양쪽 어깨로 전해지는 원심력, 그리고 머릿속에 자동적으로 펼쳐지는 도로의 지형들을 가늠하는 것만으로 자신이 이동하는 곳과 도착지점을 정확하게 맞춰낸다. 그리고 이러한 능력이야말로 나복만의 가장 핵심적인 특징으로 의미부여되는 것이다.

> 아니, 어떻게 그 와중에 그럴 수 있느냐고 묻는다면…… 이젠 더 이상 딱히 대답할 말도, 변명할 말도 찾지 못하겠다.(잊고 있었나 본데, 그게 바로 나복만이라고 말할 수밖에…….)(175)

나복만은 몸으로 장소를 직접 느끼며 살아가는 사람인 것이다. 이러한 특성은 정남운이 작성한 시나리오대로 나복만이 나성국의 지령을 받아 작성했다는 편지를 주교 보좌신부에게 전달하러 가는 길에서 다시 한번 나타난다.

> "근데, 나 진짜 궁금한 게 있는데요……. 거, 글자를 모르면 어떻게 손님을 데려다 주죠? 이게 간판도 읽고, 또 표지판도 보고, 그래야 할 수 있는 거 아닌가……?"
>
> 정 과장은 그러면서 또 한 번 씨익, 웃었다.
>
> 택시가 남부시장 로터리에 막 진입했을 때, 나복만이 정 과장을 바라보며 작은 목소리로 말했다.
>
> "넌, 개새끼야……. 명, 명찰을 달고 있어야지만 그, 그 사람이 누구인지

알아보니?"

정 과장이 천천히 나복만을 바라보았다. 나복만은 앞 유리창 쪽으로 시선을 옮기면서 다시 한 번 말을 했다.

"명찰을 달고 있어야지 그 사람이 누구인지 알아보냐고, 이 개새끼야!"(289~290)

위의 인용문에서 알 수 있듯이, 나복만은 명찰을 통해서가 아니라 직접적으로 대상을 감각하는 존재이다. 나복만에게 원주는 하나의 장소로서 기능하며, 그것은 그의 왜소한 삶의 뿌리라고 할 수 있다. 그러나 그는 결국 마지막까지 떠돌아다니며, 원주에는 수신인도 없는 편지를 보내는 존재로 남게 된다. 그를 그렇게 만든 것은 폭력적인 국가의 힘이며, 그 힘을 나복만에게 직접적으로 행사한 이는 정남운이다. 정남운이 미국으로 떠나기를 희망하는 사람이라는 점은 원주를 온몸으로 감각하는 나복만과는 대비되는 의미심장한 특징이라고 할 수 있다.

1970년대 민주화 운동의 요람이었던 원동성당

나복만과 정남운이 함께 택시를 타고 지나던 원주 남부시장 로터리

주요배경인 원주경찰서

3. 유랑적 감각에서 삶의 직접성으로

1) 뉴욕, 서울, 인천, 광주

> 케이와 재현은 태어나서 한번도 광주에 가본 적이 없었다. 그런 둘에게 광주는 뭐랄까 멀리 땅 끝에 있는 신비의 오지처럼 느껴졌다. 서울에서 태어나거나 자라나 거의 벗어나본 적이 없는 둘에게, 세계에 대한 인식은 고대인의 것과 비슷했다. 지도 한가운데 커다랗게 서울이 있다. 그리고 그 바깥에, 그러니까 관측도 측정도 불가능한 혼돈과 야만의 지역에 서울을 제외한 나머지 한국의 지방이 있다. 뉴욕과 런던, 토오꾜오와 홍콩 같은 해외 유명 도시는 하늘에서 별처럼 빛나고 있다. 이라크나 시리아, 북한 같은 곳은 지도 밖에도 없으며 오직 관념으로서만 존재한다. 물론 세계에 대한 이런 무관심은 전 세계적인 경향이었다.(161)

위의 인용문에는 『천국에서』의 주인공 케이가 지닌 공간의식이 압축적으로 드러나 있다. 이때의 공간의식은 하늘의 별처럼 빛나는 해외 유명 도시, 삶의 중심으로서의 서울, 혼돈과 야만의 지역으로서의 지방이라는 구도로 이해할 수 있다. "지도 한가운데 커다랗게 서울이 있다"는 표현에서 드러나듯이, 이러한 관계를 성립시키는 기본항은 서울이다. 『천국에서』의 대부분은 이러한 공간에 대한 심상지리를 충실하게 보여준다. 각각의 지역이 지닌 특징은 "장소란 곧 본질적으로 그 지역에 사는 사람들이고, 장소의 외관이나 경관은 상대적으로 덜 중요한 배경에 지나지 않는다"[3]는 말처럼, 주로 인물들을 통해 드러난다.

뉴욕에서 케이가 만나는 사람은 써머와 댄이다. 써머는 미술가, 사진작가, 소설가를 차례로 꿈꾸다가 지금은 티셔츠 디자이너를 하고 있다. 자신을 위선적이고 부패한 부모들의 "결과"(31)로 인식하는 써머는 어떠한 책임도 느끼지 않는다. 써머는 분노를 촌스러운 것이라 여기며, 냉소라는 형식을 통해 분노를 표출할 뿐이다. 케이는 써머를 동경하듯이, 뉴욕도 동경한다. "완전히 다른 사람이 돼서 진짜 근사한 삶을 살고 싶"(13)던 케이는 뉴욕에서 공연을 본 후에 "난 정말로 달라진 거 같아. 진짜로 말이야"(13)라고 말할 정도로 만족해한다. 타인지향적인 속성이 강한 케이에게 뉴욕은 그녀의 비루함과 초라함을 가려주는 완벽한 상상적 무대인 것이다.

케이가 가장 두려워하는 것은 "자신이 하찮고 시시한 사람일지도 모른다는 것. 다른 평범한 사람들과 다를 바 없을지도 모른다는 것. 그리고 그 사실을 사람들에게 들키게 될지도 모른다는 것"(159)이다. 서술자는 케이가 지극히 평범한 인간이며, 그를 통해 "그가 속한 시대의 리얼리티"(159)를 이해할 수 있다고 말한다. 케이를 통해 이해 가능한 이 시대의 리얼리티는 "몰락"(159)이라는 단어로 요약 가능하다. 케이에게 몰락을 부인할 수 있는 환상적 공간으로 설정된 곳이 바로 뉴욕이다. 미국에서 케이가 원하는 건 "그저 사람들이 우와, 하고 부러워할 만한 것들, 근사해 보이는 사람들 틈에 끼어서 보란 듯이 젊음을 과시하는 것"(42)이다. 케이가 루이의 옥상에서 뉴욕 시내를 내려다보며 고백

3 Edward Relph, 앞의 책, 85면.

하는 다음의 장면에서 알 수 있듯이, 뉴욕은 케이의 천국이다.

> 햇살을 받은 물결이 수천 개의 푸른 유리 조각처럼 반짝이며 빌딩들로 빽빽하게 메워진 맨해튼을 향해 천천히 밀려가고 있었다. 아름다웠다. 정말이지 아름다웠고, 하지만 그건 케이의 것이 아니었다. 그녀가 가지고 돌아갈 수 있는 건 아무것도 없었다. 여긴 천국이고, 그런데 나는 곧 이곳을 떠나야 한다. 케이는 울기 시작했다.(81)

문제적인 것은 이 순간 케이가 약에 취해 있다는 사실이다. 미국을 상징하는 핵심적인 기호는 약물이다. 뉴욕은 "주말 아무 클럽에나 들어가 케타민의 케이만 발음해도 자기가 그걸 처음 하고 나서 해방을 경험했던 이야기를 들려주려고 안달이 난 사람들이 잔뜩 몰려"(53)오는 곳이며, 써머는 클럽과 파티를 전전하다 파티 마약인 MDMA와 코카인에서 머시룸과 LSD 등의 여름용 환각제를 거쳐 DMT와 케타민을 접하며, PCP와 처방약, 메스암페타민까지 복용하다가 재활원 생활을 하기도 한다. '천국'으로서의 뉴욕은 몽롱한 약기운 속에서 발견되는 성질의 것이다.

한국에서도 케이는 페이스북을 통해 써머의 삶을 엿보며, 분노로 연결될 정도의 강력한 부러움을 느낀다. 케이는 뉴욕에 갔다 온 뒤로 "모든 것이 시시하게 느껴졌"(101)던 것이다. 케이는 이미 뉴욕에서 "한국이 망한 건 확실해"(62)라고 말하며, "돈이 없으면 아무것도 할 수가 없어. 정말이지 지옥이야. 가난하면 혼자 외롭고 쓸쓸하게 죽는 수밖에 없어. 그게 한국이야"(62)라고 단정 짓는다. 더군다나 서울에는 뉴욕처럼 세련되게 젊음을 탕진하는 귀여운 백인 여자애나 3개 국어를 할 줄 아는 천재 유대인도 존재하지 않는다. 한국에 돌아온 케이는 뉴욕과의 비교를 통해 "후진 서울"(119)에 대한 불평불만을 늘어 놓을 뿐이다. 케이가 진정으로 말하고 싶은 것은 "자신이 뉴욕에서 굉장한 걸 경험했다"(120)는 사실이며, 한국 전체를 우습게 느끼는 케이에게는 주위 사람들 역시 하찮게 여겨진다.

한국의 공간은 서울과 지방(광주와 인천)으로 나뉘어진다. 지역의 정체성을 드러내는 방법으로 인물이 등장하는 것은 한국의 도시들을 표상할 때도 동일하다. 케이는 서울에서 재현을 사귄다. 서른이 넘은 나이로 백수생활을 하는 재현은 자신의 인생을 망치는 방식으로 아버지에게 저항하며 산다. 뉴욕에서 태어난 재현은 "서울은 뉴욕에 비해 모든 면에서 삼십년이 뒤처져 있"으며, "서울이 뒤처진 그 삼십년을 따라잡는 것은 불가능"(112)하다고 생각한다. 이러한 설명은 케이에게 "한국사회에 대한 완벽한 설명"(113)으로 받아들여진다. 재현은 서울의 써머와 댄이라고 할 수 있으며, 그렇기에 재현과 교제하는 동안 서울은 케이에게 의사pseudo 뉴욕일 수 있다.

서울은 크게 잠실, 상수동, 홍대 앞으로 세분화된다. 아버지의 사업이 성공적이었을 때, 케이는 잠실에 산 적이 있다. 잠실을 표상하는 존재가 대기업 고위 간부의 딸로 서울대에 다니는 재영인 것에서 알 수 있듯이, 잠실은 상류층들의 공간에 해당한다. 사업의 실패로 인천에 살다가 다시 상경해서 살고 있는 상수동은 잠실과 인천의 중간쯤에 위치한 공간이라고 할 수 있다. 상수동에 와서 잠실 친구들을 다시 만나지만, 그들은 안 본 사이에 엄청나게 세련되어져 있고, 옛 친구들과의 만남은 케이에게 회복 불가능한 상처를 안긴다. 케이의 주요 활동무대인 홍대 앞은 "자신을 둘러싼 소시민들을 바라보며 그들과 똑같이 취급될까봐 불안해하면서도 한편으로는 그 안락한 소시민의 세계에서 탈락할까봐 조마조마해"(144) 하는 "소시민"(144)들의 동네이다. 그 소시민적 불안을 잠재우기 위해 그들이 선택한 것은 바로 "취향"(144)이다. 그들은 세련된 것들의 목록을 끝도 없이 늘리며 자신들을 방어하는 한편, 또한 벗어날 수 없는 자신들의 출신계급을 향해 무해한 공격을 시도한다. 홍대 앞은 "모든 것을 타인의 눈을 통해 선택하는 사람들의 세계"(145)이며, 케이의 현재 상태와 가장 어울리는 공간이라고 할 수 있다.

다음으로 광주가 등장한다. 광주에서 처음 만나는 사람은 공연장 주인 박씨이다. 그는 한바탕 광주에 대한 자랑을 늘어놓지만 한편으로는 불안으로 인해 그는 "거듭 괜찮지요? 나쁘지 않아요? 서울에 비해서도 뒤지지 않지요?"(164) 같은 말을 늘어놓는다. 박씨는 젊은이들이 "단지 서울에서 왔다는 이유로, 마치 서울시에서 보낸 사절단이라도 되는 양 눈치를 살피"(164)는 것이다. 이러한 박씨의 모습은 서울을 중심으로 모든 지역이 위계화된 한국에서 지역민이 느끼는 양가감정을 드러낸 것이라고 할 수 있다.

광주를 대표하는 인물은 통닭집 남자이다. 그는 89학번으로 학생운동을 하기도 했고, 유럽에 가서 "새벽에 졸라 약에 취해서 펑크 클럽 바닥을 혀로 핥으면서 기어다녀봐야 알 수 있는"(177) 반문화를 경험하기도 하였다. 귀국하여 문화기획자로 살던 그는 순수미술을 하려다 돈이 없어 자살한 스물한 살의 젊은이 때문에 괴로워하다 광주에 내려와 통닭집 사장이 된 것이다. 이 남자와의 만남을 통해 케이는 자신의 인생이 "하찮고, 시시하며, 싸구려인데다, 가짜. 어, 이태원에서 파는 가짜 명품 같다"(197)고 느낀다. 그리고 그 이유를 "끝나버렸으니까. 진짜들은. 내가 태어나기도 전에"(197)라고 말한다. 통닭집 남자는 '진짜'의 감각을 일깨워주는 존재이며, 그가 사는 광주 역시 지난 시대의 진정성을 나타내는 장소가 된다. 그러나 통닭집 남자는 고민을 상담하러 간 케이를 성추행함으로써, 자신의 그 '진짜 같은 말과 삶'이야말로 '진짜 거짓'임을 보여준다.

마지막으로 인천은 처절한 한국 현실이 만들어 놓은 빈곤을 대표하는 곳으로 표상된다. IMF 사태로 아버지의 회사가 망했을 때, 케이는 가족들과 함께 인천에서 살게 된다. 초등학생이지만 케이는 "자신이 그곳의 아이들보다 우월하다는 자만심과 그런데 나날이 그 아이들처럼 후져지고 있다는 자괴감 사이에서"(137) 지낸다. 삼년 칠 개월만에 다시 서울로 돌아온 케이는 중학교 내내 "인천에서 지냈던 시간"(142)만은 들키고 싶어 하지 않는다. 성인이 되어 다시 만난 인천사람은 초등학교 동창인 지원이다. 지원이네는 시에서 하층민을 위해 조성한 임대아파트 단지에 살고, 지원이는 비정규직으로 공장에서 힘들게 일한다. 지원의 아버지는 부평공단에 있는 자동차공단에서 이십 년 넘게 일해왔다. 미싱 일을 하던 지원의 어머니는 동네 세탁소 여자에게 저축해둔 돈을 전부 사기 맞은 뒤 충격으로 쓰러져 2년이 넘는 투병생활 끝에 세상을 떠난다.

지원의 누나인 지은과 케이는 해장국집에서 이야기를 나누지만, 결국 둘 사이에는 어떠한 소통과 연대의 지점도 생겨나지 않는다. 둘의 대화는 서로를 향한 욕설로 끝날 뿐이다. 케이가 분당의 초등학생에게 영어를 가르쳐서 벌어들이는 돈은 지원이 벌어들이는 돈의 절반이 넘는다. 둘의 만남은 케이에게는 행복이지만, 지원에게는 하루에도 "몇 번씩 환상과 현실 사이에서 오락가락"(272)해야 하는 고통스러운 일이다. 결국 지원이 "너랑 나랑 진짜 달라"(282)라는 말을 하며 결별을 선언하는 것에서 알 수 있듯이, 지원과 케이 사이에 놓인 계급의 차이는 결코 극복 가능한 것이 아니다.

"세상은 철저히 가진 자들의 편"(129)이라는 인식은 김사과 소설의 상수라고 할 수 있다. '뉴욕-서울-광주, 인천'으로 위계화된 지역들은 김사과의 예민한 계급적 감수성에 바탕해 파악된다. 이상적인 공간으로 그려지는 뉴욕을 파악할 때도 이러한 특징은 그대로 나타난다. 맨해튼의 오 층짜리 아파트를 소유하고 있을 정도로 재력가인 써머 아버지의 삶은 "여전히 마이너리티 출신 특유의 초조함을 간직한 채 주류사회에 대한 적대감을 버리지 못하고"(24) 살아온 것으로 요약된다. "너야말로 항상 이런 식이지. 솔직히 너는 내가 맘에 안 들잖아. 내가 돈 많은 부모 만나서 팔자 좋게 인생을 낭비하고 있다고 생각하잖아"(68)라는 써머의 말에서 드러나듯이, 댄과 서머가 처한 각기 다른 계급적 위치는 둘의 결별에도 중요하게 작용한다.

2) 수족관 밖으로 나가기

『천국에서』 중간에는 서술자가 전지적 목소리로 케이를 포함한 젊은이들을 "20세기에 대량생산된 중산층의 마지막 세대, 혹은 몰락하는 중산층의 가장 첫 번째 세대"(90)라고 이야기하는 대목이 등장한다. 이들의 특징은 "뼛속 깊이 소비주의적"(91)이라는 것과 "여행에 대한 열광"(91)을 보인다는 점이다. 이와 관련해 현대 사회의 무장소성을 이 작품에서는 서술자의 목소리를 통해 직접적으로 드러내고 있다. 우리 곁의 지루한 대도시들이 "하나둘 거대한 테마파크로 재탄생하여 사람들을 유혹"(92)한다는 것이다. 이런 도시환경의 변화는 "곧 거주자들의 삶의 양식의 변화"(92)와 직접적으로 연결된다. 여행지가 된 도시에서 사람들은 여행자가 되어간다. 그리고 여행자가 된다는 것은 다음과 같은 의미를 가진 것으로 설명된다.

> 여행자는 모든 것에서 한 발자국 떨어진 채로 이미지로서의 세상을 경험한다. 이미지 너머의 세상을 발견하는 것은 불가능하다. 여행자는 풍경에 속해 있지 않기 때문이다. 세계는 여행자의 바깥에 위치한다. 즉, 세계와 나는 단절되어 있다. 나와의 연결고리가 끊어져버린 세계는 끝없이 펼쳐진 이미지들, 다시 말해 스펙터클로 환원된다. 이런 상황에서 여행자가 유일하게 집중할 수 있는 것은 유랑적 감각뿐이다.(92)

케이가 뉴욕, 서울, 광주, 인천을 경험하는 방식이야말로 '유랑적 감각'에 바탕한 것이라고 할 수 있다. 케이는 모든 장소에 대해 알고 있는 것 같지만, 사실 모든 공간의 외부에 서 있는 자이다. 세계에 대한 비현실감과 소속감의 상실이야말로 모든 지역에 무관심한 케이의 기본적인 특징이라고 할 수 있다. 그렇기에 김사과 소설에서는 어떠한 지역도 실존의 의미 있는 중심으로서의 장소일 수 없으며, 피상적인 특징에 의해서만 각 지역은 구분된다.

그리하여 『천국에서』의 모든 지역은 렐프가 말한 '무장소성placelessness'의 특징을 지닌다고 할 수 있다. 렐프는 오늘날의 장소와 장소경험의 특징이 비진정한 장소감을 불러일으키는 무장소성에 있다고 규정한다. 무장소성은 "장소가 진정성을 상실했거나, 심각하게 훼손된 상태"[4]를 의미한다. 동시에 무장소성은 장소가 가진 의미를 인정하지 않는 잠재적인 태도에서 나아가 "뿌리를 잘라내고, 상징을 침식하고, 다양성을 획일성으로, 경험적 질서를 개념적 질서로 바꾸어 버리면서, 가장 심각한 수준"[5]에 도달하게 된다. 모든 것을 계급적 감수성에 의해 개념화하고 위계화하는 케이는 무장소성의 태도를 압축해서 보여준다.

이 소설에서 케이가 성장한다면 그것의 구체적인 내용은, 뉴욕 역시 천국이 아니라 다른 지역과 별반 다르지 않은 지구의 한 공간이라는 점을 깨닫는 것이다. 실제 뉴욕에 살고 있는 써머와 댄은 미국 역시 한국과 다를 바 없다고 생각하며, 나아가 그 어떤 곳도 이상적인 공간으로 여기지 않는다.

> "우리 베를린 안 갈래?"
> "아니."
> "왜?"
> "어차피 뻔할 거 아냐."

4 위의 책, 300면. 렐프는 철저히 획일화되고 그나마 지속성마저 결여된 채 개인으로서, 그리고 공동체의 일원으로서 나의 장소에 속해 있다는 느낌을 주지 못하는 현대 도시공간의 특징을 렐프는 무장소성이라는 개념에 담았다.

5 위의 책, 291면.

"뭐가 뻔해?"

"바보 같겠지. 여기랑 똑같이."

"여기가 어디야?"

"뉴욕 말이야."

"뉴욕이 왜?"

"너는 뉴욕이 끔직하지 않아?"

"뭐 가끔은. 하지만 그건 어디나 마찬가지잖아."

"그래, 그러니까. 아는 걸 굳이 확인하러 가야 돼?"(59)

'어디나 마찬가지'가 되어버린 현실은 장소의 획일화가 이전과는 달리 광범위한 스케일로 이루어진 글로벌화된 현대 사회의 특징과 무관하지 않다. 전 세계의 젊은이들이 같은 옷가게에서 옷을 사고 있기 때문에 홍대 주변 젊은이들의 옷차림도 뉴욕에 있는 젊은이들의 옷차림과 별로 다르지 않은 세상이, 바로 지금의 세상인 것이다. 케이 역시 시간이 지날수록 "뉴욕에서 보낸 시간도 그렇게 좋았나 싶고. 모든 게 유치하게 생각되고요. 내가 참 어렸던 것 같고, 뭔가 다 끝나버린 기분이 들어요."(305)라고 이야기한다.

현대사회의 무장소성은 2001년 9월 11일 브루클린의 윌리엄스버그 지역에서 찍힌 사진을 통해 극적으로 드러난다. 9.11이라는 압도적인 재앙 앞에서 행복해 보이는 젊은이들의 모습을 담고 있는 이 사진의 끔찍함은 "어떤 압도적인 재난도, 남은 자들 앞에 펼쳐진 삶을 빼앗아갈 수는 없다"(323)는 사실을 보여준다는 것이다. 혜택 받은 젊은이들은 완벽한 무감각함에 빠져 있으며, 9・11이라는 대재앙도 테마파크에서의 놀라운 경관으로 받아들일 뿐이다.

댄은 결국 모든 공간이 무장소성을 가지게 된 현실에 균열을 내기 위해 권총 다섯 자루와 기관총 두 자루를 밀반입하다가 검거된다. 댄의 노트북에서는 "모든 방향을 향한 순수한 분노와 적의만이 가득"(330)한 메모와, 수십 장 가득 "모든 게 망가졌는데 왜 아무것도 무너져내리지 않지?"(330)라는 문장이 발견된다. 유랑적 감각에 바탕해 바라본 뉴욕이라는 것이 얼마나 피상적이며 오해에 바탕한 것인지가 분명하게 드러나는 순간이다. 댄의 사건 앞에서 케이는 "수족관 속에서 열심히 헤엄치고 있는 물고기 한 마리"(331)를 떠올린다.[6] 케이는 써머에게 보낸 편지에서 이 고요함과 평화가 가짜이기 때문에 댄은 바로 수족관 밖으로 나가려고 했던 것이라고 말한다. 그리고 이 수족관 속 물고기는 카페에서 밖을 내다보는 케이를 의미하는 것으로 확대된다. 『천국에서』는 케이가 카페 바깥으로 나가는 것으로 끝난다. 이것은 장소상실의 경험에 빠져 있던 존재가 진정한 장소를 획득하려고 시도하는 것으로 이해할 수도 있다.

장소에 대한 참된 태도가 "장소 정체성의 전체적 복합성을 직접적이며 순수하게 경험하는 것", 즉 "그 경험이 어떠해야 하는지에 대하여 인위적인 사회적 지적 유행에 매개되거나 왜곡되지 않고, 또 판에 박은 관습을 따르지 않는 태도"[7]를 말한다면, 케이는 이제 진정한 장소를 얻

6 『천국에서』는 무장소성을 드러내기 위한 문학적 상징으로 '수족관'을 사용하고 있다. '수족관'을 처음 이야기한 것은 통닭집 남자였다. 그는 케이 양 나이대 아이들이 "수족관 속 물고기들"(298) 같다고 이야기한다. 그리고 수족관에서 나가는 것은 불가능하다고 이야기한다. 그러나 그는 결국 진지하게 고민을 상담하는 케이를 성추행함으로써 그 모든 말들을 무효화시킨다.

7 Edward Relph, 앞의 책, 148면.

기 위한 첫걸음을 떼었다고 말할 수도 있다. 이것은 케이가 매개를 거치지 않고 세상을 직관하려는 시도인 동시에, 특히 이성보다는 감성을 통해 생명 현상에 대한 체험적 관찰을 하려는 시도로 이해하는 것도 가능할 것이다.

4. '알 수 있는 곳'과 '알 수 없는 곳'

이기호의 『차남들의 세계사』는 1980년대 전반기를 배경으로 한 소설이다. 그동안 이 시기의 핵심적인 공간으로 등장했던 것은 광주와 서울, 혹은 인천과 같은 대도시였다. 그러나 이 작품은 특이하게 원주라는 지방 소도시를 배경으로 하여 1980년대를 바라보고 있다. 원주가 지닌 고유한 지역적 특징은 나복만이라는 약소자의 시각과 맞물려 있다. 나복만은 원주라는 장소를 온몸으로 느끼며 사는 존재이지만, 국가 권력에 의해 그 존재의 뿌리로부터 분리된 삶을 살아가게 된다. 김사과의 『천국에서』는 지구적 시각으로 뉴욕, 서울, 인천, 광주 등을 자유롭게 넘나든다. 그러나 기본적으로 그러한 지역들은 모두 '무장소성placelessness'의 특징을 지닌 것으로 드러난다. 이것은 기본적으로 작가가 유랑적 감각에 바탕해 장소가 가진 고유한 의미를 인정하지 않으며, 선규정된 관념에 의하여 그 장소들을 도식화화고 위계화한 결과라고 할 수 있다. 이때 모든 장소는 일종의 '수족관'이 될 수밖에 없다.

두 작가에게서 공간과 장소의 문제는 그들이 세계와 맺고 있는 기본적인 관계에 대한 표현이라고 할 수 있다. 레이먼드 윌리엄스는 우리가 어떤 대상을 알게 되는 것은 단순히 그 대상이 우리의 인식을 위해서 거기에 존재하고 있기 때문만은 아니며, 우리가 대상을 알 수 있는 것은 "주체, 관찰자의 기능 때문"[8]이라고 주장한다. 다시 말하자면 "우리는 우리가 욕망하는 것, 우리가 알 필요가 있다고 느끼는 것을 알게 된다"[9]는 것이다. 인식(재현)의 가능여부는 대상의 문제인 만큼이나 인식하는 주체의 문제이기도 함을 지적하고 있는 것이다.

이기호는 『차남들의 세계사』에서 작가의 능력과 기능을 최소화하여, 원주만을 '알 수 있는 곳'으로 설정하려 시도한다고 해도 과언이 아니다. 이기호는 나복만과는 다른 계급의 사람들에 대하여 오랜 동안 시선을 기울이지 않는다. 그들은 잠깐 나타났다 사라지는 존재들로서, 대개는 '알 수 없는 곳'의 영역에 머물게 된다. 그러나 이러한 수동적인 자세와 제한된 시각은 때로 당대의 지배적인 사회질서의 심부를 날카롭게 드러내기도 한다. 일테면 안기부의 정남운 과장이 나복만을 대상으로 조작사건을 만든 것이 "그가 어떤 각성 끝에 나복만을 만난 것이 맞다면, 과연 그게 한 개인의 책임이라고 말할 수 있을까? 전두환 장군이 직접 지시하지 않은 일이라 하더라도, 과연 그는 아무런 책임이 없는 것일까?"(178)라고 의문을 표시하는 대목이 대표적인 경우라고 할 수 있다. '알 수 있는 곳'의 범위를 최소화하여 그것에 집중한 결과는, '알 수 없는 곳'으로 치부한 곳들의 의미까지도 탐색하는 차원으로 확장되

8 Raymond Williams, 이현석 역, 『시골과 도시』, 나남, 2013, 328면.
9 위의 책, 328면.

고 있는 것이다. 김사과의 『천국에서』는 세상의 거의 전부가 '알 수 있는 곳'이다. 뉴욕마저도 별다른 어려움 없이 재현과 설명의 대상이 된다. 그러나 인식(재현)되는 각 지역은 구체적인 세부의 정확성에 바탕한 것이라기보다는 일반화된 상투형에 맞추어 기계적으로 묘사되는 경향이 있다. 대부분의 사람들은 개인적 욕망을 지닌 생생한 인간이 아니라 하나의 사회적인 의미로서만 존재한다. 이때 내면묘사는 거의 보이지 않으며 인물간의 무의미한 대화가 폭증하는 양상을 보여준다.[10]

『차남들의 세계사』에서 이기호가 보여주는 세계에 대한 시각은 1990년대 중반부터 2000년대까지의 지배적인 작가적 태도라고 할 수 있다. 그것은 처음부터 세상을 '알 수 없는 곳'으로 전제한 바탕 위에서 다양한 층위의 작은 진실들을 증명해나가는 방식이라고 할 수 있다. 이것은 『차남들의 세계사』가 보여주듯이, 때로는 놀라운 인식(재현) 능력을 보여주기도 하지만 그것은 어디까지나 부분적인 것일 수밖에 없다. 『천국에서』에서 김사과가 보여주는 세계에 대한 시각은 매우 낯설고 이질적인 것이다. 세상 전부를 '알 수 있는 곳'으로 전제하는 태도는 그 전 시기의 작가적 태도와 비교했을 때, 더욱 낯설게 다가온다. 그것은 세상에 대한 대결의식과 그로부터 비롯되는 새로운 인식적·윤리적·정

---

10 뉴욕에서 인물들이 나누는 다음과 같은 대화를 대표적으로 들 수 있다.
"우유를 어디서 사냐고? 슈퍼마켓에서 사지?"
"그러니까! 우유를 어디서 사겠어! 근데 나한테 물어봤다니까. 우유를 어디서 사지?"
"그건 좀 이상하네."
"그렇지? 이상하지?"
"그래서 어떻게 했어?"
"그냥 다시 잠들었어. 이상하지? 근데 이상한 건 뭔지 알아? 다음 날 깼는데 기억을 못하더라고."(46)

치적 가능성을 개시하는 작업이 될 수도 있기 때문이다. 그러나 '알 수 있는 곳'으로 전제된 세계의 이면은 생각보다 평평하고 단순할 수도 있다는 점에서, 작가의 의도와는 다르게 이러한 태도는 세상에 대한 탐구 자체를 제약할 수도 있다. 세상 전부를 '알 수 있는 곳'으로 혹은 '알 수 없는 곳'으로 전제하는 태도는 실제로는 그 반대의 태도와 그다지 다르지 않은 결과로 이어질 수도 있는 것이다.

(2014)

뉴욕

뉴욕의 대표적 재즈클럽인 빌리지 뱅가드

세계최고의 상업·금융·문화 중심지 맨해튼

센트럴파크

하이라인파크에서 바라본 허드슨강

제2장

풍부한 공간성, 빈약한 장소성

해이수의 경우

1. 무장소성의 우울한 초상

해이수만큼 지구적 공간을 다양하게 활용하는 작가도 드물다. 특히 그가 개척한 호주 이야기는 2000년대 우리 문학사가 찾아낸 매우 이질적인 공간 중의 하나이다. 그는 두 번째 소설집 『젤리피쉬』(이룸, 2009)의 「고산병 입문」, 「루클라 공항」, 「아웃 오브 룸비니」에서 히말라야까지 자신의 소설적 공간으로 끌어들였는데, 이번에 발간된 『눈의 경전』에서는 호주와 히말라야에 서울까지를 포함시킴으로써 더욱 다양한 공간을 자신의 소설적 배경으로 삼고 있다. 해이수 소설에서는 이처럼 풍부한 공간성이 존재함에도 불구하고, 상대적으로 그의 소설 속 주인공들은 자신의 공간에서 특별한 안정감이나 정체성을 얻지 못한다. 다음 인용문에는, 지구 곳곳을 넘나드는 김완이 느끼는 무장소성placelessness의 특징이 잘 나타나 있다.

새삼 완은 서울의 방을 떠올렸다. 따뜻한 물로 샤워를 하고 익숙한 침대에 눕는 그 일상이 간절했다. 서울에서 지낼 때에는 간혹 시드니가 그리웠다. 시드니에서는 히말라야를 꿈꿨었다. 그런데 막상 히말라야에 오자 서울로 돌아가고만 싶었다. 무슨 변덕이 이리도 심한지 알 수 없었다. 이곳에서는 저곳을 꿈꾸고 저곳에 닿는 순간 다른 어느 곳을 꿈꾸는 식이었다.(85~86)

서울의 삶에 적응하는 동안 완은 묘한 버릇에 시달렸다. 잠에서 깨면 그 장소가 어디인지 심한 혼란에 빠졌다. 시드니의 글리브인지, 애시필드인지 아니면 한국의 작은아버지 댁인지, 본가인지, 장인어른 댁인지, 창전동인지, 지방대학의 숙사인지를 한참씩 더듬어야 했다. 완의 머릿속에는 지난 몇 년간 거쳐온 장소와 그곳에서의 기억이 난마처럼 얽혀 있었다.(231)

위의 인용문에는 어느 곳에도 정착하지 못하는 여행자가 된 완이 겪는 장소성의 파괴와 그로부터 비롯된 고통스러운 공간 체험이 잘 나타나 있다. 렐프는 오늘날 사람들이 겪는 장소 경험의 특징이 비진정한 장소감을 불러일으키는 무장소성이라고 규정한 바 있다. 이때의 무장소성이란 간단히 말해 "장소가 진정성을 상실했거나, 심각하게 훼손된 상태"[1]를 의미한다.

해이수의 소설에서는 어떠한 지역도 실존의 의미 있는 중심으로서

1 Edward Relph, 앞의 책, 300면. 장소는 무언가가 속해 있거나, 있어야 한다고 생각되는 자리를 가리키기도 하고, 누군가가 점유할 수 있는 위치를 가리키기도 한다. 이런 의미에서의 '장소'를 갖지 못한 사람들, 즉 자신들이 속한 곳이나 있어야 한다고 생각되는 곳이 어디인지 알 수 없는 사람들, 또는 그들이 머물러도 좋은 자리, 점유할 수 있는 위치를 이 세계 안에서 발견할 수 없는 사람들이 점점 늘어나고 있다.(김현경, 『사람, 장소, 환대』, 문학과지성사, 2015, 281면)

의 장소가 되지 못한다. 무장소성에 기인한 불안은 또 한 명의 주인공이라 할 수 있는 유밍에게도 해당된다. 그녀는 뛰어난 학업 능력을 자랑하지만, "잔잔하고 소소한 일상에서는 행복과 재미를 찾지 못하고 대개 불안하거나 우울"(100)한 상태를 보인다. 유밍의 완을 향한 사랑은 상식적인 차원에서는 쉽게 이해하기 힘든 구석이 많다. 처음부터 맹목적으로 빠져들어 병적으로 집착하는 점, 간절하게 완의 아이를 임신하기 원하는 점 등을 대표적으로 들 수 있다. 그러나 작품의 후반부에 이르면, 이러한 유밍의 불안과 우울도 근본적으로는 그녀가 어디에서도 소속감과 안정감을 느끼지 못하는 것과 연결되어 있음이 드러난다. 해발 4,700미터의 폭풍설 속에서 혼자 남겨진 완은 드디어 유밍의 환영과 만난다. 이 만남을 통해 유밍 역시도 "낯선 이국 생활이 외롭고 힘들어서 누군가와의 소통이 절실"(304)했음이 밝혀진다. 부모님, 중국, 대학을 포함한 "어디에도 속해 있지 않다"(308)고 생각했던 유밍에게, 유일하게 소속감을 안겨주는 존재가 완이었던 것이다. 유밍에게 완은 "누구보다 가장 강력한 내 편"(310)이었다. 해이수의 『눈의 경전』(자음과모음, 2015)은 코스모폴리턴이 이상적인 삶의 모습으로 추켜세워지는 지금 이 시대에 장소상실로 고통받는 사람들의 우울한 초상을 그린 작품이다.

2. 눈송이, 혹은 눈(雪)의 말

해이수의 『눈의 경전』은 연애를 통한 성장의 과정을 보여주는 연애소설이자 성장소설이다. '눈의 경전'이라는 제목이 압축적으로 보여주듯이, 김완은 눈으로 가득 찬 히말라야에서 미처 알지 못하던 삶의 비의를 깨닫게 된다. 히말라야가 가르쳐준 진리(경전)는 고산병의 상태에서 겪는 환각이나 오랜 수행 끝에 도에 도달한 라마승의 설법을 통해 드러난다. 라바르마(4,417m)의 산장에 도착했을 때, 완은 "만취 상태와 다름없었다"(189)고 표현되는 심각한 고산병을 앓는다. 어마어마한 통증과 혼미함 속에서 완의 의식에는 오로지 "어째서 나는 사랑과 고통이 같은 말이라는 걸 미처 몰랐을까?"(192)라는 문장이 반복적으로 떠오르는 것이다. 하산하는 길에 완은 사원에서 서양인 텐진 빠모를 만난다. 텐진 빠모가 남긴 말들[2]의 진리를 확인하게 된 과정의 기록이 바로 『눈의 경전』이라고 해도 과언은 아니다.

2 "시간을 정지하면 모든 문제는 사라져요. 당신은 이곳에서 시간을 정지시키고 어떤 부분은 뒤로 되감았을 거예요. 따라서 이젠 문제가 없어요." (…중략…) "이 우주는 말로 설명하기에는 너무 광대해요. 그러나 아무리 광대해도 모든 것은 다른 모든 것과 연결되어 있어요. 그 누구도 이 연결에서 제외되어 있지 않죠." (…중략…) "어느 곳에나 존재하는 것은 누구에게도 존재할 수 있어요. 따라서 당신이 저곳과 이곳에서 겪은 일은 다른 곳 누구에게도 벌어질 수 있는 일이에요." (…중략…) "이걸 기억해야 해요. 선택을 하면 책임을 져야 해요. 책임에서 도망치려 할 때 불행에 빠지고 말죠. 이 우주는 잊는다는 것을 몰라요. 당신이 매 순간 선택할 때마다 우주는 지켜볼 거예요."(332~334면)

1) 어째서 나는 사랑과 고통이 같은 말이라는 걸 미처 몰랐을까?

『눈의 경전』에서 김완은 호주에서 자신보다 어린 중국인 유밍을 만난다. 호주에서의 유밍은 처음 완의 구원자이다. 그것은 유밍과 처음 만나는 장의 제목이 '구원자'인 것에서도 분명하게 드러난다. 완은 대학원 수업을 듣는데, 어떤 그룹에도 속하지 못한다. 서른한 살의 유학생 완은 민족 종교 언어권끼리 뭉쳐 서로를 돕는 학생들의 어느 그룹에도 속하지 못하는 것이다. 분석언어학 과목에서 F를 받으면 대개의 유학생은 고국으로 돌아가야 할 다급한 상황에서, 완을 구원한 존재가 바로 "전 과목 최고점을 기록한 괴물로 소문이 자자"(58)한 유밍이다. 유밍은 언어적 재능을 타고났으며 모든 과목에서 최고 등급을 받는 학생이다. 완은 유밍과 어울리며 비로소 대학원 공부를 어떻게 하는지 깨닫게 되고, 분석언어학 과목에서 최고 점수를 받는다.

완이 유밍과 처음 관계를 맺게 되는 순간, 완이 유밍에게 "누나"(58)라는 호칭을 사용했다는 것은 의미심장하다. 그러나 유밍이 완에게 거의 일방적으로 매달리는 지경에 이르렀을 때, 둘의 관계는 서술자에 의해 "엄마의 사랑이 소홀하면 아이가 본능적으로 아픈 시늉을 하듯 완이 거리를 두려 하자 그녀는 그렇게 자주 울었다"(170)고 이야기된다. 이제 완과 유밍의 관계는 '동생(아이)-누나(엄마)'에서 '엄마-아이'로 역전된 것이다. 그러나 완이 유밍에게 받는 것이 아닌 무언가를 해주어야 하는 상황이 되었을 때, 완은 결코 유밍을 감당하지 못한다. 완은 유밍이 '누나'로 머물 때만 그녀와의 관계를 유지할 수 있는 사람인 것이다. 결국 완은 유밍의 집착에 가까운 구애의 몸짓에 수차례 욕을 하고 밀치기까지 하고서는 대학부터의 인연인 수연을 선택한다.

기본적으로 완은 유밍을 자기애의 일환으로서만 바라보고 있는지도 모른다. 유밍과의 관계에서 완을 흥분시키는 것은 오직 완의 입술과 손에 반응하는 "유밍의 음성과 몸짓"(151)뿐이다. 그 음성과 몸짓은 완의 존재감과 충일감을 확인시켜주는 매개체이다. 완이 그녀에게 해줄 수 있는 위로는 "알몸으로 함께 뒹굴어주는 것뿐"(152)이고, 그녀를 향한 마음도 "정욕과 연민 사이에 위치한 그 모호한 감정"(152)이라고 지칭될 수 있을 뿐이다.

완은 유밍에 대한 최소한의 책임도 철저히 외면한다. 결국 완은 유밍에게 그녀가 그토록 원하던 반지를 주겠다고 거짓말을 하고서는 작별의 인사도 없이 시드니를 떠나 서울로 돌아온다. 한동안 유밍의 이메일이 계속 날아오지만, 완은 이를 냉정하게 외면한다. 심지어 유밍이 "한 사람을 인위적으로 잊는 일은 불가능하며 우정 외에 바라는 것은 없다"(222)라는 우정의 뜻을 밝혀도, "완, 나는 네가 끊어버린 길에서 더 나아가지 못하고 같은 자리를 맴돌고 있어"(226)라는 간절한 호소에도, 완은 이를 냉정하게 거부한다. 결국에는 "넌 이제 내 인생에서 삭제된 사람"(228)이라며, 유밍이 알고 있는 이메일까지 폐기한다.

수연을 택한 것 역시 완이 지닌 이기적인 자기애와 일단 유밍에게서 벗어나기 위한 목적에 따른 행위라고 할 수 있다.[3] 무엇보다 수연의 가장 큰 미덕은 "집착이 없다는 점"(161)이 언급된다. 이것은 유밍의 집착

3 이러한 면모는 "유밍의 위태로움과 불안에 질린 나머지 완은 수연에게 속한 균형과 절제, 고요와 안정의 세계가 마음에 끌렸다. 유밍은 힘겹게 계속해서 감당해야 하는 반면 수연은 최소한 책임지지 않아도 된다는 점도 달랐다"(185)는 부분에도 선명하게 나타나 있다.

에 시달리던 시점에서는 무엇과도 바꿀 수 없는 가장 큰 미덕이라고 할 수 있다. 완의 고백처럼 "유밍으로부터의 도피 욕망과 서울 생활에 대한 불안"(291)이 수연을 선택하게 한 것이다.[4]

이처럼 완은 결코 사랑에 따르는 고통과 부담을 책임지려 하지 않는다. 완은 고통 없는 사랑만을 추구했던 것이며, '어째서 나는 사랑과 고통이 같은 말이라는 걸 미처 몰랐을까?'라는 깨달음에 따른다면 완이 추구한 사랑은 사랑이 아니었던 것이다. 이 말과 함께 완의 의식에는 "왜 나는 관계가 상처를 먹으며 성장한다는 것을 몰랐을까?"(193)라는 말도 떠오르는데, 상처를 회피할 뿐인 완은 스스로 관계의 성장도 거부하는 미숙한 존재였음이 드러난다. "선택을 하면 책임을 져야 해요. 책임에서 도망치려 할 때 불행에 빠지고 말죠"(333)라는 라마승의 말이 진실이라면, 사랑에 따른 책임(고통)을 거부했던 완에게 불행은 정해진 수순이었는지도 모른다.

2) 아무리 광대해도 모든 것은 다른 모든 것과 연결되어 있어요

『눈의 경전』에는 무척이나 아름다운 이미지가 작품의 중심부를 가로지르고 있다. 그것은 남반구의 시드니에서 시작해 히말라야의 고봉에까지 걸쳐져 있는 무지개이다. 유밍과 완이 처음에 히말라야에 가기로 결심한 순간은 둘이 시드니에서 함께 무지개를 바라보았을 때이다.

4 수연은, 완이 서울에서 완착하기에 충분할 만큼 "경제적 능력과 문화적 동경심"(291면)을 가지고 있는 것으로 설명된다.

그 순간 유밍은 저 무지개가 끝나는 곳이 어디냐고 물었고, 완은 "히말라야에서도 에베레스트 정도 되겠지"(114)라고 대답했던 것이다. 그때 처음으로 완과 유밍은 히말라야에 함께 오르기로 결정한 것이다. 완이 히말라야 등반을 마치고 셰르파인 푸르바와 작별할 때도, 루클라 쪽에는 무지개가 떠 있다. 푸르바는 그 무지개의 끝이 "네가 떠나온 곳"(346)이라고 완에게 말한다. 이 우주적 무지개의 이미지를 통해 남반구와 북반구가, 평지와 고원이 하나로 연결되어 있음이 감각적으로 구체화된다.

유밍을 벗어나 한국으로 돌아왔지만, 이후의 한국 생활 역시 완에게는 별다른 안정감을 주지 못한다. 서울에서 완은 수연과 "각자의 고유성을 인정하며 쿨하게 늙어가는 동반자 관계"(180)를 꿈꾸지만, 수연과의 동반자 관계는 "몇 가지의 욕망을 접"(236)어야만 얻어지는 것이다. 그 관계는 맛있는 음식에 대한 욕구나 기본적인 성적 욕구마저도 덜어낸 후에야 얻어질 수 있는 "적당한 거리와 균형"(232)에 불과하다. 다정한 손길과 세심한 배려를 기대해서도 안 되는 수연에게, 완은 "문화적 상징자본 혹은 사회적 액세서리"(237)에 해당된다. 결국 수연을 "거의 남남이나 다름없"(138)다고 생각하는 완의 모습이나 수연의 우울증이 증명하듯이, 그들의 결혼 생활은 "무의미"(291)한 것이었으며 "각자 소리 없이 앓"(292)는 일이었음이 밝혀진다. 완은 자신에게 집착하는 유밍을 떠나 자신과의 적당한 거리를 유지하는 수연을 선택했지만, 결과는 유밍과의 관계에서와 마찬가지로 불행하다.

한국에서의 사회생활 역시 그다지 편안한 것은 아니다. 3년 만에 돌아온 한국에서 졸업장은 당장에 쓸모없는 종잇장이 되어버리고, 곧 고단한 시간강사 생활이 시작된다. 시간강사 생활을 하며, 완은 "상당수의 대학생들에게 '규율discipline'의 개념이 없다는 데에"(230) 놀라고 힘들어한다. 완은 시간당 25,000원을 받는 강사 생활을 하며, 깡통을 들고 학생들에게 적선을 받는 것과 같은 모욕감을 느낀다. 학생들의 불성실과 무례함에 지친 완은 결국 학생들과 물리적 충돌을 빚는 지경에까지 이른다. 이 일로 강단에서 내려오게 되고, 교수 자리를 밀어주던 차 교수와의 관계도 없던 것이 되어버린다. 차 교수의 마음에 들기 위해, 완은 자신의 두 달치 월급을 바치고, 자신의 멘토였던 황 선배를 속이고, 죽을 고생을 하며 쓴 글을 인쇄소에서 출판하기까지 했던 것이다. 그러나 결국 완은 "작가로서 써놓은 글을 잃어버리고, 강사로서의 자격을 저버리고, 남편으로서도 별다른 기대를 품을 수 없는 상태"(287)에 빠진다. 이후 완은 스스로를 작은 방에 유폐시키고, 그때에야 완의 의식은 유밍의 생각으로 가득 찬다.

"태평양 건너편에 묻고 왔다고 믿었"(288)던 유밍은 완의 앞에 너무나도 선명하게 다시 등장한 것이다. 나아가 완은 유밍과 하나가 되어버린다. 이때 하나가 된 유밍은 현실에는 없는 존재라는 점에서 완에게 더욱 치명적이다. 이러한 결말은 결코 한국이 호주의 해결책이 되거나, 반대로 호주가 한국의 해결책이 될 수 없음을 증명하는 것이라고 볼 수 있다.

완의 불행은 어찌 보면 완 스스로에게서 기인하는 문제이다. 완은 유밍과의 관계에서 드러나듯이, 주기보다는 받기에 익숙한 사람이다. 대학교 시절부터 완을 지켜본 수연 역시, 완은 태생적으로 동반자로서의 친밀감이나 따뜻한 위로를 "적극적으로 주는 것보다 머뭇거리며 받는 것에 익숙"(293)한 사람이라고 평가한다. 이러한 성격은 완의 자기중심성과 떼어놓고 생각할 수 없다. 완이 처음 수연과 맺어진 계기는 "대학 신입생 시절부터 누구보다 먼저 완의 재능과 근성을 알아보고 격려했"(159)다는 사실이다. 학생과 욕설과 폭력을 주고받는 아수라장 속에서도 완은 학생들을 향해 "이 개무식한 년들아, 네깟 것들이 감히 어디서!"(284)라거나 "이거 안 놔! 이 좆도 무식한 새끼들아!"(284)라고 소리를 지른다. 이 말 속에 담긴 완의 열패감을 감안하더라도, 자기를 높은 자리에 두고 세상을 내려다보는 완의 내면을 확인하는 것은 그다지 어려운 일이 아니다.

김완이 서울에서 겪는 이러한 삶은, 여행자 내지 유랑자의 감각으로 인생을 살아가는 것은 결코 해결책이 될 수 없음을 증명한다. 장소를 옮겨 다닌다고 해서 바뀌는 것은 사실상 아무것도 없는 것이다. 근대가 만들어 낸 신화 중의 하나는, 자기가 있는 곳에서 편안함을 느끼지 못하는 사람들은 어딘가로 떠남으로써 자유와 행복을 얻을 수 있다는 것이다. 구대륙의 프롤레타리아트에게는 아메리카가 있고, 미국의 프롤레타리아트에게는 서부가 있다는 식으로 말이다. 그러나 세계화의 진전 속에서 무한한 공간에 대한 상상은 더 이상 유지될 수 없다. 지구는 둥글어졌고 더 작아진 것이다.[5] 이 작품이 남반구의 호주와 히말라야의 고산을 횡단하며 보여주고자 한 것도 이러한 상황과 무관할 수 없다.

5 김현경, 앞의 책, 283~284면. 가라타니 고진도 이오니아의 이소노미아와 아메리카의 타운십(township)을 통해 "유동성(자유)은 평등을 가져오는데, 그것을 유지하기 위해서는 유동성을 가능하게 하는 공간을 확장시키지 않으면 안 된다"(가라타니 고진, 조영일 역, 『철학의 기원』, 도서출판b, 2015, 64면)고 주장한다. 그러나 이소노미아의 소멸과 타운십의 유명무실화에서 드러나듯이, 공간의 무한 확장은 불가능한 일이다.

완이 히말라야에서 만난 유밍에게 하는, "미안해. 그렇게 도망친 게 내내 부끄러웠어. 큰 죄를 진 듯해서 속으로 시름시름 앓았어. 네가 생각나면 자꾸 덮어버리고 도망쳤는데……. 도망칠 수 있는 데까지 도망쳤는데……. 결국 이렇게 네 앞에 오는 길이었어"(307)라는 말은, 균질적이고 평평한 하나의 지구라는 제한된 공동체를 상기시킨다. 유랑의 감각을 지닌 여행자의 자세로 살아가기에 이 지구는 분명 유한한 공간일 뿐이다.

3) 시간을 정지하면 모든 문제는 사라져요

완이 히말라야에 온 이유는 "산을 알거나 잘 알고 싶어서"가 아니라 언젠가 히말라야에 함께 가겠다는 유밍과의 "약속"(21) 때문이다. 유밍은 박사 논문이 통과된 직후 우체국으로 소포를 부치러 가던 중에 뺑소니 사고로 사망하는데, 그 소포에는 고향 사찰의 연등에 매달 소원카드와 시주 물품 등이 들어 있었다. 소원카드에 적힌 소원은 다름 아닌 "애인과 히말라야에 가는 것"(275)이다. '약속을 지킨다'는 것은 '책임을 진다'는 말로 바꾸어 표현할 수도 있다. 앞에서 살펴보았듯이 완은 자기중심적이며 결코 상대방에 대해 책임을 지는 존재가 아니었다. 그런 그가 약속을 지킴으로써, 한 명의 주체로 탄생하려고 하는 것이다. 그렇기에 김완에게는 "약속을 이행하는 것만이 그녀와 자신의 관계가 동물적인 관계가 아니라 인간적인 관계였다는 유일한 기준"(290)이 되어버린다.

동시에 히말라야행은 "유밍의 장례를 치"(189)르는 애도 과정에 해당한다. 유밍은 결국 완의 서울 생활이 파탄 나는 것과 동시에 출현하였고, 이후 완은 "유밍은 지금도 완의 몸 어딘가에서 서럽게 울고 있었다. 그리고 완이 오기만을 여전히 기다리는 사람이었다"(289)는 것에서 드러나듯이 유밍과 함께 살아간다. 완은 유밍과 일체화된 우울증의 상황이라고 할 수 있다. 그렇기에 유밍과의 일들을 정리하지 않고는 "앞으로 어떤 일도 시작할 수 없"(289)는 것이다. 히말라야의 눈발 속에서 정신을 잃고 만난 유밍은 완의 모든 것을 이해한다. 그러나 완이 "사랑해"(310)라는 말과 유밍에게 반지를 끼워주려고 하지만, 그 시도만은 끝내 실패하고, 유밍은 "이제 그만 산을 내려가"(311)라는 말만을 남긴다. 이 장면에는 애도의 가능성과 불가능성의 안타까운 아포리아가 담겨 있으며, 이 아포리아만이 어쩌면 유일하게 가능한 애도의 모습인지도 모른다.

그러나 완의 히말라야행에서는 보다 본질적인 욕망이 엿보인다. 해이수의 『눈의 경전』에서는 세상을 조망할 고도를 확보하고자 하는 완의 욕망이 반복해서 나타나는 것이다. 완은 본격적인 히말라야 등반에 앞서, 네팔의 가장 오래된 사원인 스와얌부나트를 방문한다. 완은 무엇보다도 카트만두를 "'한눈에 볼 수 있다'는 말 한마디"(22)에 끌렸던 것인데, 그러한 끌림의 이유는 "한 치 앞을 볼 수 없을 정도로 암울했던 지난 몇 개월간의 가슴앓이 탓"(22)으로 설명된다. 히말라야의 산중에서 거의 죽다가 살아난 완이 푸르바와 나누는 대화에서도, 한눈에 모든 곳을 조망하는 시선에 대한 강렬한 욕망을 확인할 수 있다.

"저 위에 올라가면 히말라야 자이언트 봉들이 한눈에 다 보여!"

"한눈에?"

그 말을 듣고 따라왔다가 죽을 뻔했으면서도 완은 한눈에 볼 수 있다는 문장에 마음이 끌렸다. 솔루 쿰부 서부에서 일반인이 오를 수 있는 최고봉이었다. 가장 높은 곳에 오르자는 유밍의 외침이 떠오르자 몸에 힘이 돌았다.(318~319)

완은 호주와 한국에서 모두 처절한 실패의 여정을 거쳐왔다. 남반구와 북반구를 오르내리는 공간상의 편력을 통해서 완은 암울한 가슴앓이를 해야만 했던 것이다. 그런 완은 지금 수직적 상승을 통하여 세상을 바라볼 조망적 시선을 얻고자 하는 것이다. 수천 미터의 히말라야를 헤매며 완이 얻고자 한 것도, 전체를 한눈에 바라보는 "신의 영역"(22)이라고 말할 수도 있다. 실제로 완은 신의 영역에 해당하는 경전의 세계에 다가간다.

이러한 수직적 상승은 도피를 위한 초월이 아니라 성찰을 위한 방편적 초월이라고 보아야 할 것이다. 이 작품의 결론은 완이 글을 쓰는 것으로 끝난다. 이때의 글쓰기는 수직적 초월을 통해 얻어진 성찰의 기록이라고 할 수 있다. 루클라 공항에서 비행기 운항이 마비되었을 때, 완은 비행기가 날아오르기만을 기다리며 신이 자신에게 내린 재능인, "기록할 수 있는 능력"(348)을 기억해낸다. 그 능력으로 유밍과의 일들을 기록하며, 완은 텐진 빠모의 "시간을 정지시키면 모든 문제에서 잠시 해방된다"(349)는 말까지 이해하게 된다. 수직적 초월은 일상적 삶의 흐름에서 벗어나는 순간이라 할 수 있으며, 그 시간의 틈새는 수평적 공간에서 발생한 여러 문제를 깊이 있게 성찰할 수 있는 가능성을 한껏 열어놓았던 것이다. 이를 통해 시드니와 서울에서의 삶은 다른 차원으로 변화된다.[6]

3. 새롭게 다시 걸어오다

해이수처럼 다채로운 공간을 능숙하게 자신의 창작적 배경으로 소환하는 작가는 드물다. 특히 첫 번째 장편인 『눈의 경전』에서는 지금까지 자신이 다루었던 공간들을 하나의 서사 속에 능숙하게 종합하는 데 성공하고 있다. 이 작품의 공간적 배경을 순서대로 정리하면 다음과 같다.

> 길게 휘어진 시간(히말라야)－구원자(호주)－쑨달라(히말라야)－스테인드글라스(호주)－폭설(히말라야)－시드는 꽃(호주)－불꽃놀이(호주)－고산병 함정(히말라야)－만다린(호주)－봄 그리고 봄(한국)－놓칠 수 없는 기회(한국)－텅 빈 흰 몸(한국·히말라야)－라스트 카니발(히말라야)－우주는 모든 것을 기억한다(히말라야)－처음부터 다시 걸어오라(히말라야)

6 이러한 특징은 "히말라야에서 보낸 스무 날은 현실의 시간을 멈춘 행위였다. 시드니와 서울에서 자신이 벌여놓은 문제에서 벗어나 투명하고 높은 경지들과 만났던 다른 차원의 시간"(349면)이었다는 진술에서도 확인할 수 있다.

그러나 『눈의 경전』에서는 이러한 공간들이 지닌 의미의 핵심이 예전과는 사뭇 다르다. 호주를 무대로 한 작품으로는 등단작인 「캥거루가 있는 사막」, 「돌베개 위의 나날」, 「우리 전통 무용단」, 「어느 서늘한 하오의 빈집털이」, 「젤리피쉬」, 「마른 꽃을 불에 던져 넣었다」 등을 들 수 있다. 이 중에서 등단작인 「캥거루가 있는 사막」을 제외한 대부분의 작품은 호주에서 살아가는 한국인들의 고단한 삶을 집중적으로 다루었다. 물론 『눈의 경전』에 등장하는 호주도 이러한 성격을 일정 부분 담고 있다. 그러나 이 작품에서는 여타의 호주 배경 소설보다는 생존의 문제가 크게 부각되지 않는다. 이것은 주로 호주에서 김완이 하는 일이, 대학원 과정에서 학위 과정을 이수하는 것이라는 사실과 무관하지 않다. 최소한 교육 현장의 교수들은 현지 학생과 유학생을 "평등하게 대하는 부류"(179)인 것이다. 이 작품에서는 완이 겪는 경제적 궁핍의 문제도 다른 작품처럼 크게 부각되지 않는다.

이러한 특징은 히말라야를 다루는 경우에도 적용된다. 이전의 히말라야 3부작이라고 할 수 있는 「고산병 입문」, 「루클라 공항」, 「아웃 오브 룸비니」에서는 크레디트카드, 산악자전거 동호회원들, 돈에 목을 맨 릭샤꾼의 모습 등을 통해 자본의 논리가 예외 없이 관철되는 공간으로서의 히말라야를 보여주었던 것이다. 그러나 『눈의 경전』에서는 이러한 의미에서 벗어나 히말라야가 지혜와 성찰의 고차원적 공간으로 새롭게 등장하고 있다.

이전까지 해이수의 소설이 수평적 이동을 중심으로 한 지상의 논리를 보여주는 데 치중했다면, 이번 『눈의 경전』은 지금까지의 상상력에 수천 미터의 고도를 넘나드는 수직의 선을 하나 더 그음으로써 존재의 비의를 밝히는 차원으로 나아가고 있다. 이것이야말로 이번 장편소설이 지닌 진정한 새로움의 하나라고 할 수 있다. 그 성찰의 공간은 히말라야의 눈폭풍처럼 너무나 강렬하기에, 어설픈 성장의 과정 등을 필요로 하지 않았는지도 모른다. 도피가 아닌 성찰로서의 수직적 초월을 통하여 해이수의 문학은 이제 새로운 출발을 하게 되었다고 말할 수 있을 것이다.

(2015)

시드니의 오페라하우스

시드니의 하버 브릿지

서울

서울

히말라야의 만년설

히말라야의 고쿄 호수

해이수의 『눈의 경전』에서 호주 시드니는 이기적인 욕망의 공간, 서울은 출세 지향의 공간, 히말라야는 성찰과 초월의 공간이다.

제6부

아시아의 도시

삿포로

블라디보스토크

이스탄불

까마우

제1장
삿포로

몇 년 전 한국문학을 고민하는 일군의 평론가들과 홋카이도(北海道)에 여행을 간 적이 있었다. 끝없이 내리는 눈과 '오겡끼데스까'라는 영화 속 여주인공의 외침이 들려올 것만 같은 이국적인 매력과 감성으로 충만한 곳이었다. 한 해에 눈 치우는 비용이 수천억 원에 이르고, 남한 면적의 80%에 이르는 땅 곳곳이 명승지로 가득한 홋카이도는 관광지로서도 손색이 없었다. 그러나 그 여행을 통해 진정 배웠던 것은 홋카이도가 멋과 낭만의 고장이 아니라 일본 식민주의의 싹을 틔운 고장이라는 점이었다.

그러한 각성은 홋카이도의 중심도시인 삿포로에 갔을 때 선명하게 다가왔다. 삿포로의 대표적인 근대건축물들을 보며 이전에 어디선가 본 듯한 기시감에 젖어들고는 했다. 특히 국가 지정 중요문화재로서 '빨간 벽돌'이라는 별명으로 불리는 홋카이도 도청 구본청은 특히나 눈에 익었다. 얼마 지나지 않아 그 건물이 어린 시절 소풍을 가기도 했던 조선총독부 건물과 흡사하다는 것을 깨달았다. 1916년에 착공돼 1926년에 준공된 조선총독부 건물과 홋카이도 도청 구본청 모두 당시 유행하던 네오 바로크 양식으로 일제에 의해 지어졌던 것이다. 메이지 유신을 통해 근대화에 성공한 일본은 첫 번째 식민지로 홋카이도를 경영했다. 그 경험에서 많은 것을 배운 일제는 오키나와로, 대만으로, 조선으로, 만주로 계속해서 침략의 발걸음을 이어갔던 것이다. 사정이 이러하니 홋카이도 식민지 경영을 총괄하는 구본청과 조선 식민지 경영을 총괄하는 조선총독부 건물이 비슷한 것도 당연한 일이었던 것이다.

또 하나 흥미로운 점은 삿포로를 개척(?)하던 당시의 모습을 담은 기록사진들에서 발견할 수 있었다. 각각의 공사현장에는 놀랍게도 백인 고문관의 모습이 적지 않게 등장했다. 그 백인들은 과연 누구일까? 이후 알게 된 것은 일본이 홋카이도를 식민화하면서 많은 노하우를 미국의 서부개척 경험에서 빌려왔고, 사진 속의 백인들은 바로 그 경험을 전수하던 사람들이었다는 사실이다. 그러고 보면 'Boys, be ambitious!'라는 유명한 말을 남긴 클라크 박사 역시 매사추세츠 주립농과대학의 학장 경험을 살려 1878년 7월부터 1879년 4월까지 삿포로농학교 초대 교장을 지낸 인물이다. 그가 소년들에게 강조한 야망은 미국의 서부처럼 미개한 땅인 홋카이도를 개척하는 식민주의적 야심을 의미했던 것은 아니었을까?

미국이 인디언들을 학살하며 서부를 개척(?)하던 그 노하우는 태평양을 건너 아이누인들을 학살하며 홋카이도를 개척(?)하는 데까지 이르렀고, 그 노하우는 주변 국가들을 향해 끊임없이 이어져 20세기 전체를 폭력과 고통으로 가득 채웠던 것이다. 오늘 우리가 다시 삿포로에 주목한다면, 바로 '일본 식민주의의 기원이었던 홋카이도'를 성찰하기 위해서이다. 이러한 성찰은 물을 것도 없이 진정 평등하고 자유로운 아시아를 그리는 전망에 맞닿아 있다.

(2012)

홋카이도 도청 구본청

눈 내린 삿포로 시내

삿포로의 외항으로 발달한 오타루의 운하

제2장
이스탄불

1. '오래된 미래'의 도시 혹은 교통 공간 이스탄불

제인 제이콥스[1]는 『도시의 경제』에서 습관적으로 농촌(공동체)이 발전하고 도시가 생겨났다고 생각하지만, 처음에 있었던 것은 농촌이 아니라 도시였다고 주장한다. 가라타니 고진은 제인 제이콥스의 주장이 함의하는 바는 공동체가 모여서 교통 공간, 즉 도시가 만들어지는 것이 아니라 "교통 공간이 논리적으로 공동체에 선행한다는 사실"[2]을 의미한다고 설명한다. 공동체가 확대된 후 다른 공동체와의 교통이 시작되었다는 것은 허위이며, 오히려 공동체가 성립함과 동시에 시스템의 내부와 외부가 분할되고 경계가 발생했다는 것이다. 제인 제이콥스나 가라타니 고진 모두 도시에서는 횡단적인 이종 결합이 끊임없이 진행되

1 Jane Jacobs(1916~2006) 미국 작가이자 도시 계획 비평가. 『스크랜턴트리뷴』, 『건축포럼』 등의 잡지 기자로 일했고, 도시계획과 주거정책 개혁에 관한 연구자로도 활동했다.
2 가라타니 고진, 「교통 공간에 대한 노트」, 『유머로서의 유물론』, 문화과학사, 2002, 37면.

며, 살아 있는 도시는 다수의 중심에 의해, 또는 예견 불가능한 카테고리의 횡단에 의해서만 존재할 수 있다고 보는 것이다. 두 사람의 도시관에 따를 때, 이스탄불이야말로 가장 대표적이고 가장 오래된 도시라고 할 수 있다. 이 도시는 그 역사나 문화 모든 것이 오로지 '교통 공간'으로서만 존재했다고 보아도 무리가 아니다.

오르한 파묵의 『내 이름은 빨강』은 오스만 제국의 궁정 화가인 에니시테가 베네치아를 방문한 후 원근법에 바탕한 베네치아 화풍을 도입하려다가 세밀화의 화풍을 고집하는 궁정 화가들에 의해 살해당하는 내용을 담고 있다. 이슬람 세밀화와 베네치아 화풍의 갈등을 통하여 유럽과 이슬람 문화가 충돌하는 터키의 상황을 흥미진진하게 묘사한 것이다. 신의 눈으로 세상을 보는 세계관(이슬람)과 인간의 눈으로 세상을 보는 세계관(유럽)이라는 이분법이 담지하고 있는 서구중심주의적 시각이 거슬리기는 하지만, 이 작품에는 이슬람과 유럽의 갈등과 공존이라는 이스탄불Istanbul의 기본적인 상황이 잘 나타나 있다.

그런데 이스탄불은 흔히 생각하듯이, 이슬람과 유럽이라는 문명의 공존과 충돌만으로 설명되지 않는 복합성을 지닌 곳이다. 이 도시에는 그러한 문명의 다양성보다 더욱 본질적인 유목민과 정주민의 생활방식이 또한 혼재되어 있기 때문이다. 이스탄불의 토프카프 궁전의 모습은 몽골 초원에서 우두머리를 중심으로 옹기종기 모여 있는 이동식 천막집인 게르를 닮아 있다. 유명한 이슬람 지도자나 술탄이 죽으면 그의 시신을 모스크 안에 관이 드러나게 묻은 후에 성인으로 받들고 기도하는 것도 유목민의 풍습이며, 카페트의 발생지가 흔히 아는 페르시아가 아닌 터키인 것도 유목민의 역사를 반영하는 것이다. 튀르크족은 유목

민족으로서 초원에 이동식 천막을 치고 카펫을 바닥에 깔거나 벽에 걸고 살았던 것이다. 요구르트나 치즈 요리가 발달한 것 역시 유목민의 삶이 남긴 흔적이다.

그러고 보면 이스탄불의 역사도 또한 갖가지 복합성으로 가득하다. 이스탄불은 튀르크족이 이동해 오기 전부터 수천 년 동안 그리스, 로마 제국, 비잔티움 제국 사람들이 살았던 곳이다. 고대 그리스인은 일찍이 골든혼의 끝자락에 아클로폴리스를 만들어 정착해서 도시 국가 '비잔티움'을 세웠으며, 330년 콘스탄티누스 대제는 비잔티움을 로마 제국의 수도로 삼으면서 '콘스탄티노플'이라고 도시의 이름을 바꾸었다. 그 후 1453년 오스만 제국이 점령하면서 '이스탄불'로 이름이 바뀐 후 480년 동안 제국의 수도로 영화를 누렸다. 1923년 터키 공화국이 수립된 후 앙카라에 수도의 지위를 넘겨주었지만, 이스탄불은 여전히 천만 명이 살고 있는 터키 제1의 도시다. 특히 이스탄불은 보스포러스 해협을 중심에 두고 유럽과 아시아를 동시에 포함하고 있는 희귀한 도시이다. 동시에 작은 분수를 사이에 두고 기독교를 대표하는 성 소피아성당과 이슬람교를 대표하는 블루모스크가 서로 마주보고 서 있는 도시이기도 하다. 세계 곳곳에서 여러 문화가 다양하게 충돌하는 오늘날, 이스탄불은 인류가 맞닥뜨릴 '오래된 미래'인 것이다. 우리가 맞닥뜨릴 거대한 융합과 혼돈의 시대에 이스탄불은 인류가 소중하게 가꾸어온 하나의 귀한 선례라고 감히 말할 수 있다.

2. 굳강한 두 개의 정신

—한설야, 「향비애사(香妃哀史)」(야담, 1942.11)론

터키가 삼국시대부터 한국전쟁기까지 우리와 긴밀한 관계를 맺어온 것과 달리, 터키와 터키인은 한국 문학사에 별다른 흔적을 남기지 못했다. 고려가요인 「쌍화점」에 등장하는 만두가게 주인 '회회아비' 정도를 유일한 사례로 들 수 있다. 현대문학의 경우에도 사정은 별반 다르지 않은데, 터키인을 등장시킨 사례로는 한설야의 「향비애사」(야담, 1942.11)가 있을 뿐이다. 이 작품은 향비라는 천하절색의 터키 공주를 통하여 과거 오스만 제국으로 대표되는 터키의 강렬한 자주 정신을 형상화하고 있다. 동시에 「향비애사」는 발표연도인 1942년의 역사적 맥락을 고려할 때, 적지 않은 정치적 의미도 발견할 수 있는 작품이다.

이 작품은 수록 매체가 『야담』인 것에서도 알 수 있듯이 역사물의 성격을 지니고 있다. 시간적 배경은 건륭황제 시절인 18세기이다. 기본적인 줄거리는 여색을 밝히던 건륭제가 서역국의 왕비인 향비(香妃, 몸에서 향기가 나기에 붙여진 이름이다)를 탐했으나, 향비가 끝내 몸과 마음을 허락하지 않은 채 자결한다는 것이다. 이 작품에서 향비는 두 번 결혼한다. 첫 번째는 서역의 조그만 나라인 아무루사나 왕과 결혼하고, 두 번째는 아시아의 웅자인 건륭제와 결혼한다. 두 가지 결혼은 매우 대조적인 모습과 의미를 보여준다.

아무루사나 왕이 향비의 사랑을 얻는 과정은 향비가 태어나 자란 토이기(터키)가 얼마나 강력한 힘을 지니고 있었는지를 증명하기에 모자

람이 없다. 토이기의 여자인 향비는 회회교回回敎 신자였다. 회회교의 법은 회회교 이외의 사람과는 결혼을 허락하지 않기에, 일국의 왕인 아무루사나는 평민에 불과한 향비를 얻기 위해 회회교에 귀의한다. 아무루사나는 형식적인 개종이 아니라 지성으로 회회교를 신봉한다. 아무루사나 왕의 지극한 정성에 "감복"(83)한 향비는 아무루사나에게 자신의 몸을 맡기기로 결심한 것이다.

건륭제는 아무루사나와는 다른 폭력적인 방식으로 향비를 얻고자 한다. 건륭제는 향비를 얻기 위해서 정복전쟁에 나서고, 결국 서역에 있는 아무루사나 왕과 그 왕국을 무참히 짓밟은 대가로 향비와 그 시녀를 사로잡는다. 이후 건륭제는 향비에게 온갖 향락을 제공하지만, 향비는 마음을 열지 않는다. 향비에게는 "금은보화도 보이지 않았고 건륭의 그 늠늠한 풍신도 아무 매력을 주지 못했"(84)던 것이다. 심지어 향비는 건륭제로부터 자신을 지키기 위해 무인과 같이 군복을 입고 지낸다. 건륭제는 향비를 얻기 위해 '토이기 여자'인 향비에게 "토이기 목간"(8)을 만들어 주지만, 향비는 목욕을 하는 동안에도 몸에서 비수를 떼지 않는다. 결국 건륭제와 건륭제의 어머니인 효성헌황후는 물론이고, 향비의 유일한 동반자인 시비까지 향비에게 건륭제를 받아들이라고 권유한다. 향비는 시비는 물론이고 온 세계가 자기를 버린 것을 알고는 들고 다니던 칼로 자신의 목을 찌른다.

'향비-아무루사나 왕'과 '향비-건륭제'의 관계 중에서 한설야가 이상적으로 바라보는 것은 말할 것도 없이 '향비-아무루사나 왕'의 관계이다. 그것은 향비의 비장한 최후를 통해 선명하게 드러난다. 인간적인 교감('향비-아무루사나 왕')이 아닌 폭력적인 방식('향비-건륭제')에 따른 결혼을 한설야는 부정하고 있는 것이다.

한갓 단순한 이야기에 불과해 보이는 이 소설은 일제 말기라는 당대 상황과 관련시켜 볼 때, 적지 않은 의미를 지닌다. 일제 말기 대표적인 제국의 지배 담론은 내선일체內鮮一體였다. 세계 식민주의 사상 전례를 찾아보기 어려운 이 정책으로 인하여 여러 가지 일들이 벌어졌다. 그러나 일본과 조선의 동일시를 추구한다는 내선일체는 하나의 명분에 불과했으며, 실제로는 더 본격적인 동원을 위한 하나의 허구적 담론에 불과했던 것이다.

일제는 내선일체를 위한 구체적인 방법으로 내선결혼(조선인과 일본인의 결혼)을 장려하였고,[3] 이러한 사회적 분위기에 발맞추어 내선결혼을 다룬 여러 편의 작품이 발표되었다. 이광수의 장편 『진정 마음이 만나서야말로』(녹기, 1940), 「소녀의 고백」(신태양, 1944), 최정희의 「환영 속의 병사」(국민총력, 1941), 이효석의 「아자미의 장」(국민문학, 1941), 정인택의 「껍질」(녹기, 1942), 최재서의 『민족과 결혼』(국민문학, 1945) 등이 그것이다. 이들 소설들은 대부분 다른 민족 간의 결혼이 불러일으키는 여러 가지 문제에도 불구하고 끝내는 합심해서 문제를 해결해 나간다는 체제협력적인 내용을 담고 있다. 그러나 한설야는 「피」(국민문학, 1942)와 「그림자」(국민문학, 1942) 등을 통해 조선인 남성과 일본인 여성의 결혼이 끝내 불가능한 상황을 형상화하였다. 한설야가 조선인 남자와 일본인 여자의 결혼을 불가능한 것으로 그려낸 것은, 당시 내선일체

3 1940년 1월 1일에 창간된 일본어 잡지 『내선일체』에는 「내지인과 조선인의 배우자 통계표」라는 기사가 실려 있는데, 거기에는 한일 합방 이후 내선 결혼자를 2만 쌍으로 밝히고 있다.

와 내선결혼이 얼마나 허구적이며 정치적인 담론인지를 간파한 결과라고 할 수 있다.

그러나 「향비애사」는 결코 한설야가 모든 이민족간의 결혼을 불가능한 것으로 본 것은 아니라는 점을 알려준다는 점에서 무척이나 인상적이다. 앞에서도 살펴봤듯이, 아무루사나 왕이 향비에게 한 것처럼 진심 어린 애정과 정성에 바탕한 남녀의 결합은 얼마든지 가능하며 나아가 바람직한 것으로 형상화되어 있기 때문이다. 「향비애사」는 과거 오스만 제국으로 상징되는 터키의 고상한 정신과 진창과도 같은 일제 말기를 살아가던 한설야의 굴하지 않는 정신을 보여주는 짧지만 의미심장한 작품이다.

(2013)

이스탄불 거리

동서문화가 결합된 이스탄불의 대표적 건축물

제3장
블라디보스토크

1. 낯섦과 익숙함 사이

1986년 7월 고르바초프는 중국과의 관계 개선, 아시아의 집단 안보회의 개최, 아프가니스탄에서의 소련군 철군 등을 제안하는 역사적인 연설을 한다. 이 연설은 자신을 주로 유럽으로만 생각해 온 러시아(소련)가 아시아의 일원으로서의 자기 정체성을 표명한 기념비적인 사건이었다. 여기서 주목해야 할 것은 이 연설을 행한 장소가 바로 블라디보스토크(Vladivostok)라는 점이다. 이처럼 러시아에게 블라디보스토크는 아시아와 태평양을 상징하는 장소이며, 조금 더 확장하자면 블라디보스토크는 '아시아의 유럽' 혹은 '유럽의 아시아'라고 말할 수 있다.

러시아가 아시아에 관심을 기울이기 시작한 것은 16세기에 들어서이다. 특히 1580년대 이반 4세 때부터 시작된 러시아인의 시베리아 정복은 급속도로 진행되어 17세기 중반에는 이미 오호츠크해 연안에까지 도달했다. 이후 러시아는 1880년대부터 동아시아 동태평양 지역으로 본격적인 팽창 정책을 시도한다. 공교롭게도 이 시기는 우리 민족이 오랜 동안 잊고 지내던 연해주로 다시 진출한 때와 겹친다. 그리하여 북경에서 이루어진 외교관들의 만남이나 나선정벌과 같은 단편적인 만남을 제외한다면, 19세기 후반에 이르러서야 우리와 러시아는 본격적인 만남을 시작하게 된 것이다. 동아시아 지역으로 세력을 맹렬하게 팽창시켜 가는 제국주의 국가와 열강의 틈바구니에서 생존을 위해 발버둥 치던 변방의 소국으로 러시아와 우리는 조우했다고 말할 수 있다. 19세기 후반에 이루어진 러시아와 조선의 본격적인 만남 한복판에 놓여 있는 도시가 바로 블라디보스토크이다.

블라디보스토크를 포함한 러시아는 옛날부터 늘 그 자리에 있었지만, 19세기 후반 이후 러시아를 바라보는 우리들의 심상지리는 역동적으로 변모해 왔다. 그러한 심상지리의 역사는 크게 다섯 시기로 나눠 볼 수 있다. 첫 번째 시기는 조선인의 연해주 이주가 시작된 1860년대 초반부터 한일 강제병합까지, 두 번째 시기는 일제강점기부터 해방 공간까지, 세 번째 시기는 해방공간부터 페레스트로이카까지, 네 번째 시기는 페레스트로이카 이후 한 · 소 수교까지, 다섯 번째는 1990년 한 · 소 수교 이후 오늘날까지다.[1] 이 기간 동안 블라디보스토크는 신개지, 유의미한 대안 모델, 적대적 대상, 새로운 가능성의 공간, 권위주의 정권의 신흥시장 정도로 의미부여 되어 왔다. 이처럼 블라디보스토크 나아가 러시아는 다양한 모습으로 우리 앞에 등장했던 것이다.

1 한정숙, 「유라시아의 열린 공간에서 괜찮은 이웃으로 살기」, 『러시아는 우리에게 무엇인가』, 신인문사, 2011, 213면.

지난 100여 년간 러시아(소련)처럼 극단적인 호오好惡의 감정이 공존했던 나라도 찾아보기 힘들다. 그것은 러시아가 유럽인 동시에 아시아로서의 이중적 속성을 지니는 것과 결코 무관하지 않다. 유럽과는 다른 아시아적인 러시아(소련)의 흥망성쇠는 우리에게 여타 유럽국가의 경우와는 다른 희망과 절망의 농도 짙은 정념을 불러 일으켰던 것이다. 이러한 러시아의 이중적 속성이 가장 잘 나타난 도시가 블라디보스토크이다. 그렇기에 블라디보스토크를 탐구하는 일은 극단적인 감정의 소용돌이에서 벗어나 차분하게 유럽과 아시아의 관계를 성찰하는 작업으로 확장될 수도 있을 것이다.

2. 문명의 항구, 항일의 기지, 혁명의 고향

1) 오래된 인연

블라디보스토크는 연해주의 행정수도이며, 시베리아 횡단철도의 동쪽 종착역이다. 러시아가 태평양으로 뻗어 나갈 수 있는 유일한 국제항구인 블라디보스토크는 한반도와 국경을 맞대고 있는, 거리상으로 가장 가까운 외국 도시 중의 하나이다. 그럼에도 심리적인 거리는 결코 가깝지 않은데, 그것은 20세기를 지배했던 냉전의 결과라고 할 수 있다. 냉전 시절 블라디보스토크는 소련의 영토였을 뿐만 아니라, 태평양

함대본부가 있어 1990년까지 외국인의 출입이 엄격하게 제한되었던 곳이다. 그러나 해삼위(海參崴)로 불리어지던 블라디보스토크만큼 지난 세기 전반에 우리 민족과 밀접한 관련을 맺은 도시도 찾기 힘들다.

조선인들은 1860년 무렵부터 연해주로 본격적인 이주를 시작하였고, 그 결과 1880년 초반까지는 연해주에 러시아인보다 조선인이 더 많이 살았다고 한다. 조선인들은 연해주 지역을 사실상 최초로 개척한 사람들인 것이다. 더군다나 일제의 탄압이 본격화된 1905년 무렵부터 연해주는 항일독립운동의 국외 기지가 되었다. 1920년대 중반까지 구국의병활동에 참가한 조선인 수는 연인원 10만 명이 넘었다고 한다.

그 결과 한국문학에도 블라디보스토크는 적지 않은 흔적을 남기고 있다. 블라디보스토크가 한국문학에서 주요한 배경으로 등장한 것은 근대에 들어오면서부터이다. 블라디보스토크가 중요한 배경이 된 첫 번째 이유는 한국문인들 중에서 블라디보스토크에 체류한 경험을 한 경우가 많았기 때문이다. 고려인 문학의 창시자라고 할 수 있는 조명희는 말할 것도 없고, 한국문학사와 독립운동사의 기념비적인 인물인 신채호도 1910년부터 1913년간 머물며 『권업신문』 등을 발행하였다. 1930년대 구인회의 핵심 멤버였던 상허 이태준은 관리 출신이면서 개화당에도 관계하였던 아버지를 따라 여섯 살 때 블라디보스토크로 이주하여 1년여 동안 산 적도 있다. 또한 우리나라에서 가장 가까운 국제무역항으로서의 입지, 상해와 맞먹는 독립운동기지로서의 의미, 신생 사회주의 국가의 도시라는 명성 등으로 인해 많은 문인들이 블라디보스토크를 방문하였다. 이 글에서는 한국근대문학에서 블라디보스토크라는 지역이 어떻게 표상되었는지를 살펴보고자 한다.

2) 식민주의자가 바라본 문명의 항구

이광수는 「해삼위海參威로서」(『청춘』, 1915.2), 「노령정경露領情景」(『동광』, 1931.10), 「무명씨전—A의 약력」(『동광』, 1931.3~6), 「유정」(『조선일보』, 1933.9.27~12.31), 「그의 자서전」(『조선일보』, 1936.12.22~1937.5.1), 「나의 고백」(춘추사, 1948) 등의 다양한 글을 통하여, 한국 문인들 중에서 가장 적극적으로 러시아를 자신의 창작세계로 끌어온 작가이다.[2] 여러 글들 중에서 본격적으로 블라디보스토크를 다룬 것은 기행문 「해삼위로서」(『청춘』, 1915.2)와 「노령정경」(『동광』, 1931.10)이다. 두 편의 글은 모두 이광수가 1913년 오산학교에 사표를 내고 상해를 거쳐, 해삼위, 목릉을 거쳐 치타까지 갔다가 1차 대전의 발발로 귀국한 경험을 바탕으로 쓰여진 글들이다.

이광수의 「해삼위로서」는 상해를 떠나 해삼위에 도착하기까지 여로를 다루고 있는 산문이다. 따라서 블라디보스토크에 대한 구체적인 묘사 등은 찾아보기 힘들다. 그럼에도 이 산문을 통하여 블라디보스토크를 대하는 이광수, 조금 확장시키자면 당대 조선인 엘리트의 기본적인 마음 등을 확인할 수 있다. 이 산문에서 이광수는 거의 서양인에 대한

---

2 정주아는 위의 글들을 분석하여, "블라디보스토크 등 문명도시의 여행기 속에 드러난 필자 춘원은 분명 식민주의의 논리를 내면화하고 진화론적 우승열패의 논리 속에서 상대적으로 왜소해진 식민지의 지식인이라는 면모를 보여준다. 시베리아에서도 역시 그러하다. 대자연의 원시성을 벗 삼아 살아가는 건강한 아라사인들. 시베리아는 문명과 야만의 이분법을 전도시킨 형태로 원시성을 미화하며 포용의 시선을 유지하는 곳이자, 톨스토이즘으로 대변되는 공리적인 자기 규율의 이상주의가 지배하는 장소이다"(「심상지리의 외부, '불확실성의 심연'과 문학적 공간」, 『어문연구』 41권 2호, 2013년 여름, 268면)라고 결론내린다.

맹목적인 존경의 마음을 보여준다. 이 숭배심은 꽤나 문제적인데, 이 숭배심은 자기 비하의 태도도 동반하기 때문이다. 이것은 제국주의 시대를 지배했던 식민주의적 논리가 체화되어, 이광수의 (무)의식에 커다란 영향을 준 결과이다. 이를테면 다음과 같은 인용문에서 그러한 (무)의식의 실체는 보다 분명하게 감지된다.

> 그러나 路上에서 眞字 洋人을 만나매 나는 지금껏 가지었던 프라이드가 어느덧 스러지고 등골에 찬땀이 흘러 不知不覺에 푹 고개를 숙이었나이다. 洋人의 옷이라고 반드시 내 것보다 나은 것은 아니며, 내 옷 입은 꼴이 반드시 洋人보다 자리가 잡히지 아니함은 아니로되, 自然히 洋人은 富貴의 氣象이 있고, 나는 빠들빠들 洋人의 흉내를 내려는 불쌍한 貧寒者의 氣象이 있는 듯하여, 羞恥의 情이 저절로 생김이로소이다.[3]

자기를 바라보는 비하적 시선은 "아주 해쓱하게, 처량하게"(138)라고 친구들을 묘사하는 것에서도 드러나듯이, 자신의 주변 사람들을 향해서도 그대로 나타난다. 그에 반해 러시아 사람들은 백인에 해당하여, 이유도 뚜렷하지 않은 존경과 긍정의 대상이 된다. 러시아 배에 오르자 "얼른 보아도 수부水夫까지 다 귀염성 있어 보이는 아인俄人인 듯"(139)이라고 표현하는 대목에서 이를 확인할 수 있다.

「노령정경」은 "일구일삼 년, 구라파 대전이 일어나기 전년 겨울, 나는 상해를 떠나서 해삼위로 향했다"(171)라는 문장으로 시작된다. 이것은

---

3 『이광수 전집』 9, 삼중당문고, 1974, 137면.

이 글이 「해삼위로서」와 내용상으로 이어지는 글임을 드러내는 표지이다. 이 글에서도 「해삼위로서」와 마찬가지로 우리 것의 가치를 인정하려는 태도는 발견할 수 없다. 이광수는 "조선 사람이 산다는 신한촌"을 찾아간다.[4] 신한촌은 이광수가 찾아갔을 무렵 항일독립운동의 민족적 역량이 총집결된 곳이라고 해도 과언이 아닐 만큼 커다란 역사적 의미를 지닌 공간이다. 그럼에도 이광수가 발견하는 것은 블라디보스토크의 근대적 문물과 대비되는 물질적 초라함일 뿐이다. 안타깝게도 그는 신한촌은 서울로 말하면 동대문 밖과 같이 외따로 떨어져 있는 곳으로, "집들은 조그마하고 납작한데 아주 보잘 것 없었다"(171)는 점만을 발견한다.

한용운의 「북대륙北大陸의 하룻밤」(『조선일보』, 1935.3.8~13)은 이광수가 신한촌을 방문하기 약 10년 전에 블라디보스토크에서 하룻밤을 보낸 이야기이다.[5] 이 글에서 한용운은 30여 년 전 세계일주를 계획하고, 원산에서 배를 타고 해삼위로 갔던 기억을 떠올리고 있다. 먼저 항구 안바다에 수뢰를 설치한 후, 입항하는 선박은 반드시 자기 나라 사람으로 운전하게 하는 모습에 놀라운 반응을 보인다. 이러한 반응은 국방에 무관심했던 조선을 비판하는 "신경의 자극"[6]을 만들어 낸다. 또한 배가

4　신한촌은 1911년 폐쇄된 개척리를 대신하여 새로운 고려인 집단거주지로 건설된 마을이다. 고려인들의 학교, 신문사, 교회 등이 몰려 있던 러시아고려인 사회의 구심점이자 항일민족해방투쟁의 본거지였다. 3·1운동 이후에는 임시정부 소재지를 두고 상해와 경쟁을 벌일 정도의 위상을 지니고 있었다. 이런 이유로 일제는 볼셰비키 적군을 공격하면서 항일독립운동세력을 무력화시키기 위해, 1920년 4월 신한촌을 포위하고 고려인 300여 명을 학살하는 4월참변을 일으킨다.(김호준, 『유라시아 고려인 디아스포라의 아픈 역사 150년』, 주류성, 2013, 101~108면)

5　블라디보스토크에 간 정확한 연도가 나오지는 않지만, 그곳에 사는 고려인들이 한용운을 일진회원으로 오해한 것을 하나의 단서로 활용할 수 있다. 일진회는 1904년 송병준에 의해 만들어져 1910년 9월 일제에 의해 강제해산되었다.

6　정해렴 편, 『한용운산문선집』, 현대실학사, 1991, 362면.

항구에 들어가 부두로 직접 상륙하는 국가적 설비의 규모가 큰 것을 보고는 "조선에는 축항한 곳이 없어서 기선이 출입하는 항구라도 기선은 중류에 서 있고 종선으로 육지에 출입"(362)하였다고 덧붙인다.

똑같은 블라디보스토크라 해도 조선인의 부락인 개척리는 "제도와 설비가 불규칙·비위생적으로 되어서"(362) 별로 기대할 것이 없다고 생각한다. 실제로 블라디보스토크 최초의 조선인 정착지인 개척리는 불결한 위생으로 여러 차례 문제가 되었다고 한다.[7] 한용운이 방문했던 때까지도 개척리의 비위생적인 환경은 크게 개선되지 않았던 것으로 보인다. 한용운에게서 이광수와 같은 맹목적인 서양(백인) 숭배와 조선인 비하의 식민주의적 (무)의식은 발견되지 않는다. 그러나 한용운 역시 조선인 부락이 지닌 민족사적 의미에 별다른 관심을 기울이지 못한다는 점에서는 이광수와 유사하다.

3) 부작용이 부각된 항일의 기지

이광수와 한용운의 글에 드러난 블라디보스토크의 조선인은 공통적으로 밀정 혹은 간첩에 대하여 극도로 예민하게 반응한다. 이광수와 한용운은 둘 다 현지의 조선인들로부터 경계의 시선을 받으며, 특히 한용

7 1874년 아무르만 바닷가에 형성된 개척리는 1880년대 배설물이 널려 있는 아주 지저분한 곳이었다고 한다. 당시 서울주재 러시아공사 베베르는 "고려인들의 짐승굴 같은 거주지(개척지)는 참을 수 없는 악취 때문에 도저히 지나갈 수가 없다"면서 개척리를 "블라디보스토크의 모든 질병과 전염병의 근원"이라고 지적한 바 있다.(김호준, 『유라시아 고려인』, 주류성, 2013, 49면) 이후 개척리는 1911년 페스트 방지 등 위생상의 이율로 러시아 당국에 의해 폐쇄된다.(위의 책, 102면)

운에게 그 경계의 시선은 두 번이나 생명을 위협할 정도로 매우 강력하다. 이것은 블라디보스토크가 1905년을 전후한 시기부터 약 20여 년간 항일독립운동의 핵심적인 기지로서 기능한 것과 밀접하게 관련되어 있다. 연해주는 국내외 다양한 항일운동 노선이 활발한 활동을 하는 근거지였으며, 블라디보스토크는 국제항구도시로서 연해주에서도 가장 중심적인 위치를 차지했다. 이로 인해 일제의 탄압도 매우 강력하게 이루어졌으며, 이러한 상황은 일본 첩자나 밀정에 대한 경계와 의심을 과도하게 부풀리는 부작용을 초래한 것으로 보인다.

「노령정경」에서 이광수는 근업회장의 집에서 머물게 되는데, 갑자기 청년 십여 명이 들어와서 이광수를 일본 첩자라고 의심한다. 목숨마저 위태로운 지경에 이르자, 이광수는 이종호 씨의 소개장을 내놓아 간신히 위기에서 벗어난다. 이 글에서 이광수는 해삼위에 사는 고려인들이 첩자를 심문하고 죽이는 방법이 매우 발달되어 있다며, 따로 한 장을 설정하여 그 방법을 상세하게 서술하고 있을 정도이다. 이러한 첩자에 대한 과도한 경계는, 블라디보스토크가 이광수의 같은 글에서 자세하게 소개된 것처럼 홍범도의 주요 활동 무대인 것과 분리해서 생각할 수 없는 문제이다.

한용운의 「북대륙의 하룻밤」에서 세계여행이라는 원대한 포부를 갖고 블라디보스토크에 도착한 한용운이, 하룻밤 만에 다시 조선으로 돌아간 이유 역시 조선인들의 일본 첩자에 대한 과도한 의심 때문이다. 그곳에 도착하자마자 현지인들은 삭발한 한용운을 보고, 한용운이 일진회원이라고 단정한다. 배에서 내려 조선인 부락인 개척리를 찾아갈 때부터 사람들의 이상한 시선에 시달린 한용운은, 여관에서 이곳에 사는 조선인들이 머리 깍은 사람만 들어오면 일진회원으로 규정하여 죽인다는 말을 듣는다. 더군다나 이곳에서는 사람을 죽여도 아무 일 없다는 말을 듣고 기겁을 한다. 이런 말을 들으며, 한용운은 이곳에 사는 조선인들을 수호지나 고대소설 속의 인물, 나아가 대만의 생번(生蕃)과 같은 미개인의 차원에서 인식한다.

> 그의 말을 들은 나는 양산박의 연극화한 것을 이야기로 듣는 것 같아서 무섭기도 하였으나 의심이 나서 믿어지지 아니하였으나(364)

> 그들은 마치 고대소설에서 볼 수 있는 염리국 사자들이 사람을 잡으러 온 것과 마찬가지로 보였다.(364)

> 그들은 대만의 생번들이 사람을 많이 죽이는 것으로 영예를 삼는 것과 같이 자기들의 영풍 호기를 드날리기 위하여 백주대도 만인환시의 중에서 사람을 도살하는지도 모르는 것이었다.(366)

실제로 그 밤에 청년들이 들이닥쳐 한용운을 일진회원이라 오해하며 죽이려 한다. 한용운은 기지를 발휘해 가까스로 목숨을 건지지만, 그 다음날 항구 구경을 할 때 다시 한번 대여섯 명의 청년에 의해 목숨을 잃을 지경에 이른다. 간신히 청나라 사람과 러시아 경관의 도움으로 목숨을 건진 한용운은, 청인의 "노령에 있는 조선인들의 비행非行을 말하면서 중국과 조선의 사정이 거의 같다"(369)는 이야기를 듣고 주저앉아 방성대곡을 한다. 한용운의 이 기막힌 체험 속에는 민족주의적 열기가 만들어 낸 과도한 배타적 행동의 문제점이 선명하게 드러나 있다. 동시에 그러한 문제적 행동이 생길 수밖에 없는 사회적 이면(일제의 침략)까지를 꿰뚫어 볼 수는 없었던 한용운의 젊은 의식도 드러나 있음을 부정할 수 없다.

4) 낭만화된 혁명의 고향

블라디보스토크를 가장 적극적으로 소설화한 작가는 한국소설사에서 심미주의를 대표하는 이효석이다. 이효석은 블라디보스토크 3부작이라 할 수 있는 「노령근해」(『조선강단』, 1930.1), 「상륙」(『대중공론』, 1930.6), 「북국사신」(『매일신보』, 1930.9)을 통해 블라디보스토크를 다루고 있다.[8] 「노령근해」는 조선을 떠나 블라디보스토크로 향하는 배안에서의 일들이, 「상륙」은 말 그대로 망명객이 석탄고 속에서 사흘 밤낮을 보내고 블라디보스토크에 오르는 과정이 주요한 서사를 이룬다. 「북국사신」은 블라디보스토크에서 겪었던 일들을 친구 R에게 편지로 적어 보내는 형식으로 되어 있다.

이 연작은 이효석의 동반자 작가로서의 특징을 고스란히 드러낸다. 문학적 간접화를 제대로 거치지 않은 날선 사회적 의식이 직접적으로 표현되어 있는 것이다. 「노령근해」에서는 "동해안의 마지막 항구를 떠

8 이 연작에서 직접적으로 블라디보스토크라는 지명이 등장하는 것은 아니다. 그러나 "두 가닥의 반도가 바다를 폭 싸고 있는"(「북국사신」, 182) 동해안의 항구도시는 블라디보스토크를 생각할 수밖에 없다.

나 북으로 북으로!"[9] 가는 배가 주요 무대이다. 주인공 그는 소련을 동경하여 석탄고 속에 몰래 숨어든 망명객이다. 이 배는 계급적으로 선명한 이분법적 분리가 이루어진 공간이다. 살롱 갑판과 기관실의 이분법이 그것인데, 이러한 이분법은 계급적 차이를 상징하는 것이기도 하다.[10] 갑판 위의 사람들이 "영웅적"(198) 풍모를 보인다면, 기관실의 사람들은 "원시림 속에 웅크린 고릴라"(200)와 흡사하다. 서술자는 이러한 이분법에 대하여 여러 가지 비판적 발언을 하고 있다.

계급적 적대와 그로 인한 고통이 가득한 배와 달리 그가 가고자 하는 러시아는 "일하는 동무"(204)가 있는 사회주의 조국이다. 이 배를 탄 사람들 중에는 "부자도 없고 가난한 사람도 없고 다 같이 살기 좋은 나라"(205)를 찾아가는 사람들이 많다. 이처럼 블라디보스토크는 사회주의를 상징하는 공간으로 표상되고 있다. 「상륙」에서도 블라디보스토크는 아래의 인용문과 같이 "신흥 계급의 기상"(144)으로 가득하다.

> 푸른 하늘, 푸른 항구, 수많은 기선, 화물선, 정크, 무수히 날리는 붉은 기, 돌로 모지게 쌓은 부두, 쿠리, 노동자, 마우자, 기중기, 창고, 공장, 흰 연돌, 침착한 색조의 시가, 돌집, 회관, 거리거리를 훈련하고 돌아다니는 피오닐, 콤사몰카들의 활보, 탄력 있는 신흥 계급의 기상(144)

---

9 『이효석문학전집』 1, 창미사, 1983, 197면.

10 다음의 인용문에는 그러한 특성이 잘 나타나 있다. "흰 식탁 위에 술이 있고 해가 비취고 뻥끼 냄새 새로운 선창에 푸른 바다가 보이고 간혹 달빛조차 비끼는 살롱이 선경이라면 초열과 암흑의 기관실은 완전히 지옥이다.—육지의 이 그릇된 대조를 바다 위의 이 작은 집합 안에서도 역시 똑같이 노골적으로 드러내놓고 있다."(199)

그러나 이 연작에 나타난 사회주의에 대한 동경은 이념적이거나 구체적인 현실적 의미를 지닌 것으로 볼 수는 없다. 이유는 그것이 현실적 맥락 속에서 사유되는 것이 아니라 한없이 낭만화되고 추상화되어 존재할 뿐이기 때문이다. 이효석이 '아름다운 것은 태양과 같이 절대'라는 문학관에 충실했음은 여러 선행연구를 통해 밝혀진 바이다. 이효석에게 그 아름다움의 대상이 서구나 향토나 조선적인 것 등으로 시기에 따라 다르게 나타났다면, 이 3부작에서는 블라디보스토크가 추상적 관념으로서의 아름다움을 지닌 대상으로 나타나고 있다.

「노령근해」에서 사람들은 이념적 이유가 아닌 다른 이유로도 블라디보스토크를 이상적인 공간으로 여긴다.[11] 이 작품에서 블라디보스토크는 "북국 석양에 우뚝우뚝 빛나는 금자색 연봉"(197)으로 빛나는 곳인 것이다. 「상륙」에서 블라디보스토크는 연해주의 "근대적 다각미를 띠운 도시"(143)이며 말할 수 없는 동경의 대상이다. "오래 전부터 사모하여 오던 땅! 마음속에 그려오던 풍경!"(144)이라 이야기되고, 그는 "가죽옷 입고 에나멜 혁대 띤 굵직한 마우자들 숲에 한시라도 속히 싸여 보고 싶었다"(144)고 고백한다. 처음 블라디보스토크에 발을 내디딜 때도 낯선 곳을 대하는 불안 따위는 존재하지 않는다. 그곳은 "그립던 대륙!"(146)으로서, "말할 수 없는 감개와 안도"(146)를 주는 곳이기 때문이다. 부두에서 기다리고 있던 동지 로만박을 만났을 때도, 그는 거의 본능적으로 "깊은 동지의 정미"(146)를 느낀다.

「북국사신」은 블라디보스토크에 도착하여 보낸 두 주일간의 기록을

11 "미주 동부 사람들이 금나는 서부 캘리포니아를 꿈꾸듯이"(205), "막연히 금딩이 구는 북국을 환상"(205)하는 사람들도 있는 것이다.

R에게 보내는 편지에 담아낸 단편소설이다. 이곳은 사회주의 신생국으로서의 활력과 기상이 가득한 곳으로 그려지고 있다. 블라디보스토크는 "남녀노소를 물론하고 다 같이 위대한 건설사업에 힘쓰고 있는 씩씩한 기상과 신흥의 기분!"(181)으로 충만한 곳이다. 더군다나 "제3인터내셔널의 비범한 활동"(181)이 펼쳐지는 장소로서, 탄복하고 놀라지 않을 수 없는 곳이기도 하다. 이곳은 한마디로 "새시대의 풍경"(182)으로 가득한, "신흥의 도시"(182)이다. 굽 얇은 구두를 신고 가는 여성을 보면서도 "신흥한 이 나라의 건강한 미학"(183)을 느끼는 것이다.

그러나 이 작품에서 실질적으로 그 신생 사회주의 도시를 상징하는 존재는 사샤라는 아름다운 러시아 여인으로 나타난다. 그리고 주인공은 여덟 시간의 노동을 마친 노동자들이 들르는 카페 우스리와 그곳에서 일하는 사샤라는 여인과의 키스를 놓고 러시아 선장과 경합을 벌이다 끝내 승리한다. 그러나 단 십 루불도 없으면서 천 루불을 판돈으로 걸어 경합에서 이긴다는 것이나, 만난 지 며칠 되지도 않은 해상 국가 보안부의 여서기인 사샤가 그를 사랑한다는 것 모두 현실성 없는 설정이다. 사샤는 처음부터 그가 사샤를 생각하는 것같이 처음부터 그를 생각했던 것이며, "아무러한 인종적 편견도 가지지 아니하고 조선 사람인 나를 사랑"(196)하였던 것이다. 이 사랑의 비현실성만큼이 바로 이효석이 바라본 블라디보스토크의 낭만적 모습에 해당할 것이다.

(2014)

블라디보스토크 전경

지역 영웅의 동상

개선문

러시아 정교회

무기박물관

항구에 정박 중인 해군 함정들

제4장
까마우

1

7월 4일 10시 15분에 인천공항을 출발한 우리 일행(총 20여 명의 베트남을 알고자 하는 작가와 교수 등등)은 13시 30분에 호찌민 공항 떤선녓 국제공항에 착륙했다. '떤선녓'이라는 이름이 낯설면서도 낯익다는 생각이 들었는데, 그곳은 다름 아닌『전쟁의 슬픔』의 작가 바오닌이 베트남전쟁이 끝나던 순간까지 전투를 벌였던 베트남전의 마지막 격전지였다. 지금 이곳은 어떠한 '전쟁의 슬픔'도 느껴지지 않는 최신 시설의 비행공항일 뿐이다. 공항을 나서는 나의 뇌리에는 베트남전, 쌀국수, 호치민, 결혼이주여성, 맹호부대, 황석영 등의 단어가 맥락도 없이 맴돌았다. 내가 직접 보고 만질 베트남은 어떤 곳일지 무척이나 기대되는 순간이었다. 모든 시작이 그러하듯 설렘과 기대, 그리고 약간의 두려움으로 내 몸은 조금 하늘로 떠오르는 느낌이었다.

이번 여행의 방문지는 호치민Ho Chi Minh City과 까마우Ca Mau를 중심으로 한 베트남 남부이다. 우리에게 베트남은 세계 초강대국을 차례로 물리친 근대 민족주의의 성지 같은 나라로 인식되지만, 사실 오늘날 우리가 알고 있는 남북한 길이 1,650km의 베트남이 형성된 것은 고작 200여 년에 불과하다. 현재 베트남의 북・중・남부를 포괄하는 최초의 통일왕조는 19세기 초에야 나타났고, 이 왕조가 바로 응우옌 왕조(1802~1945)인 것이다. 응우옌 왕조는 1859년부터 프랑스의 식민지 지배로 들어가게 되었으니, 1975년 베트남 전쟁이 끝나는 순간까지 베트남인들이 경험한 통일의 시간은 고작해야 57년에 불과하다. 이런 이유로 베트남은 북부, 중부, 남부 사이의 문화적 지리적 차이가 매우 큰 나라이다. 중부와 남부 지역에 베트남인이 이주해 살면서 선주민인 참파인, 크메르인까지 섞이면서 고유한 지리환경에 적응하는 과정에서 세 지역 사람들의 문화, 인성은 많은 차이를 보이게 되었다고 한다.[1] 이번 여행은 베트남 그중에서도 남부의 심장을 향하고 있었다.

공항을 나와 전쟁박물관으로 향하는 길에는 호치민을 떠나는 날까지 계속해서 볼 오토바이 군단의 행렬이 펼쳐져 있었다. 마스크와 헬멧을 쓰고 혼다 오토바이 위에 올라탄 사람들은 호치민의 어느 도로에서나 24시간 내내 볼 수 있었다. 그들은 그렇게 무리를 지어 다니면서도 결코 사소한 접촉사고 한번 내는 적이 법 없이 질서정연하게 자신의 목적지를 찾아가고 있었다. 그들이 내게는 새로운 베트남의 역사를 써가는 21세기판 남부southern 베트콩들처럼 보였다. 20세기 그들이 그토록

1 최병욱, 『베트남 근현대사』, 창비, 2008, 10~12면.

갈구하던 것이 독립과 자유였다면, 이제 그들은 또 무엇을 얻고자 하는 것인지? 노틀담 성당이나 중앙전화국을 구경하는 내내 그 질문은 내 머릿속을 떠나지 않았다.

저녁은 베트남 원조 쌀국숫집인 퍼 호아Phở Hòa에서 먹었다. 음식만큼 그 지역을 대표하는 것이 없다면, 분명 이곳 호치민은 겉보다는 속이 더욱 볼만한 사람들이 사는 곳임이 분명하다. 보기에는 좀 밍밍해 보였지만, 육수의 맛은 진하고 깊었으며 면발은 섬세하고 부드러웠다. 옆 테이블에서는 할아버지와 할머니, 그리고 중년의 여인(아마도 딸)이 정답게 식사를 하고 있었다. 갑자기 할아버지가 유창한 영어로 자신들이 93년에 호치민을 떠났다가 20년 만에 고향에 돌아와 식사 중인 미국 시민권자들이라고 말했다. 그 할아버지의 삶 속에 담겨진 베트남의 현대사가 무척이나 궁금했지만, 더 이상의 이야기는 하지 않았다. 오랜만에 고향을 찾아온 사람들에게 평화로운 저녁을 먹게 해드려야 한다는 마음도 있었지만, 그들의 깊은 삶을 알아내기에 나의 영어는 너무도 짧았다.

2

호치민에서의 첫 번째 날 우리는 반레 선생님의 집을 방문하였다. 반레 작가는 2002년에 한국에 번역된 『그대 아직 살아 있다면』으로 한국인들에게도 널리 알려진 작가이다. 방현석의 글을 조금 인용하자면, 반레의 본명은 레지투이로서 1966년 열일곱 살의 나이에 참전한 이후 베트남이 통일된 1975년까지 베트남전에 참전하였다. 전쟁이 끝났을 때 함께 입대한 3백 명의 부대원 중에서 살아남은 사람은 반레를 포함하여 오직 다섯 명뿐이었고, 반레라는 필명은 전사한 친구 중에서 시인을 지망했던 친구의 이름을 가져온 것이라고 한다. 반레는 시인이며 소설가이자, 시나리오 작가 겸 영화감독으로도 유명하다.[2] 그의 필명이 드러내듯이 그의 창작활동은 베트남 전쟁과 그때 죽은 젊은 영혼들에 대한 것으로 일관하고 있다. 어찌 보면 그는 수많은 영혼을 앗아간 베트남전의 상처를 누구보다 오랫동안 깊이 앓는 국민작가라고 해도 과언이 아닐 것이다.

노작가의 모습은 얼마 전에 큰 수술을 받았다는 사전 정보를 무색케 할 만큼 건강하고 활기에 넘쳤다. 노작가의 문체처럼 기품 있고 단아한 단독주택에서 우리를 맞이한 반레는 병색보다는 맑은 기운이 가득한 청년의 모습이었다. 그는 지금도 신인작가의 열정으로 맹렬하게 집필 중이며, 우리 일행의 질문에도 또한 뜨거운 답변으로 응해 주었다. 그의 삶과 이야기는 결국 '품행'이라는 한 단어로 집중되는 느낌이었다. 전쟁 시기 극한의 상황을 이겨낼 수 있었던 힘도 '품행'이었으며, 한 치의 흐트러짐 없이 그가 소설에서 말하고자 하는 것도 결국은 그 시절의 '품행'이었다. 정글과 원고지 위에서 평생의 투쟁을 벌인 노작가(노전사)가 말하는 '품행'의 의미를 완전히 파악할 수는 없었지만, 아마도 그

2 방현석, 「발문－반레, 그 매혹적인 인간과 소설」, 『그대 아직 살아 있다면』, 실천문학사, 2002.

것은 아무리 배가 고파도 먼저 음식을 먹지 않는 것, 인민들의 물건을 함부로 취하지 않는 것, 치욕적인 삶보다는 명예로운 죽음을 선택하는 것 등으로 구체화할 수 있을 것이다. 그러고 보면 이 '품행'이라는 단어는 반례가 거의 실물 그대로 등장한 방현석의 「존재의 형식」(『창작과비평』, 2002년 겨울)에서는 '마음가짐(떰 로옴)'이라는 말로 나타나기도 하였다. 정신적 무기가 아니고서야 '자전거와 비행기의 싸움'이라고 일컬어지는 강대국들과의 연이은 전쟁에서 승리할 수 있었겠는가?

'품행'은 인간이 자기 존엄을 확보하는 최소한의 의무인 동시에 공동체의 꿈과 이상을 이루기 위해 요구되는 최대한의 자기희생에 해당하는 것이었는지도 모른다. 그 품행은 호치민 인근의 구찌터널을 방문했을 때도 다시 한번 확인할 수 있었다. 항불 시기부터 파기 시작해 베트남 전쟁이 끝날 때까지 계속해서 연장해 온 구찌터널의 총길이는 250km가 넘는다. 야삽과 같은 원시적인 도구만을 이용하여 지하에 구축한 거대한 장성長城은 베트남인들의 의지와 정신의 단단함을 드러내고 있었다. 구찌 터널을 방문한 날은 남베트남 시절 대통령궁으로 쓰였던 통일궁을 관람한 날이기도 하다. 지하 방송시설에 헬기 착륙장까지 갖춰진 최첨단의 대통령궁과 두더지 굴이라고 해도 과언이 아닌 구찌터널의 대비 속에서, 결국 인간의 역사를 결정짓는 것은 물질 이전에 정신이자 의지일 수도 있겠다는 생각이 들었다.

3

7월 5일은 무척이나 일찍 시작되었다. 하루에 한 번밖에 운행이 안 되는 5시 55분발 까마우행 비행기를 타야 했기 때문이다. 한국에서는 잠자리에 들 시간인 새벽 4시에 호텔 체크아웃을 해야 했는데, 그 전날의 과음까지 겹치는 바람에 무려 20분이나 늦고 말았다. 이날 일정에 늦은 사람들이 내야만 했던 피맺힌 벌금은 이후 여행의 비용을 충당하는 데 내내 활용되었다.

까마우 시내의 숙소에 짐을 풀자마자 베트남의 땅끝 마을인 덧무이를 향했다. 덧무이로 가는 과정은 조그마한 보트를 타고 끝없이 펼쳐진 메콩강을 가로지르는 일이기도 했다. 강변에는 크고 작은 수상가옥들이 마을을 형성하고 있었다. 이제 진짜 까마우의 맨살을 확인하다는 느낌이 비린내와 더불어 온몸에 끼쳐 오고 있었다. 배에서 내리자 우리를 맞아 준 것은 울창한 맹그로브 숲이었다. 맹그로브 나무는 강물을 따라 메콩 델타의 최남단까지 내려온 흙들을 온몸으로 붙잡아 주는 베트남의 '애국전사'들이다. 까마우의 땅 자체가 히말라야 고원에서부터 실려온 흙들이 모여 만들어졌듯이, 까마우라는 지역 자체도 베트남과 중국의 각지에서 떠나온 사람들로 이루어진 곳이다. 까마우의 조상들은 자유를 찾아, 혹은 평화를 찾아 고향과 선영을 버리고 그 먼 길을 떠나 땅끝에까지 이른 사람들이다. 까마우 사람들의 유전자 속에는 누구보다 활발하고 자유로운 기상이 숨 쉬고 있음에 분명하다. 이제 그 기상은 새로운 삶을 찾아 세계 각지로까지 뻗어나가는 까마우 사람들을 통해 나타나고 있는 것처럼 보였다. 까마우에서 우리의 가이드를 한 현지 여성은 영국 출신의 재원으로서 시종일관 능숙한 영어로 우리를 이끌어 주었으며, 까마우 공항에서는 휴가를 맞아 한국 남편과 함께 친정에 다녀가는 베트남 출신의 결혼이주여성도 만날 수 있었다.

영화에나 나올 것 같은 조류 서식지를 노 젓는 배로 감상한 후에, 우리는 이번 여행의 정점이라고도 할 수 있는 바뜨엉의 수상가옥으로 향했다. 바뜨엉은 조수 간만에 따라 바닷물이 넘나드는 거대한 호수였다. 모든 인원이 함께 한 것은 아니지만, 나무 바닥에서 찬바람이 솔솔 들어오는 수상가옥에서의 하룻밤은 지금 생각해도 너무나 그립게 떠오른다. 동서남북 어디를 보아도 땅이 보이지 않는 호수와 그 호수를 비추던 달과 바람이 만들어 내던 물의 소리와 무늬들. 수상가옥의 이색적인 풍취도 매력적이었지만, 진정으로 매혹적이었던 것은 거기에 살고 있는 사람들이었다. 홍, 떤, 띤 등의 베트남인들은 우리를 만난 순간부터 끝없이 밀려드는 바뜨엉의 새우, 게, 물고기 등으로 환대의 끝판을 보여주었다.

그 환대는 너무나도 진한 것이어서, 그날의 경험은 인디언들 사이에서 볼 수 있었다는 포틀래치potlatch가 연상될 정도였다. 포틀래치에서는 한 인간의 사회적 지위나 위치가 그가 사람들에게 주는 선물의 양과 질에 따라 결정된다고 한다. 따라서 포틀래치에서는 상대방으로부터 많은 것을 받으려는 것이 아니라 어떻게 하면 많은 것을 주거나 탕진하느냐에 사람들이 관심을 갖게 된다. 그날 수상가옥에 모인 홍, 떤, 띤 등의 베트남인들이 우리에게 하는 모습은 19세기까지도 몇몇 부족에게 남아 있었다는 포틀래치를 연상시키기에 모자람이 없었다. 저녁 식사 자리에서부터 나의 옆에 바짝 다가앉아 까마우의 명물인 새우를 까서는 내 입에 직접 넣어주기 시작한 그 환대는 새벽이 훨씬 지나서도 그치지 않았다. 그 환대의 끝판이 모두 끝날 무렵에는 쌀과 벌꿀로 담갔다는 향긋한 베트남 소주가 큰 병으로 네 병이나 모두 비워진 다음이었다. 그날 술자리에는 나이 40이 되도록 장가를 가지 못한 동갑내기 친구도 있었는데, 아직 왜 장가를 가지 못했느냐는 나의 짓궂은 물음에 까마우 처녀들이 한국으로 시집을 많이 가서 그렇다며 수줍게 웃었다. 그 말이 내 마음에 만들어 놓은 파문이 아주 오랫동안 나를 조금씩 흔들어놓았다. 새벽까지 이어진 그 술자리로 환대의 경연이 끝났다고 생각한다면 그것은 까마우의 사람들을 너무도 가볍게 본 것이다. 아침 식사 자리에서부터 그 술자리는 다시 시작되고 있었다. 형님들이 농담처럼 던진, "내 집에 온 손님은 술에 취하기 전에 보낼 수 없고, 술에 취하면 자기 발로는 갈 수 없다"는 말이 실현되는 순간이었다. 어떻게든 그 무차별적인 환대 앞에 제 정신을 차린다는 것은 애당초 수상가옥에서는 불가능한 일이었다.

까마우의 형님들을 보며, 난 한 학자가 말한 베트남 남부인들의 기질을 조금은 이해한 기분이었다. 그 기질은 한마디로 어떤 것에도 구속받기 싫어하는 자유인의 그것이라고 정리할 수 있다.

> 떠이 썬도 보기 싫고, 초강대국 미국도 우습고, 공산이데올로기에도 별 관심이 없는 남부인은 이 강력한 세력들을 다 이겨내면서 베트남 근현대사의 전환기에 늘 결정적 역할을 해왔다. 공산주의까지 이겨냈느냐고? 통일 후 남부 농촌을 집체화하려 했으나 실패했다는 점을 앞서 지적한 바 있다.

공산주의적 집체화 및 계획경제는 북부인들이 남부를 점령하면서 바로 이곳 메콩 유역에서부터 파탄이 나기 시작한 것이다. 이후, 1980년대 중반 이후부터 싸이공을 시발로 한 시장경제가 사회주의공화국 전체를 시장경제화, 자본주의화하고 있는 현상을 지금 보고 있지 않은가.[3]

친구들과 기울이는 술잔이 금고 속의 돈보다 훨씬 소중하다고 믿는 사람들, 내일의 걱정으로 오늘을 희생하지 않는 사람들, 알량한 부귀영화에 자신의 삶을 포기하지 않는 사람들, 그것이 그날 오고간 그 무수한 술잔들을 통해 까마우의 형님들이 나에게 말해주고자 한 남부인의 정신이었을 것이다. 웃옷 따위는 필요치 않은 그 수상가옥에서, 나는 인간 사이의 진정한 교류에 필요한 것은 형식도 위선도 아닌 오직 진심뿐임을 이해할 수 있었다. 개방성, 성실함, 자유로움이야말로 베트남 남부의 정신이자 까마우의 정신으로 내게는 깊게 각인되었다.

3 최병욱, 앞의 책, 169면. 18세기 말부터 현재에 이르기까지 중요한 시기마다 베트남의 변화를 이끌어온 인물들이 싸이공/메콩 유역의 남부인들이라고 말한다. 19세기에 새 통일왕조인 응우옌 왕조 수립에 싸이공・메콩 사람들이 결정적인 역할을 했으며, 20세기에는 '베트남사회주의공화국'이라는 통일베트남 수립에 역시 싸이공・메콩 사람들이 결정적 역할을 수행했다는 것이다. 우리에게 베트콩으로 알려진 민족해방전선의 뿌리와 주류가 바로 싸이공・메콩 지역 출신 사람들이다.

4

7월 6일은 아침부터 비가 계속 내렸다. 수상가옥에서 잠을 잔 인원과 까마우 시내의 호텔에서 잠을 잔 일행이 9시경 바뜨엉 호수 근처의 도로에서 합류하였다. 그날의 첫 일정은 세월호 당시 딸과 한국인 사위 등을 잃은 베트남 가족을 방문하는 것이었다. 어부로 살아가는 그들은, 바다에만 나가면 바다에서 죽은 동생이 떠올라 더 이상 고기를 잡을 수가 없다고 조용하게 읊조렸다. 그 말 속에는 어떤 통곡과 절규도 가닿을 수 없는 슬픔의 심연이 자리 잡고 있었다. 그 자리에서 할 수 있는 말과 행동이 이 지상에는 존재하지 않는다는 사실이 가슴을 아프게 했다.

이후 시작된 여정은 점심을 먹으러 가는 것이었다. 점심 먹으러 가는 걸 여정으로 표현하다니 허풍도 심하다 할지 모르겠지만, 응웬옥뜨가 추천한 식당으로 가는 길은 한나절이 걸리는 진짜 여정이었다. 중간에는 배도 한 번 갈아타기도 했으니, 땅과 물을 아우르는 머나먼 길이었다. '뭘 좀 먹지 못한 사람'들이 그 여정에서 토해 내었을 온갖 불평불만을 지면에 옮기자면 아마 이번 호『아시아』지면이 모두 필요할지 모른다. 그러나 시간이 지날수록 응웬옥뜨의 심모원려에 감탄할 수밖에 없었다.

응웬옥뜨는 그 식당을 추천한 것이 자신의 실수라고 했지만, 난 분명 작가의 뜻이 담긴 행동이라고 확신한다. '단지 점심을 먹으러 가는 일'은 창 밖 풍경만으로도 '단지 점심을 먹으러 가는 일'일 수만은 없었다. 몇 시간을 달리며 볼 수 있는 것이라고는 그야말로 끝없는 까마우의 들판과 그 사이 사이를 지나며 들판을 적셔주는 하천들뿐이었다. 그 넓은 들판과 하천들을 보며, 베트남의 잠재된 힘과 미래의 가능성을 느꼈다면 좀 지나친 비약일까? 이 기름진 벌판이야말로 남부 사람들의 여유와 자유로움의 원천일 것이다. '고작 점심을 먹으러 가는 길'이 '진짜 까마우를 만나러 가는 길'로 변하는 순간이었다. 또한 그 길은 발간 이틀 만에 초판 5천 권이 매진되어 응웬옥뜨를 일약 베트남 대표작가로 만든 '『끝없는 들판』을 이해하는 길'이기도 했다. 『끝없는 들판』은 말 그대로 끝없이 펼쳐진 벌판과 샛강, 수풀로 이루어진 베트남 남부 메콩강 일대에서 오리를 치며 사는 가난한 가족의 이야기이다. 응웬옥뜨는 그녀의 시적인 문장을 바탕으로 강을 따라 살아가는 사람들의 삶을 실감나게 그려내고 있다. 구체적인 현실에서 뿜어져 나오는 묘한 분위기는 그녀의 소설을 까마우가 아닌 인간의 삶 전체로 확장시키는 마법을 펼쳐 놓기도 한다. 아마도 고작 점심을 먹으러 가는 그 머나먼 길이 없었다면, 까마우도 응웬옥뜨도 온전히 이해하기는 힘들었을 것이다.

숲 속에 아늑하게 자리 잡은 식당에서 열린 '응웬옥뜨와의 대화'는 베트남 문학의 현장을 생생하게 느낄 수 있는 시간이었다. 베트남에는 문창과가 없으며, 베트남 작가회의에 소속된 작가가 1,100명에 불과하다는 사실 등은 무척이나 낯설지만 신선하게 다가왔다. 그녀는 앞으로 정신적인 상처나 사람들과의 관계에 주목하는 작품을 쓰고 싶다고 했지만, 나는 왠지 그녀의 소설이 결국에는 까마우의 이야기일 거라는 확신이 들었다.

저녁을 먹고 우리는 응웬옥뜨 아버지와 인터뷰를 했다. 작가의 아버지는 38년 동안 까마우에서 혁명 활동을 했다고 한다. 베트남전 당시

아들 셋이 군대에서 죽으면 '영웅 어머니'나 '영웅 아버지'라는 호칭을 받았는데, 까마우에서만 그런 호칭을 받은 사람이 1,400여 명이라고 한다. 그럼에도 응웬옥뜨의 아버지는 그 시절에 인간성이나 사람들의 관계가 지금보다 훨씬 좋았다고 한다. 반레가 그러했듯이, 응웬옥뜨도 전쟁 당시 사람들이 가졌던 '품성'을 무척이나 강조했다. 20세기 인간을 그토록 열광케 한 발전이라든지 개발이라는 것은 과연 인간에게 무엇인지 묻고 싶은 또 한 순간이 지나가고 있었다. 물질적 진보와 정신적 진보가 함께 가는 이상은 이곳 베트남에서도 결코 확인하지 못했다는 아쉬움이 짙어 가는 밤이었다. 그날 밤 우리는 두 끼밖에 못 먹은 한풀이라도 하려는 것처럼, 야시장으로 달려가 한도 끝도 없이 음식을 먹고 또 먹었다. 몸도 맘도 포만감으로 가득 찬 베트남에서의 마지막 밤은 그렇게 조금씩 조금씩 저물어 갔다.

5

7월 7일 마지막 여행의 아침이 밝았다. 서둘러 호치민행 비행기를 타고 까마우를 떠났다. 하늘에서 본 까마우는 역시 물과 들판의 땅이었다. 까마우라는 말은 본래 '검은 물'을 뜻하는 크메르어 '커마우'에서 비롯되었다고 한다. 울창한 숲에서 떨어진 나뭇잎들이 강물을 검게 만든다는 것이다. 그 검은색 속에는 베트남 나아가 아시아의 모든 것들을 한데 섞어놓은 심원한 조화가 숨 쉬고 있다는 생각이 들었다. 원시 생명부터 현대 문명까지가 까마우에는 빠짐없이 그대로 녹아들어 있었던 것이다.

호치민에서 다시 야생동물원과 해수욕장을 방문한 우리 일행은 이제 베트남 여행을 끝내야 하는 시점에 이르렀다. 호치민 중심가에서 마지막 만찬을 하며 이번 여행의 잊을 수 없는 것들을 하나하나 꼽아 보았다. 21세기의 베트남 게릴라들인 오토바이의 물결, 까마우의 검은 흙과 검은 물, 바뜨엉의 수상가옥과 그곳에서의 향연, 길에서 먹은 달달한 베트남 커피의 맛, 평범해 보이지만 깊은 맛을 내는 퍼 호아Phở Hòa의 쌀국수, 목로주점에서 마신 베트남 맥주의 순한 맛, 구찌터널과 남베트남 대통령궁 등등이 떠올랐다. 그럼에도 '나'는 이번 여행에서 정말 잊을 수 없는 것은 사람이고 더 중요하게는 삶일 거라는 예감이 들었다. 반레와 응웬옥뜨의 아버지가 말한 품성, 그리고 바뜨엉의 형님들이 온몸으로 웅변한 자유 등이, 경쟁의 사바세계에서 숨도 제대로 못 쉬는 나를 계속 흔들어 놓을 것이며, 그 흔들림 속에서 나는 몇 번이나 호치민과 까마우를, 혹은 덧무이의 '나는 물고기'와 바뜨엉의 새우를 떠올릴 것이다.

(2015)

구찌터널의 입구

까마우의 맹그로브 숲

베트남 전쟁박물관

베트남 작가 반레와의 만남

바뜨엉의 수상가옥

수상가옥에서 바라본 바뜨엉의 황혼

호치민의 오토바이 행렬

참고문헌

1. 자료

계용묵, 「별을 헨다」, 『동아일보』, 1946.12.24~31.

곽근 편, 『최서해 전집』 上 · 下, 문학과지성사, 1987.

_____, 『최서해 작품 자료 모음집』, 국학자료원, 1997.

김금희, 『센티멘털도 하루 이틀』, 창비, 2014.

김남천, 「경영」, 『문장』, 1940.10.

_____, 「맥」, 『춘추』, 1941.2.

김사과, 『천국에서』, 창비, 2013.

김사량, 「향수」, 이경훈 편역, 『한국 근대 일본어 소설선 1940~1944』, 역락, 2007.

김사량 · 김재용 · 곽형덕 편역, 「향수」, 『김사량, 작품과 연구』 1, 역락, 2008.

_____, 「북경왕래」, 『김사량, 작품과 연구』 2, 역락, 2009.

_____, 김재용 · 곽형덕 편역, 「에나멜 구두와 포로」, 『김사량, 작품과 연구』 2, 역락, 2009.

_____, 「작품집 『고향』 발문」, 『김사량, 작품과 연구』 2, 역락, 2009.

김사량 등, 「문학자의 자기비판(좌담)」, 『인민예술』, 1946.10.

김미월, 「중국어 수업」, 『한국문학』, 2009년 겨울.

김영하, 『검은 꽃』, 문학동네, 2003.

김중미, 『괭이부리말 아이들』, 창작과비평사, 2001.

엄흥섭, 「새벽바다」, 『조광』, 1935년 겨울.

오정희, 「중국인 거리」, 『문학과지성』, 1979년 봄.

유진오, 「김강사와 T교수」, 『신동아』, 1935. 1.

_____, 「김강사와 T교수」, 『문학안내』, 1937.2.

_____, 「창랑정기」, 『동아일보』, 1938.4.19~5.4.

_____, 「가을」, 『문장』, 1939.5.

_____, 「김강사와 T교수」, 『유진오단편집』, 학예사, 1939.

이광수, 「海參威로서」, 『청춘』, 1915.2.

_____, 『무정』, 『매일신보』, 1917.1.1~6.14.

_____, 「露領情景」, 『동광』, 1931.10.

_____, 「무명씨전－A의 약력」, 『동광』, 1931.3~6.

_____, 「유정」, 『조선일보』, 1933.9.27~12.31.

_____, 「그의 자서전」, 『조선일보』, 1936.12.22~1937.5.1.

_____, 『나의 고백』, 춘추사, 1948.
이기영, 『대지의 아들』, 『조선일보』, 1939.10.12~1940.6.1.
_____, 「국경의 도문-만주소감」, 『문장』, 1939.11.
_____, 「만주와 농민문학」, 『인문평론』, 1939.11.
_____, 「만주견문-'대지의 아들'을 찾아」, 『조선일보』, 1939.9.26~10.3.
_____, 『처녀지』 上・下, 삼중당, 1944.
이기호, 『차남들의 세계사』, 민음사, 2014.
이문구, 『장한몽』, 『창작과비평』, 1970년 겨울~1971년 가을.
이범선, 「오발탄」, 『현대문학』, 1959.10.
이상, 『날개』, 『조광』, 1936.9.
이효석, 「노령근해」, 『조선강단』, 1930.1.
_____, 「상륙」, 『대중공론』, 1930.6.
_____, 「북국사신」, 『매일신보』, 1930.9.
_____, 『이효석 전집』 1~8, 창미사, 2003.
조남주, 「운수 좋은 날」, 『릿터(Littor)』 4호, 2017.2.3.
주요섭, 「인력거꾼」, 『개벽』, 1925.4.
_____, 『구름을 잡으려고』, 『동아일보』, 1935.2.17~8.4.
_____, 「竹馬之友」, 『여성』, 1938.6~7.
최명익, 「심문」, 『문장』, 1939.6.
최인호, 「타인의 방」, 『문학과지성』, 1971년 봄.
한남규, 『바닷가 소년』, 창작과비평, 1992.
한용운, 「北大陸의 하룻밤」, 『조선일보』, 1935.3.8~13.
한설야, 「평범」, 『동아일보』, 1926.2.16~27.
_____, 「國境情調」, 『조선일보』, 1926.6.12~23.
_____, 「嗚呼 徐曰甫公 血淚로 그의 孤魂을 哭하노라」, 『동아일보』, 1926.7.6.
_____, 「合宿所の夜」, 『만주일일신문』, 1927.1.26~27.
_____, 「그릇된 憧憬」, 『동아일보』, 1927.2.1~10.
_____, 「합숙소의 밤」, 『조선지광』, 1928.1.
_____, 「인조폭포」, 『조선지광』, 1928.2.
_____, 「한길」, 『문예공론』, 1929.6.
_____, 「北國紀行」, 『조선일보』, 1933.11.26~12.30.
_____, 「고난기-나의 이력서」, 『조광』, 1938.10.
_____, 「大陸-作者の言葉」, 『국민신보』, 1939.5.28.
_____, 「大陸」, 『국민신보』, 1939.6.4~9.24.
_____, 「연경의 여름-시내의 납량명소기타」, 『조광』, 1940.8.
_____, 「만수산 기행」, 『문장』, 1940.9.

______, 「천단」, 『인문평론』, 1940.10.
______, 「香妃哀史」, 『야담』, 1942.11.
______, 「혈로」, 『한설야 선집』, 조선작가동맹출판사, 1946.
______, 『력사』, 조선작가동맹출판사, 1954.
______, 『설봉산』, 조선작가동맹출판사, 1956.
해이수, 『눈의 경전』, 자음과모음, 2015.
현덕, 「남생이」, 권영민 · 이주형 · 권호웅 편, 『한국근대단편소설대계』, 태학사, 1989.
현덕, 「층」, 『조선일보』, 1938.6.17.
현진건, 「운수 좋은 날」, 『개벽』, 1924.6.
______, 「동정」, 『조선의 얼굴』, 1926.

2. 논문 및 단행본

강정민 · 김동일, 「미셀푸코와 미술관에 관한 테제들」, 『인문연구』 66호, 2012.
강진호, 『한설야』, 한길사, 2008.
고명철, 「동아시아 반식민주의 저항으로서 일제 말의 만주서사」, 『한국문학논총』 49호, 2008.
공윤경, 「해방촌의 문화 변화와 공간의 지속가능성」, 『한국사진지리학회지』, 2014.
곽근, 「연구사의 검토와 비판」, 『최서해의 삶과 문학 연구』, 푸른사상, 2014.
곽형덕, 「김사량작 「향수」에 있어서의 '동양'과 '세계'」, 『현대문학의 연구』 52집, 2014.
구동회, 「로컬리티 연구에 관한 방법론적 논쟁」, 『국토지리학회지』 44권 4호. 2010.
권영민, 『한국계급문학운동연구』, 서울대 출판문화원, 2014.
김경일 외, 『동아시아 민족이산과 도시』, 역사비평사, 2004.
김광기, 「멜랑콜리, 노스탤지어, 그리고 고향」, 『사회와 이론』 23집, 2013.11.
김명섭, 『자유를 위해 투쟁한 아나키스트 이회영』, 역사공간, 2008.
김명수, 『새 인간의 탐구－해방전의 한설야와 그의 창작』, 조선작가동맹출판사, 1957.
김미경, 「상상계와 현상계의 사이－헤테로토피아로서의 하얼빈」, 『인문연구』 70호, 2014.
김미란, 「감각의 순례와 중심의 재정위－여행자 이효석과 '국제 도시' 하얼빈의 시공간 재구성」, 『상허학보』 38집, 2013.
김백영, 『지배와 공간』, 문학과지성사, 2009.
김병민, 『신채호 문학연구』, 아침, 1989.
김삼웅, 『단재 신채호 평전』, 시대의창, 2006.
김석희, 「식민지기의 공간과 표상－김사량의 「鄕愁」에 나타난 滿洲」, 『일본학보』 73집, 2007.11.
김성경, 「인종적 타자의식의 그늘」, 『민족문학사연구』 24호, 2004.
김성옥, 「최서해 소설에 나타난 여성상의 변모양상과 그 의미」, 『한국 현대문학연구』 29집, 2009.
김승종, 「최서해 소설의 기호학적 연구－간도 배경 소설들을 중심으로」, 『현대문학의 연구』 36집, 2008.10.
김시창, 「북경 왕래」, 『박문』, 1939.8.

김윤식, 『한국근대문학사상사』, 한길사, 1984.
_____, 「이효석론(2)」, 『일제말기 한국작가의 일본어 글쓰기론』, 서울대 출판부, 2003.
김윤식 · 정호웅, 『한국소설사』, 문학동네, 2000.
김재용, 『분단구조와 북한문학』, 소명출판, 2003.
_____, 「새로 발견된 한설야의 소설 「대륙」과 만주 인식」, 『역사비평』 63호, 2003.
_____, 『협력과 저항』, 소명출판, 2004.
_____, 「일제말 한국인의 만주 인식」, 『일제 말기 문인들의 만주 체험』, 역락, 2007.
_____, 「염상섭과 한설야—식민지와 분단을 거부한 남북의 문학적 상상력」, 『역사비평』, 2008년 봄.
_____, 「한설야의 「대륙」과 만주 인식」, 『만주, 동아시아 융합의 공간』, 소명출판, 2008.
_____, 「일제말 김사량 문학의 저항과 양극성」, 김재용 · 곽형덕 편역, 『김사량, 작품과 연구』 1, 역락, 2008.
김정동, 『문학 속 우리 도시 기행』 2, 푸른역사, 2005.
김진아, 「이기영 장편소설 『처녀지』 연구」, 영남대 석사논문, 2003.
김찬정, 박선영 역, 「만주로 건너간 조선민족」, 『만주란 무엇이었는가』, 소명출판, 2013.
김철, 「두 개의 거울—민족 담론의 자화상 그리기」, 『상허학보』 17집, 2006.6.
_____, 「프로레타리아 소설과 노스탤지어의 시공」, 『한국문학연구』 30집, 2006.6.
김춘선, 『북간도 한인사회의 형성과 민족운동』, 고려대 민족문화연구원, 2016.
김현 · 김윤식, 『한국소설사』, 민음사, 1996.
김현경, 『사람, 장소, 환대』, 문학과지성사, 2015.
김현생, 「김사량의 문학세계에 나타난 토포스와 서사적 의미」, 『한국사상과 문화』 78집, 2015.
김호준, 『유라시아 고려인 디아스포라의 아픈 역사 150년』, 주류성, 2013.
김홍일, 「북만오지여행기」, 『동아일보』, 1925.10.6.
김홍중, 「골목길 풍경과 노스탤지어」, 『경제와사회』, 2008.3.
남진우, 『폐허에서 꿈꾸다』, 문학동네, 2013.
노용무, 「백석 시와 토포필리아」, 『국어국문학』 56집, 2014.
류보선, 『한국 근대문학의 정치적 (무)의식』, 소명출판, 2005.
문장욱, 「燕京遺記」, 『조광』, 1939.11.
박남용 · 임혜순, 「金史良 문학 속에 나타난 북경체험과 북경 기억」, 『중국연구』 45권, 2009.1.
박상하, 『경성상계사』, 푸른길, 2015.
박숙경, 「쓰레기로 메운 갯벌, 깡통과 떠나는 여행」, 『황해문화』, 2001년 봄.
박찬승, 『한국 근현대사를 읽는다』, 경인문화사, 2010.
박훈하, 「탈식민적 서사로서 최서해 읽기」, 『최서해 문학의 재조명』, 새미, 2002.
박은숙, 『서울의 시장』, 서울특별시사편찬위원회, 2007.
방민호, 「이효석과 하얼빈」, 『일제 말기 한국문학의 담론과 텍스트』, 예옥, 2011.
방현석, 「발문—반레, 그 매혹적인 인간과 소설」, 『그대 아직 살아 있다면』, 실천문학사, 2002.
배호, 「留燕 20일」, 『인문평론』, 1939.10.

변영로, 「國粹主義의 恒星인 申采浩氏」, 『개벽』, 1925.8.
변영만, 「단재전」, 『단재 신채호 전집』 9(단재신채호전집편찬위원회 편), 독립기념관 한국독립운동사연구소, 2008.
변재란, 「유현목 영화에서의 도시 서울 읽기」, 『영화연구』 49호, 2011.
부산대 한국민족문화연구소 편, 『로컬리티, 인문학의 새로운 지평』, 혜안, 2009.
서경석, 「한설야의 『열풍』과 북경 체험의 의미」, 『국어국문학』, 2002.
서동욱, 「노스탤지어-노스탤지어, 외국인의 정서」, 『일상의 모험』, 민음사, 2005.
서세림, 「이효석 문학의 미학적 형상화와 자기 구원의 논리」, 『한어문교육』 28집, 2013.
서영인, 「일제 말기 김남천 문학과 만주」, 『한국문학논총』 48집, 2008.4.
_____, 「만주서사와 반식민의 상상적 공동체-이기영, 한설야의 만주서사를 중심으로」, 『우리말글』, 2009.
_____, 「만주서사와 (탈)식민의 타자들」, 『어문학』 108집, 2010.
서울특별시사편찬위원회 편, 『대한민국 수도 서울의 출발』, 예맥 출판사, 2004.
서재원, 「이효석의 일제말기 소설 연구-『벽공무한』에 나타난 '하얼빈'의 의미를 중심으로」, 『국제어문』 47집, 2009.12.
손염홍, 『근대 북경의 한인사회와 민족운동』, 역사공간, 2010.
손유경, 「최서해 소설에 나타난 '연애'의 의미」, 『우리어문연구』 32집, 2008.
_____, 「만주개척서사에 나타난 애도의 정치학」, 『현대소설연구』 42집, 2009.
신동원, 「일제의 보건의료정책 및 한국인의 건강상태에 관한 연구」, 서울대 석사논문, 1986.
신석우, 「단재와 '矣'자」, 『신동아』, 1936.4.
신성희, 『인천시 다문화 분포의 공간적 특성에 관한 연구』, 인천발전연구원, 2009.
신승모, 「식민지기 일본어문학에 나타난 '만주' 조선인상」, 『제국의 지리학, 만주라는 경계』, 동국대 출판부, 2010.
신영우, 「만주기행」, 『조선일보』, 1922.2.28.
신용하, 「신채호의 사상과 독립운동」, 『한국근대지성사 연구』, 서울대 출판부, 2004.
신주백, 『1920~30년대 중국지역 민족운동사』, 선인, 2005.
_____, 「분단과 만주의 기억」, 한석정·노기식 편, 『만주, 동아시아 융합의 공간』, 소명출판, 2008.
심승희 외, 『서울스토리』, 청어람미디어, 2013.
안우식, 심원섭 역, 『김사량 평전』, 문학과지성사, 2000.
안회남, 「현문단의 최고수준」, 『조선일보』, 1938.2.6.
안함광, 「한설야의 작가적 행정과 창조적 개성」, 『조선문학』, 1960.12.
염무웅, 「이 작가를 보라!-한남규의 인간과 문학」, 『바닷가 소년』, 창작과비평사, 1992.
오상순, 「放浪의 北京」, 『삼천리』, 1935.1.
원세훈, 「丹齋 申采浩」, 『삼천리』, 1936.4.
유수정, 「두 개의 「합숙소의 밤」과 '만주'」, 『만주연구』 9호, 2009.

유인혁, 「식민지 시기 근대소설과 도시공간」, 동국대 박사논문, 2015.
유진오, 「조선문학에 주어진 새길」, 『동아일보』, 1939.1.12.
윤대석, 『식민지 국민문학론』, 역락, 2006.
______, 「경성 제국대학의 식민주의와 조선인 작가」, 『우리말글』 49호, 2010.
윤병석, 『단재신채호전집』 8(단재신채호전집편찬위원회 편), 독립기념관 한국독립운동사연구소, 2008.
윤휘탁, 「만주국의 '2등 국(공)민', 그 실상과 허상」, 『역사학보』 169집, 2001.
이갑수, 「북평을 보고 와서」, 『조선일보』, 1930.10.2~16.
이경돈, 「최서해와 기록의 소설화」, 『반교어문연구』 15집, 2003.
이경재, 「한설야 소설의 개작 양상 연구」, 『민족문학사연구』, 2006.12.
______, 『한설야 소설의 서사시학 연구』, 서울대 박사논문, 2008.
______, 「이기영 소설에 나타난 생산력주의」, 『민족문학사연구』 40집, 2009.8.
이경훈, 「하르빈의 푸른 하늘」, 『문학속의 파시즘』, 삼인, 2001.
______, 「만주와 친일 로맨티시즘」, 『오빠의 탄생』, 문학과지성사, 2003.
이광수, 「북경호텔과 寬城子의 밤」, 『신인문학』, 1935.8.
이대근, 『귀속재산 연구』, 이숲, 2015.
이미림, 『월북작가 소설연구』, 깊은샘, 1999.
이상봉, 「인문학의 새로운 지평으로서 '로컬리티 인문학' 연구의 전망」, 『로컬리티 인문학』 창간호, 2009.
이선옥, 「우생학에 나타난 민족주의와 젠더 정치-이기영의 『처녀지』를 중심으로」, 『실천문학』, 2003년 봄.
이신철, 「월남인 마을 '해방촌'(용산2가동) 연구」, 『서울학연구』, 2000.
이양숙, 「일제 말 북경의 의미와 동아시아의 미래-김사량의 「향수」를 중심으로」, 『외국문학 연구』 54집, 2014.5.
이은숙, 「북간도 경관에 대한 조선이민의 이미지」, 『한국학 연구』 28집, 1996.
이존희, 『조선 시대의 한양과 경기』, 혜안, 2001.
이주영, 「계용묵 소설 연구」, 『어문학』, 2005.3.
이준한·전영우, 『인천인구사』, 인천학연구원, 2008.
이창남, 「글로벌 시대의 로컬리티 인문학」, 부산대 한국민족문화연구소 편, 『로컬리티, 인문학의 새로운 지평』, 혜안, 2009.
이현식, 「항구와 공장의 근대성-인천에 대한 문학적 표상 연구」, 『한국문학연구』 38집, 2010.
이희환, 『문학으로 인천을 읽다』, 작가들, 2010.
임경순, 「김사량 문학에 나타난 중국 체험과 의식」, 『우리어문연구』 38집, 2010.9.
임규찬, 「최서해의 「해돋이」와 신경향파 소설 평가문제」, 『문학사와 비평적 쟁점』, 태학사, 2001.
임성규, 「가난 체험을 통한 현실주의 동화 읽기의 방법 탐구-김중미의 『괭이부리말 아이들』을 중심으로」, 『국어교육』 120호, 2006.

임화, 「조선신문학사론 서설」, 『조선중앙일보』, 1935.11.12.
장성규, 「일제 말기 카프 작가들의 만주 형상화 연구」, 『한국 현대문학연구』 21집, 2007.4.
在北京 K生, 「飛行將校徐曰甫君」, 『개벽』, 1923.5.
정래동, 「북경의 인상」, 『사해공론』, 1936.9.
정선태, 「청량리 또는 '교외'와 '변두리'의 심상 공간」, 『서울학연구』 36호, 2009.
정실비, 「일제 말기 이효석 소설에 나타난 고향 표상의 변전」, 『한국근대문학연구』 25호, 2012년 상반기.
정여울, 「이효석 텍스트의 노스탤지어와 유토피아—『벽공무한』을 중심으로」, 『한국 현대문학 연구』 33집, 2011.4.
정은경, 「만주서사와 匪賊」, 『현대소설연구』 55집, 2014.
정주아, 「움직이는 중심들, 가능성과 선택으로서의 로컬리티」, 『민족문학사연구』 47호, 2011.
_____, 「심상지리의 외부, '불확실성의 심연'과 문학적 공간」, 『어문연구』 41권 2호, 2013.
정종현, 「1940년대 전반기 이기영 소설의 제국적 주체성 연구」, 『한국근대문학연구』, 2006.4.
_____, 「한국 근대소설과 '평양'이라는 로컬리티」, 『사이』 4권, 2008.
_____, 「근대문학에 나타난 '만주' 표상」, 『제국의 지리학, 만주라는 경계』, 동국대 출판부, 2010.
정호웅, 「한국 현대소설과 만주공간」, 『문학교육학』, 2001.8.
_____, 「한국 현대소설과 '만주'라는 기호」, 『현대소설연구』 55호, 2014.4.
정희선, 『서울의 길』, 서울특별시사편찬위원회, 2009.
조건상, 「이범선의 「오발탄」과 전후문학적 성격」, 『반교어문연구』 13호, 2001.
조남현, 『소설신론』, 서울대 출판부, 2004.
조성환, 「북경의 기억, 그리고 서사된 북경」, 『중국학』 27집, 2006.12.
조은주 「공동묘지로의 산책」, 『만주연구』 18집, 2014.
조진기, 「만주개척과 여성계몽의 논리—이기영의 『처녀지』를 중심으로」, 『어문학』, 91집, 한국어문학회, 2006.
_____, 「일제 말기 만주이주와 개척민소설」, 『일제 말기 국책과 체제 순응의 문학』, 소명출판, 2010.
차성연, 「한국 근대소설에 나타난 만주의 의미」, 『만주연구』 9집, 2009.
천춘화, 「한국 근대소설에 나타난 만주 공간 연구」, 서울대 박사논문, 2014.
최광식, 『단재 신채호 전집』 5(단재신채호전집편찬위원회 편), 독립기념관 한국독립운동사연구소, 2008.
최병욱, 『베트남 근현대사』, 창비, 2008.
최정아, 「해방기 귀환소설 연구」, 『우리어문연구』 33집, 2009.
최학송, 「한국 근대 문학과 베이징」, 『한국학연구』 31집, 2013.10.
최홍규, 『신채호의 역사학과 역사운동』, 일지사, 2005.
표언복, 「1920년대 만주 독립운동의 서사적 인식」, 『어문학』 115집, 2012.3.
_____, 「최서해 문학의 반식민주의 혁명의식」, 『현대문학이론연구』 49집, 2012.6.

하정일, 「지역 · 내부 디아스포라 · 사회주의적 상상력－김유정 문학에 관한 세 개의 단상」, 『민족문학사연구』 47호, 2011.
한석정, 『만주국 건국의 재해석』, 동아대 출판부, 2007.
_____, 『만주 모던』, 문학과지성사, 2016.
한정숙, 「유라시아의 열린 공간에서 괜찮은 이웃으로 살기」, 『러시아는 우리에게 무엇인가』, 신인문사, 2011.
현덕 외, 「신진작가좌담회」, 『조광』, 1939.1.
홍이섭, 「1920년대 식민지적 현실」, 『문학과지성』, 1972년 봄.
홍종인, 「북평에서 본 중국 여학생」, 『여성』, 1937.8.
황민호, 『일제하 만주지역 한인사회의 동향과 민족운동』, 신서원, 2005.
季琨, 『일제 강점기 간도소설에 대한 재인식』, 하우, 2015.
張泉, 「동아식민지 본토작가의 정치적 평가 문제」, 『중국해양대학교 해외한국학 사업단 제2회 국제학술회의 자료집』, 2016.4.
가라타니 고진, 조영일 역, 『철학의 기원』, 도서출판b, 2015.
가라타니 고진, 「교통 공간에 대한 노트」, 『유머로서의 유물론』, 문화과학사, 2002.
아오야기 쓰나타로, 구태훈 · 박선옥 편역, 『100년 전 일본인의 경성 엿보기』, 재팬리서치21, 2011.
야마무로 신이치, 윤대석 역, 『키메라－만주국의 초상』, 소명출판, 2009.
오다 마코토, 「어떤 부정하기 힘든 힘」, 김재용 · 곽형덕 편역, 『김사량, 작품과 연구』 1, 역락, 2008.
와다 하루키, 이종석 역, 『김일성과 만주항일전쟁』, 창작과비평사, 1992.
와타나베 나오키, 「식민지 조선의 프롤레타리아 농민문학과 '만주'」, 『한국문학연구』 33집, 2007.
日本近代文學館 編, 『日本近代文學事典』 4권, 講談社, 1977.
하쓰다 토오루, 이태문 역, 『백화점－도시문화의 근대』, 논형, 2003.
Appadurai, Arjun, 배개화 · 차원현 · 채호석 역, 『고삐풀린 현대성』, 현실문화연구, 2004.
Bachelard, Gaston, *The poetics of space*, boston : beacon press, 1969.
Bollnow, Otto Friedrich, 이기숙 역, 『인간과 공간』, 에코리브르, 2011.
Davis, Fred, *Yearning for Yesterday, A Sociology of Nostalgia*, New York : Free Press, 1979.
Doob, Leonard W, *Patriotism and Nationalism－Their Psychological Foundations*, New Haven : Yale University Press, 1952.
Duara, Prasenjit, 한석정 역, 『주권과 순수성－만주국과 동아시아적 근대』, 나남, 2008.
Felski, Rita, 김영찬 · 심진경 역, 『근대성의 젠더』, 자음과모음, 2010.
Foucault, Michel, 이광래 역, 『말과 사물』, 민음사, 1986.
_____, 이상길 역, 『헤테로토피아』, 문학과지성사, 2014.
Freud, G, 홍혜경 · 임홍빈 공역, 『새로운 정신분석 강의』, 열린책들, 1997.
Harvey, D, 최병두 역, 『희망의 공간』, 한울, 1993.

Kim, Sun Joo, *Marginality and subversion in Korea*, The University of Washington Press, 2007.
Massey, Doreen, 정현주 역, 『공간, 장소, 젠더』, 서울대 출판문화원, 2015.
Relph, Edward, 김덕현・김현주・심승희 역, 『장소와 장소상실』, 논형, 2005.
Scalapino, Robert A, 이정식 역, 『한국 공산주의 운동사』 1, 돌베개, 1986.
Solecki, Jan J, 박선영 역, 「유대인・백계 러시아인에게 만주란」, 『만주란 무엇이었는가』, 소명출판, 2013.
Tuan, Yi-Fu, 구동회・심승희 역, 『공간과 장소』, 대윤, 2007.
Williams, Raymond, 이현석 역, 『시골과 도시』, 나남, 2013.
Wilson Janelle L, *Nostalgia*, Lewisburg : Bucknell University Press, 2005.
Zizek, Slavoj, 김소연・유재희 역, 『삐딱하게 보기』, 시각과언어, 1995.